KB271357

전남 동부 지역의 무가

전남 동부 지역의 무가

전남 동부 지역의 무가

무가의 이해를 위한 첫걸음은 무가의 구조를 살피는 작업이다. 무가란 바로 무당이 굿을 할 때 부르는 일종의 노래이므로 노래라는 특성을 지니고 있다. 그러나 무가가 일반 노래와 구별되는 점은 일반인들이 부르는 노래의 종류가 아니라 무당이라는 특수 계층이 부르는 노래라는 점이다. 말하자면 무가는 노래의 특성인 리듬을 가지고 있다고 하더라도 무당이라는 특수계층이 특수한 목적을 위해 부른다는 점에서 일반 노래와 구별된다.

임성래 지음

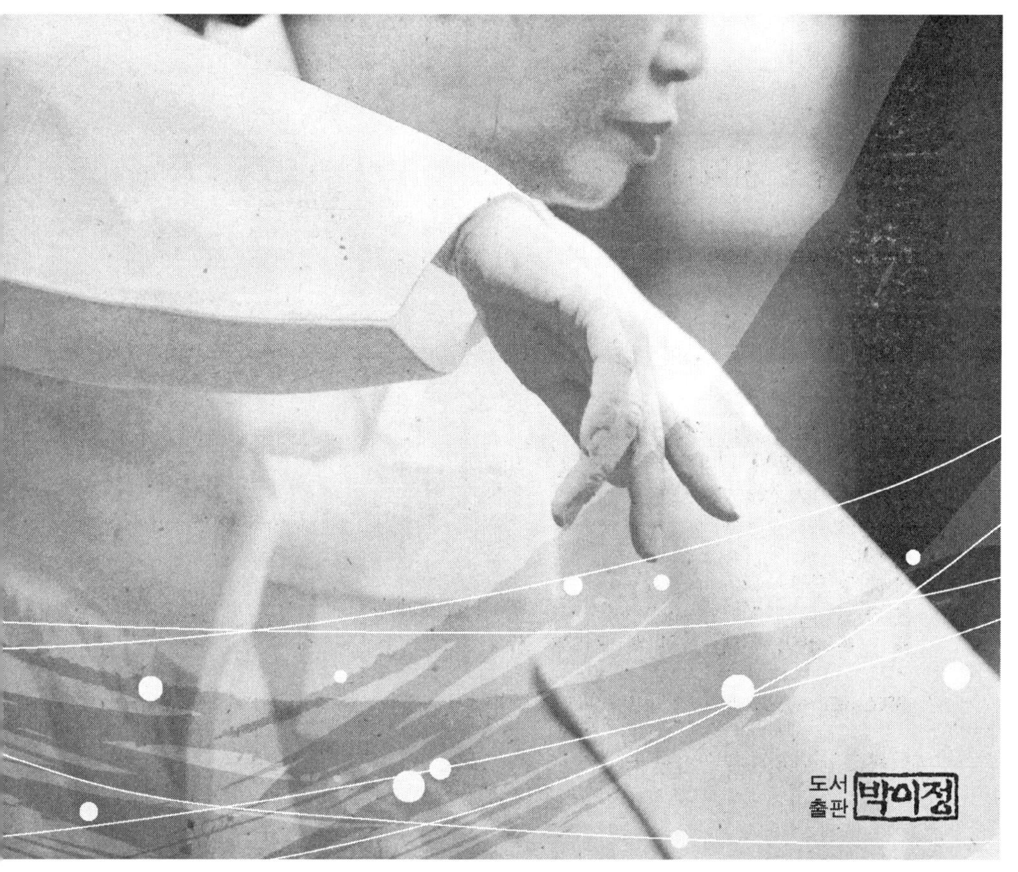

삼 설 양 굿 · 나 로 도 무 가 · 전 남 세 습 무

도서출판 박이정

　임성래는 연세대학교 국어국문학과와 같은 학교 대학원 국어국문학과에서 고소설을 전공하고 문학박사 학위를 받았다. 순천대학교 국어교육과 교수를 거쳐 연세대학교 원주 캠퍼스 국어국문학과 교수로 있다. 지은 책으로는 『영웅소설의 유형 연구』와 『조선 후기의 대중소설』, 『완판 영웅소설의 대중성』 등이 있다. 그 밖에 여러 사람과 함께 대중문학에 관련된 책을 여러 권 냈다.

전남 동부 지역의 무가

초판 인쇄　2011년 2월　1일
초판 발행　2011년 2월　10일

지은이　임성래
펴낸이　박찬익
편 집　지미정

펴 낸 곳　도서출판 **박이정**
주　　소　서울시 동대문구 용두동 129-162
전　　화　02) 922-1192~3
전　　송　02) 928-4683
홈페이지　www.pjbook.com
이 메 일　pijbook@naver.com
온 라 인　국민 729-21-0137-159
등　　록　1991년 3월 12일 제1-1182호

ISBN　978-89-6292-158-8 (93810)

* 책값은 뒤표지에 있습니다.

살다 보면 어쩔 수 없이 해야 하는 일이 생기는 경우가 더러 있다. 필자에게도 그런 일이 있었다. 1983년 3월에 순천대학 국어교육과에 처음 부임하여 학과 구성원들과 호흡을 맞추기 위해 전혀 몰랐던 무가 분야의 일을 학과 교수들과 함께 시작하였다. 당시 학과에서 문교부 연구비를 받아 순천의 '삼설양굿'을 조사 연구했는데, 최덕원 교수가 무속 분야를, 필자가 무가 분야를 맡아 공동으로 그 연구를 진행했다. 그 후 순천대학에 남도문화연구소가 생기면서 이를 계기로 몇 차례 무가 관련 현장 조사 작업을 했는데, 당시 학과 형편상 무가에 문외한인 필자가 어쩔 수 없이 이를 맡아서 할 수밖에 없었다. 그 때 여러 무가 제보자들을 만났고, 그 분들이 제공해준 자료를 필자가 가지고 있었으나 이를 정리하지 못하고 묵혀두었다.

그 후 연세대학교 원주캠퍼스로 자리를 옮기면서 이를 잊고 지냈는데, 어느 날 당시 제보자로 만났던 분들 가운데 한 분과 연락이 닿았다. 그 분은 그 분과 함께 녹음했던 자료의 출간 여부를 궁금해 했다. 또 세습무들의 연로함 때문에 세습 무가의 구연 자료가 사라질 것을 염려하면서 그 자료들이 사라지기 전에 녹음해두는 것이 어떻겠느냐고 했다. 그래서 그 분의 아내의 무가를 녹음할 기회를 가졌다.

이 일을 계기로 그 동안 필자에게 자료를 제공해주신 분들의 뜻을 받들고, 무가 연구자들에게 자료를 제공하기 위해서 필자가 채록하거나 제보자들이 제공한 자료를 정리해서 학계에 소개하려고 했다. 그러나 이 분야에 문외한인 필자가 이것을 책으로 내는 것이 부끄러운 일이고, 녹음한 자료를 듣고 채록하는 일도 쉽지 않아서 차일 피일 미루었다. 그런데 그 동안 자료를 제공해주신 분들 가운데 세상을 떠난 분들이 계시다는 소식을 듣고, 이일을 한없이 미루는 것은 그 분들에 대한 예의가 아니라는 생각에서 지난 여름방학부터 그 동안 녹음한 자료를 들을 수 있는 데까지 듣고 채록하여 자료를 정리했다. 그러나 필자의 전공 분야가 아닌 데다가 채록한 무가 자료가 악기 반주에 맞춰 노래한 것을 녹음한 것이라 제대로 알아들을 수 없는 부분이 많았다. 그런 까닭에 이 자료집 가운데 채록한 자료 부분에는 녹취과정에서 생긴 오류가 많으리라 생각한다. 그럼에도 부끄러움을 무릅쓰고 자료를 출간하는 것은 그 동안 필자가 제보자들에게 지고 있던 무거운 마음의 짐을 벗으려는 욕심 때문이다. 독자들의 많은 이해를 바란다.

이 책은 모두 3부로 구성되어 있다.

제1부에는 그 동안 필자가 무가에 대해 발표한 논문 4편을 발표순으로 실었다. 여기에 실린 논문 가운데 3편은 조사 연구 논문이고, 1편은 무가의 화자에 대한 연구 논문이다. 첫 번째 실린 "「삼설양굿」의 무가에 대하여"는 "순천 지역의 「삼설양굿」 조사 연구"란 논문에서 필자가 작성한 무가 부분을 떼어낸 것으로, 무가의 희곡적 성격을 살핀 글이다. 두 번째 실린 "나로도의 무가 연구"는 고흥군 봉래면 사양도의 무녀 김한심에게 채록한 「오구풀이」를 중심으로 나로도에서 기존에 채록된 「오구풀이」와 비교하여 그 특징을 살핀 글이다. 세 번째 실린 "「오구풀이」 화자의 서술 태도와 서술 방식"은 「오구풀이」의 화자가 어떤 위치에서 이야기를 서술하는지, 서술 방식은 어떤 특징을 보이는지를 살핀 글이다. 네 번째 실린 "전남 보성군의 무가 조사 연구"는 보성군 조성면 평촌의 무녀 한양심에게 채록한 「오구풀이」를 중심으로 보성군에서 그 동안 채록된 「오구풀이」와 상호 비교하여 그 차이를 살펴본 글이다.

제2부에는 필자가 무가를 조사하는 과정에서 제공받은 무인(巫人)들의 소장 무가집을 정리해서 실었다. 첫 번째는 김세언의 무가집으로, 순천의 김순태 박경자 부부가 제공했다. 두 번째는 고흥군 봉래면 내나로도의 오일

남 소장 무가집으로, 오일남이 제공했다. 오일남의 무가집은 두 권으로 구성되어 있는데, 한문으로 된 경문을 제외하고 나머지를 여기에 정리하여 실었다. 세 번째는 보성군 웅치면에 거주하는 임종남이 제공한 무가집을 정리하여 실었다.

제3부에는 필자가 그 동안 녹음하여 채록한 무가를 정리해서 실었다. 김한심본은 고흥군 봉래면 사양도에 거주하는 김한심이 창한 무가를 채록해서 정리했고, 박본엽본은 여수시 연등동에 거주하는 박본엽이 창한 무가를 채록해서 정리했으며, 한양심본은 보성군 조성면 평촌에 거주하는 한양심의 무가를 채록해서 정리했으며, 김명례본은 순천시 조례동에 거주하는 김명례의 「오구풀이」를 채록해서 정리했다.

이 자리를 빌어 귀한 자료를 제공해주신 여러분께 감사드리며, 이 자료집 출간으로 그 동안 지고 있던 마음의 짐을 벗으려고 한다.

2011년 2월
매지리에서
임성래 적음.

차례

제1부

논문편

1. 「삼설양굿」의 무가에 대하여[1]

1. 머리말

무가를 학문의 한 분야로 인식하여 이를 연구의 대상으로 삼으려 할 때 부딪치는 가장 큰 난점은 어떤 장르적 관점에서 접근할 것인가 하는 점이다. 말하자면 무가를 종교적 주술(呪術)의 차원에서 바라볼 것인가 예술의 차원에서 바라볼 것인가 하는 점이다. 예술의 차원에서 파악한다고 하더라도 연극의 영역에서 다룰 것인가 음악의 영역에서 다룰 것인가 문학의 영역에서 다룰 것인가 하는 것도 문제의 실마리를 풀어나가는 중요한 관건이 된다. 이와 같은 문제의 실마리를 풀어나가려면 먼저 무가의 구조를 살펴볼 필요가 있다.

무가의 이해를 위한 첫걸음은 무가의 구조를 살피는 작업이다. 그런데 무가란 바로 무당이 굿을 할 때 부르는 일종의 노래이므로 노래라는 특성을 지니고 있다. 그러나 무가가 일반 노래와 구별되는 점은 일반인들이 부르는 노래의 종류가 아니라 무당이라는 특수계층이 부르는 노래라는 점이다. 말하자면 무가는 노래의 특성인 리듬을 가지고 있다고 하더라도 무당이라는 특수계층이 특수한 목적을 위해 부른다는 점에서 일반 노래와 구별된다. 또 하나 무가가 일반 노래와 다른 점은 그 가사의 가변성이

---

1) 이 글은 최덕원, 정한기, 임성래, 기세관, "순천지역의 삼설양굿 조사연구"(순천대학논문집 제2집, 1983)에 실린 글에서 필자가 집필한 무가 분석 부분만 가져와 약간 손질한 것이다.

다. 일반적으로 노래는 그 가사가 고정되어 있다. 그래서 그 가사에 따라서 일정한 멜로디로 부르게 되어 있다. 그런데 무가는 굿의 종류나 규모에 따라서 가사가 바뀐다. 또 창자(唱者)에 따라 가사가 변하기도 한다. 이는 판소리의 경우와 대체로 비슷하다.

일반적으로 노래는 특수한 경우가 아니면 모두 창(唱)으로 이루어진다. 그런데 「삼설양굿」에서 불리는 무가는 창(唱)과 대화(對話)로[2] 이루어져 있다. 곧 「삼설양굿」의 무가는 창과 대화를 교대로 하면서 진행된다. 이런 점에서 「삼설양굿」의 무가는 판소리에 접근한다. 그러나 판소리와 구별되는 점은 판소리의 경우 창자가 사설을 혼자 주고받는 대화형식으로 진행시키는 데[3] 비해 「삼설양굿」의 무가는 창자와 반주자가 주고받는 형식의 대화라는 점에서 차이를 보인다. 바로 이와 같은 점들이 「삼설양굿」의 무가가 지니고 있는 특수성이라고 할 수 있다.

다음으로 「삼설양굿」의 무가를 이해하기 위해서는 그 기능을 살펴볼 필요가 있다. 두 말할 필요도 없이 무가의 기능은 주술(呪術)과 밀접한 관련을 맺고 있다. 그렇다고 하더라도 무가가 반드시 주술성만을 가지고 있는 것은 아니다. 이러한 사실은 「삼설양굿」의 무가를 분석해보면 자명해진다. 「삼설양굿」이 정신병자를 치유하려는 목적에서 행해지는 굿임에도 불구하고 그 무가를 분석해보면 그 내용은 대단히 해학적이다. 말하자면 비록 「삼설양굿」의 무가는 무가로서의 기능을 가지고 있다고 하더라도 그 내용은 매우 높은 문학성을 지니고 있다는 뜻이다. 주지하듯이 무가는 주술성과 예술성을 동시에 지니고 있으므로 「삼설양굿」의 무가에 대한 연구도 이러한 면을 고려해야 한다.

---

2) 판소리에서는 흔히 '대화'를 '아니리(白)'라고 하는데, 이 글에서는 판소리의 '아니리'와 구별하기 위하여 '대화'라는 용어를 사용한다.
3) 혹자는 판소리의 경우 고수가 대화에 참여한다고 주장할지 모르나 고수의 대화 참여는 일종의 장단에 지나지 않고 실제로 줄거리의 진행에 아무런 영향도 미치지 않는다. 그러나 무가의 경우 대화는 줄거리 전개를 위한 필수 요소라는 점에서 판소리의 경우와 다르다.

지금까지 무가에 대한 연구가 상당한 수준에 이를 정도로 진행되어 온 것이 사실이라고 하더라도 만족할 만한 연구가 많지 않은 것도 사실이다. 그 이유는 많은 연구가 주로 무조(巫祖)의 신화를 중심으로 한 서사구조를 가진 무가, 예를 들면 「바리공주」나 「제석본풀이」 등에 집중되어 있고, 이를 제외한 일반무가의 연구는 많이 이루어지지 않아서 무가의 전체적인 모습을 밝히지 못했기 때문이다. 그 이유는 무가를 열성적으로 연구하는 몇몇 분이 무가 연구의 분위기를 활성화시켰다고 하더라도 무가에 대한 연구는 그 연륜이 비교적 짧기 때문에 무가의 전체적인 모습을 파악할 만한 인력과 기회가 마련되지 못했기 때문일 것이다.

그러므로 이 글은 무가의 전체적인 모습을 파악하는 데 일익을 담당하려는 의도에서 「삼설양굿」의 무가를 분석하려고 한다. 말하자면 지금까지 무조(巫祖)의 신화를 중심으로 한 서사무가의 연구 영역을 벗어나 일반무가의 연구를 통해 무가 연구의 영역을 확장하려는 시도에서 이 연구는 출발한다. 이를 위해서 순천지역을 중심으로 활동하는 무인(巫人)들에 의해 전승되고 있는 「삼설양굿」의 무가를 논의의 대상으로 삼으려고 한다.

2. 「삼설양굿」 무가 소개

순천대학 도서관에 마련된 공연장에서 공연할 때 채록된 「삼설양굿」 무가를 소개하면 다음과 같다. 무가에 붙은 숫자와 갑, 을, 병, 정, 조는[4] 필자가 논의의 편의를 위해서 임의로 붙인 것이다.

---

4) 갑 : 巫女　朴鏡子　　　을 : 巫夫　金順泰　　　병 : 巫女　金明禮
　정 : 巫夫　河圭押　　　조 : 助巫女　金守貞　　　이하같음.

1) (창)

갑 : 애라 중천 애라 도시[5]라 내라도 많이 먹고 내 돌아가세.

왔네 왔네 내가 와 천하궁 도시가 내가 와 지하궁 도시가 내가 와 물우에 도시가 내가 왔네 물 아래 도시가 내가 왔네 내라도 많이 먹고 내 돌아가세.

왔네 왔네 내가 와 어느 혼신이 아니오며 어느 귀신이 아니올까 망구영천 혼신네들 내라도 많이 먹고 내 돌아가세.

왔네 왔네 내가 와 살아 삼촌인 내가 왔네 살아 사촌인 내가 왔네 살아 오촌인 내가 왔네 살아 육촌인 내가 왔네 살아 칠촌인 내가 왔네 살아 팔촌인 내가 왔네 살아 구촌인 내가 왔네 살아 십촌인 내가 왔네 내라도 많이 먹고 내 돌아가세.

왔네 왔네 내가 와……내라도 많이 먹고 내 돌아가세(갖가지 혼신을 불러 먹인다).

2) (대화)

갑 : 여보시오.

을 : 예.

갑 : 당신들 멋허요?

을 : 예 다름이 아니라 순천 사는 김철수[6]씨 가정에 병고가 있어 밤새도록 야락 잔치 끝에 잡귀 혼신 쫓아내느라고 고사지내요.

갑 : 고사지내? 고사지내면 왜 나를 안 찾고 그러느냐 말이여. 고사지내면 날 찾어야지.

---

5) 잡귀
6) 이것은 어디 사는 아무개 씨로 장소와 이름은 가변적이다.

을 : 당신이 나가 누군지 알고 찾어. 당신이 누군지 알고 찾느냐 말이오.

갑 : 나가 도신디 밤새도록 낮새도록 우둥둥 소리가 나기에 당신들이
날 보고 어서 오시오. 어서 오시오. 어서 와서 많이 잡수시오 하
고 찾을 줄 알고 밤새도록 지달리고 낮새도록 지달려도 나를 찾
일 이 전혀 없어 이렇게 내려왔는디 먹고 갈 것 좀 없소?

을 : 예. 밥이랑, 떡이랑, 술이랑 많이 있으니 많이 먹고 가시요.

갑 : 많이 먹고 가?

을 : 예.

갑 : 많이 묵으라고 해서 하도 배가 고파 밥 한 바가지를 받어가지고
이 놈의 집구석을 본께 이 놈의 집구석이 터가 쬐그매서 뒤를 잠
깐 돌아보니 마구[7] 영천 혼신네가 너도 주라 나도 주라 해서 이
댁 뒤안에 가서 먹을라고 보니 뒤안 철융님이 나서기에 자[8]철융
님이 입을 벌리고 나가 먹을라고 하면 철융님이 딱 받어먹고 딱
받어먹고 나는 하나도 못먹겄기에 우철융으로 가니 또 우철융 자
신이 입을 떡 벌리고 달라들어 다 뺏기고 도러 왔시니 나 좀 먹고
갈 것 있소?

을 : 예. 많이 있습니다.

갑 : 많이 있어?

을 : 예. 거기 밥도 많이 있고 떡도 있고 술도 있고 그러니 많이 먹고
가시요.

갑 : 많이 있으면 많이 잔 먹고 갈란다.

을 : 예. 많이 먹으시요.

갑 : 그럼 우리 한 번 묵고 가더라고.

---

7) 만고 (萬古)
8) 좌(左)

3) (대화)

갑 : 아따 배부르다 어허.

　이제 배도 부르고. 이 놈의 집구석에 한 3년 와서 얻어먹을라고
자른 목을 질게 빼고 진 목을 자르게 빼고 이 때껏 지다리고 바램
시로 재물 손재도 넣고 관재 귀솔도 넣고 자른 목숨도 끊어가고
진 목숨도 끊어가고 그랬더니 이제 잘 먹었으니 자른 목숨 잇어
내고 진 목숨 살려내고 재화 없고 재물 손재 없고. 내 이 날 평생
와서 오늘 참으로 많이 먹었네. 배도 부르고 허니 그냥 갈 수 없
고 어떡헐까? 혼신을 싹 불러내가지고 가까?

을 : 아먼. 싹 불러내 가지고 어서 가야제. 어서 불러내.

갑 : 들어보시요. 그러면 내가 이 집에 있는 혼신을 다 불러내 가지고
나가란 말이제.

정 : 아먼.

갑 : 그러면 우리 한 번 불러 갖고 가보제.

4) (대화)

을 : 거 누가 오셨소?

갑 : 내가 다른 사람도 아니고 순천군수여 지금으로 허면 순천시장님
이제.

정 : 옛날에!

갑 : 내가 옛날 옛적에 갓날 갓적에는 그래도 높은 자리에 앉어 이리
오니라 저리 오니라 하고 살았는디 팔자가 사나와 이래 죽고 저
래 죽고 이래 저래 죽고 객사해서 이젠 이러지도 저러지도 못해
이렇게 얻어 먹으로 왔는디 어디 나 좀 얻어먹고 갈 수 있소?

을 : 예. 많이 자시고 가시요.

갑 : 여보시요. 내가 먹으면 밥을 먹어도 함지밥을 먹고 술을 먹어도

말술을 먹고 담배를 피워도 발담배를 피우고 고기를 먹어도 두룸
으로 먹는디 그렇게 먹을 것 있소?

을 : 거기 술도 밥도 많이 있으니 많이 먹고 얼른 가시요.

갑 : 많이 먹고 얼른가?

병 : 예.

갑 : 그러면 많이 먹고 가보제.

5) (대화)

정 : 누가 왔네, 누구여. 아 벙어리가 왔는가 비여.

병 : 말 못한 벙어리가 오셨소?

갑 : 나 다른 사람이 아니고 나가 서른다섯 살 먹었는디 서른다섯 살
먹도록까지 장가도 못가고 선도 못보고 죽어갖고 이승도 못가고
저승도 못가고 장가도 못갔는디 니 놈은 서른다섯 살 처먹도록까
지 장가도 못갔냐고 이승 가면 저승 가라 저승 가면 이승 가라
그래 이곳저곳 돌아다니다가 우둥둥 소리가 나기에 여기 들어왔
는디 나 좀 얻어 먹고 갈 것인께.

을 : 많이 드릴 것인께 많이 먹고 어서 물러 가시요.

가 : 많이 먹고 얼른 물러가라고?

병 : 하면이라.

6) (대화)

정 : 마! 저!

갑 : 당신 나가 누군지 아요?

을 : 저 잘 모르겠는디 아마 얼굴을 가린 것이 처녀 죽은 구신이 들어
왔구먼.

갑 : 나가 서른 살 먹도록 시집을 못가갖고 잉!

을 : 예. 아까 방금 총각귀신이 왔다 갔는디.

갑 : 저승에 간께 시집을 안 가고 왔다고 저승도 못가고 이승도 못가
   게 함서 어째 우리집에 와서 시집이나 잔 보내줄까 하고 이날 평
   상 지달리고 당겨도 우리집서 찾도 안허고 이곳저곳 다니다가 여
   기까지 왔는디 뭣 좀 먹고 갈 것 없소?

을 : 많이 잡수시요. 걸게 채려났은께 많이 잡수시요.

갑 : 묵고 가는 것이 문제가 아니라 시집을 가야된다 그말이여!

을 : 가야제!

병 : 요새야 연애시댄께 저승에 가 연애를 걸고 그러시요.

갑 : 그래 총각 하나 안 왔어?

정 : 방금 왔다 갔어요. 얼른 가보시요.

갑 : 그럼 왜 말을 안 해줘. 얼른 하제.

을 : 곧 뒤따라 가시요. 저기서 지키고 지달리고 있을꺼요.

갑 : 총각 죽은 혼신이?

정 : 암!

갑 : 그럼 나 얼른 먹고 갈라네.

7) (대화)

병 : 무섭습니다. 무서와.

갑 : 나가 누군 줄 아는가 말이여?

병 : 누군지 어떻게 알거요. 봉채만이요.

갑 : 몰라? 나가 임진왜란 때 나라에 국가에 충신을 한번 해볼까 하고
   우리 부모형제 이별 다 하고 나가 총칼을 메고 저— 앞바다면
   앞바다 뒷바다면 뒷바다 동해바다 남해바다 서해바다 북해바다
   동서남북 사면팔방 이십사방에 나가 나라에 충신해 볼라고 하다
   가 충신도 못해보고 총을 땅 맞어 죽고 왔는디 총에 맞어 죽었다

고 저승에도 못오게 해. 저승에도 못가고 이승도 못가고 아! 거리
노중에 떠돌아다니는디 아! 어디서 순천대학에서 굿소리가 나.
아! 그래서 순천대학에 잔치 있는갑다 하고 왔는디 먹고 갈 것
있는가 모르겠네?

을 : 예. 많이 있습니다.

갑 : 많이 있어?

정: 예.

갑 : 많이 있어서 나가 잘 먹고 가야지 잘 못먹고 가면 자네들 나가
이 총으로 쏵 쏘아 죽여버릴 텡게 그런지 알어.

병 : 예. 만단진수로 잡수고 가시요.

갑 : 채려나. 많이 채려나. 채려났어?

을 : 예. 어서 자시지요.

갑 : 채려나? 그러면 내가 한번 묵고 가보지.

8) (대화)

을 : 여보시오 당신을 보니 앞산도 첩첩하고 뒷산도 첩첩하요.

병 : 지양망재는 여기 못오는데 어찌 여기를 왔소? 애기를 못나고 죽
었습디여?

갑 : 삼신 지양집에 간 혼신이 왔신께 들어보라 그말이여. 내가 좋은 가
정에 좋은 남편 만나 갖고 백년이나 살라고 남의 가문에 가서 하!
이 애기를 뱄는데 똑 작것[9] 아홉달반인디 내가 못낳고 죽었어.

조 : 그렇지요.

갑 : 그래 내가 죽어 이렇게 애기를 배갖고 배가 똥똥해갖고 저승을
가니 저승에서 어째 너는 애기를 못빼고 애기 밴 혼신이 저승으
로 올 리가 있느냐 니는 극락 시방 못간다고 애기 딱 낳뿔고 진

---

9) 잡것

옷[10] 벗어뿔고 다 좋은 옷 갈아입고 극락세왕 가지 그 전에는
못간다고 해서 나가 거리노중에 삼도중천에 떠돌아 댕기는디 순
천 이 순천대학에서 우등등 굿소리가 나기에 배애지는 이렇게 내
가 애기 배서 뚱뚱헌디 배는 등껍닥에 붙었는디 뭣 잠 얻어먹고
나 잠 어떻게 이것 잠 덜어버리고 갈 수 없을까 몰라.

을 : 예 그래 당신이 말이요. 여기를 이리 참석해 갖고 애기를 낳고
갈라면 삼신풀이를 잘해야 될꺼요.

갑 : 삼신풀이를 잘해야 돼?

을 : 암. 삼신풀이를 잘못하면 애기를 못낳고 당신 가요.

갑 : 나 이거 여기서 뭣 많이 잠 먹고 똥창에 퐁당 빠쳐불고 갈라 그러
는디 삼신풀이를 하라그먼.

을 : 그렇게는 안 돼. 아먼 삼신풀이를 해야 낳제.

갑 : 그럼 미역이랑 다 있어?

병 : 다 있어요. 준비해 났어요.

갑 : 준비해 놔?

병 : 예. 하먼이라.

갑 : 그러면 우리 삼신풀이나 한번 해보제.

9) (창)

갑 : 아이고 배야 아이고 배야 에 배야 우줄지앙 몸진지앙 삼신지앙
소타랑시 지앙님네 대타랑시 지앙님네 초이레는 자손지앙 열이
레는 어무지앙 스무이레는 아부지앙 팔만대장 모시고 한두 달에
이실 맺고 두석 달에 입덧 나고 석 달에는 입덧 나고 넉 달에는

---

10) 피 묻은 옷

사색 받고 다섯 달에 오포 받어 반진세를 생길 적에 남녀분간 하
옵시며 여섯 달에 위련 삼겨 좌우로 십자로 천맥이 돌아있고 일
곱 달에 칠두 열어 간담설개 마련하고 야닯 달에 팔색 받아 아홉
달만에 귀기 열어 전전고록 육천설귀를 마련하여 젖줄을 당그실
적에 열 달에 침노강 생기시면 열 달에 침노강 생기시면 십색을
곱게 배워 아이고 배야 아이고 배야 네 귀는 방 가운데 두 귀는
짚단 우에 아이고 배야 아이고 배야 배야 배야 배야 아이고 배야
배야 아부에 뺏문 열고 어무에 살문 열어 곱게 곱게 순산하옵소
서 그시에 제왕이 부자어를 정하시고 태중왕은 모자지간 정하시
고 태일왕은 부부지간을 정하시고 제명왕은 군시회를 정하시고
소길왕은 섬왕부모하고 후망다자손하고 죄교왕은 건형곤죄하고
천구왕은 관재귀설을 제산하고 종명왕은 왕명후토를 정하시고
신희왕은 정명단수를 정하시고 대길왕은 전답 우마를 정하시고
그시에 제왕이 다시 합영하와 제석궁으로 본신이 대상천왕입니
다. 아이고 배야 아이고 배야.

10) (대화)

병 : 지양풀이를 잘해놓니 뽕 빠져부네.

갑 : 아이고 아닌게 아니라 지양풀이를 슬쩍 했는디 나가 잘했는갑네.
나 애기를 뽕당 낳아뿌렀소. 당신들 시킨 대로 다해서 애기를 뽕
당 낳아뿌렀는디. 어디 애기를 낳았는디 아들을 낳았는가 딸을
낳았는가 한 번 볼께라?

을 : 하면요. 한 번 보고 와야제.

갑 : 하아! 낳아놓고 본께 박아리 박샌을 낳았네 나가요.[11] 허허! 이때
껏 내가 이 놈을 담아 댕김시로 저승도 못가고 이승도 못가고 추

---

11) 내가요.

접시럽게 마님들 앞에서 가랭이를 벌시럭 해갖고 나가 이 놈을 낳고 보니 박아리 박샌인디 딱 안을 들여다 본께 은바가지요.

을 : 올채.

갑 : 바깥을 딱 들여다 본께 금바가치네 그리야.

정 : 아먼 금바가치 은바가치제.

갑 : 이 바가치를 안으로 요리 쳐들면 미영[12]과 복과를 쳐들이는 바가치고 배같으로 요리 놀리자면 집안에 오방신장에 굴뚝 신령에 팔부지신에 큰방구석 작은방구석 정재구석 마당구석 뒤안구석 허청구석 구석 구석에 잡귀 잡신을 싹 몰아내는 복바가치를 낳았는디 이 바가치를 이 좌중에 살 사람 누가 있소?

을 : 예. 이 댁에서 살 것이요.

갑 : 누가 살라면 하나 사시요.

을 : 예. 살팅께.

갑 : 이 바가지를 사갖고 가면 당신들 재수 만수무강할 것인께 어째 하나 살라면 사시요.

을 : 예. 이 댁에서, 예. 나가 사갈라요.

병 : 예. 이 집에서 살라요.

갑 : 당신 꼴상 본께 안 사게 생겼어. 저래 갖고는 이런 바가지 못 사 당신은 그렇께.

을 : 예. 우리 한번 쳐내봅시다.

갑 : 그렇께 우리 한번 쳐내볼께라?

을 : 잡귀 잡신을 한 번 전부.

갑 : 그러면 우리 이 집이 뒷터 철융 앞터 지신에 잡귀 잡신을 싹 몰아내고 미영과 복과 한 번 쳐보제.

병 : 대학교 잡귀 잡신 다 쳐내야제.

---

12) 명(命)

11) (대화)

갑 : 쳐내라 쳐내라 한께 또 싹 쳐냈그만. 미영과 복과랑 다 쳐내뿔면
　　이 집이 큰굿하고 망쪼 들어서 큰일 나.

을 : 그러면 앵간이 쳐내야제.

갑 : 그러니까 우리 앵간이 잡귀 잡신 쳐내고 미영과 복과만 한 번 쳐
　　들여 보더라고.

12) (대화)

갑 : 어! 어!

을 : 어여 봉사

갑 : 어엇!

병 : 앞을 못보고 다니는 봉사님이시그만.

을 : 당신 거기가 어떤 길이라고 함부로 들어오요? 당신 앞에 거기가
　　강이 있소.

갑 : 이것 뭐여? 어디냐 그말이여?

을 : 강이 있어. 강.

갑 : 무슨 강?

을 : 거가 바로 백봉강이여.

갑 : 백봉강?

을 : 예.

갑 : 어째 백봉강인고?

을 : 어째서 백봉강인고는.

갑 : 응!

을 : 이 잔치를 얻어 묵을라고 봉사가 꼭 오다가 그 강에서 빠져죽은
　　것이 아흔 아홉이 빠져 죽었그만.

갑 : 그래서?

을 : 그런디 당신이 채우면 거가 똑 백이라. 그래서 백봉강이라.

갑 : 나가 여기 빠져 죽으면 백봉강이다. 그럼 나 이 강 못건너가겠네?

을 : 그렇지요. 그러니까 당신이 강을 건널라면.

갑 : 예.

을 : 여기 와서 사삼진봉 차려놓은 것 얻어 자시고 가실라면은 당신 거기서 강태롱을 잘 허는디 강태롱을 잘 해야지 당신이 잘 못하면 거기 오다가 빠져.

병 : 강태롱을 잘 해야지!

을 : 그러니께 강태롱을 잘 허시면 당신 눈도 뜰 수가 있어. 혹시. 그런께 한 번 예.

갑 : 허허! 이놈의 팔자 다 됐네 그랴.

병 : 강태롱을 한 자리 잘 해보시오.

갑 : 이날 평상 눈구녁이 어두와 갖고 봉사됐다고 저승도 못오고 이승도 못오게 해서 눈구녁을 갖고 골목마다 질마다 작대기 요놈 짚고 내가 터덕 터덕 터덕 터덕 터덕허고 거식허고 댕김시로 아 댕기다가 순천대학교 오늘 야락잔치 났다고 우둥둥 뚜둘고 굿소리 나길래 어쩨 이 잔치 와서 뭣 잠 얻어묵을까 하고 왔더니 아 이거 백봉강이 닥쳤으니 이거 강태롱을 허라그니 이거 깐딱 잘못하다가 이 강에 빠져죽게 생겼으니 이놈 세상 어찌 하꼬?

병 : 강태롱을 잘 잔 해보시요.

갑 : 강태롱을 해?

병 : 아먼 해야제.

을 : 그렇지.

정 : 그렇지.

병 : 그렇고 말고.

갑 : 그러면 강태롱을 내가 또 한번 해보까?

병 : 얼씨구.

13) (창)

갑 : 강이로다 강이로다 압록강도 갱이로세 뒷록강도 갱이로세 두만
강도 강이시면 이 강을 건너면 이 내 눈을 떠 만단회포 푼다드니
이 강을 건너서 어서 배삐 눈을 떠서 만 리를 어서 보세. 강도
강도 갱이로세 압록강도 갱이로세 뒷록강도 강이로세 염라강도
강이시면 두만강도 강이로다 이 강을 건너서 이 내 눈을 뜨고 보
면 만 리를 본다 허니 어서 배삐 눈을 떠서 만 리를 바라보세
강을 강을 건너세 강을 강을 건너세 압록강도 갱이로세 뒷록강도
강이로세 강을 강을 건너세 이 세월도 강이로다 극락강도 강이로
다 강태롱을 잘 해서 눈을 뜨고 극락 가세 이 강을 얼른 건너
인도환생 다시 한 번 하여보세.

14) (대화)

갑 : 하! 이야! 아니 아닌게 아니라 강태롱을 하고 본께 아 이 놈의
강을 번떡 뛰고 본께 이 놈의 눈이 번떡 떠놓고 보니 과연 당신들
말이 맞소.
을 : 예. 앗다 그렇고 말고요.
갑 : 하 이렇게 눈구녁을 뻔허게 떴소 그랴. 이런 봉사가 이런 순천
이 순천대학 야락잔치에 왔다가 봉사가 눈을 뜨고 가는디 이 집
을 딱 둘러놓고 보니 아무래도 이 집이 돈이 많애 돈자랑도 아니
고 밥이 많애 밥자랑도 아니고 일이 없어 많이 모아놓고 허는 이
런 잔치가 아니구만. 암만 해도 이 집에 암만해도 누가 아파서
죽게 됐든지 살게 됐든지 누가 있는갑서. 그러니 그 사람 죽을
사람 내 앞에 좀 내놔 봐 어디. 아! 순천대학 어쩐 일인고 어쩔

참이여 엉?

을 : 예. 많이 자시고 가시요.

정 : 예. 많이 잡수시요.

갑 : 많이 먹고 가?

을 : 예.

갑 : 그러면 내가 또 한 번 묵고 가 보까?

15) (대화)

갑 : 아따 내가 칼을 들고 칼춤을 한참 추다 보니 요거 누집의 아들인
  고 눈도 맬똥 맬똥 껌벅이고.

조 : 이삐게 생겼그만.

갑 : 입도 메기 입만이로 생기고 부자집 맏아들감으로 잘 생겼는디 아
  직 쓸만헌디 나 오늘 요놈 나 오늘 잡아갖고 갈란디 잡아갖고 가
  야겄그만.

병 : 살려주시요 살려줘.

을 : 여보시요.

갑 : 예.

을 : 다름이 아니고 엊저녁에 그 양반 남새 밤새도록 이 정성을 썼는
  디 그 양반을 당신이 잡아가 쓰겄소?

병 : 살려주시요. 살려줘.

을 : 될 수 있으면 그 양반을 살려주고 가시요.

갑 : 내가 오늘 여기 잡아갖고 갈려고 왔는디 잡아가지 말고 내둬라?

을 : 예. 살려주고 가야제.

갑 : 아! 이 집을 봐서는 불쌍헌디 말이여.

을 : 예.

조 : 미남이여. 미남.

갑 : 날 찾도 안하고 나를 안 찾어. 하다[13] 우등둥 순천대학교 굿소리
　　가 나기에 저기 안산에 가 밤새도록 지달리고 앉겄어도 날 찾일
　　이 없어 아침 개명에 축시에 딱 들어와서 본께 이 놈의 칼이 있어
　　서 이 놈을 내가 팍 사목을 질러 갈라고 들고 한참 놀다 보니 하!
　　이렇게 눈구멍이 껌실 껌실 불쌍허게 생겼는디 어쩌까?

을 : 살려주고 가시요.

갑 : 살려주고 가? 그러면 자네들이 날보고 요 사람 살려주고 가라 할
　　려면 대면대신을 줘야제 덮어 놓고 살려놓고 가라고?

을 : 예. 대면대신 받쳐 났습니다.

갑 : 받쳐놔? 어디?

을 : 예. 당[14]나라 당충[15]으로.

갑 : 어허.

을 : 예.

갑 : 돼아지고기 받쳐났구만 응 그래.

을 : 예.

갑 : 그랬으니 내가 그냥 잡어갈 수 있는가.

을 : 하먼!

갑 : 대면대신이 있으니 그러면 우리 대면대신의 돼아지 머리가 당나
　　라 당충이다 그말이여.

을 : 아먼!

갑 : 당나라 장충이 앞을 스고 허재비 진생 뒤따라서 우리 싹 우리 우
　　리 서른 살 묵은 자손 우리 살려놓고 가보세!

을 : 가세!

---

13) 하도.

14) 닭

15) 당춘-닭

16) (대화)

조 : 후! 되그만.

갑 : 아 이거 서른 살 먹은 자손을 살려줄라고 딱 내가 손에 들고 놓고
본께 이것이 동쪽으로 쭉 뻗은 복송나무그만.

을 : 올체! 그렇게 하면 돼.

갑 : 근디 복송나문디 동쪽으로 쭉 뻗은 복송나무가 한 번을 후들기면
한 가지 액을 싹 몰아내불고.

을 : 올체!

갑 : 복송나무라.

을 : 아먼!

갑 : 열 번을 후두르면 열 가지 액운을 싹 몰아내뿌는 복송나문디 천
번을 후둘면 천 가지 액을 천 리 밖으로 탁 쫓아내는디.

병 : 그럼 한 번 해 봐.

갑 : 백 번을 하면 백 가지 사위를 싹 밀어서 백 리 밖으로 싹 몰아내
는디 복송나무, 동백나무 쪽 동쪽으로 뻗은 동백나문디 우리 자
손의 액을 싹 몰아내고 대학교 와서 대면대신 아저씨 어쩔든지
마음먹는 대로 공부해 갖고 일등하소 웨.

을 : 어 허허!

3. 무가 분석

　무가를 분석하기에 앞서 몇 가지 밝혀둘 사항이 있다. 이 글은 제목 그
대로 조사 연구에 그 목적이 있다. 따라서 무가의 분석도 그 해설과 무가
의 체계를 밝히는 데 집중될 것이다. 말하자면 앞에 소개한 자료 자체의

분석을 중심으로 논의를 진행하겠다. 다음으로 김태곤 교수가 채록한 설양굿16)은 참고자료로만 이용하겠다.

그러면 위에서 소개한 번호 순서에 따라 간단히 살펴보고 전체를 검토하기로 한다.

1번은 주무(主巫) 박경자(朴鏡子)가 부르는 창으로, 「삼설양굿」의 서두에 해당한다. 장단은 자진 굿거리며 율동이 동반된다. 그 내용은 세상에 떠돌아다니는 수많은 혼신을 불러 음식을 대접해 보내는 내용이다. 그 핵심적인 형식은 "왔네 왔네 내가 와…혼신 가운데 한 이름을 불러냄…내라도 많이 먹고 내도라 가세"이다. 위의 형식에 따라 여러 종류의 혼신을 불러 음식을 접대하고 배송하는데, 혼신의 수는 굿의 규모에 따라 다르다. 굿의 규모가 크면 혼신의 수가 많고 굿의 규모가 작으면 혼신의 수는 줄어든다.

2번은 주무(主巫)와 악사의 대화형식으로 이루어진다.17) 주무(主巫)는 혼신의 역을 하고 악사는 굿의 당주 역할을 한다. 주무(主巫)가 무엇을 하는가 묻고 악사가 굿하는 이유를 설명하는 부분으로, 일종의 발단부에 해당된다. 도시 혼령이 먹을 것을 달라고 하여 먹는 행위가 율동에 곁들여 뒤따른다.

3번도 형식은 2번과 같으며 그 동안 집안에 궂은 일이 왜 일어났는가를 밝히는 대목이다. 그리고 굿의 효험이 있을 것이라는 암시가 나타난다.

4번에서 7번까지는 모두 대화형식으로, 저승에도 못가고 이승에도 못가는 떠돌이 혼신들이 등장한다. 이들은 배고픈 혼신들이라고 할 수 있다. 그래서 내용은 이들에게 음식을 잘 대접하여 원한 없이 돌아가도록 위무하는 것이다.

8번도 대화형식으로 이루어졌는데, 이는 임신했다가 출산하지 못한 원귀다. 그러므로 저승도 이승도 못가고 떠돌아다니다 온 혼신이므로, 굿의

---

16) 金泰坤, 『韓國巫歌集』, 권2, 202~204쪽, 권3, 396~399쪽.
17) 사설형식이라고도 할 수 있다. 그러나 대화로 진행되므로 이 용어를 쓴다. 이하 같다.

당주 역할을 하는 악사가 그 해원책으로 「삼신풀이」를 제시한다.

9번은 지양혼신의 역을 하는 주무(主巫)가 부르는 창의 형식으로 앞부분은 중머리 장단이고 뒷부분은 굿거리 장단인 「삼신풀이」다. 그 내용은 삼신 조왕이 인연을 맺어주어 잉태해서 태내에서 자라는 과정을 월별로 설명하고 태어나기까지의 과정을 그린 전반부와 태어나서부터 여러 종류의 인연과 수명 복록 부여에 대한 후반부로 이루어져 있다.

10번은 「삼신풀이」의 결과로 아이를 잘 낳은 내용이다. 게다가 낳은 아이가 복바가지므로 이 바가지를 이용하면 수명과 재물을 늘릴 수 있을 뿐만 아니라 여러 종류의 재앙과 잡귀잡신을 쫓아낼 수 있다. 따라서 「삼설양굿」에서 이 부분이 차지하는 비중은 대단히 크며 큰 의미를 내포하고 있다. 역시 대화형식으로 이루어져 있다. 그리고 잡귀 잡신을 이 바가지로 쳐내는 행위와 율동이 뒤따른다.

11번은 10번과 연결되는 대화형식으로 이루어져 있다. 내용은 10번과 반대로 명과 복을 불러들이자는 내용이고, 이것을 불러들이는 행위와 율동이 뒤따른다.

12번은 「삼설양굿」에서 가장 중요한 기능을 담당하고 있는 봉사혼신의 등장 부분이다. 이 부분은 대화형식으로 이루어져 있다. 내용은 봉사혼신이 저승도 이승도 못가고 떠돌아다니다가 잔치에 얻어먹으려고 온다. 이때 굿의 당주 역을 하는 악사가 봉사의 문제 해결책으로 「강타령(江打令)」을 제시한다. 곧 「강타령」을 잘하면 먹는 것은 문제가 아니고 눈도 뜰 수 있고 극락에도 갈 수 있다고 하면서 「강타령」을 시킨다.

13번은 봉사혼신 역을 하는 주무(主巫)가 부르는 창으로서 「강타령」이다. 앞부분은 중머리 장단이고 뒷부분은 자진머리 장단이다. 내용은 강을 건너서 눈을 뜨고 극락에 가자는 것이다.

14번은 대화형식으로 이루어져 있다. 내용은 「강타령」을 잘했기 때문에 강도 건너고 눈도 뜨게 된다. 그래서 잘 먹고 가는 행위와 칼춤이 뒤따른다.

　15번은 대화형식으로 이루어져 있으며「삼설양굿」의 절정부분이다. 이때 환자가 등장하고 주무(主巫)는 귀신의 가면을 쓴다. 귀신의 역을 하는 주무(主巫)가 환자를 잡아가겠다고 하고 굿의 당주 역을 하는 악사가 굿을 한 이유를 말하면서 살려주기를 애걸한다. 살려달라고 하려면 대명대신을18) 달라고 혼신이 요구하고 굿의 당주가 그것을 준비해 놓았다고 한다. 그러자 혼신의 역을 하는 주무가 살려놓고 가자고 하면서 살려주는 행위와 율동이 뒤따른다.

　16번은 대화형식으로 이루어져 있으며「삼설양굿」의 대단원 부분에 해당된다. 내용은 동쪽으로 뻗은 복숭아 나뭇가지로 수많은 액운을 몰아내고 도끼로 환자가 앉아있는 독을 깨뜨림으로써 환자의 병을 완치시키고 정상적인 사람이 되게 한다. 이 부분에도 역시 액운을 몰아내는 행위와 율동이 뒤따르고 축원의 말이 있다.

　이상과 같이「삼설양굿」의 무가를 간단히 개관하였다. 그런데 이 무가의 종류는 두 가지가 있다. 하나는 작은 거리굿의 과정에서 독경(讀經) 형식으로 읊어지는 무가로 김태곤이 채록한19) 것이 이에 해당된다. 이것은 여러 혼신들을 거리에서 배송하는 내용이다. 다른 하나는 정신병자의 치료를 목적으로 하는 무가로 창과 사설로 이루어졌다. 두 무가의 공통점은 여러 혼신을 불러 음식을 대접해 보낸다는 점이다. 그러나 가장 두드러진 차이점은 전자가 혼신을 불러 음식을 대접해 보내는 데 그치고 다음 굿으로 넘어가는 과정의 일부이지만 후자는 혼신에게 음식을 대접해 보냄으로써 정신병자를 치유하는 데 목적이 있을 뿐만 아니라 바로 이 굿이 마지막 굿에 해당된다는 점이다. 그러므로 그 줄거리의 앞부분에 유사점이 있다고 하더라도 뒷부분의 내용은 아주 다르다.

　본고에서 논의될 무가는 후자인데, 이를 전체적으로 살펴보겠다.

---

18) 목숨과 신체를 대신할 수 있는 것, 예를 들면 돼지머리나 닭이 이에 해당된다.
19) 주 16 참고.

「삼설양굿」무가의 전체적인 내용은 간단하다. 곧 어떤 사람이 정신이 상이 된 것은 원귀가 씌웠기 때문이다. 따라서 이 원귀를 잘 위무시키면 이 원귀들이 떠난다. 바꿔 말하면 원귀를 해원(解怨)시켜주고 원귀의 도움으로 정신병자를 치유시키는 것이다.

내용은 이렇게 간단하지만 그 구조의 모습을 파악하기에는 그렇게 간단하지가 않다. 이 무가는 전체적으로 볼 때 대단히 희곡적이다. 그런데 희곡으로 보기에는 많은 난점이 있는 것도 사실이다. 만일 이 무가를 희곡으로 볼 경우 우선 서사구조를 갖추고 있어야 한다. 곧 일정한 줄거리가 있어야 하고, 이 줄거리는 여러 사건의 유기적인 결합력이 있어야 한다. 그런데 이 무가는 일정한 줄거리가 있다는 사실은 인정할 수 있지만 개개의 사건이 줄거리 전체를 이어주는 논리적 구조를 가지고 있는 것은 아니다. 이 논리적 구조를 갖지 못한 가장 큰 이유 가운데 하나는 일정한 주인공이 없다는 점이다. 앞에서 소개한 번호 1번에서 16번까지 수많은 혼신이 등장했다가 사라지기만 하지 처음부터 끝까지 줄거리를 이끌어 나가는 주인공이 존재하지 않는다. 물론 이 줄거리를 이끌어 나가는 인물은 주무(主巫)와 악사들이다. 그러나 주무(主巫)와 악사들의 역할은 다만 여러 혼신이나 굿의 당주 역을 대행할 뿐이다. 그러니까 「삼설양굿」의 무가는 줄거리가 있음에도 불구하고 서사양식의 요소를 갖추지 못했기 때문에 희곡으로 볼 수 없는 난점이 있다. 이것이 바로 이 무가가 지닌 구조적 특징이라고 할 수 있다.

다음으로 이 무가가 지니고 있는 내용적 특성으로 그 해학성을 들 수 있다. 이 해학성은 대본에 의해 의도된 것이 아니라 굿의 진행과정에서 즉흥적으로 나타난다.

<blockquote>
이 놈의 집구석을 본께 이 놈의 집구석이 터가 쬐그매서
…… 중략 ……
나가 먹을라고 허면 철융님이 딱 받아먹고 딱 받아먹고 (자료 2)[20]
</blockquote>

이 놈의 집구석에 한 3년 와서 얻어먹을라고 자른 목 질게 빼고 진 목을
자르게 빼고 이때껏 지다리고 바램시로 (자료 3)

내가 다른 사람도 아니고 순천군수여 지금으로 허면 순천시장님이제. (자료 4)

나가 서른 살 먹도록 시집을 못가갖고 잉! / 예, 아까 방금 총각귀신이 왔
다 갔는디. / 요새야 연애시댕께 저승에 가 연애를 걸고 그러시오. (자료 6)

잡신을 싹 몰아내는 복바가치를 낳았는디 이 바가치를 이 좌중에 살 사람
누가 있소? / …… 당신 꼴상 본께 안사게 생겼어. 저래 갖고는 이런 바가지
못 사 당신은 (자료 10)

요거 누 집의 아들인고 눈도 맬똥 맬똥 껌벅이고 / 이삐게 생겼그만 / 입도
메기입만이로 생기고 부자집 맏아들감으로 잘 생겼는디 아직 쓸만헌디
(자료 15)

위에 제시한 자료에서 볼 수 있듯이 분위기에 따라 즉흥적으로 사람들
을 웃기면서 굿의 신성하고 무서운 분위기를 흥겨운 분위기로 역전시키
는 것이다. 집을 묘사하는 장면이라든가 자신의 신분을 순천군수라고 하
거나 요새는 연애시대니까 저승에 가서 연애를 걸라는 등의 얘기는 무가
의 내용이 단순히 주술성을 그 특성으로 한다고 볼 수 없게 만든다. 이런
특성은 판소리에서 광대가 청중들을 웃기는 재담 등의 해학성과 통한다.
예를 들면 완판 84장본 「열녀춘향수절가」에서 이도령과 방자의 대화에서
볼 수 있듯이 즉흥적으로 자신의 허물을 해학적으로 처리하고 있다.

방지 엿즈오되 여보 도련임 천황씨가 목썩으로 왕이란 말은 들어스되 쑥
썩으로 왕이란 말은 금시초문이요 이 자식 네 모른다 천황씨 일만 팔천 세를
살던 양반이라 이가 단단ㅎ여 목덕을 잘 자셔건이와 시속 션부더른 목썩을
먹건는야 공자임계옵셔 후싱을 싱각하사 명윤당의 현몽ㅎ고 시속 션부드른
이가 부족하야 목썩을 못먹기로 물신 물신한 쑥썩으로 하라 ㅎ야 삼빅육십

주 힝교의 통문ᄒ고 쑥찍으로 곳쳐난이라[21]

위의 인용문에서 보듯이 판소리의 해학은 무가의 해학과 통하는 점이
있다.

또한 무가의 구조적 특성으로 나열과 반복을 들 수 있다. 반복의 예로는
여러 혼신의 등장을 알리는 "왔네 왔네 내가 와 …… 내라도 많이 먹고 내
돌아가세"의 형식 등 여러 가지가 있다. 나열의 예를 몇 가지 들어보자.

> 살아 삼촌인 내가 왔네 살아 사촌인 내가 왔네 …… 살아 십촌인 내가 왔네.
> (자료 1)

> 앞바다면 앞바다 뒷바다면 뒷바다 동해바다 남해바다 서해바다 북해바다
> 동서남북 사면 팔방 이십사방에 (자료 7)

> 집안에 오방산장에 굴뚝신령에 팔부지신에 큰방구석 작은방구석 정재구
> 석 마당구석 뒤안 구석 허청구석 구석구석에 (자료 10)

이 자료 외에도 「삼신풀이」와 「강타령」에서 보여주는 반복과 나열은
판소리의 여러 가지 치레사설들과 유사하다.

> 월미 듸답하되 천하 듸성 공부자도 이구산의 비르시고 정나라 정자산은
> 우성산은 비러 나계시고 아동방 강산을 이를진딘 명산 듸천이 업슬손가 경상
> 도 웅천 쥬천의난 늑도록 자녀업셔 최고봉의 비리더니 듸명 천자 나계시사
> 듸명천지 발거스니 우리도 정성이나 듸려보사이다.[22]

> 나구 안장지을졔 홍연자기 산호편 옥안금편 황금능 청홍사 고흔 굴네 쥬
> 먹상무 덥벅다라 청청다리 은입등자 호피도듬의 전후거리 줄방울을 염불법
> 사 염쥬메듯 나구등듸 ᄒ엿소 도령임 거동보소 옥안션풍 고흔 얼골 졍반갓
> 탄 치머리 곱게 비셔 밀기름의 잠지와 궁초 당기 셕황 물여 밉시 잇게 잡바
> 짯코 셩천슈쥬 졉동빗 셰빅져 상침바지 극상세목 졉보선의 남갑사 단임치고

---

21) 金東旭 編, 『古小說板刻本全集』 三, 322쪽, 띄어쓰기 필자, 이하 같음.
22) 위의 책, 315쪽.

육사단 접비자 밀화단초 다라 입고 통힝건을 무릎 아릭 는짓믜고 영초단 허
리쯰를 흉즁의 눌러 믜고 육분당혜 쓰으면서 나구를 붓드러라[23)]

위에 인용한 두 예문은 「열녀춘향수절가」 가운데서 월매가 성참판에게
자식을 얻기 위해 치성을 들이자면서 하는 말과 「나귀치레」, 이도령의
「복색치레」에서 뽑은 것이다. 무가가 반복과 나열인 데 비해 판소리는
주로 나열이라는 점에서 차이는 있으나 지나치게 많은 나열을 한다는 점
에서 무가와 판소리는 서로 통한다. 그런데 이러한 반복과 나열이 우리
전통적인 구비문학에서 강조의 수법이라는 사실을 인정하더라도 이것이
주술의 기능을 행하는지는 좀 더 검토를 요한다.
　끝으로 이 무가의 주술적 구조를 살펴보자. 김영일은 주술을 다음의 인
용문과 같은 체계로 이해했다.

　　　呪詞의 일반적인 性格은 喚起, 陳述, 命令이다. 그러나 喚起, 陳述, 命令
　이라는 呪詞의 性格이 呪術로서 그 機能이 바뀔 경우 제일 먼저 요구되는
　것은 리듬이다. 리듬이 呪詞에 투영됨으로써 呪詞는 비로소 呪術力을 가진
　言語가 되는 것이다. 그러므로 呪術의 核인 呪詞는 〈노래로 불리워지는
　것〉을 前提로 한다.[24)]

　김영일의 주술이론(呪術理論)이 「삼설양굿」 무가의 경우에도 과연 적
용될 수 있을 것인가? 김영일은 주사(呪詞)가 주술력(呪術力)을 갖기 위
해서는 노래로 불려야 한다고 했다. 그런데 이 무가를 살펴보면 노래는
모두 셋이 있다. 무가의 서두의 창과 「삼신풀이」, 「강타령」이 그것이다.
서두의 창은 무녀가 혼신을 불러 음식을 먹여 보내는 내용이고, 「삼신풀
이」는 지양혼신이 악사의 말을 듣고 지양혼신의 역을 하는 무녀가 아이
를 잉태해서부터 태어난 후의 운명까지의 과정을 이야기하는 내용이고,

---

23) 위의 책, 317쪽.
24) 金永一, "巫歌의 呪詞形態와 傳承構造", 『경남대 논문집』 5집. 1978, 58쪽.

「강타령」은 봉사혼신이 악사의 말을 듣고 자신의 신세를 한탄하는 내용과 재담을 주 내용으로 한다. 그런데 「삼설양굿」에서 주술(呪術)이란 무당이 말이나 노래에 어떤 행위와 율동을 곁들여 여러 원귀를 달래거나 위협하여 그들을 추방하고 정신병자를 치유한다고 볼 수 있다. 문제는 이 무가의 주술력의 핵심이 원귀들의 해원에 있는데, 이 해원이 대체로 밥을 먹여주거나 아이를 잘 낳을 수 있는 방법을 알려주거나 눈을 뜰 수 있는 방법을 알려줌으로써 이루어진다는 점이다. 그러니까 서두의 창을 제외하고 「삼신풀이」나 「강타령」이 혼귀 자신의 문제를 해결하는 수단에 불과하지 어떤 주술력을 발휘하기 위한 기능을 전혀 담당하지 못한다는 것이다. 그러므로 김영일의 주술이론은 다른 무가에는 몰라도 적어도 「삼설양굿」의 무가에는 적용되지 않는다. 조금 더 언급하자면 이 무가의 주술구조는 원귀가 등장하면 원(怨)을 풀 수 있는 방법을 말로써 제시해준다. 예를 들면 「삼신풀이」를 하라거나 「강타령」을 하게 한다. 그래서 원귀가 「삼신풀이」나 「강타령」을 하고 그 후에 이를 잘한 결과 복바가지를 낳거나 눈을 뜨게 되자 그 보답으로 정신병자를 치유시킨다. 그런데 이 과정이 모두 대화로 이루어져 있고 노래는 주술력이 아니라 그 원한 해결의 기능을 담당할 따름이다. 결국 이 무가에서 주술의 구조는 위협이 아니라 여러 가지로 원귀를 달래고 해원시킴으로써 주술력을 발휘하는 특성을 지니고 있다.

이상으로 「삼설양굿」 무가의 전체적인 모습을 살펴보았다. 분석한 결과로 볼 때 확실히 판소리와 무가는 서로 통하는 면이 있다. 곧 그 리듬과 수사에서 더욱 그러하다. 그렇다면 앞으로의 과제는 무가의 전반적인 모습과 판소리의 전반적인 모습을 집중적으로 비교 검토하여 둘 사이의 공통점과 차이점을 분석하는 일일 것이다.

끝으로 「강타령」을 하게 되는 동기로서 백봉강의 의미도 검토할 필요가 있다. 봉사가 그냥 잔치에 왔으면 강에 빠져 눈을 뜨지 못했을 텐데

「강타령」을 잘했기 때문에 무사히 강도 건너고 눈도 떴다. 이는 「심청전」에서 심봉사가 강에 빠진 후에 딸의 효성으로 잔치에 왔다가 눈도 뜨고 음식도 먹을 수 있었다는 점에서 유사성이 있다. 또한 눈을 뜨는 것이 강과 관련이 있다는 점에서 강의 의미를 탐색할 필요성이 제기된다. 또 하나의 과제는 바가지의 의미다. 우리 고대신화에서 볼 수 있는 바가지의 의미와, 이 무가에서 박아리 박생이 금바가지도 되고 은바가지도 되는 복바가지일 뿐만 아니라 액(厄)을 내쫓고 복을 불러들이는 역할을 하는 바가지의 의미는 아무 관련이 없는 것일까? 게다가 이 굿에 등장하는 가면을 바가지로 만든다는 점에서, 이는 앞으로 좀 더 자세히 검토해보아야 할 과제임에 틀림없다.

4. 맺는말

그 동안 무가 연구는 종합적인 차원에서 고찰하기보다는 주로 구비문학적인 차원에서 논의가 이루어졌다. 그러므로 무속의 원초적 의미를 밝히려는 의도와 관련되는 무조(巫祖)의 신화가 들어있는 무가에 연구가 집중되었다. 그 결과 일반 무가의 연구는 제대로 이루어지지 않아 무가의 전체적인 모습이 밝혀지지 못했다. 이러한 문제점을 해결하기 위해서는 무엇보다도 무속과 무가의 연구 영역을 확장해야 한다. 그렇기 위해서는 먼저 무굿의 발굴과 정리 및 개개의 무굿을 전체적인 시각에서 바라보는 연구 작업이 병행되어야 한다고 본다. 이 글은 그 작업의 일환으로 이루어졌다.

이 글에서는 먼저 「삼설양굿」의 무가를 채록 정리하여 자료로 제시하였다. 그리고 이 무가를 주술의 차원과 예술의 차원에서 분석했다. 이 때 분석의 방법은 무가를 가사만 가지고 한 것이 아니라 제의와 관련시켰다.

그리고 문학과도 연관시켜 종합적인 시각에서 분석하려고 시도다. 그 결과 「삼설양굿」의 무가는 대단히 희곡적인 성격이 짙으며, 판소리의 희극적 요소가 많음을 밝혔다. 그러나 희곡적 성격이 짙다고 하더라도 희곡으로 볼 수 없는 이유도 아울러 밝혔다. 그러나 이 논문의 성격상 다른 무가와의 비교 연구에까지 나아가지는 못하고 자체 분석에 머물고 말았다는 한계를 갖는다.

마지막으로 「삼설양굿」 무가의 주술 구조는 해원(解冤)임을 밝혔다. 여기서 우리의 관심을 끄는 것은 무속이 지닌 사생관(死生觀)이다. 인간이 제 명대로 살지 못하고 죽으면 모든 사람이 원귀가 된다는 것이다. 원한을 풀지 못하면 저승에도 이승에도 못가고 떠돌아다니면서 이 세상의 모든 횡액(橫厄)을 일으킨다는 것이다. 이와 같은 원혼을 위무(慰撫)시킴으로써 정신병자를 치유하는 「삼설양굿」은 무굿 가운데 중요한 위치를 차지하고 있다고 할 수 있다.

2. 나로도의 무가 연구[1]
-「오구풀이」를 중심으로 -

1. 머리말

1) 나로도의 세습무 실태

나로도의[2] 경우도 전남의 여느 지역과 마찬가지로 요즘 세습무를 찾아보기 어렵다. 그 이유는 여러 가지가 있겠으나 무엇보다도 신분 문제와 경제 문제가 주요인이 될 듯하다.

무당은 조선시대에 천민에 속했다. 따라서 무당들은 한 지역사회에서 천민의 위치에 있었고, 그들은 일반 사회 구성원들로부터 천대를 받으며 생활했다. 이러한 상황은 신분질서 제도가 붕괴된 이후에도 쉽사리 개선되지 못했다. 오늘날에도 보수적인 지역에서는 무당을 천시하는 유습이 사라지지 않고 있다. 따라서 무당의 자손들은 집단사회로부터 천시를 피하기 위해 무업을 포기하고 다른 직업에 종사하거나 자신의 신분을 감출 수 있는 객지로 생활터전을 옮기는 경우가 많았다. 나로도의 경우도 예외는 아니어서 세습무의 자손 가운데 무업을 세습 받은 경우는 전혀 없었

---

1) 이 글은 임성래, "나로도의 무가연구 -오구풀이를 중심으로-"(남도문화연구 제2집, 순천대학 남도문화연구소, 1986.)를 일부 문장만 손질해서 실었다.
2) 나로도는 외나로도와 내나로도, 사양도, 애도, 수락도 등을 포괄하는 명칭이다. 물론 행정구역 명칭(봉래면)이 따로 있지만 통상 나로도로 불린다. 앞으로 나로도라는 명칭을 사용할 때는 이러한 통상적 명칭으로 사용하겠다.

다. 이로 인하여 세습무의 세습 전통은 현재 단절되었다.

다음은 경제적인 이유로 인해 세습무를 찾아보기 어렵다.

나로도의 경우 일찍부터 어업의 전진기지 역할을 하고 있었다. 따라서 나로도에서는 항해의 무사와 풍어를 비는 「재수굿」이나, 사고로 죽은 선원들의 혼령을 위로하는 「씻김굿」 등의 큰굿이 많이 거행되었다. 그러나 최근 육로와 해상 수송수단의 발달로, 이전에 나로도가 담당했던 수산 전진기지로서의 역할은 퇴색되었다. 이로 인해 나로도는 예전에 누렸던 경제적 여유가 줄어들었다. 따라서 요즘 선주나 선원들도 돈이 많이 드는 세습무에게 굿을 맡기기보다는 돈이 적게 드는 신자(神者)에게3) 굿을 맡긴다. 혹 세습무에게 굿을 맡기는 경우에도 큰굿보다는 간단한 비념 정도만을 맡기고 있다. 그 결과 세습무들은 굿을 해서 생계를 꾸려나가기가 어려운 실정이다. 그로 인해 그나마 남아 있던 세습무들도 좀 더 벌이가 나은 도회지로 대부분 떠나버렸다.

필자가 조사에 착수하여4) 나로도의 여러 지역을 방문해 보았더니 현재 나로도에서 활동하고 있는 세습무는 두 사람에 지나지 않았다. 그들조차 도 연로하여 그곳에 살고는 있으나 활동은 활발한 편이 아니었다. 그리고 그들도 기회가 있으면 도회지로 나가서 활동하고 싶다고 했다. 그들이 타지로 나가지 못하는 이유를, 손을 잡아줄 사람이 없어서라고 말하는 것으로 보아서, 그들이 그 지역에 살고 있는 것은 그들의 연고지라는 이유 때문인 것으로 추정되었다.

---

3) 전남 지역에서는 강신무(降神巫)를 '신자(神者)'라고 한다.

4) 순천대 남도문화연구소로부터 "나로도의 무가 연구"를 청탁받고 나서 나로도의 무가가 채록된 것이 있는가 조사해 보았다. 그 결과 최길성이 「한국민속종합조사보고서」-전남 편-에 나로도의 오구굿을 채록한 것이 유일했다. 채록된 무가를 검토해보니 그나마 오류가 여러 군데 눈에 띄어 이것만을 자료로 삼기에는 문제가 있을 것으로 여겨졌다. 그래서 무가를 채록하기 위해 세 차례에 걸쳐 나로도를 방문했으나 그 성과는 만족스럽지 못했다. 현재 나로도에는 세습무가 두 사람만 남아있을 뿐이다. 그들조차 일감이 없어서 굿을 별로 하지 않기 때문에 대부분의 무가를 망각하여, 무가를 완벽하게 창할 수 없었다. 그래서 그들이 할 수 있는 무가만을 채록했기 때문에 많은 종류의 무가가 채록되지 못했다.

필자가 조사한 세습무 두 사람을 소개하면 다음과 같다.

- 오일남(남, 77세, 내나로도 양화부락 거주) : 특기는 피리이고 각종 춤에 능하다. 농악의 상쇠를 여러 해 했다. 부인은 무업에 종사하지 않는다. 부친은 무당이 아니었고 모친 집안은 대대로 내려온 세습무 집안이었다. 30여 세 이후에 모친에게 굿을 배웠다. 자손들은 모두 무업에 종사하지 않으며 현재 객지에 나가 살고 있다.
- 김한심(여, 66세, 사양도 사양부락 거주) : 특기는 「오구굿」과 「조왕굿」이며 창에 능하다. 그녀는 여천군 쌍봉면 소호리 항도에서 태어났는데, 무당 집안은 아니었다. 대대로 세습무당 집안의 셋째 아들인 임만석씨와 결혼했다. 30여 세에 시아버지와 시어머니에게 무가를 배웠다. 손죽도에서 살다가 34세에 나로도에 들어왔으며, 남편과 사별한 지 20여 년 되었다. 자식들은 대부분 객지에 나가 살고 있으며, 아들 한 사람이 현재 그녀와 살고 있다. 그녀의 경우도 자식들 가운데 무업을 이어받은 사람은 한 사람도 없다. 현재 그녀와 함께 살고 있는 아들도 배를 타는 선원이다.

위에서 살펴본 바와 같이 오일남이나 김한심의 경우 모두 자손들이 무업에 종사하지 않기 때문에 나로도의 경우 이들 두 사람을 끝으로 세습무의 전통은 단절될 것으로 추정된다. 게다가 오일남의 경우나 김한심의 경우 다른 패들의 초청에 의해서 가끔 굿에 참여하고 있으나 그런 기회도 자주 없어서 생계도 어렵고, 소위 큰굿을 할 기회가 거의 없어서 열두거리 무가 가운데 요즘 자신들이 특기로 하는 무가만 기억하여 할 수 있을 뿐, 그동안 하지 않은 무가들은 망각하여 창할 수 없었다. 그런 점에서 나로도의 세습무가의 전통은 세습무의 전통과 함께 단절되고 있는 중이다. 그리고 그들의 말을 빌면 요즘은 옛날과 달라서 굿하는 방식이 간소화되어 있을 뿐만 아니라 큰굿을 하는 사람들도 별로 없어서 많은 세습무들이 도회지로 나가고 섬에 세습무들이, 그들을 제외하고는, 없어서 큰굿을 하려고 해도 할 수 있는 능력을 지닌 사람이 없어서 제대로 못한다고 했다. 따라서 자신들이 하는 굿이 엉터리 방식인 줄 알면서도 신자(神者)들과 어울려 굿을 하며, 자신들은 신자(神者)들이 할 수 없는, 줄거리를 지닌 굿(서사무가 굿)만을 맡아서 한다고 했다. 그러므로 요즘의 굿은 모두 본식(本式)이 아니라고 했다. 필자가 열두 석을 차례로 하자고 하자 그들은 순서는 기억하면서도 자신들이 할 수 있는 무가는 많지 않다고 했다. 그래서 그들이 할 수 있는 무가를 채록했으나 그 종류는 「조왕굿」, 「큰넋」, 「오구풀이」 정도였다. 이것은 모두 김한심이 창하였고, 오일남은 뒷말을 따라하면서 장단을 쳐주었다.

2) 기존 연구 검토 및 연구 대상

본고에서는 채록된 무가들 가운데 「오구풀이」에 한정시켜 논의를 진행하려고 한다. 그 이유는 채록된 무가의 종류가 다양하지 못하고, 최길성이 채록한 무가와 대비하여 연구할 수 있는 것이 「오구풀이」뿐이기 때문이다.

우리나라 서사무가의 대표적인 것은 「제석풀이」와 「오구풀이」다. 이 가운데서도 「오구풀이」는 무조신화라는 점에서 중요한 위치를 차지하고 있다. 그러므로 「오구풀이」에 대한 연구는 무가 연구의 출발점이 된다는 점에서 의의가 있다. 그럼에도 불구하고 「오구풀이」에 대한 지금까지의 연구는 활발한 편이 아니다. 무가 연구 가운데 「오구풀이」에 대하여 논의된 것이 있으나 「오구풀이」만을 대상으로 삼아 본격적인 논의를 편 것은 서대석의 연구가5) 유일하다.

그는 지금까지 채록된 10편의 「바리공주」를 지역별로 나누고, 서울, 함남, 경북, 전남의 4개 지역별로 대비하여 이들의 같은 점과 다른 점을 밝

---

5) 서대석, 『한국무가의 연구』, 문학사상사, 1980, 194-254쪽.

혔다. 이어서 그는 이들이 지니고 있는 내용이 어느 미적 범주에 속하는 지 검토하였으며 영웅소설 등과의 대비를 통해 이들이 문학사적으로 어떤 위치에 있는가를 밝히고 있다. 이 연구는 무가 연구를 문학사적 연구로 끌어 올렸다는 점에서 의의가 있다. 그러나 논의의 범위가 포괄적이어서 개별 지역에 대한 논의가 구체화되지 못했다는 한계를 지닌다. 이러한 문제점을 해결하기 위하여 필자는 나로도라는 한정된 지역의「오구풀이」무가만을 논의의 대상으로 삼고자 한다. 그러므로 본고는 나로도에서 채록된「오구풀이」를 연구의 대상으로 삼아 이들의 상관관계를 살펴보려고 한다. 여기서 다루어질 자료들을 소개하면 다음과 같다.

첫 번째 자료는 최길성이 채록한 것으로,「한국민속종합보고서-전남편-」에[6] 실려 있다.[7] 이것은 외나로도에서 세습무 한이엽의 굿 중에서 채록된 것이다.

두 번째 자료는 오일남이 소장하고 있는 무가집에서 뽑은 것이다. 그는 두 권의 무가집을 소유하고 있는데, 한 권은 주로 경문이고, 다른 한 권에는 경문과「오구시설」,「평풍서」등의 무가가 실려 있다. 그러므로 오일남의「오구풀이」는 무가집의 둘째 권에 들어 있는 것을 뽑은 것이다.[8]

세 번째 자료는 김한심이 노래한「오구풀이」이다. 필자가 7월에 두 차례 사양도를 방문하여 그녀에게서 채록한 것이다.[9]

따라서 본고에서 다루어질 자료들은 위에 소개한 3편의「오구풀이」가 주자료가 될 것인데, 그 가운데서도 김한심의「오구풀이」가 주자료가 될 것이다. 그리고 이 세 편의 무가는「최본」이 외나로도에서,「오본」이 내나로도에서,「김본」이 사양도에서 각각 채록되었다는 점에서 이들에 대한 검토는 곧 나로도 전체의「오구풀이」에 대한 검토에 해당될 수 있을 것이다.

---

6) 문공부문화재관리국(편),『한국민속종합조사보고서』-전남편-, 1969.
7) 앞으로 이 자료를「최본」이라 약칭한다.
8) 앞으로 이 자료를「오본」이라 약칭한다.
9) 앞으로 이 자료를「김본」이라 약칭한다.

2. 각 이본의 내용 검토

각 이본의 내용을 23개 부분으로 나누어 서로 어떻게 다른지 비교하겠다.

(1) 서두

「최본」 오구님네 오늘오발세 완철밭에
「오본」 오구시왕님의 본을 받고 시왕님의 안츨밧세
「김본」 오구님네 본을 받고 오구시왕님네 안철받세

서두의 경우 「최본」의 "오늘오발세 완철밭에" 부분은 채록할 때의 오류인 듯하며, 「오본」과 「김본」은 대체로 비슷하다.

(2) 오구시왕의 본

「최본」 태왕산 큰바우 밑
「오본」 시왕산 금바우 밑
「김본」 시왕산 금바우 밑

오구시왕의 본에 대하여 「최본」은 "태왕산 큰바우 밑"이라 하여 「오본」, 「김본」과 구별된다. 그러나 「최본」의 경우도 뒷부분에서 시왕산으로 이야기가 되어 있는 것을 보면 창자(唱者)의 착각인 듯하다. 큰바우와 금바우는 서로 발음이 비슷하다는 점에서 유사성이 있다.

(3) 오구님과 오구부인님의 혼인 내용

「최본」 오구님이 17세, 오구부인은 15세에 혼인함

「오본」 시왕님과 비훈님이 혼인함
「김본」 오구시왕님이 18세, 오구부인님은 15세에 혼인함

「최본」과「김본」은 내용이 비슷하다. 그런데「오본」의 경우 혼인할 때
의 나이에 대한 언급이 없고, 시왕님과 비훈님으로 소개하고 있어서 차이
를 보인다. 여기서 시왕님은 오구시왕님의 준말인 듯하고, 비훈님은 배우
님의 와전으로 추정된다.

(4) 딸 여섯을 낳는 이야기

「최본」 첫째 딸 낳는 이야기는 구체적으로, 둘째 딸은 간략히, 셋째에서 여섯
째 딸까지는 생략되어 있으며, 이들이 모두 딸이라는 사실만 언급되고
있다.
「오본」「최본」의 내용과 같음
「김본」 첫째 딸을 낳는 이야기는 구체적으로 되어 있으나 마지막의 낳는 장면
이 생략되어 있고, 둘째 딸은 간략하며, 셋째부터 여섯째 딸까지는「최
본」과 같음

이 내용은 세 이본이 대체로 일치한다. 다만「김본」의 경우 첫째 딸에
대한 이야기가 자세히 진행되다가 낳는 장면이 없는데, 이것은 무당이 무
가를 창하는 과정에서 망각하여 다음 장면으로 넘어갔기 때문인 듯하다.

(5) 바리데기의 잉태 과정 이야기

「최본」 오구부인이 오구시왕의 승낙을 받아 명산대천에 신공을 드리고 잉태한다.
「오본」 오구시왕이 딸만 낳아 병이 날 지경인데, 비훈님이 오구시왕의 승낙을
얻어 명산대찰에 백일 신공을 드리고, 하늘에서 학이 한 쌍 내려오고,
청룡, 황룡이 뒤틀어 보이는 선몽을 얻고 잉태한다.
「김본」「최본」과 같다.

세 이본이 모두 오구시왕의 승낙을 받아 명산대찰에 신공을 드려 바리데기를 잉태한다는 점에서는 일치한다. 그러나 「오본」의 경우 백일 신공을 드렸다고 했으며, 신공을 드린 후 선몽이 있었다는 점에서 다른 이본들과 차이를 보인다.

(6) 바리데기의 탄생과 버리는 이야기

「최본」일곱째도 딸이어서 동네사람도 부끄럽고 이웃도 부끄러우며, 남 부끄러워서 기를 수 없으니 여름이면 더워서 죽어버리라고 포닥치마, 저고리를 입혀서 양지쪽에 두고, 겨울에는 얼어서 죽으라고 오색 치마 저고리를 입혀서 음지에 두어 죽도록 하라고 오구시왕이 분부한다. 그래서 바리데기를 쑥대밭에 던져두니 학이 한 쌍 내려와 한 날개를 땅에 깔고 한 날개로 아이를 덮고 학의 젖을 먹여 키우니 일취월장한다.

「오본」일곱째도 딸이자 천지도 무심하고 귀신도 야속하다면서 삼문밖 오성배 쑥대밭에 내다버리라 하여 내다버리니 하늘에서 학이 내려와 한 날개는 깔아주고 한 날개는 덮어주어 밤이면 이슬 받고 낮이면 양기 쏘여 후환차착 없이 일취월장한다.

「김본」「최본」과 전체적으로 같으나 다만 바리데기를 상문밖 중문밖의 강물에다 버린다.

이 부분에서 「최본」과 「김본」은 바리데기를 남 부끄러워 키울 수 없다고 하면서 더워죽거나 얼어죽도록 하려고 버리는데, 「오본」의 경우 버리는 이유가 설명되어 있지 않다. 이것은 가창 과정에서 창자에 의한 생략이 이루어진 부분인 듯하다.

(7) 오구시왕의 병의 원인

「최본」오구세왕님은 시망차로 병이 난다.

「오본」시왕님이 심와화로 병이 난다.

「김본」오구시왕님은 딸 일곱을 낳고 시마화로 병이 난다.

모든 이본이 심화(心火)로 병이 난다는 점에서 일치한다. 그런데「최본」
이나「오본」은 단순히 심화로 병이 난 것으로 되어 있으나「김본」은 병의
원인이 딸 일곱을 낳은 것으로 구체화되어 있다. 그리고 심화라는 단어가
「최본」에서는 "시망차로,"「오본」은 "심와화로,"「김본」은 "시마화로"로
되어 있는데,「최본」의 시망차로는 시망화로를 창자가 잘못 창했거나 채
록자가 잘못 채록한 듯하다. 시망화로 또는 심와화로, 시마화로는 '심-화
로'가 가창과정에서 4박자의 템포를 유지하면서 가창하다가 심마화로 변
하고 그것이 시마화로 변하였고, 세습무들의 가사 세습과정에서 그대로
굳어져 생긴 변이인 듯하다.

(8) 약의 지시

「최본」도사가 쌀 한 말을 시주 받고, 태왕산 큰 바위 밑에 가면 불사약물이
　　　있으니 길어다 먹이면 금방 직차한다 하고 사라진다.
「오본」대사가 시왕산 금바위 밑에 약물을 길어다 먹이면 행병직차한다 하고
　　　사라진다.
「김본」도사가 백미 서 말 석 되를 받고 시왕산 금바위 밑에 가면 불사약물이
　　　있으니 길어다 먹이면 금방 직차한다 하고 사라진다.

약물을 알려주는 조건이「최본」에는 쌀 한 말을 시주 받는 것이고,「김
본」에는 백미 서 말 석 되를 시주받는 것이나「오본」에는 이런 조건이 없
다. 그 외의 내용은 거의 비슷하다.

(9) 여섯 딸들이 약물을 길러 가는 것을 거부하는 이유

「최본」큰딸은, 어른네 집안 자손으로 문턱 너머를 모르는데, 시양산이 어디라

고 가겠느냐, 둘째 딸은, 양반의 집안 자손으로 뒷문 밖을 모르는데 쉬
양산이 어디라고 어이 가겠느냐, 셋째, 넷째, 다섯째, 여섯째 딸들은 한
바늘로 꿴 듯이 어른의 집 자손으로 시왕산이 어디라고 가겠느냐 한다.
「오본」 큰딸은, 양반의 집 규수로서 문밖을 모르는데 시왕산이 어디라고 임의로
가겠느냐 한다. 둘째, 셋째, 넷째, 다섯째, 여섯째 딸도 일구여출이었다.
「김본」 큰딸은, 양반의 자녀로서 문밖 출입을 못해보고 뱃내를 못하는데 시왕
산이 어디라고 어찌 가겠느냐, 둘째는 언니가 못가는 데를 자신이 어찌
가겠느냐, 셋째, 넷째, 다섯째, 여섯째 딸도 이리 핑계 저리 핑계를 대
고 못간다고 한다.

「최본」의 둘째 딸과 「오본」의 여섯 딸들, 「김본」의 큰딸은 양반의 자
녀로 문밖을 모른다고 거절하고, 「최본」의 큰딸과 셋째부터 여섯째 딸은
어른네 집안 자손으로 문턱 너머를 모른다고 거절한다. 이상의 이유들은
서로 비슷함을 알 수 있다. 그러나 「김본」의 경우 둘째 딸은 언니 핑계를
대고 있으며 셋째부터 여섯째 딸까지는 이들과는 다른 핑계를 대고 거절
한 듯하나 핑계의 내용은 밝혀져 있지 않다.

(10) 바리데기가 약물 길러 가기를 허락한다

「최본」 바리데기가 처음에는 귀하게 키운 언니들은 안 시키고 자신에게 가라
한다고 거절했다가 잠시 후 허락한다.
「오본」 곰곰이 생각하다가 허락한다.
「김본」 「최본」과 같다.

위의 내용에서 「최본」과 「김본」에는 바리데기가 모친의 요구를 처음
거절하는 이유가 구체적으로 나와 있어서 그런 내용이 없는 「오본」보다
합리적이다. 그리고 바리데기가 모친의 요청을 받아들이기로 결심한 동
기를 「최본」과 「김본」에서는 부모가 낳은 공이나 갚겠다고 설명하고 있
으나 「오본」에는 그런 내용이 없다.

(11) 바리데기의 떠나는 모습

　「최본」 은동우를 곁에 끼고 구참바죽 두 발로
　「오본」 은동우와 은또가리를 옆에 끼고
　「김본」 은또가리를 손에 들고 은동우는 옆에 끼고 깃만 남은 저고리를 입고
　　　　깔만 남은 몽당치마를 입고 뒤축 없는 신을 신고

「최본」과 「오본」은 간략한 데 비하여 「김본」은 「복색치레」 사설의 내용이 추가되어 있으며, 그 내용은 약간 골계스럽고도 비애적인 바리데기의 모습이 나타나 있다.

(12) 길에서 일어난 일

　「최본」 길은 희미하고 낙낙장송은 우거졌으며 일신, 산신, 용신이 각각 통과세를 달라한다.
　「오본」 허부장 구부장 길을 가니 길신 산신을 만나고, 또 가다가 산명수려하고 낙낙장송은 휘느러지고 각색 새소리 낭자하고 각색 화초는 좌우로 만발한 길에서 용신을 만나 물값을 요구받는다.
　「김본」 두 모롱을 돌아가서 바둑 두는 선관에게 길을 물어 한 봉에 올라가니 산은 첩첩 청산이오 낙낙장송은 좌우로 늘어져 반공은 솟아오르는데, 산신, 길신, 용신이 각각 통과세를 요구한다.

시왕산을 가는 길은 「최본」이 가장 간단하고 「오본」은 그보다 조금 복잡하며 「김본」이 가장 복잡하다. 그러나 세 이본 모두 산신과 길신, 용신에게 각각 통과세를 요구받는다는 점에서 일치한다. 다만 「최본」의 경우 '일신'이라고 되어 있는데, 이것은 '길신'의 오자인 듯하다.

(13) 통과세를 치르는 방법

<blockquote>

「최본」 일값 삼 년, 산값 삼 년, 물값 삼 년을 각각 사는데, 하루가 일 년이요, 이틀에 이 년, 사흘에 삼 년을 산다.

「오본」 바리데기가 길을 떠나 길값 삼 년을 살고, 다시 길을 떠나 산신을 만나서 산값 삼 년을 살고, 또 다시 길을 떠나 용신을 만나 물값 삼 년을 산다.

「김본」 산값, 길값, 물값 삼 년씩 구 년을 한꺼번에 사는 것으로 되어 있다.

</blockquote>

위의 내용에서 볼 수 있듯이 바리데기가 통과세를 치르는 내용은 모두 같으나 그 기간 등은 약간씩 차이를 보인다. 「최본」의 경우 사흘이 삼 년이라고 해서 그 기간을 축소시켜 놓았다. 이것은 신들이 바리데기의 정성을 시험한 정도로 처리되어 있고, 뒤에 부친을 약물로 살린다는 점을 고려할 때 기간 설정이 합리적이다. 「오본」의 경우 신들을 각각 만나 삼 년씩 산 후 다음 길로 가는 것으로 되어 있어서 차이를 보인다. 그러나 「오본」이나 「김본」의 경우 바리데기가 구 년을 살았다는 점에서는 같다.

(14) 바리데기가 아들 낳는 이야기

<blockquote>

「최본」 없다.

「오본」 없다.

「김본」 처자의 몸으로 몸이 허탁하여 아들 삼 형제를 낳는다.

</blockquote>

「최본」의 경우 바리데기가 9일을 살았으므로 아들을 낳는 내용이 없는 것은 당연하다. 「오본」의 경우 부친을 살린 후 바리데기가 부친에게 죄를 청하는 내용과 오구시왕이 아들 삼 형제를 왕으로 봉하는 내용이 나오는 것으로 보아서 여기서 아들 낳는 내용은 생략된 듯하다. 「김본」은 몸이 허탁하여 아들 삼 형제를 낳았다고 그 이유를 구체적으로 설명하고 있다.

(15) 해몽

「최본」 바리데기가 스스로 해몽하여 부친이 죽은 줄 안다.
「오본」 없다.
「김본」 신이 내달아 해몽하면서 "너의 부친이 세상을 떴나보다. 어서 가서 너
　　의 부친을 살려라"라고 한다.

「최본」의 경우 꿈을 해몽한 바리데기가 부친을 살릴 준비를 하는 데 반
해,「김본」은 신이 해몽하고 도와준다.

(17) 불사약물과 환생화초

「최본」 학이 한 쌍 내려오더니 환생화초 꽃을 세 송이 끊어 바리데기에게 주고
　　불사약물을 세 사구 떠주면서 어서 가라 한다.
「오본」 바리데기가 어느 것이 약물이냐 물어 약물 한 동이와 환생초 세 송이를
　　얻어서 돌아온다.
「김본」 바리데기가 어느 것이 약물이냐 물으니 신이 약물 세 사구와 환생화초
　　를 끊어주며 어서 가서 너의 부친을 살리라고 한다.

「최본」의 경우 학이 약물과 꽃을 주고,「오본」의 경우 바리데기가 약물
과 환생초를 얻어서 돌아오며,「김본」의 경우 신이 약물과 환생화초를 주
면서 빨리 가서 부친을 살리라고 한다는 점에서 서로 차이를 보이나 전체
적인 내용은 비슷하다.

(18) 돌아오던 길에 목동 아이를 만나는 이야기

「최본」 바리데기가 돌아오다가, 목동 아이가 시왕님은 죽었는데 바리데기는 약
　　물 길러 갔다가 소식이 없다고 노래하는 것을 듣는다.
「오본」「최본」과 대체로 같으나 노래 가사가 없다.

「오본」「최본」과 같다.

이 부분은 바리데기가 돌아오던 길에 산신이 보낸 아이가 노래로 부친의 죽음을 알려 바리데기의 발걸음을 재촉하게 하는 내용으로, 세 이본이 대체로 비슷하다.

(19) 바리데기가 돌아옴

「최본」 부친의 상여가 나오는 것을 보고 바리데기가 상구를 멈추라 하니, 상두꾼들이 요망스런 계집애가 건방지게 상구를 멈추라고 한다 하자 바리데기가 자신의 신분을 밝히고 상구를 멈추게 한다.
「오본」 바리데기가 상구를 내리라 하자 상구꾼들이 상구를 내린다.
「김본」 전체적인 내용은 「최본」과 같으나 바리데기가 자신의 신분을 밝혀 상여를 내려놓는 것이 아니라 나이 먹은 노인이 세 살 먹은 아이 말도 들을 필요가 있다면서 상여를 내려놓게 한다는 점에서 차이를 보인다.

위의 내용에서 알 수 있듯이 「최본」과 「김본」은 대체로 비슷하고, 「오본」은 내용이 간략하다. 그리고 상여를 내려놓은 과정을 설명하는 내용은 「김본」과 「최본」이 차이를 보인다. 「최본」은 바리데기가 신분을 밝히는 것으로 상구를 멈춘 데 비하여 「김본」은 노인의 역할이 강조되어 있다.

(20) 바리데기가 부친을 살리는 내용

「최본」 바리데기가 환생화초를 부친의 시신 허리 위에 꼽아 놓고, 불사약물을 찍어 시신의 상하로 찍어놓으니 화색이 돌아오고, 두 번 찍어 그렇게 하니 본맥이 돌아와 살아난다.
「오본」 바리데기가 환생초 한 송이로 약물을 묻혀 닦아내니 전신에 맥이 돌아오고 또 한 송이로 닦고 문지르니 화색이 돌아오고 또 한 송이로 문지르고 닦고 먹이니 댓마디 튀는 소리와 함께 한숨을 길게 내쉰다.

「김본」바리데기가 약물을 한 번 떠먹이니 화색이 돌아오고 두 번을 떠먹이니
　　　　겉맥, 속맥, 화맥, 정맥이 돌아오고, 세 번을 떠먹이고 환생화초를 상하
　　　　로 들여놓으니 목 안에 숨 트는 소리가 난다.

바리데기가 부친을 살리는 방법은 모두 환생화초와 불사약물을 이용한
다는 점에서 일치한다. 그러나「최본」의 경우 환생화초를 부친의 시신의
허리에 꼽아놓으나「오본」은 환생초에 약물을 묻혀 시신을 닦으며,「김
본」은 약물을 세 번 먹인 후 환생화초를 시신의 상하에 놓아둔다는 점에
서 차이를 보인다. 약물의 사용 방법도「최본」의 경우 불사약물을 시신에
찍어놓으며,「오본」은 약물로 시신을 닦아내고,「김본」은 불사약물을 먹
인다는 점에서 차이를 보인다.

(21) 부친에게 죄를 청하는 이야기

「최본」없다.
「오본」대죄를 지었다고 낱낱이 아뢰었다.
「김본」아버지를 살리려고 시왕산에 들어가서 아들 삼 형제를 낳았다고 바리
　　　　데기가 부친에게 죄를 청하자 오구시왕이 그것은 죄가 아니라고 한다.

이 부분은「최본」에는 없으며「오본」의 경우 죄에 대하여 낱낱이 아뢰
었다고 했으나 구체적으로 어떤 죄를 지었는지 본문에 밝혀져 있지 않으
며, 다만 그녀의 부친이 음양에는 죄가 없다고 하는 말과 뒤에 바리데기
의 세 아들들을 왕으로 봉하는 내용이 나오는 것으로 보아서 아들 삼 형
제를 낳은 것으로 추정되며,「김본」에는 아들 삼 형제를 낳았다고 구체적
으로 설명하고 있다.

(22) 바리데기가 신이 되는 이야기

　「최본」부친이 바리데기에게 천하를 주랴, 지하를 주랴, 권세를 반분해주랴, 무
　　　엇을 원하느냐 하자, 바리데기는 오구시루나 받아먹는 신이 되겠다고
　　　한다.
　「오본」부친이 바리데기에게 천하를 주랴, 지하를 주랴, 소원대로 말하라 하자
　　　바리데기는 오구시루나 받아먹는 베리덕 각씨나 점지해 달라고 한다.
　　　오구시왕은 바리데기의 큰아들을 초제왕, 둘째 아들을 이제왕, 셋째 아
　　　들을 삼제왕으로 봉한다.
　「김본」부친이 바리데기에게 천하를 주랴, 지하를 주랴, 은을 주랴, 돈을 주랴,
　　　재산을 반분해주랴 묻자, 바리데기가 그런 것은 다 싫고 오구시루나 받
　　　아먹겠다고 한다.

　이 부분은 바리데기가 부친의 제안을 거절하고 오구신이 되겠다고 하
는 내용으로, 세 이본의 내용이 비슷하다. 다만「오본」의 경우 바리데기
의 아들 삼 형제를 오구시왕이 각각 왕으로 봉한다는 내용이 들어 있어서
다른 이본들과 차이를 보인다.

(23) 여섯 딸들을 징계하는 이야기

　「최본」없다.
　「오본」없다.
　「김본」첫째 딸은 염질, 둘째는 괴질, 셋째, 넷째, 다섯째, 여섯째는 각각 손임
　　　질로, 잔임질로, 수두질로, 종두질로 모두 병으로 돌려버린다.

　이 내용은「김본」에만 있고 다른 이본에는 없다.「김본」에 있는 이 내
용은 현재까지 나로도에서 조사된「바리공주」서사무가에 들어 있지 않
은 것이어서 주목을 요한다. 이러한 내용의 첨가는 고전소설의 결말이 대
체로 권선징악적이라는 점을 고려할 때 무가의 전승과정에서 교훈성을

강조하기 위하여 일어난 변화인 듯하다.

지금까지 살펴본 바에서 알 수 있듯이 이 세 이본들 간의 전체적인 줄거리는 큰 차이를 보이지 않는다. 그리고 각 이본들 간에 부분적인 차이를 보이는 부분들도 줄거리를 변화시킬 정도로 차이가 나는 것은 아니다. 다만 몇 군데 차이가 심하게 나는 부분이 있다.

차이가 심하게 나는 부분은 세 곳이다. 하나는 바리데기의 잉태 부분이고, 다른 하나는 바리데기가 아들 삼 형제를 낳는 부분이며, 마지막은 작품의 끝에 여섯 딸들이 벌을 받는 부분이다.

바리데기의 잉태 부분에서 차이가 나는 내용은 바리데기의 잉태 때 선몽의 유무이다. 「오본」에는 바리데기를 잉태할 때 하늘에서 학이 한 쌍 내려오고, 청룡, 황룡이 뒤틀어 보이는 선몽이 있었다. 그러나 다른 이본들에는 이런 내용이 없다. 여기서 학이 한 쌍 내려왔다는 것은 바리데기가 버려질 때 학이 한 쌍 내려와 그녀를 구해 기르는 것과 맥을 잇는 것이다. 그런 점에서 「오본」은 다른 이본들보다 구성의 치밀성을 보인다고 할 수 있다.

다음으로 바리데기가 약물을 길러 시왕산에 가서 구 년을 살면서 아들 삼 형제를 낳는 부분이다. 「최본」과 「오본」에는 이 내용이 없으며, 「김본」에만 이 내용이 있다. 그런데 뒷부분을 보면 「오본」의 경우에도 아들 삼 형제에 관한 내용이 나오는 것을 보면 「오본」의 경우 이 부분이 무가집을 기록하는 과정에서 누락된 듯하다.

끝으로 여섯 딸들의 징계 부분이다. 이 내용은 「김본」에만 있고 다른 이본들에는 없다. 두 이본에는 바리데기가 부왕의 제안을 모두 거절하고 오구시루를 받아먹는 신이 되는 것으로 작품이 끝난다. 다만 「오본」의 경우 바리데기가 낳은 아들 삼 형제를 각각 왕으로 봉하는 것으로 보상하는 내용이 추가되어 있다. 그런데 「김본」은 여기서 작품이 끝나는 것이 아니라 오구시왕이 여섯 딸들을 밉게 생각하여 그녀들을 모두 질병(疾病)으로 만들어버렸다는 것이다. 그러므로 이 부분은 창자가 권선징악의 교훈성을 강조하기 위한 의도에서 첨가한 부분인 듯하다.

그 외의 부분들에서 보여주는 사소한 차이점들은 작품의 진행과정에서 창자들이 작품을 창할 때의 상황의 차이로 인해 생겨난 변이이거나, 창자가 무가를 배우는 과정에서 생겨난 변이인 것으로 추정된다. 그리고 이런 차이점들이 작품 구성상의 치밀성 여부를 따지는 데 관련은 되지만 작품 전체의 구성 자체를 변화시키는 요인은 되지 못한 것 같다.

3. 구성상의 특징과 그 의미

「오구풀이」의 서사구조는 이미 일부 학자들이 밝혔듯이 영웅의 일대기 구조로[10] 이루어져 있다. 그리고 바리데기의 영웅성은 신화의 영웅보다는 고전소설의 영웅에 접근된 모습을 보여주고 있다.[11] 「오구풀이」의 줄거리는 지역에 따라서 약간씩 차이를 보이고 있지만 여기서는 위에서 살핀 세 이본의 「오구풀이」를 중심으로 그 줄거리가 지니고 있는 구성상의 특징을 알아보고자 한다. 논의의 편의를 위해 줄거리를 10개의 단락으로 나누었는데, 이를 소개하면 다음과 같다.

① 오구시왕 부부가 혼인한 후 딸만 여섯을 낳고 아들을 낳지 못했다.
② 오구부인이 오구시왕과 상의하여 명산대천에 기도하였더니 선몽이 있었다.
③ 열 달만에 아이를 낳으니 일곱째도 딸이어서 버렸다.
④ 학이 한 쌍 내려와 바리데기를 구해 기르니 그녀가 일취월장했다.
⑤ 오구시왕이 딸 일곱을 낳고 심화병으로 죽게 되었다.

---

10) 조동일, "영웅의 일생, 그 문학사적 전개", 『동아문화』제10집, 서울대 동아문화연구소, 1971, 165-214쪽.
11) 서대석, 앞의 책, 247쪽.

　⑥ 도사가 시왕산 금바위 밑의 불사약물을 길어다 먹으면 낫는다고 했다.

　⑦ 곱게 키운 딸 여섯이 갖가지 핑계를 대고 약물 길러 가는 것을 거절했다.

　⑧ 바리데기가 약물을 길러 떠났다.

　⑨ 바리데기는 길신, 산신, 용신을 만나 구 년을 살고 아들 삼 형제를 낳은 후에 불사약물과 환생화초를 구해 돌아와서 죽은 부왕을 살렸다.

　⑩ 바리데기는 오구신이 되었고, 여섯 딸들은 각각 병(病)이 되었다.

위의 줄거리를, 사건의 인과관계를 중심으로 한, 구성상의 맥락에서 그 특성을 살펴보기로 한다.

단락 ①은 오구시왕 부부에게 제기된 문제이다. 오구시왕은 딸만 여섯을 낳았기 때문에 자신의 왕위를 물려줄 수 있는 아들이 필요했다. 이런 내용은 남성 중심의 사회에서 흔히 있는 일이다. 문제는 왕위를 계승할 수 있는 아들을 어떻게 낳는가이다. 그러므로 단락 ②는 단락 ①에서 제기된 문제를 해결하기 위한 방책이었다. 그러므로 이들 단락 사이에는 인과관계가 성립될 수 있다. 오구부인은 아들을 낳기 위하여 명산대천과 집안에서 간절히 기자정성을 드렸다. 이러한 정성 덕분에 선몽이 있자 오구시왕 부부는 큰 기대를 갖게 되었다. 여기서 선몽이 있는 이본으로는 「오본」에 한정되나 주인공이 명산대천에 기자정성을 드린 결과로 태어나는 것은 고대 서사문학, 특히 고전소설에서 주인공의 비범성을 암시하는 보편적인 수법이었다. 특히 「오본」에서처럼 선몽에 의한 주인공의 잉태는 고전소설의 주인공의 탄생 부분과 비슷하다. 이것은 비범한 주인공의 탄생을 암시하는 것에 의미가 있을 뿐만 아니라 앞으로 주인공이 험로를 헤치고 승리의 길을 갈 것임을 암시하는 내용이기도 하다는 점에서 그 의미를 찾을 수 있다. 또한 이것이 고대 사사문학의 전승론적 맥을 잇고 있다는 점에서 의미를 부여할 여지가 있는 부분이기도 하다.

이러한 정성에도 불구하고 단락 ③에서 보듯이 태어난 인물은 아들이 아니라 딸이었다. 오구시왕 부부가 기자정성을 드린 것은 아들을 낳기 위해서지 딸을 낳기 위해서가 아니다. 그들 부부의 실망은 컸다. 그래서 그들은 일곱째 딸이 비범한 능력을 지니고 있을 것이라는 선몽의 암시가 있었음에도 불구하고 단지 딸이라는 이유로 그녀를 버린다. 인물의 능력이 중요한 것이 아니라 아들이냐 딸이냐가 그들 부부에게는 더욱 중요한 문제였다. 그런데 일곱째 딸을 버리는 이유를, 동민도 부끄럽고 이웃집 사람도 부끄럽다고 했다. 이것을 합리적인 이유로 보기에는 무리가 있다. 아무리 일곱째가 딸로 태어났다고 하더라도 자신의 자식인데, 이웃집 사람이나 동민이 부끄러워서 버린다는 것은 논리적으로 타당한 설명이 될 수 없다. 더구나 왕의 신분이면서 이웃집이나 동민을 끌어들인다는 것은 버리는 이유의 핑계거리를 만들기 위한 수단일 뿐 참은 아닐 것이다.「오본」의 경우에는 그런 내용조차 없이 일곱째 딸을 그냥 버리는 것으로 처리하고 있어서 더욱 합리성을 지니고 있지 않다.

그렇다면 이 단락의 내용을 어떻게 설명할 수 있을까? 이러한 내용은 고대 서사문학에서 주인공에게 주어지는 시련의 관습적 표현 부분을「오구풀이」에서도 그대로 계승한 것으로 풀이할 수 있다. 말하자면 이본들에서 합리성을 결한 내용을 들어서 일곱째 딸을 버리는 이유로 설명하고 있으나 이것은 참일 수 없다. 이것은 고대 서사문학에서 주인공에게 주어지는 시련의 관습적 표현 내용을 그대로 차용하면서 그것을 합리화하기 위한 수법으로 위와 같은 이유를 든 것으로 풀이하는 것이 더 타당할 듯하다.

단락 ④는 버려진 주인공에게 구출자가 나타나는 부분이다. 그런데 바리데기의 구출자로 학이 등장하는 것은, 이 단락의 구성의 인과관계를 고려할 때「오본」에서 보듯이 바리데기의 잉태과정에서 선몽에 학이 한 쌍 내려오는 것과 연결되는 것이다. 또한 학이 바리데기의 구출자라는 사실은 바리데기의 비범성을 암시하는 것이기도 하다. 고대 서사문학에서, 예를 들어 주몽신화에서 버린 알을 말이 밟지 않고, 백수(百獸)가 보호하는 경우와, 고전소설의 경우 도사로 대표되는 비범한 존재로서의 구출자에 의해 주인공이 보호된다는 것은 주인공의 비범성을 암시하기 위한 수법의 하나였다. 그런 점에서 단락 ④는 작품 전체를 지배하는 주인공의 성격과 연결되어 있을 뿐만 아니라 구성의 치밀성과도 연결되어 있다. 그리고 이러한 구성 방식은 고대 서사문학의 구조적 맥을 잇고 있는 구성 수법이기도 하다.

단락 ⑤는 오구시왕이 딸만 일곱을 낳고 아들이 없어서 자신의 대를 이을 수 없게 되자 그것 때문에 마음에 병이 들어 죽을 처지에 놓이는 내용이다. 「최본」과 「오본」에서는 오구시왕의 병의 원인이 무엇인지 구체적으로 설명하지 않고 그냥 심화병이 났다고 했다. 「김본」의 경우 딸 일곱을 낳자 이로 인해 심화병이 났다고 했다. 따라서 「김본」이 다른 두 이본들보다 합리적으로 병의 원인을 설명하고 있다.

여기서 중요한 문제는 왜 이 단락이 설정되었는가 하는 점이다. 흔히 고대 서사문학에서 주인공은 자신에게 주어진 시련을 극복하고 출신의 기반을 마련하기 위하여 전쟁에 참여한다. 여기서 전쟁은 주인공에게 출신의 기반을 마련하기 위한 의도에서 설정된 사건이다. 그러므로 「오구풀이」에서 단락 ⑤는 주인공의 능력을 시험하기 위한 의도와 연결되어 있으며, 주인공의 출신의 기반을 마련하기 위하여 설정된 부분으로 볼 수 있다. 이 단락의 설정으로 인해서 단락 ③과 ④의 사건은 줄거리 전개의 의미가 성립될 수 있다. 바리데기의 버려짐과 구원은 부친의 병을 치료하기 위한 준비 단계라고 할 수 있으며, 여기에서 앞으로 바리데기가 능력을 발휘할 수 있는 기틀이 생기는 것이다. 그러므로 위의 단락들은 줄거리의 전개과정에서 치밀하게 짜인 부분들이라고 할 수 있다.

단락 ⑥은 오구시왕에게 일어난 문제를 해결할 수 있는 방법의 제시이자 누가 진정한 의미에서 자식인가를 알려주기 위한 예비단계이다. 그런 의미에서 단락 ⑥은 문제를 해결할 수 있는 방법의 제시 부분이자 줄거리 전개에서 관심을 전환시키는 구성의 축이 된다.

단락 ⑦은 누가 불사약물을 길러 갈 것인가 하는 부분이다. 그러므로 이 부분은 주인공이 효성을 보이고 출신의 계기를 마련하는 단계에 해당한다.

오구부인은 자신들이 곱게 키운 여섯 딸들이 부왕을 살리기 위하여 자원하여 불사약물을 길러 갈 것으로 믿었다. 그러나 딸 여섯은 한결같이 핑계를 대고 시왕산에 약물 길러 가기를 거절했다. 그런 점에서 곱게 자란 여섯 딸들은 모두 부모의 은혜를 모르는 불효의 인물들이다. 그녀들이 부왕을 살리기 위하여 시왕산에 불사약물을 구하러 가는 것은 그녀들이 해야 할 당연한 행위이다. 그녀들은 모두 온갖 호강을 하면서 자랐기 때문이다. 그렇게 하는 것이 부모의 은혜를 갚는 길이기도 했다. 그럼에도 불구하고 그녀들은 불사약물을 길러 가는 것을 거절했다. 그리고 그녀들이 불사약물을 길러 가기를 거절하는 이유들조차도 지극히 평범한 것들이었다. 그러므로 이 부분에서는 여섯 딸들의 불효의 모습이 뚜렷이 나타난다.

오구부인은 딸들의 그런 행동에 절망감이 앞섰다. 이제 그녀가 기대할 수 있는 유일한 사람은 딸이라는 이유로 버린 바리데기뿐이었다. 오구부인이 바리데기에게 찾아가서 사정을 설명하고 불사약물을 길어 올 것을 부탁하자 바리데기는 처음에는 거절했으나 잠시 후 자신이 가겠다고 했다. 딸이라고 버렸던 딸이 부왕을 살리겠다고 험로를 가기를 승낙한 것이다. 여기서 구성은 정점을 향해 상승곡선을 그린다.

단락 ⑧은 이런 정점을 향한 상승곡선 위에 놓여 있으며, 호강시켜 키운 딸과 버림받고 자란 딸의 행동의 대비를 통해 바리데기의 긍정적 모습을 강조하고 있다. 또한 바리데기의 잉태 과정에서 선몽을 통한 비범성의 암시와 이 단락의 내용은 맥을 잇고 있으며, 바리데기의 비범성이 구체적으로 나타나는 부분이기도 하다. 그런 점에서 단락 ⑧은 단락 ⑥에서 제

시된 문제의 해결을 시도하는 부분이자 주인공이 능력을 발휘하기 위하여 설정된 부분이기도 하다.

단락 ⑨는 불사약물을 구하는 대가로서의 희생과 부친의 회생이다. 불사약물은 한 사람의 생명을 구할 수 있는 것이다. 그런 점에서 매우 귀중한 것이며, 그것은 쉽게 구할 수 있는 성질의 것이 아니다. 따라서 바리데기가 길신과 산신, 용신에게 각각 삼 년씩 봉사하고 아들 삼 형제를 낳아 준 후에 불사약물을 구한다는 것은 의미심장하다. 처녀의 몸으로, 바리데기가 자신의 몸을 바친 대가로 불사약물을 구해, 죽은 부왕을 살리는 행위는 한 생명의 희생 위에 한 생명이 재생함을 뜻한다. 따라서 바리데기가 자신을 바쳐 아들까지 낳은 후 불사약물을 구해 부왕을 살리는 부분은 이 작품의 구성의 정점이 되며 바리데기의 비범성을 최고도로 보여주는 부분이기도 하다. 또한 이 부분은 고대 서사문학에서 주인공이 이적을 행하고 왕국을 건설하거나, 역적을 물리치고 왕권을 회복하거나, 왕권을 수호하는 것과 맥락을 같이하고 있다. 그런 점에서 「오구풀이」의 구조는 신화의 구조를 계승한 것으로 풀이된다.

단락 ⑩은 바리데기가 최후의 승리자로서 오구신이 되는 부분이다. 이본에 따라 차이를 보이고 있으나 바리데기가 부왕이 제시한 모든 제안들을 거절하고 오구신이 된 것은 서민적인 염원과 연결되어 있는 듯하다. 그리고 「김본」에서 보듯이 바리데기를 제외한 여섯 딸들이 모두 질병이 되었다는 것은 이 작품의 결말이 교훈성과 연결되어 있는 것으로 추정된다. 그러한 특징은 바리데기의 효행과 여섯 딸들의 불효의 대비가 선명하게 드러날수록 뚜렷해진다. 그럼에도 불구하고 이 부분의 내용은 고대 서사문학에서 주인공의 최후 승리자로서의 모습과 일치한다. 이것은 「오구풀이」가 고대 서사문학의 구조와 전승론적 맥을 잇고 있음을 보여주는 하나의 증거가 된다.

지금까지 단락 ①에서 ⑩까지 「오구풀이」의 줄거리를 중심으로 각 단락의 내용과 구성의 특징을 알아보았다. 위에서 살핀 바와 같이「오구풀이」는 각 단락이 인과관계에 의한 사건 구성으로 이루어져 있다. 또한 고대 서사문학의 구조를 계승한 것으로 보인다. 그런 점에서 나로도의「오구풀이」의 구조도 다른 지역의 것과 큰 차이를 보이는 것은 아니다. 그러나「김본」에서 볼 수 있듯이 다른 지역의「오구풀이」가 지니고 있지 않은 여섯 딸들의 징계 이야기는 나로도의「오구풀이」만이, 그 가운데서도 특히「김본」만이 지니고 있는 특징이라고 할 수 있다.

4.「오구풀이」의 무속적 기능

「오구풀이」는 오구굿에서 불리는 무가 가운데 중심이 되는 무가이다. 오구굿은 나로도 지역의 경우 씻김굿이라는 큰굿 가운데 한 자리를 차지하는 굿이다. 그런데 씻김굿 자체가 망자(亡者)의 원혼을 저승으로 인도하는 것과 연결되어 있듯이 이 오구굿 자체도 망자의 저승 인도와 연결되어 있다. 그리고 오구굿에서 중심이 되는 무가로서의「오구풀이」도 이러한 제의(祭儀) 기능과 연결되어 있다. 말하자면「오구풀이」의 기능은 망자의 원혼을 저승으로 인도하는 제의와 연결지어 파악되어야 함을 뜻한다.

씻김굿은 망자의 원혼을 위로하고 망자를 아무 탈 없이 저승으로 인도하기 위하여 행해지는 12석으로 이루어진 망자 해원굿의 일종이다. 그런데 오구굿은 그 12석 가운데 6번째 순서에 들어있는 굿으로,「영돌이」다음에 행해지는 굿이다.「영돌이」로 혼을 맞아들인 다음 굿당에 망자상과 사자상을 차려놓고 하는 굿이 오구굿이다.

오구굿은 크게 세 부분으로 이루어져 있다. 서두는「말미」이고, 가운데는「오구풀이」이며, 끝은「염불」이다. 오구굿에서 처음 부르는「말미」는 진양조에 가까운 느린 템포의 무가이다. 그 내용은 대체로 인생무상과 망자의 슬픔을 위로하는 내용이다. 「말미」가 끝나면 중머리에 가까운 빠른 템포로 무가가 시작되는데, 이 무가가 바로 「오구풀이」이다. 이 「오구풀이」는 시종 빠른 템포로 진행된다. 다만 바리데기가 불사약물을 길어 돌아오던 중 부친의 상여가 나가는 장면과 마주칠 때, 이 장면은 느린 템포로 상여소리가 한참 동안 진행된다. 그리고 상여소리가 끝나면 다시 빠른 템포로 바뀐다. 「오구풀이」의 내용은 앞에서 살핀 바와 같다. 「오구풀이」가 끝나면 염불이 시작된다. 염불은 살풀이장단에 가까운 템포로 진행된다. 그리고 염불의 내용은 망자의 극락환생을 비는 것과 남은 자손과 집안에 탈 없기를 바라는 것이다.

지금까지 살펴본 바에서 알 수 있듯이 오구굿에서 말미 부분은 망자에게 이승의 삶은 무상함을 알려주는 역할을 한다. 망자에게 이승의 삶이란 무상한 것이니 죽음을 원통하게 생각하지 말고 편안히 저승으로 가라는 내용을 노래로 알려주는 것이다. 그리고 「오구풀이」는, 바리데기가 죽은 부친을 살리는 능력의 소유자이므로, 바리데기의 이 능력을 빌려서 망자를 저승으로 인도해 달라는 염원을 노래한 것이다. 마지막으로 염불은 그러한 염원의 강조 부분으로 바리데기의 인도에 의한 망자의 극락환생의 확인이고, 망자가 이승에 한을 두지 말라는 다짐 부분이다.

그러므로 오구굿에서 중요한 것은 바리데기가 오구시왕을 살렸듯이 오늘 죽은 망자도 오구시왕처럼 재생하기를 염원하는 것이다. 그러나 여기서 재생의 의미는 망자가 현세에서 다시 살아나는 것을 뜻하는 것이 아니라 망자의 원혼을 위로하여 이 세상에 미련이나 한을 남기지 말고 저승에 무사히 왕생하기를 바라는 것이다. 따라서 이 무가는 바리데기의 재생 능력을 빌려 망자의 극락환생을 시켜보자는 데 그 의미가 있으며, 「오구풀이」는 그와 같은 기능을 담당한 것으로 풀이할 수 있다. 바꿔 말하면 죽은 부친을 살린 바리데기의 능력을 빌려 망자의 극락환생이라는 무속적 기능을 담당하고 있는 것이 「오구풀이」의 기능이라고 할 수 있다.

5. 맺는말

　지금까지 나로도의 무가 가운데「오구풀이」를 중심으로 논의를 전개하
였다.

　나로도에서 채록된「오구풀이」는 세 편의 이본이 있는데, 이들을 중심
으로 내용을 대비하여 보았다. 그 결과 줄거리의 큰 차이를 발견하지는
못했으나 내용의 일부 부분들의 차이로 인해 구성의 치밀한 정도가 다름
을 알 수 있었다. 그리고 이들 구성의 특성은 사건의 인과관계에 의한 논
리적 구성이었다. 또한「오구풀이」가 일대기 구조로 이루어져 있다는 점
에서 고대 서사문학의 구조와 맥을 같이하는 것으로 풀이된다.「김본」의
경우 결말에서 오구시왕이 여섯 딸들을 질병들로 징계하는데, 이 내용은
그 동안 나로도에서 채록된「오구풀이」가운데 없었던 특이한 부분이다.
이것은 교훈성을 강조하기 위한 의도에서 설정된 것으로 추정된다.

　다음으로「오구풀이」의 무속적 기능을 살펴보았다.「오구풀이」의 무속
적 기능은 한마디로 바리데기가 오구시왕을 살린 행위와 능력을 빌려 망
자의 극락환생을 실현시키기 위한 의도와 연결되어 있는 것으로 풀이된
다. 이것은 바리데기의 대속적 행위를 통해 망자를 저승으로 왕생시킬 수
있다는 믿음에 기초한 것으로 풀이할 수 있다.

　이 글에서는 나로도의「오구풀이」를 중심으로 논의를 전개하였으나 나
로도만의 특성을 지닌「오구풀이」에 대한 논의에 이르지는 못했다. 그러
한 이유는 여러 가지가 있겠으나 무엇보다도 필자의 능력 부족과 나로도
에 한정시켜 논의를 편 데 있으며, 나로도의 무가 채록 상황이 빈약한 것
과도 연결되어 있다. 앞으로의 연구 편의를 위해 필자가 나로도에서 구했
거나 채록한「오구풀이」를 자료로 덧붙인다. 앞으로 이 자료를 활용하여
좋은 연구가 이루어지기를 기대한다.

3. 「오구풀이」 화자의 서술 태도와 서술 방식[1]

> 화자는 이야기를 지배하는 힘을 지니고 있으며 이야기를 특징
> 짓는 데 주도적인 역할을 담당하고 있다. 이 화자의 성격에 따라
> 이야기의 정조나 분위기 또는 주제적 특성까지도 달라지며, 이야
> 기의 내용을 여러 다양한 감각적 차이로 변전하게 할 수도 있다.
> 소설의 미적 특징이 화자에 의하여 전적으로 결정된다고는 말할
> 수 없지만 매우 요긴한 하나의 요체가 됨은 부인할 수가 없다. 그
> 리하여 이야기를 보여주거나 전해 주는 화자를 살피는 일은 필요
> 한 작품 감상의 요건이 되고 있다.
>
>   - 신동욱, "시점과 소설미학" -

1. 머리말

서사문학은 이야기 문학이다. 그런데 이야기가 성립되기 위해서는 작
자와 독자가 필요하다. 이것은 작자가 독자에게 직접 이야기를 하는 경우
에 그렇다. 이때 작자가 독자에게 직접 이야기를 하면, 작자를 우리는 화
자라고 한다. 그런데 오늘날 대부분의 서사문학 양식은 고대 서사문학 양
식과는 달리 작자가 직접 화자의 역할을 하지 않는 것이 일반적이다. 그
런데 작자 자신이 독자에게 직접 이야기를 하지 않으려면 자신의 대리자

---

1) 이 글은 임성래, "「오구풀이」 화자의 서술 태도와 서술 방식"(한소 정한기 교수 회갑기
   념 논문집, 고려원, 1989.)을 손질하여 실었다.

를 그 사이에 설정하게 된다. 이렇게 설정된 작자의 대리인을 우리는 화자라고 한다.

서사문학은 이 화자가 독자에게 이야기를 해나가는 이야기 문학적 특질을 지니고 있다. 따라서 서사문학에서 중요한 요소 가운데 하나는 화자라고 할 수 있다. 또한 화자가 이야기의 대상을 어떤 위치에서 어느 정도의 거리를 두고 어떤 방식으로 이야기를 전개하느냐에 따라 작품의 특질이 달라질 수 있으며, 작품으로서의 성공여부도 결정될 수 있다.

화자가 독자에게 이야기를 진술하는 방식은 작품에 따라 차이를 보일 수도 있고, 장르에 따라서 차이를 보일 수도 있다. 또한 고대 서사물과 현대 서사물이 반드시 같은 방식으로 사건을 서술하는 것은 아니다. 말하자면 고대 서사물은 설명을 위주로 하고 있다든지, 그 다음 시대의 서사물은 설명과 요약을 위주로 한다든지, 현대 서사물은 묘사를 위주로 한다든지 하는 것 등이 모두 화자와 관련이 있다. 게다가 작자와 화자의 관계에서 작자가 완전히 화자의 위치에서 독자적으로 화자의 목소리를 내는 경우와 작자가 화자를 무시하고 자신의 목소리를 독자에게 직접 전달하는 경우가 시대에 따라 차이를 보이고 있다. 이러한 점들은 서사물의 서술 방식이 시대에 따라 차이를 보이고 있음을 보여주는 증거들이라고 할 수 있다. 따라서 이러한 차이가 서사문학에서 어떤 특성으로 인해, 그리고 어떤 과정을 거쳐 생겨났는가를 밝힐 수만 있다면 서사문학의 장르적 특성과 변천사를 밝힐 수 있을 것이다. 그런 점에서 화자에 대한 연구는 서사문학의 연구 가운데 중요한 의미를 지니고 있다.

서사문학의 화자에 대한 연구는 그렇게 많이 이루어지지 않았다. 다만 최근 들어 시점에 대한 논의의 일부로 이에 대한 연구가 이루어진 경우가 몇 있다. 곧 요즘 현대소설의 경우 화자 논의의 한 부분인 시점에 대한 연구 업적들이 그 경우인데, 이들이 현대소설의 미적 특질을 밝히는 데 공헌한 것이 사실이다. 그러나 고소설이나 고대 서사문학에 대한 화자 연구는 활발한 편이 아니다. 다만 최근에 판소리에 대한 화자 연구가 일부 이루어지고 있다. 김병국이 판소리의 문학적 진술 방식을 연구한 것과[2] 고대소설과 판소리의 서술 시점에 관해 비교한 것[3] 등이 그것이다. 그의 연구는 서사문학의 서술 방식을 고찰하여 문학 연구에서 중요한 위치를 점하고 있는 장르 문제를 규명하려 했다는 점에서 그 의의가 크다. 그러나 아직까지 화자에 대한 연구는 그 중요성에도 불구하고 그의 연구를 제외하면 별로 이루어진 것이 없다. 따라서 서사물이 역사적으로 변천되어 왔다고 가정할 때, 서사문학의 서술방식을 살펴보는 작업은 중요한 의미를 지닐 것으로 여겨진다.

이러한 변천을 밝히기 위해서는 작품에서 화자가 어떤 위치에서, 어떤 서술 방식으로 이야기를 진행하는가를 시대에 따라, 그리고 개별 작품에 따라 고찰해 보아야 할 것이다. 말하자면 화자가 어떤 위치에서 어떤 방식으로 이야기를 진행하는가 하는 짜임의 문제와 이 짜임의 변천을 검토할 필요가 있다.

문제는 어떤 작품을 연구의 대상으로 삼아야 하는가 하는 점이다. 필자의 생각으로는 서사문학의 화자 연구의 출발점은 오늘날까지도 서사물 가운데 중요한 위치를 차지하고 있는 무가와 판소리에서 시작되어야 할 것이다. 그 이유는 이들이 서사 문학의 중요 요소인 사건과 화자와 관객을 동시에 포괄하고 있기 때문이다. 바꿔 말하면 판소리나 서사무가의 경우 광대나 무당이 곧 일인 다역을 담당하고 있기 때문에 이들에 대한 연구는 화자가 청중 앞에서 작품을 어떤 태도로 어떻게 서술하고 있으며, 그것이 어떻게 변천되어 왔는가를 밝히는 데 중요한 역할을 할 수 있다. 또한 서사무가는 고대 서사물 가운데 비교적 고형(古形)에 속하기 때문에

---

2) 김병국, "판소리의 문학적 진술방식"『국어교육』34호 한국국어교육연구회, 1979.2, 729-38쪽.
3) 김병국, "고대소설 서사체와 서술시점"『현상과인식』한국인문사회과학원, 1981. 봄호, 29-47쪽.

고대 서사물의 서술 방식을 살피는 데 유용할 것으로 추정된다. 그런 이유에서 필자는 화자에 대한 연구의 시작으로 서사무가를 텍스트로 삼아 화자의 서술 태도와 서술 방식에 대해 고찰하고자 한다.

서사무가에는 많은 작품이 있다. 그 가운데서 필자는 「오구풀이」를 연구의 대상으로 삼으려고 한다. 곧 「오구풀이」를 대상으로 삼아 화자인 무당이 이 작품을 창하는 과정을 검토하고, 무당이 작품을 창하는 과정에서 화자로서 어떤 역할을 수행하고, 줄거리를 어떻게 전개하는가를 고찰해 보려고 한다. 그런데 「오구풀이」에는 이본이 여럿 있어서 어느 것을 대본으로 삼는가 하는 것도 문제가 된다. 필자는 필자가 채록한 김한심본 「오구풀이」를[4] 연구의 대상으로 삼는다. 그 이유는 필자가 이 작품을 현장에서 직접 채록했기 때문에 아무래도 필자에게 익숙하며 현장성을 고려할 수 있기 때문이다.

이 글은 서사무가인 「오구풀이」의 서술방식을 고찰함으로써 앞으로 서사문학의 변천사를 연구하는 데 하나의 디딤돌이 되고자 하는 의도에서 작성된다. 그럼에도 불구하고 그 동안 이 방면의 연구 업적이 거의 없었기 때문에 필자의 논의는 매우 초보적인 수준을 벗어나지 못할 것으로 추정된다. 또한 논지 전개의 미숙성도 있을 것이다. 그러나 이러한 시도는 앞으로의 화자 연구의 가능성을 열어주자는 데 그 목적이 있음을 밝힌다.

2. 화자의 서술 태도

김병국은 고소설의 서사방식과 이른바 판소리계 소설의 그것 간에 발견되는 차이에 관한 것을 밝히고 있다. 그는 "판소리의 문학적 진술방식"

---

4) 임성래, "나로도의 무가 연구 -「오구풀이」를 중심으로-"『남도문화연구』제2집 순천대학 남도문화연구소, 1986.12, 111-44쪽.

이라는 글을 통해 다음과 같은 일반 원리를 설명하고 있다.

> 서사적 진술방식을 작자 및 서술자의 직접서술과 작중 인물의 극적재현
> 의 혼합체라고 한다면 우리 고전문학의 대표적인 서사 양식인 일반 고대소
> 설은 글자 그대로, 서술과 대화를 단순히 교체해 나가는 경향이 많은 데 반
> 하여, 판소리사설(또는 판소리계소설)은 (1)작자(서술자)의 주제적 정시와,
> (2)작중 인물 간의 극적 재현과, (3)작자(서술자) 및 인물의 이중시점적 서술
> 과, (4)내적 독백이라고나 할 사적 시점의 서술이 상호 침투 내지 동시 공존
> 하고 있다.[5]

우리는 여기서 이야기하는 사람, 이야기의 대상이 되는 사람, 이야기를
듣는 사람을 생각할 수 있다. 이때 이야기를 하는 사람은 이야기를 듣는
사람에게 이야기의 대상이 되는 사람의 이야기를 들려주는 것이다. 그런
데 우리의 관심은 이들 세 사람의 관계가 실제 작품에서는 어떻게 설정되
어 나타나는가 하는 점이다. 바꿔 말하면 이야기를 하는 사람이 이야기를
듣는 사람에게 이야기의 대상을 자신과 어떤 관계를 설정하며, 어떤 입장
에서 이야기를 전개시켜 나가는가 하는 점이다. 그러므로 우리가 여기서
관심을 갖는 부분은 이야기를 진행하는 화자의 태도이며, 화자의 위치와
입장인 것이다.

이러한 관점에서 필자는 「오구풀이」를 노래하는 무당이 실제 작품을
이야기해 나가는 과정에서 그녀 자신이 화자로서의 위치와 입장을 어떻
게 유지하고 있으며, 자신을 작품 속에 어떻게 투사시키는가를 살펴보고
자 한다.

> 오구님네 본을 받고 오구시왕님네 안철받세[6]

위의 인용문은 무당인 화자가 '오구님을 본받고 오구시왕님의 안철을

---

5) 김병국, "고대소설 서사체와 서술시점", 30–31쪽.
6) 임성래, 앞의 글. 앞으로의 자료 인용은 모두 같은 것이므로 출처를 밝히지 않겠으며,
   다른 자료를 인용할 때만 출처를 밝히겠다.

받자'는 주장을 청자들에게 하고 있다. 그런데 위의 문장에서 보듯이 화자는 오구시왕에게 '님'자를 붙여서 존경을 표시하고 있다. 이것은 화자가 대상을 보는 위치가 대등한 곳에 설정된 것이 아님을 뜻한다. 이러한 화자의 입장은 주장이 아닌 설명에서도 얼마든지 볼 수 있다.

> 오구시왕님네 본은 가서 기 어디가 본이든고
> 시왕산 금바우 밑이 오구시왕님네 본이드라
>
> 오구시왕님은 하도 기가 막혀 탄식을 하고 계신 후에

위의 인용문 가운데 첫 번째는 오구시왕의 본은 시왕산 금바위 밑이라는 사실을 화자가 설명하는 문장이다. 그런데 오구시왕의 본을 설명하는 문장에서 볼 수 있듯이 '님'자를 붙여서 화자가 대상을 존경하는 표시를 보인다. 이러한 경향은 인용문 두 번째에서도 볼 수 있다. 정상적인 문장이라면 "오구시왕은 하도 기가 막혀 탄식을 한 후에"라고 하면 된다. 그럼에도 불구하고 화자는 굳이 '님'자를 붙여 존대를 하고 있으며, 이어서 '계신'이라는 존대어를 사용하여 역시 이야기의 대상에게 존경을 표하고 있다. 이것은 화자가 오구시왕과 대등한 인격체의 위치에 서 있는 것이 아니라 종속적 위치에 서 있음을 보여주는 것이다. 그런데 이처럼 화자와 이야기의 대상인 오구시왕이 종속 관계를 보여주는 것은, 오구시왕이란 존재가 무속 세계에서 실제적으로 무당인 화자의 신의 역할을 하고 있다는 점에서 연유한 듯하다. 따라서 화자가 대상을 객관적인 위치에서 설명하더라도 심적으로는 종속관계를 유지하려는 노력을 보이는 듯하다. 그런 예로는 "오구시왕님은 열에 여덟 살을 잡수시고 오구부인님은 십오 세를 자셨는데"라는 문장을 들 수 있다. 이 문장은 오구시왕과 오구부인의 나이를 설명하는 부분인데, "오구시왕은 열여덟, 오구부인은 십오 세를 먹었다" 하면 될 문장을, "잡수시고", "자셨는데"라고 하여 역시 존대어를 사용하고 있다. 결국 화자는 오구시왕이나 오구부인에 대하여 종속적 위

치에서 사건을 전개하고 있음을 볼 수 있다. 이와 같은 예는「오구풀이」
에서 얼마든지 찾을 수 있다.

> 오구시왕님 하시는 말쌈이 "딸애긴들 베릴소냐 청사 이불에"
>
> 오구시왕님 하시는 말쌈이 "그런 일은 부인의 일이니 부인 알어서"
>
> 오구부인이 하시는 말씀이 "우리 대왕님은 시마화로 병이 나서"

그런데 이와 같은 서술 태도는 대상이 반드시 오구시왕이나 오구부인
의 경우에만 한정된 것은 아니다.

> 도사 부체님 하시는 말쌈이 "아니올시다 제한테다가 백미 서 말 석 되박을…"
>
> 도사 부체님 하시는 말씀이 "시왕산 금바우 밑에 가면 불사약물이 있사오니…"
>
> 베리덱이 하시는 말쌈이 "어느 것이 약물이요"

위에 인용한 문장에서 볼 수 있듯이 도사 부처의 말을 인용하는 경우에
도 '말씀'이라는 존대어를 사용하고 있으며, 바리데기가 한 말을 인용하는
경우에도 '말씀'이라는 존대어를 사용하고 있다. 이를 통해 보면 화자가
대상을 이야기하는 태도가 자신보다 우위에 있는 인물에 대해서는 항상
존대어를 사용하고 있는 것처럼 보인다. 그런데 경우에 따라서는 이러한
태도에 변화가 나타난다.

> 하로는 어떠한 도사가 와서 권선을 한 장 내여 놓고 "소중은 문안이오 기
> 록을 하난이다"
>
> 도사 부체님 하시는 말쌈이 "아니올시다 제한테다가 백미 서 말 석 되박
> 을 씰고 다시 씰어 시주를 하시며는 좋은 약을 갈켜드리리다"
>
> 도사 부체님 하시는 말씀이 "시왕산 금바우 밑에 가면 불사약물이 있사오

니 그 약물을 길어다 멕이며는 금방 직차로 하나이오"

위의 인용문은 도사가 나타나 오구시왕의 병을 고치는 방법을 오구부인에게 일러주는 부분이다. 그런데 위에서 볼 수 있듯이 첫 인용문과 둘째 인용문은 화법이 서로 다르다. 첫 번째 인용문에서는 "하로는 도사가 와서"라고 했다. 그러나 둘째와 셋째 인용문에서는 "도사 부체님 하시는 말씀"이라고 했다. 동일한 사람에 대하여 하나는 존대어를 사용하지 않았고, 나머지 둘은 "하시는 말씀"이라고 존대어를 사용했다. 물론 둘째와 셋째 인용문에서는 '도사'라 하지 않고 '도사 부체님'이라고 한 점에서 차이가 없는 것은 아니지만 동일한 인물을 호칭하는 방법이 다름에 따라 화법이 달라진 것은 분명하다. 그런데 이러한 혼용은 바리데기를 호칭하는 경우에도 나타난다.

베리덕이는 돌문을 열고 썩 나서서

베리덱이 하시는 말쌈이 "어느 것이 약물이요"

베리덱이 은동우를 내여놓니 약물 세 삭구를 떠붓고 환생화초를 끊어주며

위의 인용문 셋은 모두 바리데기에 대한 부분이다. 인용문 첫 번째는 바리데기의 어머니가 바리데기를 찾아 왔을 때 바리데기의 행동을 설명하는 부분이다. 여기서는 존대법이 사용되지 않았다. 그런데 두 번째는 "하시는 말쌈"이라고 하여 존대법을 사용하고 있다. 그러나 세 번째는 존대법을 사용하지 않았다. 그러므로 이 경우도 위의 도사를 이야기하는 방법과 같다.

그런데 위에 인용한 도사를 이야기하는 부분과 바리데기를 이야기하는 부분에 공통점이 있다. 그것은 도사의 출현을 이야기할 때나 바리데기의 행동을 설명하는 경우에는 모두 존대어를 사용하지 않았으나, 도사의 말

을 인용할 때와 바리데기의 말을 인용할 때는 모두 존대어를 사용했다는
점이다. 그렇다면 그들에 대해 설명하거나 묘사할 때는 존대어를 사용하
지 않고 그들의 말을 인용할 때만 존대어를 사용하고 있는 것으로 볼 수
있다. 이로 보면 화자가 인물의 말을 인용할 때는 상투적으로 "하시는 말
씀이"를 사용한 것으로 보인다. 이런 현상은 「오구풀이」의 화자가 항상
종속적 위치에서 자신보다 우위에 있는 대상을 묘사해야 한다는 강박관
념 때문에 대상에 관계없이 인물의 말을 인용하는 경우 상투적으로 "하시
는 말씀"이란 말을 사용한 것으로 추정된다.

　다음으로는 화자가 사건의 진행 도중에 화자의 위치를 망각하고 사건
의 전개와 관계없이 줄거리에 개입하는 경우이다(이러한 현상은 현대 서
사물에서는 좀처럼 보기 어려운 것이지만 고대 서사물에서는 가끔 볼 수
있다).

　　　정신을 지극히 디리어 놓고 나니 공든탑이 무너지며 심든 가지가 자리어
질까

　　　하늘님이 도우시었든가 도사부처님이 도우시었든가

　　　의원이 없을 리가 있겠느냐 약이 없을 리가 있겠느냐

　위의 인용문들에서는 화자가 청자의 위치에 섰거나 자신의 독자적 위
치에 섰음을 보여주는 부분이다. 곧 작자가 화자와 독자 사이에 개입한
부분이다. 이 부분은 화자가 화자의 위치를 망각하고 잠시 줄거리 밖으로
나가는 것이다. 그래서 줄거리 밖에서 줄거리의 진행을 예측하는 발언을
한다. 그것은 정성을 지극히 드렸으므로 좋은 결과를 기대해 볼 수 있지
않겠느냐는 주장이다. 그래서 화자는 "하늘님이 도우시었든가 도사 부처
님이 도우시었든가"라고 하여 문제의 해결 방안이 마련될 것임을 암시한
다. 이것은 작자가 줄거리에 개입한 것으로, 앞에서 보여주던 화자의 태

도와는 구별된다. 그런데 세 번째 인용문은 이것들과는 전혀 다른 내용이다. 이것은 줄거리 전개와는 상관없이 오구시왕의 처지를 평하는 부분이다. 오구시왕이 병이 들었는데 병을 고치려면 의원과 약이 있어야 한다. 그런데 오구시왕은 왕의 자리에 있는 인물이기 때문에 일반인들과는 다른 처지에 있음을 설명한다. 그러니까 오구시왕의 병은 의원이나 약이 없어서 못 고치는 것이 아님을 보여준다. 그런 점에서 이것은 줄거리의 진행과는 무관하게 화자가 줄거리에서 벗어나 독자적인 위치에서 평을 내린 것이라고 할 수 있다. 이러한 화자의 자세는 오늘날 소설에서 볼 수 없는 고대 서사물에서만 볼 수 있는 독특한 부분으로, 화자와 독자의 미분화 현상에서 비롯된 것이라고 할 수 있다.

지금까지 살핀 바와 같이 우리는 서술자의 위치를 생각해 볼 수 있다. 예를 들어 화자가 스토리 속에 있느냐 아니면 스토리 밖에 있느냐 하는 문제를 고려할 수 있다. 그런데 「오구풀이」의 경우 무당인 화자가 줄거리를 밖에서 서술한다고 하더라도 신과의 관계를 종속적인 관계로 유지하기 때문에 그 위치가 단순하지 않다. 예를 들어 존댓말을 사용하는데, 이것은 객관적으로 상황을 묘사한다고 하더라도 화자(무당)의 위치가 완전히 객관적인 위치에 서 있는 것이 아니라 참여적 객관의 위치에 서 있음을 발견할 수 있다. 또한 여기서 발견할 수 있는 점은 무가의 화자가 작품을 서술하는 위치가 밖에 설정되어 있다고 하더라도 실제적으로는 암시적이긴 하지만 작품 안에 개입되어 있다는 점이다. 말하자면 화자가 밖에 있으면서도 이야기를 할 때 자신은 신과의 관계를 계속적으로 유지하고 있다. 이 말은 화자의 위치가 밖에 있으면서도 줄거리의 진행에 간접적으로라도 참여하고 있음을 뜻한다. 그런 점에서 무가의 경우 화자의 위치는 일반 서사문학과는 차이를 보인다.

3. 화자의 서술 방식

화자가 사건을 전개시켜 나가는 방식은 몇 가지의 서술 방식을 혼용한다. 곧 사건을 설명하거나, 묘사하거나, 요약하는 것이 그것이다. 물론 경우에 따라서 차이가 없지는 않겠지만 서사물의 경우 대체로 이 셋을 중심으로 사건이 전개된다.

그런데「오구풀이」의 서술방식은 대체로 설명을 위주로 하고 있다. 이것은 고대 서사물이 대부분 설명의 형태를 취하고 있기 때문에 서사무가인「오구풀이」도 그와 같은 특성을 보이는 것으로 추정된다. 그러나「오구풀이」는 그 장르적 특성상 사건 전체가 설명으로 일관되어 있는 것은 아니다. 때로는 주장을 펴기도 하고, 때로는 묘사로, 때로는 요약으로 줄거리를 진행시킨다. 특히 일반적인 서사문학과는 달리 작품 서두에서 화자가 주장을 펴고 있다는 점은 그 나름의 서술양식을 지닌 것으로 볼 수 있다. 그런 점에서「오구풀이」화자의 줄거리 진행 방식이 오늘날의 서사물처럼 세련된 기교를 보여주는 것은 아니지만 그 나름의 서술 방식을 지니고 있음은 부인할 수 없다. 그러면 이제 작품의 분석을 통해서 이들이 작품에 어떻게 나타나는지 고찰해 보기로 한다.

1) 주장

오늘날 서사문학에서 화자가 자신의 주장을 직설적으로 표현하는 경우는 별로 없다. 그런데「오구풀이」에서는 화자의 주관적인 주장으로부터 이야기가 시작된다. 그것은 오구님을 본받고 안철받자는 주장이다.

오구님네 본을 받고 오구시왕님네 안철받세

그런데 이런 주장이 일반적인 주장과 다른 점은 다음에 나오는 오구님의 '본'이라는 것과 여기서 본을 받자고 하는 '본'의 의미가 서로 다르다는 점이다. 곧 화자가 오구님을 본받자고 했을 때의 '본'이란 배워 익힌다는 뜻이다. 그런데 여기서 화자는 오구님으로부터 구체적으로 무엇을 본받아야 할 것인가를 설명하지 않고 있으며, 뒤이어 나오는 '본'은 본받는다는 '본'과는 다른 '근본'을 뜻한다. 또 이와 같은 주장은 이 작품의 서두에만 있고 다른 부분에는 없다. 그렇다면 화자의 주장은 순수한 주장이라기보다는 무속에서 흔히 쓰이는 축원의 말, 곧 일종의 투식어인 듯하다. 바꿔 말하면 「오구풀이」를 시작하면서 화자는 「오구풀이」의 줄거리와는 상관없이 청중들에게 오구시왕의 신성성을 강조하면서, 자신의 입을 통해 오구시왕이 내리는 복을 그들에게 받게 하기 위한 의도에서 축원의 말을 한 듯하다. 그리고 청중들은 화자의 이 축원을 통해서 오구시왕과 연결된다. 이것은 물론 앞에서 언급했듯이 작자가 자신의 위치를 망각하고 화자의 자리에 끼어들어 자신의 주장을 청중들에게 펴는 것으로, 고대 서사문학의 특징을 보여주는 부분이라고 할 수 있다. 특히 이때의 화자는 화자로서의 역할보다는 작자인 무당으로서의 역할을 하고 있는 것으로 보인다. 이러한 현상은 「오구풀이」가 서사적 전개보다는 무굿의 전개에 더 큰 중요성을 부여하고 있는 증거라고 할 수 있다. 바로 이 점이 흔히 고대 서사물에서 볼 수 있는 작자와 화자의 미분화 현상을 초래한 요인으로 작용했다고 할 수 있다.

2) 설명

설명은 여러 가지 형태로 나타난다. 사건을 설명하는 경우와 인물을 설명하는 경우, 장면을 설명하는 경우, 행동을 설명하는 경우 등이 그것이다. 그러면 이제 이와 같은 설명들이 「오구풀이」에서는 어떻게 나타나는

지 살펴보기로 하자.

    (1) 오구시왕님네 본은 가서 기 어디가 본이든고
        시왕산 금바우 밑이 오구시왕님네 본이드라

    (2) 오구시왕님은 열에 여덟 살을 잡수시고
        오구부인님은 십오 세를 자셨는데

    (3) 삼석달에 입덧 나야 주실 적에 밥에서는 뭇내 나고
        국에서는 날장내(나고) 물에서는 해금내 나고 수제에는 녹내 나고
        햇괴기에 비린내 나고 육괴기에는 뉘린내 나고 채소에는 풋내 나고
        만 음석에 넛내 나시는 것도 삼신의 영검이라

    (4) 정월이라 대보름날에 좌우병풍을 둘러치고 청실 홍실을 걸어놓고
        오구부인님은 그 말씀을 듣고 안으로 우르르 들어가서
        곳간문을 절컥 열고 은또가리를 손에다 들고 은동우는 옆에 찌고
        짓만 남은 저고리를 입고 깔만 남은 몽당 초마를 입고
        뒷축없는 신을 신고 삼문밖 중문밖을 썩나서니
        난데없는 석소리 바람이 떡갈잎이 휘날리네
        바리데기는 그 봉을 올라가니 산은 첩첩 청산이요
        낙낙장송은 좌우로 늘어져서 반공은 솟아오르는데
        베리덕이는 질발갈발을 못찾고 슬피 통곡을 하네그리야

  위의 인용문 가운데 (1)번은 자문자답 형식의 설명이다. 곧 한번 묻고 그에 답하는 형식으로 내용을 설명을 하는 방법이다. 이러한 자문자답 형식의 문장은 사실 "오구시왕님네 본은 시왕산 금바우 밑이다"라는 설명을 변형시킨 것에 불과하다. 그런데 화자는 왜 이와 같은 형식을 취했을까? 그 까닭은 오구시왕을 본받자는 주장과 오구시왕의 본을 설명할 때의 본이 서로 다르기 때문에 그 사이에 비약이 숨어 있음을 보여주기 위한 하나의 장치가 자문자답이 아닌가 생각된다. 그리고 이러한 자문자답 형식의 문장은 또한 리듬감을 중시하는 무가란 장르의 성격 때문에 생긴 것이기도 하다. 그렇다면 이 인용문은 작품의 진행 과정에 문맥적 비약이 숨

어 있음을 드러내서 보여주고, 무가의 특성인 리듬감을 살리기 위해서 이용된 서술방식의 하나라고 할 수 있다.

위의 (2)번 인용문은 오구시왕과 오구부인의 나이를 설명하는 부분으로, 있는 사실을 있는 그대로 설명하는 형식이다. 물론 여기서 존대어를 사용하고 있다는 점이 특이한 점이다. 그런데 이 존대에 대해서는 앞에서 언급했듯이 화자가 오구시왕과의 주종관계를 유지하려는 의도에서 나온 것이므로 논외로 처리할 수 있을 듯하다. 그렇다면 이러한 형식의 설명 방식은 설명의 보편적인 형태이며, 「오구풀이」에서는 이와 같은 보편적 설명 방식에다 존대어를 사용하는 특이한 설명 형식이 주류를 이루고 있는 것으로 보인다.

(3)번 인용문은 설명 도중에 화자의 시점이 인물의 위치에서 화자의 위치로 이동하고 있음을 알 수 있다. 곧 인용문의 앞부분에서 볼 수 있듯이 화자가 존대어를 사용하는 점을 제외하고는 인물의 위치에서 입덧 날 때의 인물의 입장을 설명하고 있다. 그러나 밑줄 친 부분은 화자가 인물의 위치에서 화자의 위치로 시점을 이동시켰음을 보여준다. 이와 같은 현상은 화자와 인물의 시점의 미분화를 보여주는 부분이다. 또한 이 인용문은 흔히 판소리의 「음식치례」 사설 등에서 볼 수 있듯이 반복적 나열 형식으로 이루어져 있는 것이 특징이다.

> 주효를 차일 적기 안주 등물 볼작시면 고음새로 정결하고 대양판 가리찜, 소양판 제육찜, 풀풀 뛰난 숭어 찜, 포도동 나는 매초리 탕의 동내 울산 대전복 대모 장도 드난 칼노 맹상군의 눈섭 체로 어슥 비슥 오려노코 염통 산적 양복기와 춘치 자명 생치 다리 적벽 대접 분안기의 명면조차 비벼노코, 생율, 숙율, 잣숭이며 호도, 대초, 석유, 유자, 준시, 앵도, 탕기 갓튼 청슬이를7)

위의 인용문은 「열녀춘향수절가」에서 이도령이 춘향집에 갔을 때 나오는 주안상에 차려진 음식을 설명하는 부분에서 일부만을 인용한 것이다.

---

7) 이가원(주석), 『춘향전』, 정음사, 1968, 101쪽.

그런데 인용문에서 볼 수 있듯이 모든 음식을 계절에 관계없이 나열하는 방식으로 주안상을 설명하고 있다. 이것은 판소리의 서술 방식이 과장된 수사를 특징으로 하는 나열로 이루어져 있음을 보여주는 증거라고 할 수 있다. 이와 같은 경향은 「오구풀이」의 인용문에서도 볼 수 있다. 그런 점에서 「오구풀이」와 판소리는 그 서술 방식이 유사함을 알 수 있다.

인용문 가운데 (4)번은 장면과 행동을 설명하는 부분으로 묘사적 설명이라고 할 수 있다. 이 인용문 가운데 첫 번째는 오구시왕과 오구부인의 결혼식 날짜와 결혼식 배경을 설명하고 있다. 그런데 장면을 설명하는 내용 자체가 묘사적 설명임을 알 수 있다. 두 번째 인용문은 오구부인의 행동을 설명하는 부분으로 역시 장면 묘사적 설명으로 이루어져 있다. 그런데 행동을 묘사하여 설명하는 단어로 '우르르'와 '절컥'을 사용하여서 오구부인의 급박한 행동을 잘 설명해주고 있다. 세 번째와 네 번째 인용문은 장면 묘사적 설명과 행동을 설명하는 내용으로 이루어져 있다. 세 번째 인용문에서는 먼 길을 떠나는 바리데기의 모습을 설명하고 있으며, 네 번째에서는 바리데기의 도중에서의 고난을 낙락장송의 모습과 바리데기의 방황을 대조하여 설명하고 있다. 그런데 세 번째 인용문은 바리데기의 비참한 차림새를 희극적으로 묘사하여 설명하면서, 바리데기의 비장한 출발을 이야기하고 있다는 점에서 판소리의 「복색치레」 사설과 유사한 면모를 보이고 있다.

> 어사또 행장을 채리난듸 모양 보소. 숫 사람을 소기랴고 모자 업난 헌 파립의 버레 줄 총총 매여 초사 갓끈 다러 쓰고, 당만 나문 헌 망근의 갑풀 관자 녹끈 당줄 다라 쓰고, 의뭉하게 헌 도복의 무명실 띄를 흉중의 둘러 매고 살만 나문 헌 붓채의 솔방울 선초 다러 일광을 가리고[8]

위의 인용문은 「열녀춘향수절가」에서 이도령이 암행어사로 내려가면

---

8) 위의 책, 259쪽.

서 사람을 속이기 위해 꾸민 복색치레를 설명하는 부분이다. 그런데 「오구풀이」의 "짓만 남은 저고리를 입고" 부분과 춘향가의 "당만 나문 헌 망근에" 부분, 「오구풀이」의 "꼴만 남은 몽당 초마를 입고" 부분과 춘향가의 "살만 나문 헌 붓채의" 부분에서 볼 수 있듯이 이 두 부분은 서술 방식이 거의 일치한다. 바꿔 말하면 이 부분은 판소리의 서술방식과 거의 유사함을 보여준다고 할 수 있다.

지금까지 살핀 바에서 알 수 있듯이 「오구풀이」에서는 사건이나 장면을 설명하는 방식이 다양하게 나타나며, 그것들은 나름대로의 특징을 지니고 있음을 알 수 있다. 그런데 이들의 공통적인 특징 가운데 하나는 판소리에서 볼 수 있는 나열 형식과 무가의 가창 때문에 리듬감을 살리기 위해 생긴 것으로 추정되는 "-이드라", "-이라", "-그리야" 등이 많이 쓰인다는 점이다.

3) 묘사

「오구풀이」에서 묘사로 이루어진 부분은 인물들 사이의 대화를 재현하는 대화 부분과 오구시왕의 장례 장면을 묘사하는 삽입가요 부분이다.

(1) 대화

묘사의 대표적인 부분이라 할 수 있는 대화 부분은 화법의 차이에 따라 둘로 나뉜다. 하나는 대화의 내용을 인용의 형태로 처리하는 방식이고, 다른 하나는 인용의 형태가 아닌 대화 장면을 그대로 재현하는 묘사의 형태가 그것이다.

- 인용의 형태

「오구풀이」의 경우 대부분의 대화는 누가 이야기를 한다는 설명이 포함된 인용 형태의 직접화법으로 전개된다. 그러나 일반적으로 직접화법에서 쓰이는 방식과는 달리 인용을 끝내는 부분이 생략되는 경우가 많다. 곧 〈"…" 라고 했다〉에서 〈…라고 했다〉의 문장이 생략된 형식으로 쓰이는 것이 특징적이다.

> (1) 오구시왕님 하시는 말쌈이 "딸애긴들 베릴소냐 청사 이불에 홍사 도둠애에다가 금침 베개에다가 유모를 정해 놓여놔라."

> (2) 오구부인님은 하로넌 내당으로 들어가서 오구시왕님 전에 <u>낱낱이 설화를 하되</u> "옛날에 공부자 같은 성인들도 이구산을 찾아가서 신공을 드렸다가 아들 자손을 나았다 하니 우리도 명산대천을 찾아가서 신공을 드려보면 어떠하오."
> 오구시왕님 하시는 말쌈이 "그런 일은 부인의 일이니 부인 알어서 하옵소사"

> (3) 오구부인님은 첫째 딸 일공주를 불러다 놓고 "너가 시왕산을 갈라느냐?" "아이고 어머니 그 말씀은 좋습니다마는 양반의 자녀로서 문밖 출읍을 못해보고 뱃내를 못보는데 시왕산이 어디라고 제가 워치 가오리까"

위의 인용문 셋은 그 서술방식이 각각 차이를 보이고 있다. 곧 (1)번 인용문은 오구시왕의 말을 화자가 그대로 옮긴 것이라고 한다면, (2)번 인용문은 화자가 반복의 형식을 취하고 있다. 곧 밑줄 친 부분은 다음에 오는 오구부인의 말인 "옛날에 공부자 같은…"을 미리 이야기해주는 부분이기 때문에 정상적인 경우라면 필요 없는 군더더기에 불과하다. 만일 화자가 이 부분을 꼭 사용하고 싶다면 인용문의 뒷부분으로 가게 했어야 한다. (3)번 인용문은 화자가 오구부인의 말을 변형시킨 형태임을 알 수 있다. 곧 (3)번 인용문의 경우 정상적인 문장이라면 다짜고짜 오구부인이 첫째 공주를 불러다 놓고 "너가 시왕산을 갈라느냐?"라고 할 수 없을 것이다. 오구부인은 일의 자초지종을 첫째 공주에게 낱낱이 설명을 한 후에 "너가 시왕산을 갈라느냐?"라고 물었을 것이다. 그러므로 이 부분은 화자가 그 내용 자체를 독자가 이미 알고 있다고 보고 생략해 서술한 것으로 추정된다. 그러나 위의 인용문들은 모두 화법으로서의 인용의 형식을 완전히 갖추지 못하고 있는 것이 특징이다. 곧 〈"…"라고 했다〉에서 "…라고 했다" 부분이 인용문 (1), (2), (3)번에서 볼 수 있듯이 모두 생략되어 있다.

그런데 「오구풀이」의 인용법이 반드시 〈…라고 했다〉는 형태가 생략되는 불완전한 인용법으로 이루어져 있는 것만은 아니다.

오구시왕님은 하도 기가 맥혀 "허허 이것이 웬 일이냐 신공 드려 낳은 자식이 딸이란 말이 웬 말이냐 동민도 부끄럽고 이웃집 사람들도 부끄럽네 우리가 사후에 돌아간들 백골 간장을 누가 하며 우리 선영 향화를 누한테다가 맡기며 우리나라에 충신들을 누구한테다가 전정을 할꺼나 아무리 생각해도 그 아기는 죽을 수가 없으니 삼동이며는 얼어서 죽어부리라고 오삭 치마 저고리를 입히어서 음지음지 돌려놓고 여름이며는 더워서 죽어부리라고 포닥 저고리 포닥 치마를 입히어서 양지양지 돌렸다가 상문밖 중문밖을 나가보면 시내물에 갱물이 있을 것이어늘 거기다가 던져버리라"고 분부가 나리는구나

위의 문장에서 보듯이 인용문의 끝 부분에 " -고 분부가 나리는구나"로 문장을 끝내고 있다. 이것은 앞의 내용이 오구시왕님의 분부라는 사실을 확인하는 역할을 하고 있다. 그런 점에서 인용의 끝부분이 반드시 생략된다고는 할 수 없다. 다만 여기서 생략이 안 된 것은 물론 리듬감 때문인 것을 알 수 있다. 그런 점에서 「오구풀이」에서의 인용은 뒷부분이 생략되는 형태가 일반적인 것으로 보인다.

• 장면 재현의 형태

　장면 재현의 형태란 화자가 사건이나 장면에 전혀 개입하지 않고 인물들의 대화를 있는 그대로 보여주는 것을 뜻한다. 곧 앞에서 살펴본 대화의 직접화법을 이용하여 장면을 재현하는 것이 아니라 인물들의 대화를 그대로 재현하는 묘사의 방식을 택하고 있다.

　　“거 누기가 날을 찾소 날 찾을 이 없건마는 거 누기가 나를 찾소”
　　“아니다 나가 느그 어머니다”
　　“아니올씨다 저는 아버지도 없고 어머니도 없고 바우틈 돌틈에서 자라난 줄만 알았는데 오늘날에 와서 어머니란 말씀이 웬 말쌈이오”
　　“아니다 느그 부친님이 느그 칠 형제를 탄생하고 시마화로 병이 나서 거의 죽게가 되얐는데 어떠한 도사가 와서 시왕산 금바구 밑에 가면 불사 약물이 있다는구나 그 약물을 질어다 멕이며는 금방직차로 한다 하니 너가 갈라느냐”
　　“아니 어머니 그 말씀은 좋습니다마는 부용당에다가 청사 이불에 홍사 도둠애에 금침 베개에다가 유모를 정해 곱게 뉘고 곱게 키운 언니들은 어따가 두고 나를 보고 가라시오 나도 못가겠습니다”

　　“어떠한 여아이가 이 험준한 곳에를 와서 이 밤중에 슬피를 우느냐”
　　“아니올씨다 지의 부친님이 딸 일곱을 탄생하고 시마화로 병이 나서 거의 죽게가 되었는데 어떠한 도사가 와서 시왕산 금바구 밑에 가면 불사약물이 있다기에 시왕산을 가라니요”
　　“그리하면 너가 산값을 가져왔느냐?”
　　“아니올시다 저희집에는 많이 있어도 쓸 줄을 몰라서 못가져왔습니다”

　　“허허 잠도 곤하구나 석달 열흘을 자고 나니 잠도 곤하구나”
　　좌우를 살펴보시더니 정신을 차리시더니마는
　　“나 죽음이 적실하네 그 누가 날 살렸냐 날 살 길이 없건마는 거 누기가 날 살렸냐? 부인이 날 살렸소?”
　　“아니오 부인도 못살렸습니다”
　　　　　　‥‥‥‥‥‥‥
　　“아이고 아버지 죽을 죄를 지었습니다”

“죄라니 무슨 죄냐?”

“아버지를 살릴라고 시왕산을 들어가서 아들 삼 형제를 낳었습니다”

“그말 마라 나는 온갖 공을 다 들여서 너와 같은 딸을 낳였는데 죄란 말이 웬 말이냐 네가 나를 살렸다 하니 천하를 주라느냐 지하를 주라느냐 은을 주라느냐 돈을 주라느냐 재산을 반분해 주랴느냐”

“아이고 아버지 저는 돈도 싫고 은도 싫고 천하도 싫고 지하도 싫고 재산도 다 싫습네다 인간 세상을 태어나서 군군이 면면이 촌촌이 다니면서 병든 자는 낫아주고 자손이 없는 인간들은 자손도 태와주고 맹이 짜른 인간들은 맹도 잇어주고 복이 작은 인간들은 복도 태와주고 불쌍하고 가련하고 참혹하신 망자님네들은 모도 극락 못간 망자님네들은 극락도 보내주고 낮이며는 메 논 가문 밤이며는 불 쓴 가문 가문마당 정중마당 차리 차리 제차라도 다니면서 오구시리나 받어먹고 다닐랍니다”

위의 인용문 가운데 첫 번째는 오구부인이 오구시왕을 살리기 위해 여섯 딸들에게 시왕산에 가서 약물을 길어오라고 부탁을 했다가 거절을 당하고 이제 마지막으로 딸이라고 버렸던 바리데기에게 찾아가서 부탁을 하는 장면이다. 여기서 화자는 오구부인과 바리데기의 대화를 있는 그대로 청자에게 대화를 통해 재현하고 있다. 두 번째 인용문은 바리데기와 산신의 대화 장면을 있는 그대로 역시 재현하고 있는 부분이다. 그리고 세 번째 인용문은 오구시왕이 죽었다가 살아나는 장면을 대화를 통해 그대로 재현하고 있다. 그런데 이들의 공통점은 모두 화자가 작품에 개입하지 않고 인물들의 대화를 청자들에게 그대로 들려줌으로써 장면을 재현하고 있다는 점이다. 그런 점에서 위의 인용문들은 대화의 극적 재현 방식으로 사건을 서술하는 형식을 취한 것이라고 할 수 있다.

이상에서 살펴본 바와 같이 「오구풀이」에서의 장면의 극적 재현은 오늘날 서사문학이 사용하고 있는 서술 기법과 거의 유사함을 알 수 있다.

(2) 삽입가요

장면을 묘사하는 방법으로 「오구풀이」에서는 삽입가요를 사용한 경우도 있다. 그 예로 오구시왕이 죽었을 때 상여 나가는 장면이 있다.

어 -   너 -   어 -   너 -
어리가리   넘 -   자   너와 너 ┐(후 렴)
북망 산천이 멀다고 하다더니만 저 건너 안산이 북망일세
                ... 후렴 ...
인제 가시며는 어느 때나 올라요 오만 날짜가 종말이 없네
                ... 후렴 ...
절이 궁그러 온다 절 궁그러 온다 이 산 저 건네 절이 궁그러 온다
                ... 후렴 ...
명사십리 해당화야 꽃이 진다고 서러를 마라 명년 춘삼월 봄이 돌아오며
는 너는 또다시 피련마는
                ... 후렴 ...
닭아 닭아 우지를 말어라 너가 울며는 날이 새고 날이 새면 내가 갈적에
명정 동서를 앞세우고 북망산천을 돌아를 가네
                ... 후렴 ...
사토로 집을 이고 송죽으로 울을 삼아 ** 잡토 벗이 되야서 혼자 오똑한이
놓였구나
                ... 후렴 ...
어느 벗님이 나를 찾어 오느냐 어느 형제간이 나를 찾냐 어느 자손들이
나를 찾냐 산천에 젖은 인생 그 아무리가 섧다 하야도 망재 같이를 아니 서
러리
                ... 후렴 ...

위의 인용문은 사람이 죽어 상여가 나갈 때 상두꾼들이 부르는 「상두가」이다. 그런데 이 「상두가」는 「오구풀이」에서 여러 가사 작품들이 혼재된 채로 사용되기는 하지만 오구시왕의 상여 나가는 장면을 실감 있게 묘사하고 있다는 점에서 그 특징을 찾을 수 있다. 곧 화자가 망자 앞에서

「상두가」를 부름으로써 현장감을 살리는 장면의 극적 재현의 서술 방식을 취하고 있다. 그런 점에서 이 부분은 대화의 수법을 통한 묘사 방식과는 또 다른 분위기를 조성하고 있으며, 무가만이 지니고 있는 가창을 통한 서술방식의 장점을 최대한 살린 기법이라고 할 수 있다.

이상에서 살핀 바와 같이 「오구풀이」의 경우 다양한 묘사법을 이용하여 작품을 전개하고 있다. 그런 점에서 순수하게 설명만으로 일관되어 있는 서사물들과는 그 서술 기법에서 차이를 보이고 있다.

4) 요약(생략)

요약이란 독자가 이미 알고 있다고 판단되는 내용을 문장에서 생략된 형태로 전개하는 방식을 말한다. 물론 요약은 여러 가지가 있을 수 있다. 곧 대화를 요약하는 방식과 사건을 요약하는 방식 등이 그것이다. 그런데 무가의 경우 이러한 요약이 어떤 형태로 나타나는가를 살펴보기로 한다.

오구부인님은 그 말씀을 듣고 내당으로 들어가서 대왕님 전에다가 낱낱이 설화를 하니

두차 공주를 불러다 놓고 물어보니

세차 네차 다서 여서채 딸네들을 다 불러다 놓고 물어보니 이리 핑계 저리 핑계 다 못간다 하네 그리야

위의 인용문 가운데 첫번째는 오구부인이 오구시왕에게 도사중이 와서 시왕산 약물을 길어다 먹으면 낫는다는 말을 했다는 내용을 이야기해주는 장면이다. 그런데 화자는 여기서 "낱낱이"라는 단어로 대화의 내용을 생략하고 있다.

두 번째 인용문은 오구부인이 둘째 공주를 불러서 불사약물을 길러 시왕산에 가겠는가 물어보는 장면이다. 그런데 여기서도 역시 "물어보니"라

는 단어로 독자가 이미 알고 있는 내용이라고 판단하여 생략하고 있다.

세 번째 인용문은 나머지 딸들에게 그와 같은 내용을 하나 하나 물었을 텐데 이를 요약해서 "세차 네차 다서 여서채 딸네들을 다 불러다 놓고 물어보니"라고 요약을 했다. 다음으로 각 딸들이 어떤 핑계인지는 모르겠으나 일일이 핑계를 대고 거절을 했을 텐데도 여기서는 "이리 핑계 저리 핑계 다 못간다 하네 그리야"라고 요약하고 있다. 이러한 수법은 고대 서사문학에서 화자가 독자가 이미 알고 있다고 판단되는 내용을 생략하거나 요약하는 수법의 하나라고 할 수 있다.

그런데 이들의 공통점은 이미 독자가 알고 있다고 화자가 판단하는 내용을, 특히 대화방식에서 생략된 형태로 나타냈다는 점이다. 바꿔 말하면 「오구풀이」에서는 요약적 서술 방식이 특히 대화의 경우에 빈번하게 쓰이는 것에 특징이 있는 것으로 추정된다.

4. 맺는말

필자는 지금까지 「오구풀이」에서 화자가 작품을 어떤 태도로 어떻게 서술하는가를 살펴보았다. 그 결과 「오구풀이」에서는 화자가 대상과의 관계에서 자신을 종속적 위치에 둠으로써 주종관계를 유지하고 있었다. 또한 대상을 서술하는 태도에서도 항상 존경의 대상으로 설정하여 서술하고 있음을 알 수 있었다. 그래서 문장에는 존대어가 많이 나타난다. 다음으로 서술 방식에서는 주로 설명 형식을 택하고 있으나, 부분적으로는 묘사와 요약이 나타남을 볼 수 있다. 특히 묘사의 경우에 삽입가요를 채택하고 있는 경우도 있는데, 이것은 무가의 가창적 특징을 잘 살리기 위한 것과 관련이 있는 것으로 보인다. 또한 「오구풀이」의 서술 방식이 설명으로 일관되어 있지 않고 묘사와 요약이 등장함으로써 화자가 줄거리를 전개하는 데 설명만으로 일관되는 전개방식의 단조로움을 피할 수 있었다는 점에서 현대의 서사물에 접근한 것으로 보인다. 또한「오구풀이」가 가창에 의해 서술된다는 점은 판소리의 서술 방식과 여러 면에서 유사함을 보이는 것이고, 이러한 사실은 판소리의 발생 근원을 추적하는 데 중요한 단서가 될 수 있음을 시사하는 것이라고 할 수 있다.

물론 필자의 이러한 작업은 그 동안 학계에서 거의 논의되지 않았던 부분을 다루었기 때문에 오류도 많고 깊이도 없는 부분이 많았을 것으로 생각된다. 또한 논지 전개에 무리도 있었을 것이다. 앞으로 이를 토대로 고대 서사물과 현대 서사물의 서술 방식을 비교하는 작업이 계속되어 문제가 된 부분들을 해결하는 업적들이 많이 나오기를 고대한다.

4. 전남 보성군의 무가 조사 연구[1)]

1. 머리말

전남 지역의 세습무의 전승은 점차 쇠락의 길로 접어들고 있다. 그것은 무당을 천시하는 사회적 인식과 밀접한 관련이 있다. 곧 세습무를 천시하는 사회적 시각 때문에 그들의 자손 대부분은 무업을 기피하고 객지에 나가서 다른 업종에 종사하고 있으며, 자신들의 부모가 무당임을 숨기고 살아간다. 이런 현실 때문에 현재 대부분의 세습무는 대가 끊기거나 끊길 위기에 처해 있다.

그런 가운데서도 전남의 해안 지역에서는 아직까지 세습무가 다른 지역에 비해 비교적 활발하고 활동하고 있다. 그렇지만 현재 활동하고 있는 세습무들이 대부분 고령자이기 때문에 머지않아 이들의 전승 무가도 사라질 위험이 높다. 따라서 이들의 전승이 끊어지거나 사라지기 전에 이들이 구연하는 무가를 조사하고 정리하는 일은 시급한 과제이다. 이 연구는 이러한 위기의식에서 현재 전승되고 있는 전남 해안지역의 세습무가를 조사하고 정리하기 위한 목적에서 시작된다.

전남 보성군 지역은 해안 지역이면서도 농업 위주의 지역적 특징을 가진 당골판이 오랫동안 존재했던 곳이다. 그리고 전남 남해안의 양대 무계

---

1) 이 글은 임성래, "전남 보성군의 무가 조사 연구"(한국문학논총 제32집, 한국문학회, 2002.12.)를 일부 문장만 손질하여 실었다.

를 대표하는 진도 무계와 여수 무계의 중간에 위치한 지역이다. 또한 해안지역인 고흥군이나 순천시와 가까운 지역이기 때문에 이 지역의 세습무들은 주변 지역의 세습무들과 활발한 교류를 하고 있다. 따라서 이 지역의 무가는 그 나름의 지역적 특징을 지닐 것으로 추정된다. 이런 점들을 고려할 때 보성군의 무가를 조사하여 정리하는 일은 꼭 필요하고 의미 있는 작업이라고 보아 이 조사 연구를 시작한다.

이 지역에는 현재 다수의 세습무들이 활동하고 있다. 그런데 3일씩 하는 큰굿은 거의 사라지고 약식인 한나절 굿만 남아서 현실적으로 12거리 무가를 모두 채록하기에는 한계가 있었다. 필자는 이번 조사에서 「혼맞이」와 「오구풀이」 무가 위주로 채록했고, 일부는 좀 더 넓은 범위의 무가를 조사하기도 했다. 그런데 한정된 지면에서 조사된 것을 모두 다루기에는 무리가 있으므로 이 글에서는 논의의 범위를 「오구풀이」에 한정하여 보성군의 무가를 살펴보되 한양심(박영삼의 부인)의 「오구풀이」를 중심으로 논의를 펴려고 한다.[2]

2. 무가 조사 현황

그 동안 보성군의 무가는 최덕원이 조사하여 보고한 것이 있다.[3] 최덕원은 보성읍의 김막례(보성읍 신흥리 거주, 1986년 조사 당시 52세)의 무가 11편을 채록하여 보고하였다. 그리고 그는 벌교읍의 김고분(추동리 거주, 1986년 조사 당시 70세)의 「오구풀이」 1편을 보고하였다. 또한 벌교읍의 김행연(봉림리 거주, 1986년 조사 당시 55세)의 무가 17편을 채록하

---

2) 여기에서는 지면의 제약으로 조사한 자료를 모두 소개하지 못하므로, 이번에 조사한 모든 자료는 제3부에 별도로 실었다.
3) 최덕원, 『한국구비문학대계』 6-12, 한국정신문화연구원, 1988.

여 보고하였는데, 이 17편 가운데는 「양실양굿」이라는 무가를 비롯하여 「거리맞이」와 「오방풀이」 무가 등이 채록되어 있어서 흥미롭다.

필자는 보성군 지역에서 활동하고 있는 세습무들 가운데 최덕원이 조사하여 보고한 세습무들을 조사 대상에서 제외하였다. 필자가 조사한 보성군에 거주하는 세습무들의 명단은 다음과 같다.

- 웅치면 : 임종남(남, 66세)
- 조성면 : 박영삼(남, 78세), 한양심(여, 68세) 부부
- 벌교읍 : 최칠성(남, 73세), 부인 이름 미상 부부
- 벌교읍 : 선옥례(여, 67세)
- 벌교읍 : 조규석(남, 70세), 부인 이름 미상 부부

이들 가운데 임종남과 최칠성 부부는 병환에 시달리고 있어서 무업을 하지 못하고 있다. 선옥례와 조규석 부부는 비교적 활발하게 활동하고 있으며, 박영삼 부부의 경우 그의 부인만이 가끔 작은 규모의 굿에 잠깐씩 참여하는 정도로 활동하고 있다. 이들의 자손 가운데 무업을 계승한 인물은 아무도 없다.[4] 따라서 이들이 활동을 중단하면 보성군의 세습무는 사라진다고 볼 수 있다.

필자가 이들을 대상으로 조사했지만 그 가운데 무가를 온전히 채록한 것은 박영삼 한양심 부부이다. 박영삼 한양심 부부는 직접 녹음을 해서 채록했다. 선옥례는 건강이 좋지 못한 데다가 녹화한 것이 있으니 그것으로 해도 차이가 없다고 하면서 다시 녹음하는 것을 거절해서 녹화한 굿에서 「오구풀이」를 채록했다. 임종남은 병환중이어서 직접 채록하지 못하고 임종남 본인이 소유하고 있는 무가집으로 조사를 대신했다. 최칠성 부부는 건강이 좋지 못해서 예전에 녹화한 것에서 채록했다. 조규석 부부는

---

4) 이들 가운데 상당수가 자식들 장래를 생각해서 얼굴 사진을 찍을 수 없다고 한 것으로 보아서도 현실을 이해할 수 있다.

채록을 거절해서 대담만 하고 무가 채록은 하지 못했다. 필자가 채록한 무가를 소개하면 다음과 같다.

박영삼 한양심 부부의 무가는 1.「앉은방」, 2.「성주풀이」, 3.「제석풀이」, 4.「큰넋풀이」, 5.「오구풀이」, 6.「명두풀이」, 7.「씻금」, 8.「길닦음」의 8편을 녹음하여 채록했다.[5] 반주는 박영삼이 가창은 한양심이 했다.[6]

임종남의 무가집은 「유경문집 壬子年 貳月」이라 표제했고, 1.「왕굿」 시왕탄일, 2.(굿거리)「제석굿」, 3.(살풀이)(덩덕궁), 4.(경문)「손님굿」, 5.「오구굿」, 6.「장자굿」, 7.(국거리)「고풀이」, 8.「싯긴굿」이라는 제목 아래 각 굿의 내용이 나오고 이어서 각종 경문(황천해원경, 도량경, 명당경, 천룡경)과 「별회심곡」이 실려 있다. 이 무가집에는 곳곳에 장단을 표시해 놓은 것이 특징이다.

선옥례의 「오구풀이」는 녹화한 굿에서 채록했다. 이 굿은 자료로 활용하기 위하여 본인들이 실제의 굿을 재현하기 위해서 녹화한 것인데, 여러 인물이 각각 자신이 맡은 거리에 출연하고 있어서 각 거리마다 출연하는 인물이 다르다. 선옥례는 이 굿에서 「오구풀이」에 참여하였다.

최칠성의 무가는 녹화한 것에서 채록했다. 이것은 굿의 전과정을 녹화한 것이 아니고 「오구풀이」까지만 녹화했다. 이 굿에서 최칠성은 악사로 참여하고 그의 부인은 앞부분의 「혼맞이」에 참여하고 있어서 이를 채록했다.

---

5) 녹음과정에는 필자와 오태권(연세대 대학원 박사과정), 양명모(연세대 대학원 석사과정), 최용신(연세대 국문과 4학년)이 참여했다. 이 자리에는 특별히 조성윤 교수(제주대 사회학과)가 참관했다.

6) 녹음이 끝나고 박영삼이 각 과정의 의미를 설명했다. 「앉은방」은 가족을 위한 축원이며, 「성주풀이」는 성주가 걸려 있어서 그 걸린 고를 푼다고 했다. 「제석」은 복을 받기 위한 재수굿이고, 「큰넋」은 앞서간(先亡) 부모를 위해서 영혼을 달래는 굿이라 했다. 「오구」는 저승에서 하는 것을 이승에서 반복하는 것이라 했다. 「명두」는 죽은 신들린 여자아이인데, 이 여자아이가 신이 들어서 잘 알기 때문에 고를 풀어달라고 비는 것이라고 했다. 「씻김」은 죽어나갈 때 죄를 씻고 저승을 잘 가도록 하는 굿이며, 「길닦음」은 저승과 이승을 이어주는 길을 잘 닦아서 잘 가시라는 뜻으로 하는 굿이라고 했다. 총 12거리 굿 가운데 일부 마무리를 하지 않고 이 8거리로 끝을 냈다. 한양심은 연로해서 피곤한 데다가 최근에 큰굿을 하지 않아서 여기서 끝을 냈다면서, 젊었을 때 했더라면 다 할 수 있었을 텐데 끝맺지 못해서 안타깝다고 했다.

3. 「오구풀이」 이본의 줄거리 소개

여기서는 필자가 채록한 무가 가운데 「오구풀이」 3편과 최덕원이 채록한 「오구풀이」 3편의 내용을 소개하여 이들이 어떤 점에서 같고 다른지를 살피기 위한 자료로 삼겠다. 여기서는 편의상 먼저 「오구풀이」의 공통 줄거리를 몇 개의 단락으로 나누어 소개하고, 각 이본의 내용을 소개하여 그 차이점을 해당 단락에서 쉽게 비교하여 파악하도록 하겠다. 소개의 순서는 편의상 ①한양심, ②임종남, ③선옥례, ④김막례, ⑤김고분, ⑥김행연의 무가 순으로 하되 원문자 ①은 한양심의 무가, ②는 임종남의 무가, ③은 선옥례의 무가, ④는 김막례의 무가, ⑤는 김고분의 무가, ⑥은 김행연의 무가를 약칭하여 번호로 표기하기로 한다.

1. 오구시왕과 오구부인의 본, 두 사람의 결혼을 소개한다.
   ① 시왕산 큰바우 밑. 오구대왕은 한두 살에 절을 세우고, 7, 8세에는 소학 대학을 보고, 15세에는 반궁에 올라 이 나라를 다스린다. 칠대 부인의 딸아기가 인물이 출중하고 행실도 단정하여 세 번 청하여 삼짓날에 혼인한다.
   ② 본의 소개는 없다. 오구님과 국태부인은 동갑으로 17세에 사월 초파일에 혼인한다.
   ③ 명산 대천. 오구대왕은 하나를 이르면 셋을 알고, 세 살에 대왕이 되어 서책을 끼고 스승에게 배우니 도통하여 만조백관을 거느리고 하늘을 다스린다. 13세에 삼월 삼짓날 황후부인과 혼인한다.
   ④ 시영산 그늘밑. 오구세왕은 천상사람, 오구부인은 제화사람, 17세, 15세에 혼인한다.
   ⑤ 큰바구밑. 오구시앙은 15세 오구부인은 19세에 중매쟁이가 세 번만에 허락을 얻어 혼인한다.
   ⑥ 세왕산 큰바구밑. 오구시왕은 18세, 오구부인은 17세에 양인 부모의 허락으로 혼인한다.

2. 딸 여섯을 낳는다.
    ① 첫째 딸 낳는 과정은 자세하게 둘째에서 여섯째는 간략하게 설명한
       다. 넷째는 누락되었다.
    ② 첫째, 둘째도 딸이다. 셋째에서 여섯째는 없다.
    ③ 첫째딸 낳는 과정은 자세하게 둘째는 간략하게, 셋째에서 여섯째는
       딸이라고만 설명한다.
    ④ 첫째 딸 낳는 과정은 자세하게, 둘째에서 여섯째는 간략하게 설명한다.
    ⑤ 첫째 딸부터 여섯째까지 낳는 과정을 자세하게 같은 방식으로 설명
       한다.
    ⑥ 혼인 후 3년만에, 첫딸을 낳는 과정은 자세하게, 둘째에서 여섯째는
       간략하게 설명한다.

3. 아들을 낳으려고 명산대천에 빌었으나 일곱째도 딸이었다.
    ① 시주님의 권고로 황후가 청하여 명산대천에 빌었더니 선몽에 학 한
       쌍과 청룡 황룡 기린이 보인다. 그러나 일곱째도 공주였다.
    ② 국태부인이 갖가지 공을 드렸는데, 일곱째도 딸이었다(천상선녀가
       내려와 아이를 받고 천도 복숭아를 젖에다 갈아먹이고 선녀는 서기
       타고 안기생은 난초 타고 올라간 후에 국태부인이 뒤를 살펴보니
       또 딸이었다).
    ③ 오구대왕의 요청으로 황후부인이 명산대천에 빌었더니 태몽에 학
       한 쌍과 청룡 한 쌍, 기린이 치마폭에 드는 꿈을 꿨으나 일곱째도
       딸이었다.
    ④ 오구세왕이 석달 열흘 산제 불공을 제안하여 오구부인이 명산제천
       에 백일기도를 드리니 전과는 다른 징조를 보였으나 일곱째도 딸이
       었다.
    ⑤ 오구시왕의 제안으로 석 달 열흘 갖가지 공을 드렸더니 달이 돋고
       월광제석이 입으로 들어오는 꿈을 꾸었으나 일곱째도 딸이었다.
    ⑥ 시왕님이 공부자 같은 현인도 이구산천에 빌었으니 우리들도 명산
       대천에 공들이자 제안하여 공을 들였으나 일곱째도 딸이었다.

4. 딸이라고 쑥대밭에 버리자 학이 내려와 키운다.
    ① 쑥대밭에 버리자 학 한 쌍과 청룡 황룡이 내려와서 추울새라 한 날
       개는 깔아주고 한 날개는 덮어준다. 청룡은 골골마다 다니면서 젖줄
       을 물어와 바리데기 입에 물려주니 일취월장한다.

② 겨울이면 얼어 죽으라고 삼베치마 삼베지고리를 입혀 음지에, 여름이면 더워 죽으라고 쑥덕치마 쑥덕저고리를 입혀 양지에 뉘여 놓아도 죽지 않는다. 정이 없다고 무주공산에 버리자 학이 한 쌍 내려와 한 날개는 깔고 한 날개는 덮고 먹이를 주며 기른다.

③ 여름에는 더워 죽으라고 양지에 뉘여 놓고 겨울에는 얼어 죽으라고 음지에 내둘려서 쑥대밭에 버린다.

④ 버린 후에 궁금해서 가서 살펴보니 천사가 내려와 한 날개는 깔고 한 날개는 덮고 젖을 먹이는 것을 보고 데려온다. 정이 들지 않아서 여름에는 더워 죽으라고 두덕바지에 싸서 양지에, 겨울에는 얼어 죽으라고 마포잠방이 입혀 음지에 두어도 죽지 않아서 다시 내던진다.

⑤ 오동나무에 넣어 용모강에 버리자 용왕이 거북을 시켜 선창가에 두게 한다. 학이 한 쌍 내려와서 두 입으로 물고 왕대밭에 눕혀놓고 암놈은 한 날개로 깔고 한 날개로 덮어준다. 수놈은 먹을 것을 물어다 삼칠일을 먹인다. 동네 아낙들이 흉을 보자 오구시왕이 부끄러워서 다시 데려와 오뉴월 삼복에는 데어 죽으라고 솜으로 포닥치마 저고리를, 엄동에는 얼어 죽으라고 삼베옷을 입혀도 잘 자라고, 빠져 죽으라고 못 속의 초당에 두어도 잘 자란다.

⑥ 여름에는 데어 죽으라고 양지에, 겨울에는 얼어 죽으라고 음지에 두어도 하늘이 도운 자손이라 안 죽는다. 쑥대밭에 버리자 학이 한 쌍 내려와 한 날개는 깔고 한 날개는 덮고 학의 젖을 먹여 키운다.

5. 오구시왕이 딸 일곱을 낳고 심화로 병들어 죽으려 한다.
   ① 오구대왕이 병이 들어 죽으려 한다.
   ② 바리데기 15세 때 오구시왕은 딸 일곱을 낳고 심화로 병이 나서 죽게 된다.
   ③ 오구대왕이 심화로 병이 나서 죽으려고 한다.
   ④ 오구세왕이 죽으려 한다.
   ⑤ 바리데기 15세 때 오구시왕이 병들어 죽게 된다.
   ⑥ 오구시왕은 딸 일곱을 낳고 심화로 병들어 죽게 된다.

6. 도사가 시왕산 약물만이 오구시왕의 병을 고칠 수 있다고 알려준다.
   ① 시주님이 시왕산 큰바위 밑의 천년수 만년수로 고칠 수 있다고 알려준다.
   ② 육관부처가 수양산 약물을 먹으면 나을 것이라고 한다.

③ 시주가 시왕산의 약물만이 병을 고칠 수 있다고 한다.

④ 문복하니, 저승문이 열렸다면서 세천세국 들어가서 바위 밑의 약물
을 길어다 먹이면 인도환생하리라 한다.

⑤ 도사가 시양산 약물을 길어 먹이면 만병회춘하리라 한다.

⑥ 도사에게 시주 삼백 석을 약속하고 시왕산 큰바위 밑에 불사약물이
있음을 안다.

7. 오구부인이 딸 여섯에게 시왕산에 가서 약물을 길어오라고 했으나
거절당한다.

① 일공주는 이 나라 공주로 시왕산이 어디라고 갔다오겠느냐 다른 공
주를 보내라 하고, 이공주는 언니가 못간 데를 어찌 가며, 길과 산을
몰라 못 가겠다 하고, 나머지 공주들도 이 핑계 저 핑계로 거절한다.

② 첫째 딸은 여자의 몸으로 어찌 가겠느냐, 둘째는 수양산이 어디라고
가겠느냐, 셋째는 흉악한 산을 넘고 골은 깊어 첩첩하여 장정호걸
남자라도 어려운데 어찌 가겠느냐, 넷째는 나이 들면 동네 출입도
어렵다는데 일개 여자가 수양산을 어찌 가겠느냐, 다섯째는 형님들
이 못 가는 데를 어찌 가겠느냐, 여섯째는 언니들과 똑 같이 대답하
며 거절한다.

③ 딸 여섯이 모두 거절한다.

④ 첫째 딸은 세천세국이 어디라고 가겠느냐, 둘째는 언니가 못 가는 길
을 어찌 가겠느냐, 셋째, 넷째, 다섯째, 여섯째도 그 말로 거절한다.

⑤ 첫째 딸은 일개 여자로 시양산이 어디라고 가겠느냐, 이공녀 삼공녀
사공녀도 일구여출로, 육공녀는 언니도 못간 곳을 어찌 가겠느냐 하
며 거절한다.

⑥ 일공주는 양반의 딸로서 앞으로 무슨 일이 있을지 모르니 초당 안에
서 글공부에 힘을 써야지 시왕산이 어디라고 가겠느냐면서 거절하
고, 나머지 다섯도 언니 못 간 길을 어찌 가겠느냐면서 거절한다.

8. 오구부인이 바리데기를 찾아가 부탁하자 수락하고 길을 떠난다.

① 시녀가 바리데기를 찾아가자 바리데기는 산신을 따라 천자문을 읽
고 있었다. 사정을 들은 바리데기는 탄생 공을 갚겠다고 따라오니,
황후부인이 버선발로 뛰어나와 반긴다. 바리데기는 길을 떠난다.

② 오구부인이 바리데기를 찾아가 부탁하자 수락하고 언니들의 옷을
빌려 입고, 신발을 얻어 신고 수양산으로 향한다.

③ 시녀가 바리데기를 찾아가 부탁하자 바리데기기 시녀를 따라가자 황후부인이 버선발로 뛰어나와 반긴다. 바리데기가 허락하고 언니들의 옷과 신을 빌리고 길을 떠난다.
④ ⑤ 바리데기를 찾아가 부탁하자 수락하고 길을 떠난다.
⑥ 바리데기를 찾아가 부탁하자 거절했다가 수락하고 길을 떠난다.

9. 시왕산에서 산신과 3년, 길신과 3년, 용신과 3년을 살면서 아들 3형제를 낳고 약물을 구해 돌아온다.
① 바리데기가 선비와 기린의 안내로 시왕산에 이르니, 신들이 산값, 길값, 물값을 요구하면서 그 대가로 9년을 살라고 한다. 그들이 시중드는 것을 지켜보고 3일만에 정성이 지극하다면서 약물을 알려준다. 산신과 용신이 환생초, 소생초, 인생초를 주면서 "언니는 불효를 저질렀으니 자손으론 풍진손님 유두손님 수두손님 종두손님 홍역손님으로 귀양을 보내라고 하고, 너는 지체도 너와 같고 행실도 너와 같고 인물도 너와 같은 데로 백년가약을 맺어달라고 이르고, 한 탯줄에 아들 열을 낳아서 열째 왕을 봉해주고 동서남북에 방을 붙여 불쌍하고 가련한 젊은 청춘에 죽고 늙은 망년에 간 망자, 억울하게 가고 원통하게 가고 분하게 가고 서럽게 간 망자들을 불러 오구문을 열어주고 호천문을 열어주고 시왕문을 열어주고 십이왕문을 열어서 인도환생길을 열어달라고 일러라" 한다.
② 수양산에 가서 약물을 가지고 나올 때 일월선관이 길값, 약값, 물값 3년씩 9년을 살고 가라고 해서 9년을 살고 아들 9형제를 낳아 앞세우고 나온다.
③ 바리데기가 선비와 기린의 안내로 수양산을 찾아가니 물값 3년, 길값 3년, 산값 3년씩 9년을 살고 가라 한다. 바리데기가 9년을 살면 부친이 어떻게 기다리겠느냐고 하며 사정하니 묵묵부답하다가 정성이 지극하다면서 9일만에 약물과 환생초를 줘서 가지고 나온다.
④ 산신과 산값 3년, 길신과 길값 3년, 용왕과 물값 3년, 석삼년을 살고 약물을 구한다.
⑤ 길신과 길값 3년을 살면서 아들을 낳고, 산신과 산값 3년을 살면서 아들을 낳고 시양산에 당도하여 용왕과 물값 3년을 살면서 아들을 낳아 9년만에 약물을 길어온다.
⑥ 산신이 3년, 길신이 3년, 물신이 3년을 살고 가라고 한다. 바리데기

가 9년을 살고 가면 부친은 죽어서 뼛골만 남겠다고 통곡하자, 여기
1년은 하루고, 2년은 이틀, 3년은 사흘이라 해서 석삼년을 살고 물을
긷고 환생초 세 송이를 꺾어 돌아온다.

10. 바리데기가 불사약물을 길어오는 도중에 목동의 노래를 듣는다.
　① 바리데기가 목동이 부르는 노래(오구시왕이 태자 하나를 못 두고 죽
　　었으며 약물을 길러간 바리데기는 소식이 없다)를 듣는다.
　② ④ 없다.
　③ 바리데기가 목동이 부르는 노래(오구대왕이 죽은 지 9일이 되었는
　　데, 바리데기는 소식이 없다는 내용)를 듣는다.
　⑤ 약물을 길어오는 도중에 건너 앞산에서 15세의 도령이 노래(바리데
　　기는 한발 늦어 부친을 못 볼 것이니 재촉하라)를 부른다.
　⑥ 목동이 지게 목발을 두드리며 노래(바리데기가 약물 길러 갔는데,
　　부친이 죽어도 안 온다)하는 것을 듣고 다시 부르기를 청했으나 거
　　절당한다.

11. 바리데기가 상구 행차를 멈추라고 하자 언니들이 꾸짖는다.
　① 상구를 멈추라고 하자 언니들은 당돌하다고 꾸짖고, 나이든 법관은
　　잠깐 쉬어가자 한다.
　② ③ 없다.
　④ 상구를 멈추라고 하자 여섯 딸이 꾸짖는다. 나이 많고 점잖은 상부
　　한 명이 바리데기의 요구를 들어준다.
　⑤ 상구 멈추기를 청하자 언니들이 꾸중하면서 매를 때린다. 바리데기
　　가 매를 맞으면서 상부체를 휘어잡아 멈춘다.
　⑥ 바리데기가 상구 멈추기를 청하자 언니들이 꾸짖는다.

12. 바리데기가 불사약물로 오구대왕을 살린다.
　① 바리데기가 환생화, 소생초, 인생초, 약물로 부친을 살린다.
　② 바리데기가 삼세번 씻기자 오구시왕이 잠잔 듯이 일어난다.
　③ ⑥ 바리데기가 약물과 환생초로 오구대왕을 살린다.
　④ ⑤ 바리데기가 불사약물로 오구시왕을 살린다.

13. 살아난 오구시왕이 바리데기와 그녀의 자손을 축복한다.
　① 살아난 오구대왕이 바리데기에게 원하는 것을 묻자 망자들의 소원

을 풀어주고 언니들은 손님으로 귀양을 보내고 자신은 지체의 행실
이 자신과 같은 인물로 혼인을 시켜달라 한다.

② 아들 아홉을 낳았다고 죄를 청하자 외손봉사하자면서 각 아들을 왕
으로 봉한다.

③ 오구대왕에게 바리데기는 불쌍한 망자를 위해 오구문, 시왕문이나
열어주고 천도를 위해 잔치를 베풀어주라 한다.

④ 바리데기가 사죄하며 부친의 제안을 거절하고 천상부부를 맺어 외
손발복이 소원이라 한다. 그 소원대로 천상부부를 맺어 아들 7형제
를 둔다. 첫아들 진광대왕, 둘째는 초강대왕, 셋째는 송제대왕, 넷째
는 오관대왕, 다섯째는 염라대왕, 여섯째는 변성대왕, 일곱째는 일
곱 칠성으로 벼슬을 주어 단명자는 명을 주고 복 없는 자는 복을 주
고 자손 없는 자는 자손을 태워주게 한다.

⑤ 바리데기가 아들 3형제를 낳았다고 잘못을 빌자 자신보다 좋은 팔자
라고 하면서 외손봉사를 하자 한다. 이어서 큰아들은 전라감사, 둘
째는 평양감사, 셋째는 통영통기사로 봉한다.

⑥ 오구시왕이 천하, 국사를 주겠다고 하자 바리데기가 부모의 은공을
갚았으니 만족한다고 한다.

14. 오구시왕이 언니들을 징계한다.

① 오구대왕이 동서남북중앙 법관을 불러 바리데기의 요구를 들어준다
(언니들을 징계하는 내용이 구체적으로 나오지는 않는다).

② ③ ④ ⑤ ⑥ 없다.

15. 바리데기는 무신이 된다.

① 그때부터 오구굿, 시왕굿이 나오고, 바리데기는 아들 열을 낳아서
열째왕으로 봉하고 그때부터 축원법이 나왔다.

② ③ ④ ⑤ 없다.

⑥ 바리데기가 혼인하여 아들 10형제를 낳고, 그들을 각각 일제왕–십제
왕으로 봉한다.

16. 그 후의 사설

① 오구시왕은 바리데기가 살렸건만 명이 짧은 망자들은 명줄을 당겨
주고 복줄, 자손줄이나 당겨주자고 하며, 망자들은 염불을 타고 극
락을 가도록 염불하자 한다.

② 바리데기는 세천세국에 들어가서 불사약을 구해다 죽었던 부모를 살렸건만 이 세상 사람들은 어느 누가 살릴손가 ㅇㅇㅇ씨 가문의 망자님은 불쌍하게 가셨구나 극락을 가도록 염불하자 한다.

③ 망자들 극락 가라고 이런 지극 정성을 드린다.

④ 옛날 오구시왕은 딸 일곱을 낳고 심화로 죽었다가 바리데기가 살렸는데, 불쌍하신 망자씨는 명이 짧아서 가셨는가 약이 없어서 가셨는가 명줄이나 당겨주자고 하고, 염불하고, 왕생극락을 가자면서 마무리한다.

⑤ ⑥ 오구시왕님이 두 세상을 살고 세 세상을 살다 갔으니 명줄 복줄이나 당겨보자면서 끝맺는다.

4. 「오구풀이」 이본의 편차와 그 특징

주지하듯이 「오구풀이」는 일곱째 딸로 태어나 버림받은 공주가 약물을 길어와서 죽은 부친을 살리고 오구신이 된 이야기이다. 이 「오구풀이」가 불리는 굿이 오구굿인데, 이 굿의 목적은 바리데기가 시왕산에 가서 불사약물을 길어와 죽은 부친을 살렸듯이 망자가 저승길을 잘 가서 극락에서 환생하기를 염원하는 데 있다.[7] 그러므로 보성군 지역에서 채록된 「오구풀이」의 내용도 대체로 이러한 줄거리로 이루어져 있다. 다만 그 가운데 한양심본의 「오구풀이」에는 세부적인 면에서 지금까지 알려진 「오구풀이」와는 좀 다른 내용들이 다수 들어 있다. 따라서 보성군의 「오구풀이」를 각 이본간의 내용을 비교하여 그 차이를 살펴보되 한양심의 「오구풀이」를 중심으로 그 차이와 특징을 살펴보기로 한다.

「오구풀이」의 시작은 단락 1에서 보듯이 대체로 오구시왕[8]의 본과 결

---

7) 「오구굿」의 기능적 측면에 대해서는 졸고, 「나로도의 무가 연구」(『남도문화연구』 제2집, 순천대 남도문화연구소, 1986.)의 '「오구풀이」의 무속적 기능'에 관한 기술 내용과 이경엽의 「오구굿 무가의 구조와 기능」(『한국언어문학』 제40집, 1998.)을 참고할 것.

8) 이본에 따라 오구시왕을 오구대왕이나 오구세왕으로 부르나 이 글에서는 이본의 내용

혼 과정의 내용을 소개하는 것이다. 대부분의 이본은 이것을 따르고 있는데, 한양심본과 선옥례본은 오구시왕을 소개하는 내용이 다른 이본과 조금 다르다. 곧 한양심본은 오구대왕이 한두 살에 절을 세우고, 칠팔 세에는 소학 대학을 읽고, 15세에는 반궁에 올라 나라를 다스린다고 했다. 선옥례본에도 하나를 이르면 셋을 알고 세 살에 왕위에 올라 서책을 끼고 글을 배우며 하늘을 다스린다고 해서 한양심본과 유사한 면을 보인다. 이 두 이본에 나오는 내용은 다른 이본이나 전남의 다른 지역 「오구풀이」에는 이런 내용이 없는 것으로 보아 가창자들이 오구시왕의 출중함을 드러내려는 의도에서 이런 내용을 삽입했거나 이들이 같은 선생에게 배웠을 가능성이 있음을 보여준다.

태몽의 내용은 한양심본과 선옥례본이 유사하고 다른 이본은 이와 다르다. 다른 이본에서는 선몽이 있다거나 전과는 징조가 다르다고만 했다. 그런데 한양심본과 선옥례본에서는 학 한 쌍과 청룡, 황룡, 기린이 보이는 태몽이 나온다. 이 태몽에 등장하는 학과 용은 바리데기가 버림을 받았을 때 그녀를 보호하고 젖을 구해 먹이는 존재로, 기린은 시왕산을 안내하는 존재로 등장한다는 점에서 바리데기의 비범함을 드러내고 있다. 또한 이 태몽의 내용은 앞으로 전개될 내용에서 이들의 등장과 역할을 예시한 것으로 볼 수도 있다. 이 단락에서 태몽은 아니지만 임종남본에는 오구부인이 바리데기를 낳자 천상에서 선녀와 선관이 내려와 아이를 씻기고 천도복숭아를 젖에 갈아 먹이는 내용이 나오는 점이 특이하다.[9]

단락 4의 일곱째 딸을 버리는 과정이 이본에 따라 서로 다르다. 한양심본은 오구시왕의 명으로 일곱째 딸을 쑥대밭에 버리자 학이 한 쌍 내려오고 청룡 황룡이 내려와서 학은 바리데기를 보호하고 청룡이 골골이 다니면서 젖줄을 물어다가 먹이는 것으로 나온다. 그런데 임종남본은 데리고

을 소개하는 단락 부분을 제외하고 오구시왕으로 통일하여 쓴다.

[9] 이것은 「유충열전」에서 유충열이 탄생했을 때 선녀가 나타나 약물로 아이를 씻기고 천도를 먹이는 장면과 유사하다.

살면서 죽이려 했으나 죽지 않아서 무주공산에 버렸더니 학이 한 쌍 내려와 보호하며 기르는 것으로 되어 있다. 선옥례본은 죽으라고 여름에는 양지에 겨울에는 음지에 두었으나 죽지 않아서 쑥대밭에 버린다. 김막례본은 딸이라 버렸지만, 천사가 내려와 양육하는 것을 보고 데려왔으나 죽지 않고 정도 들지 않아서 다시 버린다. 김고분본은 용모강에 버렸더니 거북이 구해서 선창가에 두자 학이 한 쌍 내려와 한 놈은 보호하고 한 놈은 먹을 것을 물어주었는데, 동네 아낙들이 흉을 보자 오구시왕이 부끄러워서 데려와서 죽이려 하였으나 초당에서 잘 자란다. 김행연본에서는 정이 없어서 죽이려 했으나 죽지 않아서 쑥대밭에 버렸더니 학이 한 쌍 내려와 보호하고 학의 젖을 먹여 키운다. 이처럼 이본에 따라서 약간씩 내용의 차이를 보인다. 그런데 한양심본은 학뿐만 아니라 청룡 황룡이 등장해서 바리데기를 양육하고 있다는 점에서, 그리고 이 학과 용이 태몽에 나타난 존재라는 점에서 다른 이본과 차이를 보인다. 이것은 다른 이본에서는 볼 수 없는 이 이본의 독특한 내용이라는 점에서 의미가 있다.

단락 8의 불사약물을 구하러 갈 사람이 없어서 바리데기에게 부탁을 하는 장면에서 한양심본과 선옥례본은 다른 이본들과 차이를 보인다. 다른 이본들은 오구부인이 바리데기를 찾아가 부탁을 하는 데 비해 한양심본과 선옥례본에서는 황후부인이 직접 바리데기를 찾아가지 않고 시녀를 보내서 바리데기를 찾아오게 한다. 또한 그 장면에서 한양심본에는 시녀가 찾아갔을 때 바리데기가 산신의 가르침을 따라 천자문을 읽는 내용이 첨가되어 있다. 이 천자문을 읽는 방법은 판소리 「춘향가」에서 흔히 창으로 하는 「천자뒤풀이」와는 달리 전통적 낭송법으로 이루어져 있고 내용도 「천자문」의 내용을 그대로 따르고 있어서 판소리와 관련은 없는 것으로 보인다. 다른 본에는 없는 이런 내용이 여기에 삽입된 것은 바리데기의 유식함을 드러내려는 가창자의 의도가 개입된 것으로 보인다.

단락 9의 불사약물의 대가를 치르는 기간에서 한양심본과 선옥례본, 김행연본은 다른 이본과 차이를 보인다. 임종남본과 김막례본, 김고분본에서 바리데기는 불사약물을 얻기 위하여 산신과 3년, 길신과 3년, 물신과 3년, 모두 9년을 살아주고 불사약물을 얻으며, 이들과 사는 동안에 임종남본은 아들 9형제를, 김막례, 김고분본에서는 아들 3형제를 낳아서 데리고 나온다. 한양심본은 신들이 산신과 3년, 길신과 3년, 물신과 3년을 살아야 한다고 했으나 바리데기는 하늘이 낳은 효녀라 삼 일만에 불사약물을 주는 것으로 처리하고 있다. 그에 따라 다른 본에 등장하는 아들 3형제도 등장하지 않는다. 선옥례본과 김행연본은 바리데기가 9년을 살고 가면 부친은 죽어서 뼛골만 남겠다고 통곡하자 선옥례본은 9일만에 약물과 환생초를 주고, 김행연본은 그곳은 1년이 하루라고 하여 역시 9일만에 불사약물을 구해오는 것으로 설정되어 있다. 이것은 오구시왕이 병이 들어 죽을 위기에 처한 상황에서 9년이라는 기간이 지난 후에 바리데기가 약물을 길어와서 죽은 오구시왕을 살린다는 것이 너무 비현실적이라고 생각했기 때문에 가창자가 현실성이 있도록 하기 위하여 이를 3일이나 9일로 내용을 변개한 것으로 보인다.

　단락 13-15는 이본간에 차이가 많이 나는 대목이다. 먼저 다른 이본들과 달리 한양심본은 언니들을 징계하는 내용이 나온다. 지금까지 채록된 「오구풀이」에는 언니들이 징계 받는 내용이 나오는 것이 많지 않고, 언니들을 징계하더라도 오구시왕이 직접 불효를 이유로 들어서 여섯 딸을 징계한다.[10] 그런데 한양심본에서는 언니들의 징계 과정이 오구시왕이 딸들을 미워해서 징계하는 것이 아니라 시왕산의 신들이 바리데기에게 언니들을 징계하도록 부친에게 요구하라고 권해서 징계가 이루어지는 것으로 설정되어 있다. 곧 신들은 바리데기가 약물을 길어서 돌아가려고 하자 그녀에게 부친이 소생하면 부친에게 곱게 기른 언니들이 불효를 저질렀으니 풍진손님, 유두손님, 수두손님, 종두손님 홍역손님 등으로 귀양을 보

---

10) 「오구풀이」 가운데 언니들을 징계하는 내용이 나오는 것으로는 고흥군에서 채록한 김한심본이 있다. 졸고, 앞의 글, 참조.

내라고 하고, 그녀는 지체와 행실, 인물이 그녀와 같은 데로 백년가약을 맺어달라고 해서 한 뱃줄에 아들 열을 낳아서 열째왕을 봉해달라고 하고, 사방의 불쌍한 망자의 혼을 불러 인도환생길을 찾아주는 신이 되라고 한다. 그에 따라 바리데기는 부친을 살린 후에 부친에게 그 말대로 부탁하여 언니들을 각종 병으로 귀양보내고, 아들 10형제를 낳아 각각 왕으로 봉하고 자신은 오구신이 된다. 임종남본은 아들 아홉을 각각 왕으로 봉하며, 김막례본은 아들 일곱을 왕으로 봉한다. 김고분본은 아들 삼형제를 전라감사, 평양감사, 통영통기사로 봉하는데, 이것은 다른 「오구풀이」에서는 볼 수 없는 특이한 내용이다. 김행연본은 아들 십형제를 낳아 각각 왕으로 봉한다. 선옥례본은 이런 내용이 없다.

마지막으로 단락 16은 불쌍한 망자들을 위해 명줄, 복줄, 자손줄을 당겨주고 극락을 가도록 염불을 해주자는 내용인데, 모든 이본이 거의 같은 내용으로 이루어져 있다.

5. 한양심본 「오구풀이」의 변개와 그 의미

지금까지 살핀 바와 같이 한양심본의 「오구풀이」는[11] 여러 곳에서 가창자의 윤색이 이루어진 것을 볼 수 있다. 그녀의 「오구풀이」에서 이루어진 윤색의 방향은 크게 세 가지이다. 첫째는 주인공 바리데기의 비범성을 드러내려는 것이고, 둘째는 사건 전개의 합리성을 추구한 것이고, 셋째는

---

[11] 선옥례가 한양심을 언니로 호칭한 점, 선옥례가 녹음을 하겠다고 했다가 한양심이 녹음한 사실을 알고 같은 내용이라면서 녹음을 거절한 점에서 선옥례가 한양심에게 「오구풀이」를 배웠거나 같은 선생에게 배웠을 가능성이 있다. 본인들은 이에 대해서 아무 답변도 하지 않았다. 선옥례본은 한양심본에 비해 구성의 밀도가 떨어지고 누락과 착오가 여러 곳에서 발견되는 것으로 보아 한양심본의 아류라 할 수 있어서 여기서는 한양심본을 대상으로 논의를 편다.

권선징악의 주제를 드러내려는 것이다.

　먼저 주인공 바리데기의 비범성을 드러내려는 의도에서 이루어진 윤색을 검토해보기로 한다. 바리데기의 비범성은 단락 1에서 이미 오구시왕의 비범성을 드러낸 것에서 그 전조를 엿볼 수 있다. 오구시왕은 한두 살에 절을 세우고, 칠팔 세에 소학 대학을 읽으며, 15세에는 왕위에 올라 나라를 다스릴 정도의 비범한 존재로 설정된다. 그녀의 모친도 인물이 출중하고 행실도 단정한 인물로 설정된다. 이것은 비범한 부모의 혈통을 받아서 탄생한 주인공의 비범성을 설명하려는 가창자의 의도가 개입된 설정으로 읽힌다. 그리고 가창자는 바리데기의 비범성을 좀 더 확실히 하기 위하여 태몽을 활용하고 있다. 오구부인이 온갖 공을 들인 후에 꿈을 꾸는데, 꿈에 학 한 쌍과 청룡, 황룡, 기린이 나타난다. 이 꿈에 나타난 학과 용은 그녀가 버림을 받았을 때 하늘에서 내려와 그녀를 보호하고 양육하는 존재이고, 기린은 그녀가 시왕산을 찾아가는 도중에 나타나서 시왕산을 안내해주는 존재이다. 이처럼 태몽에 천상적 존재를 등장시키고, 그녀의 삶에서 천상적 존재가 하늘에서 내려와 그녀를 보호하고, 시왕산을 찾아가는 길에 나타나 길을 인도하는 내용을 설정한 것은 바리데기는 하늘이 돌보는 비범한 존재임을 가창자가 청중들에게 확신시키려는 의도 때문일 것이다. 또한 가창자는 바리데기가 유식한 존재임을 드러내는 장면도 설정하고 있다. 오구시왕을 살리기 위하여 바리데기에게 불사약물을 길어오도록 부탁하기 위하여 시녀가 그녀를 찾아갔을 때 그녀는 산신을 따라 천자문을 읽고 있는 장면이 나온다. 이것은 바리데기의 유식함을 드러내려는 가창자의 의도가 드러난 대목으로 읽힌다. 이로 보면 가창자는 바리데기의 비범성과 유식함을 동시에 드러냄으로써 그녀의 영웅성을 강화함과[12] 동시에 무신으로서의 망자 환생 능력을 청중들에게 확신시키려고 이런 내용과 장면을 설정한 것으로 보인다.

---

12) 이 점은 차후 영웅소설의 주인공의 비범성과 관련지어 검토할 필요가 있다.

다음으로 한양심본이 사건 전개의 합리성을 추구하기 위해 줄거리의 내용을 변개시키고 있는 대목을 살펴본다. 대표적인 것이 바리데기가 불사약물을 구해서 돌아오는 기간이다. 많은 이본에서 바리데기는 불사약물을 구하기 위해 산신, 길신, 물신과 각각 3년씩 9년을 살면서 아들 3형제를 낳은 후에 약물을 가지고 돌아와 부친을 살린다. 이에 비해 한양심본은 세 신들이 그녀의 지극한 정성을 보고 3일만에 불사약물을 주어서 바리데기가 곧 돌아와서 약물로 죽은 부친을 살리는 내용으로 설정되어 있다. 오구시왕이 심화로 병이 나서 죽을 지경에 이르렀으나 이 세상에는 그를 살릴 약이 없는 상황에서, 곧 죽을 날이 오늘내일 하는 상황에서 바리데기가 시왕산을 찾아가서 9년만에 불사약물을 구해와서 죽은 부친을 살리는 내용이 비현실적이라는 인식 때문에 3일만에 불사약물을 구해와서 이제 막 죽어 상여가 나가는 부친을 살리는 것으로 변개시켰을 것이다. 이것은 이야기의 내용이 현실적으로 가능해서 청중이 그것을 믿을 수 있도록 하려는 의도, 곧 합리성를 추구하려는 가창자의 의도 때문에 일어난 변화의 하나로 볼 수 있다. 이런 점에서 한양심본은 내용의 합리성을 추구한 이본으로 읽힌다.

끝으로 한양심본이 권선징악의 주제를 강조하려는 의도에서 불효를 저지른 언니들을 징계하는 내용을 살펴보기로 한다. 이것은 보성군의 「오구풀이」에서는 한양심본에만 등장하는 내용으로, 매우 흥미로운 부분이다. 언니들의 징계를 요구하는 존재가 세 신들이라는 점에서 오구시왕이나 바리데기는 혈족을 징계했다는 도덕적 비난을 피할 수 있다. 이것은 혈족을 징계하도록 요청하는 바리데기의 비윤리성을 불식시키고, 언니들의 불효를 강조하여 그 징계의 정당성을 강조하려는 의도가 깔려 있는 것으로 보인다. 이런 방식의 줄거리 설정은 결국 바리데기의 도덕성을 높이고, 그녀의 행동은 선업을 위한 것, 곧 선행임을 강조하려는 의도에서 비롯되었을 것이다. 반면에 인간에게 온갖 고난을 일으키는 질병들, 곧 풍진, 유두, 수두, 종두, 홍역 등과 같은 질병들은 못된 언니들이 일으키는 것으로 설정함으로써 청중들이 자연스럽게 언니들을 미워하도록 하고 있다. 이것은 선인선과(善人善果) 악인악과(惡人惡果)라는 권선징악의 주제를 효과적으로 드러내려는 의도에서 설정된 내용으로 볼 수 있다. 이런 점들을 고려할 때 한양심본의 「오구풀이」는 청중들의 요구를 여러 면으로 반영하는 과정에서 이런 내용의 변개가 나타난 것으로 풀이된다.

6. 맺는말

지금까지 이 글은 전남 보성군에서 조사한 무가 가운데 「오구풀이」를 중심으로 그 내용을 살펴보았다. 보성군에서 채록된 「오구풀이」는 모두 여섯인데, 이를 간략히 비교한 결과 한양심본을 제외한 다수는 부분적으로 약간씩 다른 내용이 발견되기도 하지만 대체로 줄거리가 유사하였다. 한양심본은 가창자가 의도적으로 작품의 내용을 변개시켰기에, 그 변개의 내용과 의미를 살펴보았다.

한양심본에서 변개가 일어난 내용은 바리데기의 비범성을 드러낸 것과 내용의 합리성을 추구한 것, 권선징악을 주제로 한 것으로 요약된다. 바리데기의 비범성을 드러내기 위하여 가창자는 바리데기의 부모를 비범한 인물로 설정하고, 태몽에 천상적 존재를 등장시켰으며, 천상적 존재가 바리데기를 양육하도록 설정했다. 또한 바리데기의 천자문 읽는 모습을 통해 그녀의 유식함을 드러냈을 뿐만 아니라 그녀가 시왕산을 찾아갈 때 천상적 존재가 나타나 그녀를 인도하고, 신들이 그녀의 효성에 탄복하여 불사약물을 3일만에 주어서 부친을 살리게 했다. 이것은 청중들에게 그녀의 망자 환생인도의 능력을 확신시키려는 의도에서 이루어진 변개일 것이다. 그리고 한양심본은 바리데기가 산신과 3년, 길신과 3년, 물신과 3년,

모두 9년을 살면서 아들 3형제를 낳은 후에 불사약물을 길어와 부친을 살리는 것이 아니라 3일만에 불사약물을 길어와 부친을 살리는 것으로 내용의 변개가 일어났다. 이것은 부친이 병들어 있는 상황에서 9년이라는 기간이 너무 길다고 생각한 가창자가 합리성을 추구하기 위하여 3일만에 돌아와 부친을 살리는 것으로 변개시켰을 것이다. 아울러 한양심본은 불효한 바리데기의 언니들을 징계하여 권선징악의 주제를 드러내고 있다. 이는 청중들의 선인 선과(善人善果) 악인 악과(惡人惡果)의 요구를 수용한 것으로 풀이된다. 이러한 점들은 한양심이 오구굿을 하는 과정에서 청중들의 욕구와 관심을 「오구풀이」 내용에 적극 반영한 결과로 볼 수 있다.

참고문헌

강동원(편), 『화순무가사설집 굿소리』, 민출판사, 1992.

김동욱(편), 『고소설판각본전집』 3, 1973.

김병국, "판소리의 문학적 진술방식" 『국어교육』 34호, 한국국어교육연구회, 1979.2

김병국, "고대소설 서사체와 서술시점" 『현상과인식』 한국인문사회과학원, 1981. 봄호.

김선풍, 『강릉단오제연구』, 보고사, 1999.

김열규, 『한국신화와 무속연구』, 일조각, 1979.

김영일, "무속신화의 형성고", 『경남대논문집』 3, 1976.

김영일, "골매기 설화의 이중구조, 『경남대논문집』 4, 1977.

김영일, 무가의 주사형태와 전승구조, 『경남대논문집』 5, 1978.

김태곤, 『한국무가집』 1~4, 집문당, 1992.

김태곤, 『한국무속연구』, 집문당, 1982.

김태곤, 『황천무가연구』, 창우사, 1966.

김태곤, "무가의 형태적 유형", 『국어국문학』 58-60호 합병호, 국어국문학회, 1972.

김태곤, "무가의 전승변화 체계" 『한국민속학』 7, 1974.

김태곤, "무가자료수집의 현황검토", 구비문학』 1, 1979.

김태곤, "한국무가의 원리, 『구비문학』 3, 1980.

김택규, "당골조직의 소원적 고찰", 『어문학』 5, 1959.

문공부문화재관리국(편), 『한국민속종합조사보고서 전남편』, 1969.

박경신, 『동해안 별신굿 무가』 1~5, 국학자료원, 1993.

박경신, "무가의 작시 원리에 대한 현장론적 연구", 서울대 학위논문, 1991.

박재릉, "무속시고", 『현대문학』 1월호, 1975.

서대석, "바리공주 연구", 『계명논총』 8, 1972.

서대석, "무가연구의 현황과 문제점", 『구비문학』 1, 1979.

서대석, 『한국무가의 연구』, 문학사상사, 1980.

설성경, "민담과 제주무가의 공시적 연구", 『한국민속학』 8, 1975.

손진태, 『손진태선생전집』, 태학사, 1981.

신동욱, "소설과 시점미학", 『대동문화연구』 18집, 성균관대 대동문화연구원, 1984.

이가원(주석), 『춘향전』, 정음사, 1968

이동식, 『한국무가의 역사와 그 구조』, 연세대출판부, 1981.

이경엽, 『무가문학연구』, 박이정, 1998.

이경엽, 『씻김굿 무가』, 박이정, 2000.

이경엽, "〈오구굿〉 무가의 구조와 기능", 『한국언어문학』 제40집, 1998.

이능화, 『조선무속고』, 백록출판사, 1983.

이혜신, "강원도 무악장단의 고찰", 『이화여대논문』, 1974.

임동권, "제신 무속신앙사", 『한국문화사대계』 11, 고대민족문화연구소, 1979.

임성래, "나로도의 무가 연구", 『남도문화연구』 제2집, 순천대 남도문화연구소,
    1986.

임성래 외 3인, "순천지역의 삼설양굿 조사연구", 『순천대학논문집』 제2집, 1983.

임성래, "「오구풀이」 화자의 서술태도와 서술 방식", 『정한기교수화갑기념논문집』,
    1989.

장덕순 외, 『구비문학개설』, 일조각, 1971.

장주근, "서사무가와 만남", 『이화』 30, 1976.

조동일, "무가의 문학적 성격", 『이화』 30, 1976.

조동일, "영웅의 일생, 그 문학사적 전개", 『동아문화』 제10집, 서울대 동아문화연
    구소, 1971.

조흥윤, 『한국의 무』, 정음사, 1983.

조흥윤, 『한국의 샤마니즘』, 서울대학교 출판부, 1999.

진성기, 『남국의 무가』, 1966.

촌산지순, 『조선무속의 연구』, 아세아문화사, 1980.

최길성, 『한국무속의 연구』, 아세아문화사, 1978.

최길성, 『한국의 무당』, 열화당,

최덕원, 『한국구비문학대계』 6-12, 한국정신문화연구원, 1988.

최정여·서대석, 『동해안 무가』, 형설출판사, 1974.

추엽륭, 『조선무속의 현지연구』, 명저출판, 1980.

현용준, "무속신화 본풀이의 형성"『국어국문학』26, 1963.

홍태한, 『서사무가 바리공주 연구』, 민속원, 1998.

홍태한·이경엽, 『서사무가 바리공주전집』3, 민속원, 2001.

황루시, "무당굿놀이연구", 이화여대 박사학위논문, 1987.

황루시 외, 『전라도 씻김굿』, 열화당, 1992.

미르치아 엘리아데, 『샤마니즘』, 이윤기 옮김, 까치, 1998.

제2부
무가집편

1. 金世昌 무가집[1]

계석퓨리라

　계석임니 본을 받시 계석임니 본일낭은 만첩청산 딕철 하의 육칸딕스 안 일년가 계석임니 아반니난 정바왕의 안일년가 제석임니 엄마님은 현덕부 인 안일년가 계석임은 미화부인 안일년가

　소수더라；；；；제석임은 인뮬 곱다 소수더라 제석임 인뮬 고은 소문 이 원근의 낭즈하여 아옵 골 아곱 도 선비가 졔석 임뮬 귀경하라 하고 졔 석임니 사문 박긔 안저 석 달 서셔 석 달 아무리 기달여도 종시 열골 보기 어럽도다

　육관딕스 졔즈 성진니가 너려오실졔 염금；；하고 거뭇；；한 즁이 방 치바지 통힝전 삼싱보신 육날신을 들믜 신고 빅접포 장삼의 건홍씌을 늘너 믜고 빅팔염주 목의 걸고 단주난 팔의 걸고 구리 빅통반은 장도 고름의 피 식 츠고 용두 식은 구절쥭장 치고리을 질겨다라 철；거려 튝；집고 인도 하며 너려온다 아곱 골 도 선비가 엇더한 즁이가드 픙설의 짓처 너려오야 저 즁이 딕답하되 소승은 육관딕스 졔즈 성진이옵던니 졔석임 쌀 미화부인 니 인뮬 곱다 소수기로 인뮬 귀경 가옵니다 선비덜리 허；웃고 즁 방즈하 다 우리가 아곱 골 도선비로 졔석임 쌀 인뮬 귀경하라 하고 안저 석 달 서

---

1) 이 무가집은 김순태 박경자 부부의 소장본으로, 필사자 김세언은 김순태의 부친이다. 전체 31장이며, 필사 시기는 大正 5–6년경(1916–1917)인 것으로 전해진다. 고어(古語) 로 표기되어 있어서 여기서는 필사된 대로 옮겼다.

；석 달 아무리 기달여도 얼골 볼 수 업서난드 중이 워이 볼까 성진이가
허；웃고 중의 용밍 아난잇까 선비을 하직하고 졔석임니 사문전의 다；린
니 써난 맛참 삼수월일니라

　졔석임 양주난 아달을 다리고 유산 귀경 가거더라 졔석임니 사문전의 무
슨 남기 서겨던가 은송 두 전나무의 바랑 장삼 벼서 걸고 반송 도상나무의
굴갓 멸주 거려두고 졔석임니 사문 박기 븍향지비하고 팔만디장경을 외야
논니 졔석임의 디문니 쇠도 업시 윙긔령정 껄니더라

　저 중이 드러서머 동양 달나 은도한니 미화부인 말을 하되 지상금야 아
반의 어만니 장군 디문을 쇠도 업씨 열고 와서 동양 달나 한다 지상금니
은복지기 쌀을 준이 비리다고 안니 받니 천상금이 금복까의 쌀을 준니 뇌
리다고 안니 받니 그졔난 졔석임니 딸익기가 쌀을 준니 주난 동양 안니 밧
고 팔만 진득 쥐여본니 허；이 중 요망하다 중이라 하난 겨 꿈의 보와도
밍낭코 싱시의도 밍낭한드 요망할싸 이 중야 이 중 저 중 희폐 마소 연의
중이 안이로셰 이 중 간 석 달만의 티종기가 잇실 터인니 아달 아기 나시
거든 산니라소；；；；만첩청산 산니라소 여식 아기 나시거든 금이라소
；；；；디천 바더 금니라소 구언지수 장마진들 만첩청산 문어지며 칠연
디한 감물이 진덜 디천바더 금니 날까 인호불견 간 디 업더라

　졔석임니 오시면서 아가 큰 각시야 네 힝삭니 달나구나 어마임 오시면서
아가 큰아가 네겨서 중의 니가 원 일라 아곱 오라반이 드려오머 허；이겨
집안의 지화가 낫구나 중이라 하거날 현덕부인니 어바타 니의 한 말 드려
서라 이 집 지의라 할졔 산의 쇠을 녹코 본이 뮬의 명당 든 듯하고 뮬의
쇠을 녹코 본니 산의 명당 완연하나 아달 삼 형제의 중의 사회 보라든이
이졔의 맛처신니 저 갈드로 본니서라 아가 큰아가 네 갈드로 가거서라

　천상금은 압을 셰고 지상금은 뒤얼 서；만첩청산 츠즈가며 한 변을 부
리신니 산니 맛처 디답하고 두 변을 부리신니 절리 맛처 디답한다 삼 셰
번을 부리신니 아곱 상즈 나서면서 여보 신임 원은 예즈가 오시면서 신임

을 부리시난이다 허 ; 이제난 뷸도가 허스로다 너의 아곱 상즈난 팔도로 가
이겨라 큰 법당 허려니어 몸치 사 간 지의시고 자근 법당 허려니여 사랑
삼 간 지의시고 칠성관주을 놀고 갑의다(관주 놀고난 제석을 청하라)

　오시난구나 ; ; ; ; 천왕제석임니 오시난고나 낙삼과남 이월제석 제뷸
지천 송뷸보살 서가시준 낙삼과남 지장왕보살리 오실제 일광 제석 달가 가
튼 바로 간정 서그 반공 놉피 들고 즈손 즘치난 품의 안고 복 중치난 목의
걸고 명 중치난 손의 들고 정성이 지극한 가문은 명도 주고 복도 주라고
오실제 놀너가시 ; ; ; ; 월선니 방의로 놀너가시 월선이 방의로 놀너간
월선니난 간 디 업고 거문고만 두려시 걸넌네 그면고 니려놋코 이 줄도 잡
여 저리 둥덩 골나 녹코 저 줄도 잡고 덩거치 등덩 소리가 난다
　여 만소 성조푸리하고 성조대 올니고 / 중의 절하고 / 이미마지 / 상즈가
팔도강산 신임 찾고 / 그 굿티 목심치 달나고 빌고 / 염뷸하고 경문 일고
/ 당산 치고 /주산 치고 노적 굿실제 / (중머리) 어그 영츄 저그 영츄 노적
이야 노적 팔도 노적 굿고 / (자진머리) 노적 굿고 (자진머리) 업단니야 겨
명 축시 발가신니 인싱 업도 드러오고 이월 성신 발가신니 희달 업도 드려
오고 금스오중 디삽폐난 환상초을 아리신니 쏙제비 업도 드려오고 / 좌우
청장 지아집 속의 명미기 업도 드러오고 정지 오지 지업 속의 정기 업도
드려오고 만첩청산 놉푼 골의 미둣 업도 드려오고 첩 ; 산중 성들 밋티 쒸
껴비 업도 드려오고 디한광정 너운 들르 우마 업도 드려오고 수만광정 보
밋튀난 금능 업도 드려오고 낭낙장송 황장솔은 비들기 업도 드려오고 쩌난
맛참 삼스월 연즈 나부난 펼 ; 제비 업도 드려오고 서송양수 드려간니 다람
미 업도 드려오고 겨명축시 발가신니 인싱 업비 오시거든 스랑의로 가옵시
고 이월 성신 발가신니 희달 업니 오걸낭은 시압의로 가옵시고 디한광정
너윤 들의 우마 업니 오걸낭은 마구간의로 가옵소서 금스오죽 디삽펴난 환
싱초을 무려신니 쏙제비 업비 오걸낭은 후면의로 드려가소 만첩청산 섭틀

밋티 쒸껴비 업니 오걸낭은 찻독밋 가옵시고 하임 별감 졔석임니 썻나시고 익막고

손임니 본을 밧고 손임니 본일낭은 강남은 디한국 손임 우리나리난 반벽산 손임니요 강남은 국은 커도 밥은 낫고 우리 조선국은 소국이나 밥은 조와 조선국 밥 귀경을 오실 적의 밋 분이나 오실년가 오십삼 분이 오시다라

뒤을 도라본니 적지 못한 디한국을 비혀 놋코 오라 하고 오십 분은 도로도 세양하시고 삼 분이 오실 적의 산은 밋 산 머무시면 물은 면 물 건너신가 산은 어산 두산 말이 창포산 우리나리 반벽산 넘여 오실졔 마허랑 마처랑 황겨랑 도제랑 너머 오시고 물은 면 물 건너던가 암녹강 뒤녹강 예순강 두만강 이주월강 건너올실 적의 손임인덜 비 업셔 오실년가 동예난 광연왕 남여난 광여왕 서여난 광티왕 북의난 광덕왕 스희요왕겨 비을 빌여달나 한니 스희요왕 디답하되 임진왜난 적의 비을 다 밧치고 업삼니다 그리하면 주야 선주야 궁야 수궁아 네 비 잠관 빌여서라 저 스공이 엿짜오디 닉 비라 하난 비난 나라의 왕세 실코 가압고 선가 되야 못탐니다 네 비 선가겨 연마야 무리신이 방즛한 저 수궁 손임네 딸 눈의 걸고 선가 말을 하난구나 그졔난 디방손임 못딸아기 연지분통 화경거율 공단비단 각；닷동석을 더저주면서 선가 삼아 가즈 한니 그려도 못가것소 긔졔난 손임니 증을 니여 / 독비을 타즈한니 가라안고 수양산 벼들입 줄유류 휼터닉여 한 입을 적의 시고 두 입을 마조 이서닉이 헌원의 지은 비가 되야구나 한 간의난 선주 실코 되 한 간은 선예 실코 말구부의 물 한 점도 안니 뭇겨 사면의로 오실 적의 / (손말이라) 압펴오신 손임네난 디방손임 오실 적의 압펴난 삼천 벽마 뒤여난 일만 부군 감미등 청등 안의 구시등 싸등 안의 청독기을 벼러난 드 청기 한 쌍 홍기 한 쌍 주강남 동강남 서강 홍초남문 한 쌍 남 한 쌍

징 한 쌍 시납 한 쌍 고동 한 쌍 바로 한 쌍 이방 호장 퇴인 한 쌍 한임 한 상 별감 한 쌍 빅문안 나졸을 거나리고 오실 적의 뒤여 오신 손임은 서 두손임 오실 적의 압동산 말구부의 뒷동산 걸마쩌여 은업싸 호걸 다라 각키금 성석다라 / (즈진말미) 쉬운 뷸너 오실 적의 상청수부 삼십삼 분 즁청수부 이십삼 분 하청수부 얼의 삼 분 수부엉역 거나리고 골; 리 노문 녹코 동닉마닥 성문 둘너 인뮬 적간 가구 추심 단이실졔 정성이 지극한 가문원 디방손임 좌정하겨 순산의로 현심하시고 정성니 지극틀 못한 가문은 부인 손임니 좌정하시더라

명두장즈 죄목을 보라기면 전후 노적 허려 니여 저근 말노 장여 놋코 큰 말노 반난 것도 죄목이라 지부디왕겨서 안칙의 치부하시고 안의장즈 죄목을 보라기면 흔쌀의난 빅모리 석고 닙쌀의난 왕모리 석겨 돈도 스고 품도 주난 것도 죄목이라 안칙의 치부하고 장즈의 민늬아긔 치련밧터 드려가면 전입 찟고 거림 남 주난 것도 죄목니요 장즈의 쌀아긔 죄목을 보라기면 구름 갓튼 헛튼 머리 용여리로 이리로 설; 벽겨니여 부역켜 더저든니 만은 머리 타난 니을 조왕임니 마다하고 집부디왕겨로 교면하와 그도 죄목니라 안칙의 치부하고 장즈의 권속덜은 각; 김생 밥을 안니 주고도 주워다고 하난 것도 죄목이라 장즈의 노적가리 밤의로난 쥐가 먹넌다고 쇠그뮬노 덥펴 녹코 나지로난 시가 먹넌다고 목노미저 노인 것도 죄목이라

집부디왕겨서 안칙의 치부하고 명두장즈 죄목이 지즁하와 장즈을 죽이라고 병을 주던지라 하로난 이고 비야 이고 가삼미야 이고 허리야 만발 곳통의로 기한 업씨 알난고나 집안니 혼동하와 윗갓 약을 다 먹여도 빅약이 무회로다 명두장즈 미늬아기 초경의 꿈을 끈니 장즈임 씨든 스립니 벼령이 쌔저 보니시고 이경의 꿈을 끈니 장즈의 박긔럭시 굽니 도라 보니시고 삼

경의 꿈을 쓴니 장즈의 먹든 수제가 삼동의 절컥 부려저 보이시고 장즈의
삼문 전의 무손 남긔 서겨든가 안저 슘근 반송이며 서ː심근 노송니며 반
송 노송 남긔 우긔 가마구 한 쌍 안저 우난 소리 디곽ːːː우던지라 명도
장즈 미리이가 어보 어마임 붓친의 병환은 점ː위즁ㅎ고 가무구난 곽ː운
니 문복이나 하산니다 안의장즈 이 말을 올리 여겨 알고 싱금 서 되 싸가
지고 지넘여 김봉스을 츠즈간니 저 봉스가 올 쥴은 아라씨나 무삼 연고온
까 장즈가 스병이라 문복니나 하여지다 저 봉스 거동보소 이관을 점지하고
산통일 쎄여들고 절컥ːː흔드려서 꽈을 퓨려본니 즁꽈가 절컥 지난고나
산통을 단의 퓨려본니 장즈의 무덤 산니 빗처잇고 쏘 단의 퓨려본니 흑꽈
가 절컥 지난고나 허ː닌난 이 점 못하겻소 안의장즈 이 말 듯고 디경하야
이겨 원 말이요 어이하야 못하것소 저 봉스가 답왈 집부디왕겨서 병을 주
워신니 회싱하기 망연하요 안의장즈 하난 말리 살여지다ːːːː장즈임
만 살여주면 평상 사을 지뮬을 쥴 터인니 살여지다ːːːː장즈임만 살여
지다 저 봉스 거동보소 산통을 놉피들고 무수의 꽈을 퓨려보든니 장즈임을
살일나면 섬 쌀노 슐 밥 쩍도 만니 만판 수록디턱을 장만하고 이복도 세
벌 신도 세 커리 돈도 삼천 양어 빅미도 서룬석 섬 수견도 각곽 세 벌, 밥
석 상 장만하야 가지고 월진궁 다리 우긔 츠라 녹코 몸을 슘커 잇사오면
아일 동정이 잇실 터인니 굿디의 지 물건을 만이 드리면 혹간 사리오리다
    안의장즈 급피 집을 도착하와 장즈의 큰아들을 디하야 약차ːː하드라
하거날 장즈의 큰아드리 만판 진수 장만하야 전후일 단속하야 각고 월진궁
다리 우긔 차라 녹코 몸을 슘커 잇싸온니 디처 스지 삼 분이 오시면서 허
ː날도 츠고 비도 곱푸고 목도 마을 디의 엇더한 인간니 나 밥 한 상 이복
한 별 돈과 술 한 잔만 주거드면 죽을 목심을 살여주련만은 워이 인간니야
아일손야 하고 나오실 디 뒤여 오신 사지 한 분 긔 즁의 나의 만한 사지온
드 요보소 동무더라 이겨 무신 말삼인가 밤말은 주가 듯고 난말은 시가 든
넌단은드 무삼 말을 그리하요 족금만 가거드면 명도장즈도 잡벼오고 밥도

먹을 거시온이 워서 가자 지촉하며 월진궁 다리 우의 다ː인니 난드업난
수록딕딕과 이복 천이 만이 잇신이 스지 두 분은 시장하고 날도 찬니 옷도
입고 밥도 먹고가즈 하거날 그 중의 나의 만한 스지 필경의 이 딕턱니 이
상한 니리 안니온니 먹즈난드난 못니겨 연고나 알고 멱즈 하실 적의 명도
장즈 큰아드리 백ː사비하고 익헌니 비난 말리 살여지다ːːːː소인 붓
친 살여지다 방성통곡 실피운니 그 중의 나의 만하신 스지 그리하면 네 집
니 우마로 딕신하면 네 마일소며 장즈을 딕신의로 잡여갈 터온니 이훌낭은
시장한 스람 밥도 주고 엄난 스람 괄셰마라 딕단니 이리실제 스지 두 분
엿짜오되 죄가 만한 스람도 돈을 드려 스난드 죄엄난 소며 장즈난 고만 두
고 저 건니ːːː전방 봄서 불상니 사문 신 헐키 스서 빗싸겨 파라멱난
신장수을 자벼가즈 하실제 명도장즈 큰아들은 급피 집을 드려가서 장즈의
타고 단의든 적토마 잡여 니여 명도공의 밧치시고 각칵 치성하올 적의 악
가 곳 문병왓든 저 건니ːː전방집이서 곡소리가 낭즈한다 명도장즈난 돈
을 드려 스라건마은 금일 못씨ːːː망졔난 뉘라서 살일거나 여라 만수

천지기벽지초의 단종딕왕이 삼기시고 근본은 겨 워듸시든가 틱벽산 치
국이요 교로왕니 삼기실졔 쏘 한 산니 삼기시고 삼각산 안더 녹코 뜰 아리
장유수난 동진수을 막여잇고 수양임니 본을 밧시 슈양임니 근본은 겨 워드
스 본니던가 화황골ː운산니 수양임니 본니시더라 청학 빅학 봉두지봉 문
수삼하 디길리라 하옵니다 들 아리 장유수난 흔언니 흘너가옵고 노가지 상
남기난 반공의 소스난드 청학 빅학은 쌍ː이 나라들고 옥경선관 선유할졔
만고츙신 졔신들은 슈양임을 위로하야 궐니 안의 잔츠을 붓처 녹코 맛조은
광하주면 각식 안주 갓촤 들고 약주 삼 잔 건닌 후의 만고츙신 졔신덜은
이려한 조은 잔츠 왓다가 무신 이홈니나 엇고 가시 일구여츌일네라

오구세왕임 연혼니나 불너보시 춘광호철 기화절의 정조의 입을 여려 첫 변 연혼 말삼을 부리신이 간무담 하시난구나 두 변을 부리신니 반 허락이 낫던구나 세 변추 부리신니 허혼을 바드실제 그계난 오구세왕임 나의 멋 살이며 열의 일곱 살리라 하시더라 오구부인은 열의 다섯 살일네라 그계난 한 장의 이름 두고 두 장의 성을 두고 빅연긔약 미저구나 삼월 삼질날노 스성을 봉하시고 스월 초파일노 티길을 가려구나 당상의 공논하고 조정의 펼논하야 만고충신 제신들은 잔추붓처 더저 녹코 신향질을 추일 적의 엇더 한 힝즈가 안인 바의 청독기을 벼려난드 청기 한 쌍 홍기 한 쌍 순의 한 쌍 영기 두 쌍 시명 한 쌍 주장 남동강 남서강 홍초 남문 한 쌍 남 한 쌍 경 한 쌍 시납 고동 바로 한 쌍 좌우청장 권미상은 천지의 진동할제 츙ː 단 말권 가진 미 안장 지슨이 타고 티명국을 드려간니 무수한 츙신덜은 헌 원의 본을 바더 이계불통하여난드 녹수강의 비일 녹코 조선치국 드려가 동 정여화 추파하고 삼문전의 드려가 주점을 하실 적의 유무한 질디부인도 몸 을 단장하실제 빅설 갓튼 고은 얼골 분 세소 전니하고 봉두용화 금봉치난 밉씨 잇겨 지리시고 양월싸 갓저구리 밍즈고름 다라 잇고 송금단 디스초미 말만 즈벼 썰처 입고 홧초평품 좌우로 듈너치고 두디바지 치일 밋티 선인 갓튼 세비동은 좌우로 옹우하야 납치을 드리시고 힝여을 갓촌 후의 니당의 드려가 천상부ː 되야구나 국티미안 조을씨고 역조창성 만민덜도 계향가을 일삼더라 녹근방초 싱화시의 황금유련 꾜꾹리난 한우성을 깃처닌듯

춘광을 다 지닌고 광임니 도라온니 오구부인 연전기가 잇서구나 한두 달 의 이실 밋고 석 달의 입덧 나고 넉 달의 인형 삼겨 다섯 달은 반짐 실코 여섯 달 육정 일곱 달의 칠귀 여려 사만팔천 덜리 나고 야달ː의 팔귀 아 곱 달 저설 먹고 십 식이 찬 연후의 희복기가 잇섯구나 석부정부즈 활부정 블식 이블청임성 목블씨액식 금광문 연지문 하탈문 구화문 고이 여려 순산 을 하고 본니 과연 한 여식니라 여식은덜 바일소야 한단장의 미을 깅겨 추 탄의 가리여서 월희동갓 비기여 금성용운 천스 비단니불 밋티 시벽지 방안

의 유모 정희 분 엿 되 연지 닷 되 주워 닉처녹코 긔 아의 이롬일낭 초전의
라 지여놋코 이전의 삼전의 스전의 오전 육전의을 나여놋코

　여보 딕왕임 예날 공즈임도 이구산의 공을 드려 공즈 갓튼 딕세인을 나
여싯니 부유 갓튼 인싱덜리 공니 업씨 야달을 바리잇까 공니나 드려보옵씨
다 갓；공을 다 드른니 공든 탑니 문여지면 신든 남긔 걱겨질까 몽스가 잇
던니라 닉난 눈고이 서황모의 쌀일넌니 반도 진상 가난 질의 옥진비즈 잠
관 만나 수니수작하옵다가 시가 족금 어긔여다 상적겨 득죄하야 인간의 닉
처 갈 발을 몰나든니 틱상노군 후토부인 제뷸보살 서가여릭 귀딕의로 지시
하야 명을 바다 왓싸온니 예；비 예긔소서 폼안의 달나들믜 놀니여 깃다른
니 남가일몽 꿈이로다

　그달붓터 틱긔 잇서 십 식을 비슐여 탄싱을 하야는니 그도 쐬한 예식니
라 여바라 별궁여야 아긔 낫단 말을 마라 남도 븍긔업고 종비귀천 원수로
다 이 아긔난 집즈리츠 거더다가 저 건너；；；긔명 슉딕밧 속의 닉던지
고 오려문야 아긔을 두고 왓삼니다

　하로 이틀이 삼이리 너며간니 철윤인즈지정의라 별궁여야 아긔을 잔 가
보고 오려문야 궁여가 건너간니 하날의서 빅학니 나려와서 한 날긔 싸라
뉘고 한 날긔 덥펴다가 손여가；온니 학현 훨；나라가고 아긔난 쌩긋；；
웃던니다 오구부인 고니하야 별궁예을 짜라간니 과연 학은 훨；나라가고
아긔난 쌩긋；；터덕；；노든지라 오구부인 식임을 전피한니 딕왕임 하
귀하스 이졔난 아긔도 당산니요 명산딕철 신공드려 나은 즈식 쌀리라 하옵
신니 산운니 그려한가 팔쯧을 못솨계 쌀 일곱을 낫츤한니 원통하긔야 피츠
일반니라 너며 심여마옵고 옥체을 안보하압시스 분부 겨역할 수 업서 시금
의로 지넬졔

　잇딕의 딕왕임 심화로 병니 되야 빅학니 무회로다 오구부인 겹을 닉여
장안의 일긱과 관상을 뷸너드려 싱금 서 되 복치 놋코 문복을 하실 적의
원정팔；육십팔 쫴을 븟체놋코 관상니 말을 하되 오약도 실드업고 침파도

살드업고 수양산 약물을 잡수시면 만병회춘하오리다

관상은 간 연후의 초전의을 블너드려 수양산 양물 질너 갈난너야 초전의 말을 하되 하날 싱기고 쌩니 싱겨 이수 인간 마련할 진시왕 유렴니도 블사약을 못어더 무거난디 수양산니 닉 어디라고 가오리까 이전의 너 갈난야 영웅절짜 호걸남즈라도 가기가 여려온디 산외산상인 상부진회요 노중단니 난 뇌무궁이라 이삼 철이 되난 질을 닉 어드라 가오리까 삼전 스전 오전 육전의 다 의논한이 부모 철윤 인즈지도려로 듯고 보기 미안하오나 그왕짐 여잘 분더려 못 형님 못가난 질을 너가 엇지 가오리까

오구부인 긔가 믹커 디성통곡 우난 말리 느긔 일곱 중의 한나만 아달리 되야든덜 닉 단여오리다 장원할 아달리 업싸온니 원통하고 서려워라 방성통곡 우느란니 벼리덕니 이 말 듯고 천방지축 너오든니 엿날 임선상언니 수양산 양물을 빌여다가 디왕의 급한 스병을 구환하압고 불회여식지죄을 면할남다 부인니 드리시고 귀하고 반거워라 너 나서 크우든 정을 싱각하면 북긔업기 가니업다 짤 일곱을 낫차한니 즈연 긔리되든구 별리덕니 엿짜오되 부모임니 업사오면 닉 엇지 싱긔리까 그련 말삼 마압서스 하직하고 물너나와 정막공산 조분 질노 수 일을 간느라이 야월공산 급푼 밤의 실향은 실피 울고 오즈난 왕니한드 벼리덕니 놀너여 하나임겨 축수하고 디쌍의 나려와 슝악한 김싱을 만나싸온니 영주산 실영임니 하감하와 소원을 이류겨 하옵소서 축수하고 도라신니 난드엄난 옥졔소리 들니거날 눈을 드려 바리본니 일후 선관니 머리 우난 빅운산을 곳고 몸의난 육힝삼을 입고 손의난 벽두선을 쥐고 나서면서 저긔 오난 저 낭즈난 오구수힝임 딸 벼리덕 안니신가 나넌 뉜곤이 청티 영주산 실영니옵든니 긔더 회성 구천의 지극화와 그더을 기달니난 중니라 벼리덕니 반가와서 수양산 가난 질을 낫ː치 무리신니 청산을 너며 화산을 드려가 봉내 방 드려가면 영주산 삼십삼천 십니 봉니 그 젓터라 겨서 머지 안니한니 속ː키 단여오라

선관을 하직하고 치식 운니을 쫏츠드려간니 무삼 십니봉은 구름 박긔 며

려잇고 시옥 청용은 아티하난디 칠십 칭 놉푼 탑은 하날의 다여드라 칠만 구 암자 팔만디장경을 외이난 소리 유수강닉 들니거날 벼리덕니 놀니여 긱 별리 조심하야 덕틱 금지 용마디로 도라든니 제불 제보살리 하신 말삼 오 시말미 시초의 츌천디회 벼리덕니 부련철니 올터인니 지달니고 바리노라 서산디스 시명당과 육관디스 성진화상 남화부인 팔선여 보두국사 달마존 즈 워여국수 아란존즈 팔만 삼십의 보살리 용우하야 티일진은 학을 타고 안기싱은 말을 타고 적송즈난 구름 타고 갈선용은 스즈 타고 청의동즈 황 의동즈 쌍ㅡ이 느려섯다 좌을 치여 안친 후의 진수디찬 세상의난 못보든 음식니라 잡슐 상을 드른 후의 선경 귀경한 연후의 일후 선관니 약을 준니 선관 선여 덕틱의로 보모 살일 불싸약을 수이 여더가온니 은여 빅골난망의 로소니다 하직하고 뮬너나와 정막공산 조분 질노 수 일을 온느란니 워디서 난드엄난 상부소리 들니거날 그곳철 바리본니 느려진 양유간의 가난 닉을 덥펴잇고 보싴단 인뮬 싱여 서리갓튼 군병 역군 좌우로 느려서 능정ㅡㅡ 나오거날 벼리덕니 소리처 저긔 가는 군병 역군 겨긔 잠관 머뮬너다 닉의 말을 듯고 가소 수양산니 멸고 머러 양뮬을 어더오라 한니 자연 실수되야 씨나 불싸약 환싱초로 만병 회춘할 터온니 좌우로 뮬너서라 좌우제신 반기 듯고 상부을 석격상의 모셰놋코 별리덕이 북향축수하고 상주구읍 일봉화 로 이상 뮬을 신치신니 잠든 스람 이려나듯 소리처 말을 하되 닉의 공주 일곱 낫코 심화로 병이 되야 죽일 제가 적실한드 뉘가 날 살연야 좌우제신 연고을 고하온니 날을 살여신니 아달 주고 박구리요 외봉스 적실하시 어진 가문 취환하야 벼리덕 회성은 낫ㅡ치 유전하고 벼덕은 제일 금광디왕을 봉 하시고 세왕임은 별리덕이가 살여건만는 금일 금일 못씨ㅡㅡ망졔난 누라 서 살일거나

♣ / 나무야ㅡㅡㅡ나모로다 인제 가면 언제 올가 청춘 작반 횡란안의 봄을 짜라 오란난가 청ㅡ우월 닉겨시요 다일좃츠 오라난가 삼천벽도 요지

연의 서황모을 츠즈간가 월궁힝화 좍니되야 되약하려 올나간가 황능모 이
비 함겨 회마을 하려간가 히스청의 회전하든 스시부인을 츠즈갓가드 한 변
가면 못오난가 나모야 남모로다 인지 가면 연지 온가 굼강산 놉퓨 봉니 평
지 되거든 오리난 남무야〃〃〃 사히천지 너륜 들의 잔굼니 나거든 오라난
가 인제가면 연지 온고 착운니 말니힝니라 거리 머러 못오난가 춘츄난 만
스틱든니 뮬리 깁펴 못오난가 하운니 다기봉한니 산니 놉파 못오난가 남무
야 남무로다 평픔의 긔린 황겨 사경 오경 날시라고 두 날기을 마조 쏙〃
율거든 오라난가 석상니 외을 심겨 싹나거든 오라난가 남무로다 /

(즁머리라) ♣ 육쓰연블노 질박긔면 세왕질리 복다하디 남무 남짜난 천
즁디왕 기천안니요 세왕세겨난 장진관니요 우리 유즈난 반야산니 하나모
호어니 하미단가 남모로다 남무틔즈난 용즁희장 모반볍니요 팔만육겨성스
질은 요왕틔즈성이라〃〃〃〃 남무익즈난 미파산 천금광통이요 십블보인
빈니싱니요〃〃〃〃 남무미즈난 미파산친금광통이요 십블보인은 디인경니
라 남무서뱡광조종니요 금수볍픔은 금픔석니라 남무뷱방광유인성니요 칠
십육겨성스질은 팔만디장경니라

볍성원의 무인싱 제볍부동불니경 무명무식제체을
등지소졔비이경 직성심〃금지목 블수즈싱수여송
일즁일제다즁싱 일직일쳬다직일 일쳬진즁함씨방
일쳬진즁영여시요 무량원급지길영 일영직섬무량금
구셰십셰호삼직 인뮬잠난경별성 추발심심금변정각
성스단만상화공 능니하인삼미종 변출여〃블수니
우보익싱의미허공 즁싱수이득불이 시고징즈천여정
파직망싱필부득 무연선공종여공 귀가수지득즈앙

이즈관이무신고 장염별겨심보전 궁즈실쳬종도싱
귀희부동의명유뷸

스지로다 자버갈 스지 퇴산부금 동즈 직부스지 시지 일직스지 연직스지
시직스지 강임스지 장안복니 엄나궁스지 이천복이 졔석궁스지 우두마명
조리제반 정찰손니 츠리로 안즈잇고 동방스지 장안연니 남방스지 유헌복
니 서방스지 사문석니 붂방스지 조공순니 중왕스지 왕임덕니 명두궁스지
이춘벽니 초졔왕의 미인 스지 남성식니 오졔왕의 미인 스지 정한담미 팔졔
왕의 미인스지 남궁덕니 십졔왕의 미인 스지 고한석니 이려한 스지을 여우
로라 천근니야 / 익을 막여니즈

명악선상은 간상을 이고어 희동 희난 구주춘니라 사람 무신싱은 퓰긋티
이실리라 서산의 지난 희난 닷씨도다 일월광명하건니와 사람 한 변 죽여지
면 닷씨 오기 어렵도다 망 ; 명노난 명노한니 황천철니 니친 질은 니 엇더
한 질리라고 황천은 한철 심고 순암은 반붂일한니 실퓨다고 안니갈까 우이
위족세거 위티블용 명수지탄은 말삼은 엇더하신 말삼인고 사람미 죽여갈
졔 졔 것 두고 못 먹고 못 시기난 왕장군의 고즈요 졔 것 업씨 잘 먹고 잘
씨난 스람은 쇠진장의 귀변이라 무거진 청산의 빅골 둘듸 찬난고나 고양
가산을 가난듯 바리본니 워이 칭양하라 안싱 스희 일조우란은 말삼은 엇지
이른 말삼인고 셰겨가 마양 잇셜까 아무리 가긔 실푸다고 안니갈까 ; ; 봄
은 닷씨 도라올졔 곳도 젓다 피건만은 사람 한 변 죽어지면 닷씨 오기 어
렵도다 세상만스 망가일몽 뉘란은 말삼은 엇지 이른 말삼인고 사람니 죽여

갈제 기림조은 화단 안의 실로 업씨 안저신니 동의서 우난 달근 순춘의 달기 운니 왕의 아달 왕비 왕덕이요 처음의 부리신니 무거용산 불너구나 두변츠 부리신니 종다리 영산 불너고나 세 변츠 부리신니 영우영산 불너구나 제역의 우난 달근 근믹 달기 소리로다 밤중의 우난 달근 두우성의 소리로다 시벽형긔 우난 달근 제진장군 소리로다

황천질 디신 가리 뉘 잇실까 월낙의 금낙세겨 빅겨용산 올나간니 조고만한 이기뭉은 장군의 뮬을 지고 세황질을 가리친다 금일 망제씨 무릐씨되 지옥질은 워이 하야 디로가 되며 극낙세겨로 가난 질은 워이 하야 소로가 되넌야 무리신니 이기뭉니 답왈 지옥질은 하로치고도 수심 명식 가난 질리라 디로가 되야 잇고 긍낙의로 가난 질은 한 달 잡고 한나도 가고 일 연 잡고도 두리 가난 질리라 자연 소로가 되야신니 큰 질을 탐즈 말고 소로질을 무려가요 /

(남무로다) 동의로 오난 비난 겨 무어설 시려난가 희수과남 실려오니 거긔 잇소 함겨 가시 남의로 오난 비난 무어설 시려난가 낙삼과남 시려오니 겨긔 잇소 함쪄 가시 / 서의로 오난 비난 무엇설 시려난가 송불과남 제불 제천의 지장왕보살 시려오니 거긔 잇소 함겨 가시/ 북의로 오난 비난 무어설 시려난가 북도칠성 일곱문지 미성비 성능화상 시려오니 또 한 척 오난 비난 문장 최치원 겹싱합 장긔 바독 시려오니 겨긔 잇소 함겨 가시 / 또 한 착 오난 비난 금일 망제 시려오니 /

(남무야) / 황주바디 드러서: 황능화산 조켠마은 황주산 도라드려 별의 미고 치야다본니 마낙천 천수경일 닥겨잇고 동서의 수파문을 다라잇고 세 주윔 지은 집의 겨 안니며 그 안을 살펴본 청지 홍지 마전긔 시절여쩌라 그 안의 꿈인 거슨 구름지 연화지 칠부디자로 꿈여쩌라 그 밋틱 노난 것 청능거스 명월ㅅ당 구마:: 엄불리요 음아 셰상스람덜라 살기난 빅 연이요 죽긔난 한 변이라 사람니 죽여갈제 갑설 주고 살야그면 안연이 조스할제 공자임니 못사라씨면 장연이 석순이가 갑시 업서 죽여씨라 우수의 강틱

공은 고든 낙수 믈의 넛코 일빅육십 셰을 사라잇고 그나문 장부 인셩더른 팔십니 졍명인드 단 팔십을 못다 살고 쥭여진이 청춘의 중난 셰상 시아리면 춘하춘은 한무반이요 춘초난 언연녹이요 왕손은 귀불귀라 곳슨 젓다 피련만은 인싱부득깅소언이라 사람미 쥭여지면 닷씨 오기 어렵더라 사지을 짜라갈졔 쳘니 타인 강수셕의로 건너간니 사십과원니 거걸네라 /

  악추무명원 / 무틱악도원 동진금싱원 / 셩무ː치원 / 셩취수명원 / 싱옥천안원 / 싱합천인원 / 보시심힝원 / 신축초록원 / 사십과원을 다 지니고 / (남모야 나모로다)

♣ 상수하야ː ː ː ː화장셰겨 비로붓쳬임 히오야 남무상수 희화장셰 비로붓쳬임 히오야 남무천하 디인장겨 산나부쳬임 희오야 남무이월광 우리겨 약싸붓쳬임 희오야 남무아야 국궁낙겨 미즈부쳬임 히오야 남무도실청 니원겨즈ㅅ 붓쳬임 희오야 남무법셩 통문겨화로 붓쳬임 희오야 남무천양 싱금셕겨 문수붓쳬임 희오야 남무낙과산 칠불벽니 과남붓쳬임 희오야 남무엄바라 유문겨지 지장붓쳬임 희오야 남무낙과산 과남붓쳬임 희요야 남무진어부 볌볍궁진어ㅅ 붓쳬임 희오야 육ㅉ연불노 지을 닥기면 셰왕질리 복다 허더 남무남ㅉ난 천중더한기천한이요 셰왕셰겨난 장진관이요 유리위난 반야산니라 남무틱즈난 용궁희장 모반볍이요 팔십역겨 셩ᄉ질은 요왕틱자 셩나라 남무이즈난 미파산 천금광통이요 십불보인은 빈니싱니요 남무미즈난 미파산 천금광통니요 십슐보인은 디인경니라 남무셔방 광조종니요 금수볍픔은 금픔셕이라 남무북방 광유인셩이요 칠십육겨 셩ᄉ질은 팔만디장경이라

이난 정반 천근

동은 청암임전 문이요 서난 빅합선전 문이요 남은 적합금수화단 문니요 북은 흑합겨화 문니라 어여씨든 금일 망졔분 ᄌ벼드려 오소ᄉ 천근니야 ♣ 이난 금일 망졔임 즁복 천근니야 ᄌ와 묘일니요 겨월은 진슐춘무 일리요 겨월은 인심ᄉ히 일리요 어여씨 금일 망졔시 소즁복 딕즁복 동갑셧설의 우로라 천근니야 ♣ 저 건닉ᆞᆞᆞ장성 장광산 밋틔 수ᆞ역말언이라도 뷸감쵹수 되야 잇고 이 굿 바든 공덕의로 어여씨든 금일 망졔 셰천셰국 궁낙셰겨 곳밧수릭 상임딕로 가실라고 청근니야

이난 큰넉 천근니야 ♣ 팔랑은ᆞ갓근 속의 입 업고 긋 엄난 평잡직나무 비여 닉여 딕동강 월즁강 다리 노와 그 다리은 두 마소 소보 미워 가리 업더라 볍과 운과난 비운적니요 화포문장은 춘의 츈픙니라 천공지뒤여 양공지하시더라 호볍니 칭ᆞ하야 시업겨 뷱밧처신니 인명의로 직촉간다 용산강 사공야 빅 잠관 건너시소 오음단니 천근니야

♣♣ 심니 당산 오리정 밧 당산 허문하야 큰넉 지소리로 엉위 마저드려 영실청 구벼본니 방ᆞ마실졔부 도야졔부 마실원부 도양감도시든 영이로다 영실청 구벼본이 운머리 원성근은 남무 손니요 며리 우의 오른 거슨 밉고동 오른 볍이요 몸의 이분 거슨 단픙입니요 손의 든 거슨 신용두볍니요 징은 말명을 전하시고 장고난 픙우을 전하시고 심이정 젓딕난 천상 혼신을 청하시고 방욜 흔드난 볍은 도랑귀신을 청하난 볍이라 왕ᄌ전 봉픽릭 셰전ᄌ 거문고 곽처ᄉ쥭 장구소리로 픙유즁 넉씨 되야 나오소ᄉ 천근니야 ♣ 식양은 고욕산ᆞᆞᆞ지실여겨 무슨 곳 픠여든가 초단화 이단화 드병의 노즁화 부무영화 ᄌ손 ᄉ랑화 야롱다롱 쥭단화 곳밧 수려로 나오소ᄉ 천근니야 ♣ 셰왕산 요왕 삼빅 빅 시 착 쓰오거날 겨 무엇 시려난가 금긔 옥기 시려씌라 금긔 옥긔 씌고 본니 염조실농씨의 약하시든 상빅초 약이 가득니 실여써라 금일 망졔씨 그 약 못신 볍의로 황천각니 되야신니 약소졔 천근니야

넉씨야 넉씨로다 혼니야 혼이로다 넉션 넉반의 담야 잇고 혼은 혼반의 담야 잇고 신체난 스겨화단의 담야 곳밧 수려 상암터로 궁낙세겨로 본니시자

낙양성 심 니 하의 녹고 나진 더 무덤은 영웅호걸 넉실넌가 황능모 심근 반중 든난이 밤 빗소리 창호산 봉상수의 이비언의 넉실넌가 지고양지 모라로서 힝일틱반 무삼 일고 명나수 급푼 물의 길삼여의 넉실넌가 무삼한 총누짐의 창호겸전 어이일고 절강의 성넌 장수 오자서의 넉실넌가 주로천하 십구서의 활고추진 뉘단말가 면산의 불리 붓터 겁전의 넉실넌가 칠신위극 상 몸의 탄신위와 무삼일고 남터상전의 무비여양 넉실넌가 황금 업서 그른 화도 실 실퓨도다 한퓌공 월나오세 왕소군의 넉실넌가 삼천직 성한호부 칠국의 빈난 일홈 옥문관 금누하의 밍상군의 넉실넌가 무고옥 무삼일고 자록부명 초단디라 호상의 상사디난 여리즈의 넉실넌가 어예비고 무삼 일고 어상우의 간디업고 완전아미 마전사넌 양틱진의 넉실넌가 북희상 무인처의 수발리 히여신이 남의로 오난 홍안 소중난의 넉실넌가 질록위마 무삼 일고 넘낙의 모진 철퇴 방사디난 이제 황제 넉실넌가 의령주 어드라서 지골육퓌의 뉘얼 일코 만경창파 쪼각비의 어적선의 넉실넌가 가련타 저 부인은 붕성하의 실피운니 흐려키들 무정하야 길랑 안니 넉실넌가 오장원 쎠진 등불 싸심언수을 못비려서 츌사미첩 신선사난 제갈무의 넉실넌가 옥통소 하 소리의 힛터쑤나 불천병퓌 겨명산 취야월의 장즈방의 넉실넌가 진평의 사만 그세 군신의 반간되야 퓌성을 못가신니 범아부의 넉실넌가 전필신공 필츄난 삼 거리 잇듬이라 곡철리 불츙간담 제왕 한신의 넉실넌가 동문원의 속 최한니 성동의로 가난 군스 낙양성 모진 불의 기신의 넉실넌가 홍곡간의 실퓬 곡조 초왕여의 삼각다가 직중의 바린 수족 척부인의 넉실넌가 초마성의 놀넌 장사 눈뮬지여 이별한이 옥장가인 좌중누난 위미인의 넉실넌가 오월의 입은 양구 버실 줄 몰나신이 동강의 철이탄의 염즈롱의 넉실넌가 수양산 좁푼 골의 지미가 실푸도다 고쥭청풍 나문 한의 빅이슉제의 넉실넌가

삼천이 박겨실까 불허귀 한이로다 성 ; 지헐 엄하계난 총 망졔의 넉실넌가
촉침코 황졔어부인 듯박커 문왕 만나 양읍셰구탈한니 강티공의 넉실넌가
시중천자 뉘단 말가 기경상천 어니 일고 강남픙월 한단연의 어적선의 넉실
넌가 천하공임 놉푼 위을 강중의 죽어신니 천응우십 ; 픙중의 최호왕의 넉
실넌가 전상의 청한 팔짜 익운을 무삼 일고 낙양동촌 이화정의 슉낭즈의
넉실넌가 불향미 삼빅 석의 어둔 눈을 쓰단말가 인당수 급픈 물의 심회자
의 넉실넌가 일국의 빈난 충절 촉셩누 집푼 물의 이암부인 넉실넌가 반야
산 바우 밋터 모친 이별 더옥 섭다 표진강 집푼 물의 슝낭자의 넉실넌가
양광위노 무삼일고 표악지형 무서옵다 칠귀을 보와신니 비간의 넉실넌가
은황거중 셜인 황졔 일석 포의 무삼 일고 호희의 역간계 무소의 넉실넌가
진나리 용문권셰 천하을 죄용할졔 육국을 퇴왕한니 쇠진장의 넉실넌가 이
러한 넉씨 되고 만발의 혼일네

 이난 넉 올니난 말리라 /

넉씨야 넉씨로다 노양심산 넉씨로다 북경철니 가난 넉설 어서 오소 지촉
한들 급피 오기 어렵도다 용과 볌과 비운디요 볌고하볍 문야취야 천의 별
운디요 부모 동싱간은 깅난셩은 일시의 이별하고 북만삼천의 빅골듈드 찬
난고나 금일 망졔씨난 워디 ; ; 가거난가 고사리 만포깅기 갑산질루 명천
호령 종셩 귀양사리 간 스람도 풀일 날리 잇고 외국연과 말이 간 스람도
편지 상통하건만은 금일 망졔시난 예엉 가고 못오난가 산니 조와 산 귀경
을 가거난가 절리 조와 절 귀경을 가거난가 천도 곳철 짜려 간가 지도 곳
철 짜려 간가 좌편의 좌전화 우편의 우정화 철니 금싱화 듯긔 조운 침경화
보긔 조은 사겨화 진다리 왜철쥭 곳치 피여 넘노난드 여예분 망셰씨 넉씨
얼두 넉실넌니 중궁셰경의로 겨룡천지하야 승피빅운하고 광한전의 올나간
니 봉상의 업을 쪄여 절군일수을 지여 정불 귀경한 언후의 판선선관 동힝
하야 은하수 밥비 건너 방장봉니며 요지천티며 사힉팔방의로 쓰도라 단니
다가 동경과 서경과 중궁 귀경한 연후의 밍호연의 천도불짜 약을 옥황상계

전의서 인간의 월칠하야 세촉의 나와짜가 동경짱의 바린장ᄉ 몸니 되야 이
려한 몸니 되고 학창의 몸니 되야 간난하의 넉씨 되야 세상반덕청의로 나
옵소서 올리소서 ; ; ; ; 디신칼 더우 잡야 어서 ; ; 오리소서 빅연진쎄난
국 ; 의 광임이요 일티부명은 한단의 선몽이라 퓽낭니 이려하고 반악이 조
빅한니 닷씨 점기 어렵쏘다 왕손방초난 귀뷸귀라 곳도 것다 피건만은 오일
날 망졔난 엄니국니 워디라고 한 변 가면 못 오난가 삼천벽도

장암연불
긍낙셰겨십종장염 볍장서원수임장염
사시팔원월억장염 미타명오수광장염
삼디사관보상장염 미타국토일낙장염
보아청정덕수장염 보전여의누각장염
주야장원십운장염 이십사락정토장염
삼십종이공덕장염 아미타불

겨리정반이라
　거리로다 ; ; ; ; 이도 거리 저도 거리 거리 정반의 오실 적의 말미 업
씨 오실넌가 초졔왕 이졔왕 삼졔왕의 말미 밧고 사졔왕 오졔왕 육졔왕의
말미 밧고 칠졔왕 팔졔왕 구졔왕 십이졔왕의 말미 바더 오실졔 여얼 말미
달나 한니 머다고 안니 주디 치 일 말미 달나 한니 그도 머다고 안니 주디
삼 일 말미 타가지고 이 굿 바드려 오실졔 금니란 말리 이쳬가 잇다 허디
금니난니 ; ; ; ; 팔 년 퓽진 초한 적의 육츌긔겨 진평니가 볌아부을 자부
라고 황금 사만 양을 휫터신니 금니 워니 여오리짜 옥니 난니 ; ; ; ; 만
고여흥 진시왕니 형산의 옥얼 어더 이사의 명필노 수명유천 긔수영창니라
옥사을 만드라서 만세유전 하야신니 옥니 워이 여오리짜

　※ 마지막 장에 "틱상절 서괴퓌"라는 것이 실려 있으나 여기에서는 생략했다.

2. 오일남 무가집[1]

1) 問十是說

願功法偈　諸衆生　同任彌陀大怨解　南無阿彌陀佛

　치여다 보니 하날이요 내려다 보니 白沙地 땅이라 蓮池塘 골목에 門 잡혀 거절체 하엿난데 엇떠한 行次관대 宣文 없이 드러오는다 나도 그 안이라 一路宣法 娑婆世界 海東 大韓民國 某道 某郡 某面 某里 某氏 宅에 오늘날 웃굿 새남 靈遷到門하신다 하옵기에 家門拜 유이차자 왓나이다 적배상지 기원에 주고 寶于樹 제수나무 밑에 이꺼라니 作動 안의 十王都廳 앞 氣運의 守門間에 門잡혀 거절체 하엿는디 遺錢 드리라는 亡者올시다 靑輩 兩班 잡기는 올컨이와 이는 전바끼 둥둥하면 구시라 하고 散物 어더 자실 靈魂이 數多하니 어느 亡者가 이 댁 亡者인 줄 알며 三日거잔치 엊이 마저 오는다 靑鳥 똠日 해는 日暮西山下山降하고 잘 새는 수풀 차자 나라들고 異獸人間은 都散方角 地住 하였삽다가 三日 만에 夕陽祭 鉦쇠소리 듯고 이生인듯 저生인듯 아라보나이다

　靑鳥 똠日 그는 올컨이와 先亡祭 지내기는 누구누구 지내든고 그제 總

---

1) 오일남은 두 권의 무가집(佛經要集 券之一, 券之二)을 소유하고 있다. 1권은 주로 불교 경문이고 마지막장에 오구풀이 일부가 실려 있다. 2권은 불교 경문과 몇 가지 무가가 함께 실려 있다. 여기에 소개하는 무가는 2권(佛經要集 券之二)에서 무가만 뽑은 것이다. 여기에 실린 무가는 국한문 혼용과 국문으로 필사되었는데, 국한문 혼용 무가에는 잘못 쓴 한자가 많으나 필사된 대로 실었다. 다만 무가 제목 앞의 번호와 띄어쓰기는 필자가 했다.

集 하옵끼는 누가 總集하오며 祭壇은 어느 절에 올니던가 正朝 寒食 端午 秋夕 되면 金氏 兩主 李氏 兩主 許氏 兩主 세 兩主 바다자시옵고 王의 아들 王孫이며 王의 딸 수영금이 兩人 等이 總集 하옵나니다 靑輩 答曰 그도 올컨이와 오늘날 젓대 불고 長鼓 치고 錚 치고 방울 흔드난 法은 어인 法인다 靑鳥 答曰 그는 다름이 안이오라 젓대는 天上 鬼神을 請하옵고 長鼓는 中天 鬼神을 請하옵고 징은 龍王 鬼神을 請하옵고 방울은 地下 鬼神을 請하옵고 金은 天이오 저난 陽이오 피리는 땅이오 長鼓는 離虛中이오 징은 물이라 하옵니다 그도 올컨이와 天上神은 얻더한 神을 請하오며 地下神은 얻더한 神을 請하며 龍王神은 얻더한 神을 請하며 陽重은 엊이하여 陽重이라 하며 平方은 엊이하여 平方이라 하며 靑輩 兩班은 엊이하여 靑輩 兩班이라 하는다 靑鳥 答曰 그는 다름 안이오라 天上神과 三佛 부처님과 모든 菩薩님을 請하옵고 中天神은 虛空中天 四海神과 열 始王을 請하옵고 龍王神은 五海龍王과 五지運地藏을 請하옵고 地下 鬼神은 五方 神將을 請하옵고 陽重은 天上 鬼神과 中天 鬼神을 請하옵고 平方은 四海 龍王과 地運地藏을 모시고 地下 神將과 五方 大將軍과 法堂 二十四난 各各 守於地方하야 잇는 鬼神은 守城防魃 되야 있삽기에 平方이라 하옵고 靑輩 兩班은 오늘날 드대여 王과 巨泉과 分別하시는 일이오 閉開門의 靑輩勒使官이 되야 守門將을 맛타 오늘날 亡者님을 爲하여 陽重과 形房들올 다 貴이 生覺하려는 일이 올소이다 그도 올컨이와 나부 매층은 몃매증이며 도태 매증은 몃 매증인다 靑鳥 答曰 그난 兩好彼用 매증은 二百七十 매증이요 벌매증은 三十六 매증이요 늑세양중을 더러잇고 장앳대 두른 八字門을 지여있고 나부매즘은 열두간 회행의 행제 우름 전하든 先鋒이오 밧보디는 宇宙洪荒의 白雲帳을 둘너 있고 용애매즘은 三百六十 매즘이오 書案은 너이오 용매는 洒涼東風의 黃雲龍이 되야 있고 벌매즘은 黃雲山 三層 蓮花峰이 되야 爲親上帝 孝子烈女 親戚 子孫 古今親舊 三除憐 우름 소래 눈물 머금어 受察靈神에 밧치려

하는 法이요 나부매즘은 무슨 일이런고 祖開神前 머리 우에 열두 神 넉시 도애 平金一隅의 深山深谷에 風埃出이라 하는 法이오 도래매즘은 七十 二 매즘이요 亡靈 爲해 바랑메고 萬世年光의 傳하라는 法이요 장앳대 두 른 것은 需八宴 引開淸風 雪多飛되야 섯난 法이요 早開門은 무슨 일노 하야 엇난고 高曲形鍾은 幷而鳴起하야 日紅禮駕되야 永訣權 如來佛이 되야 三萬一千地下의 一望無際 玄隱地方으로 亡者님 地府에 無令納徵 하라 하고 早開神前 머리 우에 열두 神 넉시 되여 가시라고 早開門 셨사 오니 靑輩勒使官이 마저 모시고 새벽 큰 祭 바다 자시고 가려 왓싸오니 靑輩勒使官이 許除開門하여 주옵소서 靑輩 答曰 중은 죽으면 水陸祭하 고 俗人은 죽으면 誤鬼굿 하는 法은 어인 뜻인고 靑鳥 答하되 그는 神法 과 佛法은 不當之一이요 夜樂은 當初 燕나라 도상이라 그는 燕王이 偶 然 得病하여 도라가신 後에 燕王의 아들 꿈에 이르시되 너이들 나을 爲하 여 祖開山下 祖開水 물가에 한 집이 있으니 용한 法師를 請하여 千番數 풀과 굿을 하라 하고 燕王이 간 데 없거늘 燕王의 아들이 꿈을 깨여 卽時 大宴을 排設하고 水陸祭와 굿을 한즉 부처님과 물水王이 到任하여 天上 의로 直位하여 都率天 內溫宮에 安坐 六角風流 好事하니 그 後로부터 는 八萬장외 四面보듸는 祖開山 寺靈이요 祖開山 寺靈은 하날을 應하옵 고 祖開門은 龍王을 應하옵고 靈陪殿은 亡者님 魂靈 잇난 곳이요 장외 때는 亡者님 魂靈을 뫼서 지접하라는 곳이요 저승에 門이 잇스되 金剛門 은 菩薩門이요 有紅門은 貞節門이오 有紅門 博紅門은 洞沼 물이 흘너 東少門外여 一千菩薩이 안좌쓰되 南無大明觀世音 藥王菩薩 若上菩薩 解脫拜念 八菩薩 許施功應精禮 八大菩薩 摩訶薩 名號 南無觀世音菩 薩 南無寶賢菩薩 南無彌勒菩薩을 모시고 안저 東은 甲乙木이라 地國天 王이 三萬若師如來佛를 모시고 一千餘將으로 靑席 靑旗에 始生 萬物之 方이오 南은 丁火라 二萬 二千偏 堂上如來佛을 모시고 赤席 赤旗에 始 盛萬物之方이요 西는 庚辛金이라 飛似文天王이 四萬佛를 모시고 九千

菩薩을 거나려 白席 白旗에 肅殺萬物之方이오 北은 壬癸水라 廣目天王
이 釋迦如來 부처님을 모시고 九千菩薩을 거나려 黑席 黑旗에 收藏萬物
之方이오 中央은 戌巳土라 黃琉璃世界 大光明月 되나이다 그도 올컨이
와 靑輩 이르되 亡者님 先府에 쪼차내기는 누라 쪼차내는다 그가 答하되
저승使者 玉春이 이승使者 姜任이요 牛頭나찰 馬頭나찰 兩神 等이 叢集
하나이다 그도 올컨이와 亡者님 靈이 뭇길노 드러 어느 院에 中火하며 院
은 몇을 지나가며 어느 院에 자고 가며 門은 몇 門을 지나가는다 靑鳥 答
曰 甲子 乙丑으로부터 癸酉生 사람은 正地玉堂門으로 드러 靑道院에 中
火하고 甲戌 乙亥로부터 癸未生 사람은 中門으로 드러 黃土院에 中火하
고 甲申 乙酉로부터 癸巳生 사람은 金光萬如門으로 드러 白頭院에 자고
가고 甲午 乙未로부터 癸卯生 사람은 蓮池塘守八門으로 드러 正頭院에
자고 가고 甲辰 乙巳로부터 癸丑生 사람은 禽獸禍團門으로 드러 赤豆院
에 자고 가고 甲寅 乙卯로부터 癸亥生 사람들은 靑衣童子 靑衣將軍이
東方길을 가르치고 赤衣童子 赤衣將軍은 南方길을 가르치고 白衣童子
白衣將軍은 西方길을 가르치고 黑衣童子 黑衣將軍은 北方길을 가르치
고 今日 당 亡者님은 부처님이 지시하여 四十八院으로 드러 中火 宿所하
고 다리넌 몇을 건너보시면 가다가 門이 있아오되 첫門은 四在門이오 둘
째 門은 逢折門이오 셋째 門은 金光半閤門으로 드러 西天西域國으로 가
옵나이다 今日 亡魂 가는 곳에 定處 엇떠하시던가 寶縷水 가세 桂樹나무
셨으되 가지넌 三千 가지 잎도 三千 잎 뿌리도 三千 뿌리 三千八百七十
八 鬚로 뻐더가고 그 나무 밑에는 金池라는 못시 있으되 가랑 소랑 한 쌍
鸚鵡 한 쌍 鳳凰 한 쌍 各各 세 쌍이 떠서 晝夜로 외우는 말이 南無阿彌
陀佛 〈2〉 念佛로 외우옵고 그 못에 흘너드는 물도 念佛로 흘너들고 준지
로 구물 매저 만호국에 거러끼에 그 물 보고 가옵니다 그도 올컨이와 今日
亡者 오시는데 定體 엇떠하옵떤가 三年 同甲 甲似甲長 七年오 벗 等이

---

2) 원문 표기 그대로인데, 앞에 나오는 단어의 반복표시이다. 이하에 나오는 것도 모두
  같다.

各甁好酒을 들고 霽月東頂 마조 나와 餞送하옵끼에 그를 구경하고 왓나이다 그도 올컨이와 今日 亡者 오시는 곳에 定體 얻더하시던가 靑鳥 答曰 今日 亡者가 오실 때에 길가에 地藏님이 안저 저기 가는 저 亡者 앞을 보니 三太案이오 뒤를 보아도 三太案이어든 길도 몿이 안이하고 가는다 今日 亡者 地藏님 前 엿자오되 始王 가는 根本과 地獄 가는 根本을 仔細이 아라지이다 地장님이 가르치되 地獄으로 가는 길은 하로에도 千이 가고 千이 들기에 大路로 되여 있고 始王으로 가는 길은 一年에 하나 三年에 둘 셋이 가거나 말거나 하옵끼에 小路로 되여 잇나이다 그난 그러하건이와 靑鳥 答曰 小寶勒山 넘어 넓은 赤廣路고개랴란 萬功德으로 가옵니다 그도 올컨이와 今日 亡者 가는 곳에 구경처이 어떠하시던가 꽃나무 섰아오되 佳련花 一年花 白頭花 봉수花 四季 牧丹花가 자욱히 피엿난데 한 곳을 바라보니 第五閣羅大王님이 殿上에 높이 안자 男女 亡者를 불너디려 認定訊問하올 때에 近侍前輩로 도래床에 조흔 龍怒 墨을 가라 簡紙 銘紙 펼처노코 胡黃毛 無心筆에 먹을 뭊어 들고 住所 姓名 記錄할제 먼저 간 先亡者나 後에 간 後亡者나 一家親戚 遠近族屬 이웃間에 엊이 엊이 하엿난야 뭇쌉기에 나도 그안이라 五倫에 本을 바다 나라에 忠誠하고 父母奉養 至誠으로 섬기옵고 절에 올나 神靈功德 길가에 行人功德 마을에 부역 功德 至誠으로 섬견나이다 今日 某氏 亡者는 西王世界 修德之上林山으로 가라 하오니 가는 곳에 金塔이룬 화주승이 金絲網을 둘너쓰고 塔 밑에 들어 千年만에 눈이 머러 먹을 것을 全여 몰나 주치에 머리를 탕탕치며 大聲慟哭 설이 운이 釋迦님이 지내시다 이 소래가 어인 소랜고 하고 仔細이 살펴보니 사람이 안이로다 釋迦님이 이른 말삼 어이하여 저리된고 大蟒이 엿자오되 나도 그 안이라 金塔이룬 化主僧이옵더니 勸善 동양 많이 하여 半은 施主하고 나 혼자 다 먹어떤이 부처님이 罪를 주어 내가 이룬 金塔 밑에 金絲網을 둘러씨워 千年이나 사옵떤이 눈마저 멀어 먹을 쭐을 아주 몰나 죽고저 우나이다 釋迦님이 生覺하고 大蟒아 〈

어서 밧비 이리 와서 五湯水에 沐浴하고 金絲網을 急히 버서 조흔 곳에 어서 가라 大蟒이 그 말 듯고 그 앞을 구버보니 五湯水가 끌을제 이리저리 沐浴하니 어느 새 金絲網 간 곳 없고 白玉 같은 중일러라 釋迦님이 生覺하여 제수王을 封하시더라

今日 亡魂님은 世上에 게실 때에 나무게 좋은 일을 만이 하여끼로 虎皮 도듬에 부원군 같은 기구에 綠楊千絲 버둘가지 黃金 꾀꼬리 같은 다임기구에 紫府揚名 翰林堂上관 같은 四好 기구에 자펴진 誤鬼 넉진 誤鬼 웃긋새남 設破하니 今日 亡魂님은 十二神將과 열 始王과 부처님이 옹위하여 天上으로 指示하여 都率天 內溫宮에 높이 안자 六角風流 호사하나이다 標的을 이르라 꽃 세 송이 올니오되 四季花는 아버님 꽃이요 牧丹花는 어머님 꽃이요 杜鵑花는 靑輩勒使官과 僧房이 지르고 先亡父母 後亡子孫 九族之亡魂을 조흔 곳으로 各各 靈氣 불너 보내라는 꽃이라

不祥한 今日 亡魂 人道 還生하였으니 念佛로 길을 닥세 南無阿彌陀佛 〈 〈 진금상상 호단임 무등윤배 호안전 보수미 감목 징청 사대해광 중화불 무수 역화보살 중억무변 四十八元都濟衆生 구품함영등 피안이 차예 참불功德 장음法界 제유정임 종시원왕 西方工道彌陀 성佛道 極樂世界 보지중구품 연화여계 준미타장 육금구립 좌수당홍 우수수녹나의 상혼가사 금면매간배 오호 좌우 觀音 대서지 시십장음 심제관구 명성자 관자자 신 약금산 천복화구 명성자 대서지 신지 광명 도유연삼성 소유功德 추수원진 사대략 고시방제 성함판탄 집불음 궁소본지 고아금 공경예 南無西方大敎 主 무량수 如來 阿彌陀佛 終

2) ◎[3] 六甲解冤

※ 甲子乙丑 海中金은 金姓 男女 冤魂이라 茫〃 蒼海 황공대에 金生麗水 하회난니 金玉 같이 重한 一身 인관일역 切痛하고 가련하다 世上人心 엊지 안이 寒心하리 (후렴) 伏乞 〈 先亡祖上 伏望 〈 後亡父母 兩位 祖上들은 讀經門前에 드러왓다가 잔〃 일적에 흠향하고 노수노비를 厚히 타가지고 極樂世界로 도라가셔 王后將星 福德地에 人道還生 되여 가세 今日 종천에 解冤神 永訣從天 도라가소

※ 丙寅丁卯 爐中火는 火姓 男女 冤魂이라 爐上전변 타는 불에 無主孤魂 分別할가 巨里中天 떠나가면 夜月三更 두견같이 晝夜長天 슬프도다 冤魂 매처 恨이로다 (후렴)

※ 戊辰己巳 大林木은 木姓 男女 冤魂이라 도원도리 상나樹는 곳〃마다 靑色이라 울〃 蒼松林下에 秋月三更 처량하다 雪中梅花 東大廳에 홍누영산 구버보니 草木조차 처량하다 (후렴)

※ 庚午辛未 路傍土는 土姓 男女 冤魂이라 大路邊에 무친 무덤 엇떤 行人 분별할가 無主空山 누었으니 左右변에 가는 行人 그림 자취 슬픈 소리 可련하다 魂魄이야 어느 누가 아라줄가 (후렴)

※ 壬申癸酉 짐봉金은 금성 남녀 원혼이라 萬里戰場 죽은 孤魂 忠孝효행 可련하다 億萬 장졸 창검 아래 冤死고魂 가련하다 富貴榮華 못해보고 死場白骨 되엿뜬가 可련하다 魂魄이야 어느 누가 차즐손가 (후렴)

※ 甲戌乙亥 山頭火는 火姓 男女 冤魂이라 一心 장구 자〃하여 一片丹心 머근 마음 일절자를 生覺하이 일야화관뿐이로다 (후렴)

※ 丙子丁丑 澗下水는 水姓 男女 冤魂이라 벽개水야 거문 물에 奉國忠臣 冤魂이라 楚패王의 고집으로 군은 말을 안이 듯고 만경창파 깊은 물에 水中孤魂 可련하다 (후렴)

---

3) 이 ◎표를 비롯한 아래의 ※표 등의 각종 표는 무가집에 실려 있는 것을 그대로 옮긴 것이다.

※ 戊寅己卯 城頭土는 土姓 男女 冤魂이라 日落西山 저문 날에 夜月空山 처량허다 토성으로 봉축하니 푸른 靑松 울을 삼고 홀로 누은 孤魂이라 (후렴)

※ 庚辰辛巳 白蠟金은 金姓 男女 冤魂이라 百날에도 성튼 몸이 病이 드러 죽단말가 錦衣還鄉 도라온들 어느 妻子 반겨할가 孤獨하고 외로운 몸 可련하기 恨이 업고 층양업다 (후렴)

※ 壬午癸未 楊柳木은 木姓 男女 冤魂이라 春風細雨 눈물 되여 질〃 이도 매처 잇네 녹음방초 성화시에 시내강변 푸르도다 느러진 채 버들가지 죽은 고혼 한숨이라 (후렴)

※ 甲申乙酉 井中水는 水姓 男女 冤魂이라 우물가에 明月같이 家內 消息 적막하다 푸른 물은 주야장천 흘너가고 가련하다 이내 눈물 流水같이 흐르도다 (후렴)

※ 丙戌丁亥 屋上土는 土姓 男女 冤魂이라 정주대신 분부 후에 욱어진 터 끊치이네 大角小角 지은 집은 엊지할 곳 업섰으니 富貴빈천 한탄말고 이내 원한 다 갑흘가 (후렴)

※ 戊子己丑 벽역火는 火姓 男女 원혼이라 번게같이 빠른 세상 二八靑春 더욱 설고 無情하다 世上이여 이팔청춘 다 사러도 冤痛한 孤魂이라 半空中에 높이 떠서 오면 가면 슬피운다 (후렴)

※ 庚寅辛卯 松柏木은 木姓 男女 원혼이라 靑松綠竹 울밀한대 슬푸도다 白雪寒風 엊지할고 녹음방초 푸른 나무 주야 철석 情이 업네 (후렴)

※ 壬辰癸巳 長流水는 수성 남여 원혼이라 淸江流水 흘러간 물 다시 오기 어렵또다 人生 한 번 도라가면 언제 다시 도라올가 無情하다 世上事여 물껼같이 도라가네 (후렴)

※ 甲午乙未 砂中金은 금성 남녀 원혼이라 白沙場에 무친 金은 금이런가 世上에서 다시 볼가 十里沙場 고혼 되야 男女冤魂 처량하다 沙場金에 시른 歌詞 可련할사 孤魂이라 (후렴)

※ 丙申丁酉 山下火는 화성 남여 원혼이라 상호 고혼 저문 날에 一心

孤獨 可련하다 老少間에 죽은 고혼 鬼名黃泉 도라가면 그린 그림 슬피 우니 道路上에 사무친다 (후렴)

　※ 戊戌己亥 平地木은 木姓 男女 원혼이라 道路行中 정자 밑에 혼자 섯는 저 고혼은 父母妻子 어데 두고 無主고혼 되단말가 世上事를 生覺하니 허망하게 되였또다 (후렴)

　※ 庚子辛丑 벽상土는 土姓 男女 원혼이라 土石으로 지은 집은 분벽 사창 하릴업다 左右石壁 울을 삼고 명견聲으로 벗을 삼고 홀노 누은 고혼 이라 (후렴)

　※ 壬寅癸卯 金泊金은 金姓 男女 冤魂이라 金木으로 지은 집은 一時 라도 離別하고 一家 친척 下直하고 하관섬실 대틀 우에 둥그럿케 높이 실 고 푸른 靑山 차저가네 (후렴)

　※ 甲辰乙巳 屋燈火는 화성 남여 원혼이라 秋月靑風 두견새는 空山夜 月 달 밝은대 홀노 안저 슬피우네 엊지 안이 처량할가 燈잔불에 저 魂魄아 잠들기 前 못잇껀네 (후렴)

　※ 丙午丁未 天下河水는 水姓 男女 원혼이라 七月이라 七夕날에 千 里 銀河 烏작橋에 一年 一度 건너가서 견우직여 상봉하여 다 할 말은 남 겨노코 無心하게 離別하네 (후렴)

　※ 戊申己酉 大驛土는 土姓 男女 冤魂이라 높은 泰山 平地되여 冤魂 맷고 恨이 된이 千萬年을 한이 되여 푸러낼 길 막〃하고 可련하다 이 내 몸은 北쪽 山川 도라가네 (후렴)

　※ 庚戌辛亥 釵釧金은 金姓 男女 원혼이라 鳳凰이라 매진 멩셔 일조 강남 돈절하다 금봉채에 玉지환은 보기 실타 오지 마라 妻子眷屬 寒心허 다 可련하게 되엿구나 (후렴)

　※ 壬子癸丑 상자木은 木姓 男女 원혼이라 무상가지 높이 올나 장송에다 다 시 실네 堂上에도 늙은 父母 슬하에다 어린 子息 苦生함은 무슨 일고 (후렴)

　※ 甲寅乙卯 大漢水는 水姓 男女 원혼이라 구곡간장 썩은 눈물 두 눈

에서 소사나니 녹원홍수 病이 되여 성상불망 도라가니 世上天地 사람들아 長流洪水 可련하다 南無阿彌타佛 (후렴)

※ 丙辰丁巳 沙申土는 土姓 男女 원혼이라 진토 되여 黃泉길리 적막하다 처자권속 어진 마음 황천길을 여러주니 엊지 안이 可련한가 人道還生 시켜주소 (후렴)

※ 戊午己未 天上火는 火姓 男女 冤魂이라 天上門이 개탄하고 玉京으로 소사 올나 이 내 원정 매친 마음 仔細히도 푸러내여 萬里長城 원정지여 玉皇任前 登場가세 (후렴)

※ 庚申辛酉 石榴木은 木姓 男女 冤魂이라 玉窓 앞에 심은 石榴 속 업시도 다 되엿네 明沙十里 해당花는 年〃이 피건만언 우리 人生 죽어지면 움이 나나 싹이 돗나 生死間에 처량허다 (후렴)

※ 壬戌癸亥 大海水는 水姓 男女 冤魂이라 四海바다 넓은 바다 一葉片舟 배를 타고 건너 가셔 極樂世界 도라가 人道還生 되여가세 (후렴)

◎ 伏乞 〈 先亡祖上 伏望 〈 后亡 父母 兩位 祖上들은 讀經門前에 드러왓다가 잔〃일적에 흠향하고 노수노비를 후히 타가지고 極樂世界로 도라가셔 王后將星 福德地에 人道還生 되여가셔 今日從天에 解冤神 永訣洛天 도라가오 以上

3) ※ 시설

천지이의 분한 후에 삼나만상 이러나니 유정무정 생긴 얼굴 천진면목 절묘하다 범부 곳처 성인 됨은 오즉 사람 최귀로다 요순우탕 문무주공 삼강오상 팔조목을 티평세에 장엄하니 금수상에 첨화로다 동서남북 간 대마다 형제같이 화합하야 천하태평 가감 업서 안양국이 거일러니 어화 인심 황공하다 우리 인심 황공하다 티고천지 나려오고 요순일월 발갔으되 야속할사 말세 풍속 충효선행 다 버리고 애육방에 깊이 드러 형제 투쟁 마차느니 가

런하다 백발부모 의뢰할 배 바이 업서 문외에 바장이며 흘니난이 눈물이라
골육상쟁 저러한니 촌외인을 의논할가 인심이 대변하야 천심이 발노하니
한재 풍재 흉연 들어 천문만호 기곤이라 뉘기나 사람마다 부모처자 불이하
여 농산천변 남의 땅에 여기저기 기사하니 참혹하다 죽음이여 다만 조객
가귈세 상천재액 저러하니 불순인은 살되소서 천고청비 자조 께처 자기 촌
심 바로가저 일변으로 염불하고 일변으로 충효하소 구척이 감응하면 요순
틱평 안이볼가 불법어대 일정하며 요순어대 씨이실가 염불하면 불법이요
충효하면 요순인이 충효가저 입신하고 염불가저 안양가세 아미타불 태자
시에 염불법문 신앙하고 발원하여 이르사대 내가 먼저 염불하여 안양국애
가온 후에 귀천남여노소 업시 나의 명호 외우시면 악취중에 안이 가고 극
락으로 바로 갈 줄 사십팔원 세웠으니 세망에 걸인 사람 불국으로 인도하
세 비감심을 이루워라 미리 〈 염불하소 금시태평 후시안양 만고복덕 구할
진대 금구소설 무상법을 지성으로 붕지하소 서가여리 출가시에 유리전상
칠보궁에 청개 황개 바치시고 삼천궁여 시위하니 천상인간 아무데도 저런
복덕 업싸오되 헌신같이 버리시고 만첩심산 혼자 드러 육 연 고행 염불하
여 극락으로 도라가니 세간영화 떳ː하고 불법진락 없을진대 만승왕위 버
리시고 설산고행 저리 할가 출격전인 되올진대 염불일성 좌귀하다 설산대
사 본을 보아 출통학해해 해서 되소 세간탐심 못바리면 삼악도에 떨어지고
물외사를 안양국에 간다한니 자조 〈 염불하야 불국으로 해서가세 부모효
심 바이 업고 염불 한 번 안이하면 무삼 복덕 바라오며 장수코저 기다르니
동ː하면 다 굿신가 안전뱅이 엊지 같고 신심 없이 되여 가며 공덕 없이
엇을진대 신광선사 팔버히며 설산동자 불에 들가 선행 닥은 덕을 보소 국
왕 대신 이 안이며 염불비방 죄를 보소 우마사신 저 안인가 팔만장경 이른
뜻과 백천혼소 싹인 말씀 금한 것이 탐육이요 권한 것이 염불이라 이리 조
훈 인제로서 저리 조흔 전묘법을 못 듣고년 말연이와 듣고 참아 안이할가
정토법문 자조 듣고 신심으로 염불하면 극락도사 아미타불 금연으로 가려
다가 칠보연대 옥호광애 무상쾌락 받을 적에 천만세을 지내가되 반일갓다

하셨으니 인가 고초 설운지라 저 극락에 어서 가세 몽중 같은 우리 사람
초로인생 구지 미더 천방백계 사랴 하고 무한탐심 이르키니 직심악심 상기
되여 대면하기 무섭또다 나의 용심 모르거던 남을 보아 깨치시요 무상살귀
나라드러 사대하고 묵어갈제 힘을 가저 당적하며 재물 가저 인정쓸가 만당
처자 무엇하며 우양전지 대신하리 도산검수 저 지옥에 만반고통 바들 적에
지상보살 대원인들 저를 어이 구재하며 불뎀이에 드난 나뷔 제 조흐니 어
이할가 질겨 죽는 주색에는 귀천없이 탐을 내고 낙을 바들 염불에는 승속
남여 멀니 하니 말세 되여 그러한가 지해인이 아주 적다 기한인을 의식 주
고 빈병인을 구제하면 아당시비 아주 끈고 구수 보아 미워 말며 요수인민
이 안이며 보현만행 또 잇는가 부모님전 나아가셔 합장하고 엿자오되 인간
백발 앞이 업서 서산낙일 절맥한니 십이서중 주야 업시 미타명호 외우소셔
간청하는 저 효자와 신청하는 저 부모년 비록 말세 나왔으나 관음후신 이
안인가 여인 몸을 바든 사람 전생 죄악 만싸오니 음해사심 다 버리고 자비
선심 염불하면 마야부인 부러하며 팔세용여 이 안닌가 비사왕의 위부인을
유리태자 아사왕이 죽이고저 가두거늘 위부인이 슬피 울고 부처님께 간청
하니 석가세존 아르시고 영산으로 데려다가 극락으로 보내시고 청제부인
살생죄로 무간지옥 들었거늘 출천대효 목연존자 염불하고 건저내며 손경
덕이 목매일제 염불하고 면했으니 사량분별 다 버리고 오직 염불 어서 하
오 광대영통 무량수불 자기 신상 명백하다 석가여러 안이나고 달마대사 못
왔을제 부와 모와 소소하고 차다 덥다 역〻하되 탐욕심이 밤이 되여 의내
주을 미실하고 업는 아기 못 어드며 가전 점심 배 골흐니 반야혜짐 급히
빼여 무명황초 베혀내고 아미타불 외우다가 자기 미타 친견하면 촌보도 옴
찌 안코 극락세게 가옵난니 부는 바람 요풍이요 밝은 광명 순일리라 연화
대에 높이 안저 조주청 다 부처 먹고 녹양천변 방초 안에 백운거을 멍에하
고 등〻임운 임운등〻 자세히 노닐면셔 나나리 늬나라 태평곡을 부르리라
나무아미타불 나무관세음보살

　본양 마주 영산 가자서라 육 본양을 잡수시면 뒷산에 돗도다리 압산에 염소다리 대양판 갈비찜 소양판 재육찜 푸드드득 매초리탕 끌크덕 〈 쟁끼탕이며 꼬꼬 우럿다 영게탕이며 다 잡솨오시든 육 본양임이로다 육 본양을 잡싸쓰니 소본양을 잡수리라 뒷산에 더덕채 압산에 도라지채 꼬사리채 까지채 미나리채 외짐채 제리짐채까지 인삼채 동삼채 가삼채 다 잡솨오시고 접어 담은 꼬감이며 주어 담은 왕밤이며 울긋뿔긋 당대초 은행 잣시며 청실내 옹실내 다식이며 부수게까지 다 잡솨오시든 소본양님이로다 본양을 다 잡솨쓰니 육 선왕을 모시리라 틱백산서 노든 선왕 평안도 본양산서 노든 선왕 경기도 삼각산서 노든 선왕 황해도 구월산서 노든 선왕 강원도 금강산서 노든 선왕 충청도 게룡산서 노든 선왕 경상도 태백산서 노든 선왕 절라도 지리산서 노든 선왕 장성 백양산서 노든 선왕 광주 무등산서 노든 선왕 고흥 팔영산서 노든 선왕 라로도 상산서 노든 선왕 육 선왕을 모셨으니 해중선왕을 모시리라 영광 법성 노든 선왕 위도 영평 노든 선왕 칠산바다 노든 선왕 굉이바다 도치바다 노든 ; ; 제주바다 삼도바다 노든 선왕 손죽도 초도 바다 노든 선왕 탕문여 노든 선왕 꼭두여 마치머리 매바우 노든 선왕 해중선왕을 모셨으니 재숙을 잡수시리라 안바다 소민어 밧바다 대민어 허리진 갈치 널진 가오리 더덕대구 통대구 수족우 가족우 세별 갓튼 참조구며 어사 숭어 승지도미 병사 청어 군수 아구 대 판서 민어 주서 오적어 상어 솔치 눈치 준치 멸치까지 다 잡솨오시든 선왕임이 올소이다

　해동 한국 전라남도 고흥군 봉래면 모 부락 거주하는 모씨 댁에 오늘날 영천도문 웃굿새남 정성를 드리옵니다 동에 청게수 남에 적게수 서에 백게

수 북에 흑게수 중앙에 황게수 오동영수 감영수 손업는 물 기러다가 상탕에 머리 깜고 중탕에 목욕하고 하탕에 손발 싯고 신연백모 전조단발 한 연후에 밧도지 허러내야 시리 천공매 짓고 안도지 허러내야 바리 천공매 지여 차담진봉과 생기복덕일 바다가지고 이 정성을 드리옵니다

◎ 오구시왕님의 본을 밧고 시왕님의 안츨 밧세 시왕님의 본은 그 어대가 본일넹가 시왕산 금바우 밑이 시왕님의 본이로다 시왕님과 비훈님이 백연해로의 언약을 맺고 이삼 년을 지내나니 한 때 태기 있어 한 달 두 달 이실 모아 석 달에 입덧 나고 넉 달에 사포 삼겨 다섯 달에 반짐 시러 안지면 일키 실코 이르면 안끼 시러 저 건너 김장자딕 단장 안에 시금 〈 개살구 나 혼자 다 먹고지고 뒷동산 지치달나 능금 다래 호도 복성 나 혼자 다 먹고 자나 여섯 달에 육전 삼겨 일곱 달에 칠제양 오시고 여덥 달에 팔제양 구버보시고 아홉 달에 털궁기 생겨 열 달 십색 고이 체워

하로넌 해산기가 있어 아이고 배야 아이고 허리야 고통이 자심한듸 그때 오구시왕님은 아해난 시간을 정하랴고 소반에 정화수를 마처 노코 용연에 먹을 갈고 서왕모 무심필을 맛치 등대하엿난듸 순간에 아해 소래 들니거날 무슨 안해 나엇느냐 무르신니 여다지를 나엇난이다 한니 아들애기 날 것을 천신만고로 바랏떤니 섭섭하기 비할 대 업다만언 삼신제왕님이 티여주신 자손니이 딸인들 버릴소야 청사도듬에 홍사유불에 원앙침 잣베게에 뒷별당 유모 정해 내노아라 그 아해 세 살을 메게 노코 나니 또 잉터하여 낫코 본이 둘제도 딸리요 셋재 넷제 다섯제 여섯제도 딸리로다 마음도 살난하고 심신이 살난하야 식불감미 밥 못 먹고 침불안석 잠 못 자고 병이 날 지경이라

어느 날 비훈님이 오구시왕님께 엿자오되 명산대찰에 신공이나 드려보오면 엇떠하오릿가 엿자오니 그러면 그리하라 분부를 내리신이 그날부터 공듸릴제 명산대찰 영신당과 고묘충사 석왕사며 미륵보살 제석님과 집에 드러 잇는 날은 당산철용 후토지신 성조조왕님께 지성으로 공듸린이 공든

탑이 무너지며 힘든 낭기 휘여질가 명산을 차자가서 석 달 열흘 백일정성
과 당산철용 성조조왕 가선제을 지극 정성 공듸리니 영신이 구버살피시사
하로 밤 꿈에 선몽을 하시되 하늘에서 학이 한 쌍 내려오고 청용 황용이
뒤트러 보이난구나 꿈을 깨고 나서 양주분이 몽사를 의론하며 이제넌 쓸
자식을 낫나부다 하고 지성으로 공듸리며 석부정부좌하고 활부정불식하고
이불청음성하고 목불시악색이라 십 색을 고히 체워 혼니중에 탄생하니 일
곱쩨도 딸리로다 허ː이게 윈 말리야 천지도 무심하고 귀신도 야속하다 선
영행화를 뉘게다가 전장할꺼나 시왕님이 분부하시되 삼문박 오성배 쑥대
밧헤 내다버려라 하시더라 그랫떤니 하늘에서 학이 내려와 한 쭉지넌 까라
주고 한 쭉지넌 덥허주어 밤이면 이실 맞고 낫지면 양기 쪼여 후환자착 업
시 일추월장 자라더라

　그 후 시왕님이 심와화로 병이 나서 백방으로 서두러도 백약이 무효라
하릴업시 죽게 되얏는듸 하로넌 문전에 대사중이 와서 동양을 달나기로 동
양 후이 준 연후로 비훈임이 무르시되 저런 대산님들은 각처로 단이시며
경험도 만흐시고 할가 하여 뭇자오니 말삼하여 주옵시요 하며 심와화로 병
난 듸는 무슨 약이 죳슴이가 무르신이 그러케 병난 듸넌 시왕산 금바우 밋
해 약물를 지러다 잡수시면 행병직차 하시리라 하면서 인홀불견 간 곳 업
더라 도사인 줄 짐작하고 큰딸 불너 문의한이 허는 말리 양반의 집 귀수로
서 문밧글 모르온듸 시왕산이 어대라고 임의로 가오리까 불응하니 할 수
업서 둘제딸 셋제 넷제 다섯제 여섯제 딸들도 모두 일구여출이라 곰ː이
생각다가 염치넌 업지만언 삼문박 쑥대밧해 버린 벼리덕이나 차자가 보자
하고 삼문을 나가 배리덕이을 차즈니 배리덱이 놀나며 나는 부모 형제간도
업고 돌틈에서 셍겨난 줄 아랏떤니 이제 와서 어머니가 낫타낫소 그려

　어머니 허는 마리 대단히 염치업다만언 부친이 죽게 되였으니 할 수 잇
느냐 하고 사정한니 베리덱이 곰곰히 생각다가 그러면 제가 가오리다 하고
은동우와 은또바리를 달나하여 엽헤 찌고 출발하여 허부장 구부장 한 곳을

당도하니 한 선관이 나오시면서 무르시기에 사실을 고한니 그러면 질갑 가저왓느야 뭇기에 물정 몰나 못 가저왓다 한니 질갑 삼 년 살고나서 허부장 구부장 가다가 또 한 곳을 당도한니 또 한 선관이 나오면서 뭇기에 사실대로 고한니 산갑 가저왓느야 뭇기에 물정몰나 못 가저왓다 한니 산갑 삼 년 살고 가라 하여 살고나서 또 허부정 구부정 한 곳을 당도하니 산명수려하야 층암절벽이요 고송이 느러저 낙;장송은 휘느러지고 각새소리 낭자하고 각색 화초년 좌우로 만발하엿는듸 선관 선여 나오면셔 하시는 말삼 이 곳이라 허는 듸넌 까맥까치 날짐생도 임의로 출입을 못하는 곳인듸 엇더한 절문 여인이 이곳을 왓는고 무르시기에 베리덱이 고왈 나는 다른 사람이 안이올시다 오구시왕님의 일곱차 딸리온대 우리 아바마마가 우리 일곱 형제을 낫코 아들을 못나 수년 전부터 심와화로 병이 나셔 거이 죽게 되였음니다 도사님의 지시로 시왕산 금바우 밋헤 약물을 지러다 머그면 행병직차하신다 하여 약물을 질너 왓싸오니 지시하여 주옵소서 한니 곰곰히 생각던니 물갑 가저왓는야 뭇기에 물정 몰나 못 가저왓다 하니 물갑 삼 년 살고 가라 하시기에 살고 나서 약물을 무르니 네가 항시 먹고 쓰고 하는 거시 모도다 약물리다 하시더라

약물 한 동의와 환생초 세 송이을 어더가지고 불원철리 도라오다가 한 모롱을 당도하니 엇더한 아해 하나 나오면셔 지게목발 두다리면 노리로 하는 말리 오구시왕님은 엇그제 죽어 출상을 하는대도 베리덱이넌 약물 질너 간 연후로 소식이 돈절허네 하고 간 곳이 업꺼널 산신님인 줄 짐작하고 마음이 급하여 허부정 구부정 불원철리 도라오니 곡성이 진동하고 상여소리 낭자허네

저기 가는 저 상거 길 우에 상거 길 알로 내리소셔 상거을 내려노코 은장 떼고 곽을 뜻고 소렴 대렴 헤처노코 보니 잠든 드시 누어개시거널 약물로 전신을 싯고 멕이고 환생초 한 송이로 약물 무처 다까내니 전신에 맥이 도라오는구나 또 한 송이로 닥고 문지르니 화색이 도라오는구나 또 한 송

이로 문지르고 닥그고 멕이니 댓마듸 튀는 소리와 함께 한숨을 길게 쉬며 환생을 하시엿구나

　이러 안저 하시는 말삼 허：내가 잠도 깊이 드럿구나 대단니 곤하엿구나 그러나 날 살니리 업쓸 줄 아랏떤니 거 뉘기가 날 살엿야 베리덱이 아뢴 말삼 제가 약물을 지러다가 아바마마을 살렸아오나 그러나 제가 대죄을 지은 거슨 한 가지 있음니다 낫：치 다 아뢰니 시왕임이 한동안 생각하시던이 음양에는 죄가 업느니라 하시고 네의게 천하을 주랴 지하을 주랴 네 소원이 무엇이야 소원대로 아뢰여라 아바마마 제가 남자로 퇴여났으면 천하도 좃코 지하도 좃싸오나 여자로 퇴여났으니 원대히 바랄 수넌 업싸옵고 천추만세에 이 회성을 잊지 안키 위하여 면：촌：히 각호 추심하야 가문마다 정중마다 귀뚝 차래로 오구시리나 바다먹게 베리덕 각시나 점지하시면 감사하겟나니다 아들 삼 형제 중 큰아들은 초제왕으로 봉하시고 둘제 아들은 이제왕으로 봉하시고 셋제 아들은 삼제왕으로 봉하시고 각：왕으로 봉하엿더라

　오구시왕님은 베리덱이가 살엿껀만언 우리 하모씨넌 어느 뉘기가 살여주리요 “염불함”

　어화 세상 사람들아 이 내 말삼 드러보소 거창이 페창 되고 티수가 원수로다 영세야 〈 평풍 그린 영세야 기림산 평정제 어대 두고 여 왓는다 그림산 평정자도 조컨이와 어여신 금일 망제 시왕 가신다 하시기에 질차지예 왓심네 망제님 영세 따라 가다 산은 높고 들은 탕：수 무리 자욱하얏는듸 선관 삼 분이 안좌게시는듸 바닥 생율 종경을 치거늘 망제임 영세 따라 가다 무르시되 영세야 〈 산은 무슨 산이면 집은 윈 집이면 선관은 엇던 선관이야 산은 금광산 게출대요 집은 금수청 유리집이라 선관은 저승저대

국 질차지 선관이요 망제님 가다가 또다시 무르시되 영세야〈 어나 질노
가면 시왕을 가면 어나 질노 가면 지옥으로 가나냐 시왕으로 가난 질은 아
조 대로변이옵고 지옥으로 가난 질은 대로변으로 가다가 소리질리 잇나니
다 또한 질은 천상백옥 옥경대 세준대로 가나니다 천상백옥 옥경대 세준대
로 가다 삼오에 따라 떠러진 궁기 있으되 궁기 박게 사제 섯다가 궁기로
드나드는 혼백을 잡아내야 탕ː수 물에 살마 그 물리 마르면 뻬를 뻬야 화
목하야 좌침방아 다 찌여 백탄 숫불에 살아 죽이라는 지옥이라 이르시고
이성이대 지은 죄는 부모불회 형제불화 유이불화 업는 사람 비양하고 선한
사람 그릇 보고 어든 제물 탐제하고 죄목 죄상이 만은 사람 낫ː치 죄를
주고 영세넌 인간으로 되폐하고 망제님은 저 산중 뒷내골로 임제업시 드러
간니 낙ː장송과 초목이 만발하고 요지일월 순지건곤하엿더라

　석벽 우에 물소리넌 설젱중의 소리로다 어여신 망제님은 심곡심산 드러
갈제 꽃 꺼꺼 머리 꼭고 입 떼여 최금 불고 밀 떼여 손에 들고 심곡심산
드러갈제 새 한 마리 한 낭게 안저 천명각 제비와 날리 발그면 각ː시사로
나라나는또다 새가 같은 못난 청으로 신선의 몸이 되야 분벽사창 조흔 방
안에 말 잘하는 앵무새 되야 청ː한 버들입헤 꾀꼬리 새가 되야 백탄숫불
선액이 새가 되야 가소셔 "염불함"

3. 임종남 무가집[1]

유경문집 壬子年 貳月

어여시든 김일 망자 병이 나서 누엇을 적 하루라도 열두 시에 만반 고통 하옵실재 행연아 살가 하고 경도 읽고 굿도 하고 약을 쓰고 다스린들 삼신산 불사약이 아니거늘 이 병을 여일손가 정신없이 누엇을 적 날 잡으로 오는 사자 누구 누구 오시던가 천하공사자 장한복이요 지하공사자 이천백 지석궁사자 강님사자 염나대왕 영을 받어 쇄털벙치 공단같끈 앵각내 안을 바처 진찌 상모 둘러쓰고 쇄사슬은 목에 걸고 쇄방망치 손에 들고 붕어눈을 부릅뜨고 맹호같이 달려들어 한 번을 때리시니 정신이 혼명하고 두 번 때리시니 사죽에 맥을 것어 삼세 번 때리시니 태총 같은 대총목이 껀어지내

어여시든 망재 씨는 가기 실은 황천길을 할길 없이 가셨구나 사러서는 삼만 육천팔백 날이 이 안이요 백두산 지는 해는 허유드시 나려오시니 금음달 같도다

어여시든 김일 망재 말미나 타고 가세 아랫 말미 달라시니 날 수 늦다 아니 주고 삼 일 말미 달라시니 그도 늦다 아니 주며 대왕님 전 당일 말미를 주시는구나 기름 좋은 화담 안에 싥음 없이 누엇으니 초저녁에 우는 닭

---

1) 이 무가집은 필자가 1995년 8월 15일에 보성군 웅치면 구암 마을의 임종남(37년생, 남) 무당에게 구해서 타자한 것이다. 원문대로 실었으나 무가 앞의 번호와 문단 나누기, 띄어쓰기는 필자가 했다. 속장 첫머리에 "유경문집 壬子年 貳月"이라 표기되어 있다.

은 재견의 소리로다 한밤중에 우는 닭은 두견의 소리로다 새벽에 우는 소리 닭의 울음소리로다 산에는 산새 울고 들에는 북이 울어 마을에는 닭이 울어 모두 우는 짐승소리 천지가 진동하여 날이 발아 오시는구나 가래난을 손에 들고 가슴에 연첫던 수구장 내여 지장으로 바치시고 저성문박 당도하니 동편에 열린 문 계 어데 문이요 첫 문 이름은 동지백장군 두째 문 세째 문 이름은 시왕연문이요 첫 문 잡은 부장은 좌우장군 잡으시고 두찻 문 잡은 부장은 좌우 나차 잡으시고 새찻 문 잡은 부장은 가랭감부 잡으시고 내찻 문 잡은 부장은 백천만인을 잡으시고 어하 저 중생아 이 세상 살어날재 무슨 공덕 하였드냐 돈 없는 사람 돈을 주워서 유전공덕 하였드냐 길갓 밭에 언두 심어 만인공덕 하였드냐 깊은 물에 다리 놓와 월천공덕 하였드냐

어여시든 김일 망자 새왕 가고 극낙 갈재 꽃은 꺾어 머리에 꽂고 잎은 따서 초경 불고 나무 비여 죽장 짚고 극낙 가고 새왕 갈재 /// 초제왕은 제일에 진광대왕 그 왕에 맹호는 정태병 씨 아니신가 연물은 상온 갑자생 정월 초 야드래 정광열에 재일이요 그 왕에 매인 중생 갑자 을축 병인 정묘 무진 기사생 사람이 매였는디 §2)(후렴표시) 건속은 백만 건속 제불재천 상수설백 도주중생 무두무척 사마장군 분부배라 태산복은 이부동자 월직사자 일직사자 시직사자 광님사자 일천 편 연불하여 공양시주 하옵시면 연불하시는 이 덕으로 어여시든 김일 망자 하탄제육을 면하시고 §왕생극락을 가시는구나 영창지장아 보살이로구나

나무야 나무야 나무로구나 나무~ 어어어허야 나무나무야 나무아미타불 이제왕은 제이 촉관대왕 그 왕에 맹호는 정월연 씨 아니신가 연불은 열이튼 날 약사열에 제일이요 그 왕에 매인 중생 경오 신미 임신 계유 갑술 을해생 사람이 매였는디 : 건속은 백만 건속 제불제천 상수설백 도주중생 무두무척 사마장군 분부배라 태산복은 월직사자 일직사자 시직사자 광님사자 일천 편 연불하야 건양시주 하옵시면 연불하시는 이 덕으로 어여시든

---

2) 고인들과 합해서, 6-12박으로 같이 하는 대목이다.

김일망자 한탄재육을 면하시고 §왕생극낙을 가시는구나 제에해 보살 나무
야 ~ 어허야 나무나무야 나무아미타불 /// 삼재왕은 제삼 송계대왕 그 왕
에 맹호는 정극낙 씨 아니든가 연불은 열나흔 날 아미타불 제일이요 그 왕
에 매인 중생은 병자 정축 무인 기묘 경진 신사생 사람이 매였는디 건속은
백만 건속 제불재천 상수설백 도주중생 무두무척 사마장군 분부배라 태산
복은 이부동자 월직사자 일직사자 시직사자 광님사자 일천 편 연불하야 연
불하시는 이 덕으로 어여시든 김일 망자 토산제육을 면하시고 ◎3) 왕생
사제왕은 제사 오관대왕 그 왕에 맹호는 전기선 씨 아니신가 연불은 열이
래 지장보살 제일이요 그 왕에 매인 중생은 임오 계미 갑신 을유 병술 정
해생 사람이 매였는디 건속은 백만 건속 제불제천 상수설백 도주중생 무두
무척 사마장군 분부배라 태산복은 이두동자 월직사자 일직사자 시직사자
광님사자 일천 편 연불하야 공양시주 하옵시면 연불하시는 이 덕으로 어여
시든 김일 망재 금수제육을 면하시고 ◎ 왕생극낙을 가시드라 /// 오제왕
은 제오 염나대왕 그 왕에 맹호는 조익당 씨 아니신가 연불은 열야드래 무
관보살 제일이요 그 왕에 매인 중생 무자 기축 경인 신묘 임진 계사생 사
람이 매였는디 건속은 백만 건속 제불제천 상수설백 무두무척 사마장군 분
부배라 태산복은 이두동자 월직사자 일직사자 시직사자 광님사자 일천 편
연불하야 공양시주 하옵시면 어여시든 김일 망자 칼산제육을 면하시고
◎ 왕생극낙을 가시는구나 /// 육제왕은 제육 변성대왕 그 왕에 맹호는 조
담용 씨 아니신가 연불은 수무나흘 월맹보살 제일이요 그 왕에 매인 중생
갑오 을미 병신 정유 무술 기해생 사람이 모였는디 § 건속은 백만 건속 제
불제천 상수설백 도주중생 무두무척 사마장군 분부배라 태산복은 이두동
자 월직사자 일직사자 시직사자 광님사자 일천 편 연불하여 어여시든 김일
망자 독사제육을 면하시고 ◎ 왕생극낙 가시드라 /// 칠제왕은 제철 태산
대왕 그 왕에 맹호는 한천안 씨 아니던가 연불은 스무닷세 태서제보살 제

---

3) 노래 표시 6박으로 나감.

일이요 그 왕에 매인 중생 경자 신축 임인 계묘 갑진 을사생 사람이 모였는디 건속은 백만 건속 제불제천 상수설백 도주중생 무두무척 사마장군 분부배라 태산복은 이부동자 월직사자 일직사자 시직사자 광님사자 일천 편 연불하야 공양시주 하옵시면 연불하시는 이 덕으로 어여시든 김일 망자 천산제육을 면하시고 ◎ 왕생극락 /// 팔제왕은 제팔 평등대왕 그 왕에 맹호는 백송백 씨 아니던가 연불은 수무야드래 가는 보살 제일이요 그 왕에 매인 중생 병오 정미 무신 기유 경술 신해생 사람이 모였는디 ◎ 건속은 백만 건속 제불 제천 상수설백 도주중생 무두무척 사마장군 분부배라 태산복은 이두동자 월직사자 일직사자 시직사자 광님사자 일천 편 연불하야 공양시주 하옵시면 연불하시는 이 덕으로 어여시든 김일 망자 악사제육을 면하시고 ◎ 왕생극락을 가시는구나 /// 구제왕은 제구 도시대왕 그 왕에 맹호는 정고선 씨 아니신가 연불은 수무아흐래 석가모여불 제일이요 그 왕에 매인 중생 임자 계축 갑인 을묘 병진 정사생 사람이 모였는디 ◎ 건속은 백만 건속 제불제천 상수설백 도주중생 무두무척 사마장군 분부배라 태산복은 이두동자 월직사자 일직사자 시직사자 광님사자 일천 편 연불하야 공양 시주 하옵시면 연불하시는 이 덕으로 어여시든 김일 망자 바늘제육을 면하시고 왕생극락을 가시더라 /// 열차왕은 제십은 왕능대왕 그 왕에 맹호는 김오봉 씨 아니던가 연불은 금음날 석가여래 제일이요 그 왕에 매인 중생 무오 기미 경신 신유 임술 계해생 사람이 모였는디 건속은 백만 건속 제불제천 상수설백 도주중생 무두무척 사마장군 분부배라 태산복은 이부동자 월직사자 일직사자 시직사자 광님사자 일천 편 연불하야 건양시주 하옵시면 연불하시는 이 덕으로 어여시든 김일 망자 흙암제육을 면하시고 왕생극락을 가시드라 ◎ 어여시든 김일 망제 가는 날 가는 시는 역역히 잊것만은 오는 날은 조만 업내 꽃도 젓다 다시 피고 잎도 젓다 다시 피는디 해도 젓다 다시 뜨고 달도 젓다 닷시 뜬디 어이하니 못오신가 청산이 타기봉하니 산이 막혀 못오신가 동풍에 노루중하니 길이 막혀 못오신가 아병이

사절하니 병이 들어서 못오신가 안아 동백산에 꽃보느라고 못오신가 하늘
이 높다해도 초경 전에 이슬 오고 일본이 머다 해도 편지 상통 왕래하고
서울이 머다 해도 사시행차 왕래한디 어여시든 망자 씨는 가는 곳이 몇 말
리나 되는데 한 번 가면 못오신가 춘초는 연연록이요 왕손은 기불기라 시
오시오 부진해요 다시 오기 어려워라

2) (국거리) 제석굿

◎ 오시는구나 오시는구나 제석님이 오시는구나 천왕제석이 오시는구나
일월제석이 오시는구나 불우제석이 오실 적에 산에 올라 산신제석 들로 내
려 용신제석 집으로 들어서 불우제석 삼 제석이 오실 적 우두용산 노든 제
석 팔두용산 노든 제석 해와 같은 가래강축 달가 같이도 드러매고 달가 같
은 가래강축 해와 같이도 드러을 매고 해당화 그늘 속에 제석님이 오시는
구나 해가 돗아서 일광제석 달이 솟아서 월광제석 제석님이 오실 적 나무
야 나무야 나무로구나 나무~ 어~ 어허야 나무나무야 나무아미 타불 명
산을 찾읍시다 명산을 찾아요 함경도는 백두산 평양도는 장백산 강원도는
금강산이요 서울은 삼각산 충청도는 계룡산 경상도는 태백산 절라도는 지
리산 제주도는 한나산 나무야 나무야 나무로구나 나무의 어 허 어허야 나
무 나무야 나무아미타불

(살풀이)(덩덕궁)

왕아 신아 제석이야 제석님네 애기다지 인물 곱다 하옵기로 아옵 골 아
옵 선비 열에 열두골 열에 선비 서서 삼 년 안저 삼 년 누워 삼 년 석 삼
년 지내나니 구 년이 도시드라 제석님네 애기다지를 못보실 적 어떻한 중
하나 나려온다 억고도 검은 중 검고도 얼근 중 줄줄이 맺인 중 해당화 그
늘 속에 중 하나 나려실 적 얼굴은 현상 백꽃 같고 눈은 소산강 물결이라
양귀가 축 처저 수술가열 하였는데 실굴같총 감투를 눌러 쓰고 당산금관

자기 우에 딱부처 백세포 큰장삼은 다홍띄를 둘러띄고 명주는 목에 걸고
담주는 팔에 거러 소산반죽 열두 마디 쇄고리를 길게 달아 철철 눌러짖고
흔들거리며 내려오실 적 내질성이 뭇는구나 성주님내 가는 길을 어느 누가
건너갈가 이 중 저 중 해패 말소 중이라 하는 것은 신에 중도 아니요 불에
중도 아니시네 천금산 중일래니 황금산 중일래니 석가문장 중으로써 제석
님네 애기다지 인물 곱다 하옵기로 구경 삼어 가옵니다 선부님 내가 못 보
시는 애기다지를 네가 어찌 구경할까 보는가 못 보는가 무슨 내기 하오리
까 고름 맷기 내기 하세 약속하고 작별할제 제석님내 삼문 밖에 무슨 나무
서 잇든가 노송 대 반송 대 향나무 서있데 제석님네 삼문밖 들어서서 반가
라 장삼 벗어 노송나무에 걸어놓고 매화라 굴갇 벗어 향나무에 걸어놓고
경문이나 외여보세 아버지 법파경 어머니 산등경 가장게 동자경 집안에 유
사경 동내에 천룡경 열두 경문을 외고 나니 아홉 문이 덩그렇게 열리는구
나 문 밖에 섯든 중 문 안에 들어서서 중에 동량 시주하소 아바이 장군 문
을 네가 어찌 열엇느냐 어마니 장군 문 네가 어찌 열엇느냐 오라바니 장군
문을 네가 어찌 열엇느냐 아바니 어 가신가 뒷내라 동산에 불에 우상 가고
없내 어머니 어 가신가 앞이라 삼신산에 신에 우상 가고 없내 오라바이 어
가신가 서울이라 잔치 끝에 낙기동동 가고 없내 아버지 게신다고 앞노적을
헐어 나를 줄가 어머니 게신다고 뒷노적 헐어 나를 줄까 오라버이 게신다
고 곳집 헐어 나를 줄까 천상금이 내여달라 중에 동량 주느라니 내가 난다
아니 받고 지상금이 내여주니 중에 동냥 주느라니 어리다고 마다시네 제석
님 애기다지가 아연 기척 하시더니 아바니 그릇 벼겨네여 은생미 실은 쌀
한 말을 주느라니 주는 동양 아니 받고 문 밖에 섯던 중 문 안에 들어스며
이내 손목 잡는구나 중이라 하는 것은 꿈에만 보와도 엄중고 놀라운디 생
시에 윈 말이냐 아마도 애기다지 나 돌아간 석 달만에 곱던 얼굴 기미 찌
고 앞동 찰 것이라 아바이 초경에 나오셔서 초계대전 받는구나 이경에 어
머니 나오셔서 이계대전 받는구나 삼경에 오라바이 나오셔서 삼계대전 받

는구나 아가도 큰 각씨야 내 방에 나는 향내 어디 가고 중에 내가 왼 일이야 열두간 기와집에 방 한 간 두엇으면 향내 난 방 잊것만은 아가야 큰 각씨야 너 갈 때로 가려무나 천상금이는 앞을 스고 지상금이는 뒷을 따라 초마 내여 장삼 짓고 수건 내여 꽃갈 접고 한 모퉁이 두 모퉁이 돌아가서 부르시니 절이 마처 대답하네 조그마한 못 상자 법당문을 열으시며 스님 스님 뉘가 찾읍니다 오냐 오냐 내 알겠다 팔도강산을 다 다녀도 제석님내 애기다지를 처음 보왔구나 아홉 상자 열 상자야 너 갈 대로 가려무나 석아 살림 하여보자 큰 법당 뜻어내여 몸채 삼 간 지여놓고 작은 법당 뜻어내여 행낭 삼 간 지여놓고 석가 살림 하여보자 제석님내 애기다지 이름이나 알고가자 아들을 나시거든 산이라소 산이라소 만수산 산이라소 딸아기 나시거든 금이라소 금이라소 대한 바다에 금이라소 구연각 장마지에 만수산이 무너저도 대한 칠 년 가뭄에도 대한 바다가 모를손가

　강남은 대법이고 우리 조선은 소법인디 강남 대별상 손님 우리 조선은 반별상 손님 강남 대별상 손님이 우리 조선을 나오실 재 앞에 앞녹강 뒤에 뒷녹강 제주월강 말리강 삼천리 강을 나오실 때 말 잘 하는 성방 글 잘 하는 선비 상창손님 서룬두 명 하창손님 열두 명을 거느리고 나오실 때 바래 한 쌍 새납 한 쌍 쌍쌍히 거느리고 저기 가는 저 뱃사공아 선주야 너의 배 좀 잠간 빌려주라 우리 전세 실은 배는 선비가 빗싸 못 빌려주겠네 비단 닷 통 공단 닷 통 우단 닷 통 번뜻 들었다 일광단 도리볼수 내 뱃장 안에 동동히 실어주마 우리 조선도 줄줄히 색금이라 절무신네 좋와하신 연지 닷 동 분 닷 동 실 닷 동 깔악지 설악지 수술댕기 동동히 실어주마 우리 조선 대동무국 배는 선비가 비싸 못 건너주겠네 그제는 손님네가 화를 내여 네 자손이 몇 남매야 아들 오 형재 딸 하나 육 남매 자손들의게 검은 점을 찍

어놓고 나무배는 타자 하니 절이 나고 독배를 타자 하니 무거워 깔아안고
수양산 버들잎을 따서 타고 나오실 재 가문마당 중중마당 촌촌마당 가고
춘추 인물적간 호적적관 강남 나라에 대별상 손님 우리 조선 밥이 좋아 사
시 봉양 나오실 때 옷 좋운 날에 던저 놓고 밥 좋운 날에 나오신다 우리
조선 반별상 손님은 옷을 못 마추고 때를 못 마추워 입송하나 밥은 좋와서
은생미 실은 쌀 슬고 또 슬어서 삼 시 시 때 사 시 시 때를 은수저 은저범
같고 잡수시고 강남대별상 손님은 옷은 좋와서 철을 따라서 입것만은 밥은
굿저서 삼 년 먹은 피밥을 먹을 적 조선을 나와서 사 시 봉양으로 밤으로
는 불 쓴 정중 낮으로는 내난 가문 ○○○씨 가문에 들어와서 남자 자손
여자 자손 이름만 짖고 점만 치내 낮에도 유 한 쌍 연지로는 털을 닥아 분
으로는 살을 올려 구슬로는 봉지 지여서 선영으로 보내다 주신 대별상 손
님 강남 대별상 손님 강남으로 귀국하실 적 하루 잇틀 동으로 가고 사흘
나흘 서로 가고 닷세 엿세 남으로 가고 이래 야드래 북으로 가고 아흐래
열얼 중앙으로 가고 강남 대별상 손님께서 석 달 열얼만에 본국으로 드러
가시는구나

4) 오구굿

　　오구님내 본을 받고 오구님내 안철 받세 오구님은 열에 야답을 잡수시고
국태부인은 열일곱 잡수실 적 혼인지술 왕내할 적 춘광호절은 청주님을 빌
어잇고 당산화 공논하고 좋운 배필 의논하야 천하에 말기운 국사를 드라
정월 십오일 사경을 드리시고 삼월 한식날 납채을 드리시고 사월 초파일
삼형육각 제신들은 좌우로 용이하고 오색 하필 비단 차일 하늘 답게 높이
치고 그날 저녁 부부 되여 금술지락이 천하에 으뜸일래라 국태만민 제신들
은 저을시구
　　잇다는 방초시라 녹음방초 속잎 하고 황금 같은 꽤꼬리는 황유성을 속히

난듯 춘광을 다진하고 광음이 나와 연정기 있었구나 온갖 과일 원할 적에
보도 달에 능금이며 시금시금 앵도 복송 혼자 먹기 원하시더라 그렁저렁
십 삭을 고이 채서 순산하여 돌아보니 여식을 나셨구나 여식인들 버릴소냐
연지 닷 통 분 닷 통 내여줌어 내여주라 그 여식 이삼 년 지난 후에 연정기
있어 십 삭을 고히 채서 순산하고 돌아보니 이제도 여식을 나셨구나 국태
부인 대성통곡 우는 말이 가련하다 조대왕 가이 없이 처량하다 속모사직을
누가다 저하여서 행화를 끈었느냐 구천히 도라가서 대왕대비를 무슨 면목
으로 대하며 억조창생들도 보기가 어렵구나 시선을 어이할제 하루는 국태
부인이 생각하되 성공이나 둘여보자 하시고 명산대천 영심당과 고묘충사
석아여래불 보살 미력님전 노기마지 당기와 칠성불공 나한불공 백일산재
재석불공 가사시주 창오시주 인등시주 신중마지 다리적선 길닷기와 집에
들어 있는 날도 성주조왕 터전지왕 각가지로 다 진내니 공든 탑이 무너지
면 심든 나무 자자지랴 그달부터 택이 잊어 온갖 과일 원하실 제 보도 달
에 능금이면 시금시금 앵도 복송 혼자 먹기 원하더라 행여나 아들애기 날
까하고 온갖 조심 다할 적에 서부정불자하고 이불천금선화하고 사색하여
십 삭을 고히 채고 순산하니 내귀난 방 안에 집 한 단 피여 놓고 하탈문
금방문 연지문 구하문을 고히 열어 순산할 제 천상 선녀 나려와서 애기 받
어 길게 눂혀놓고 천도복송 젓에다 갈아먹인 후에 선녀는 서기타 안기생은
난초타고 올라간 후 국태부인 뒷을 살펴보니 또 여식이 분명구나 국태부인
그렁저렁 딸 일곱을 나시고 실음을 정패하고 죽기로만 작정하니 오구시왕
님 전에 서간을 올리시기 시왕님 하신 말씀 애기도 이재는 당산인데 일곱
차도 딸이라니 팔자도 박복하다 한탄한들 쓸 때 있오 너무 상심 마옵시고
옥체안존 하옵소서

　국태부인그 억제 못 이기여 그렁저렁 세월 보내면서 일곱 차 벼르댁이을
겨울이 되면은 얼어 죽으라고 삼배 치마 삼배 저고리를 입혀 응지에 누여
놓고 여름이면 더워 죽으라고 쑥덕 치마 쑥덕 저고리를 입혀 양지에다 누

어놓고 아무리 하였든들 아니 죽고 크는구나 문 밖에 하여야 나는 정이 없어 못 키우겠다 무주공산에다 던저버려라 가마귀 밥이나 되게 문 밖에 하여 그 말씀이 왼 말삼이요 고정하옵소서 듯기 실다 어서 빨리 같다 버려라 문 밖에 하여가 할 수 없이 벼르애기를 대리고 무주공산에다 던저노니 하날에 확이 나려와서 한 날게는 깔고 한 날개는 덥어주며 놀다가 날아가고 하늘에 선여들이 나려와서 먹이를 주시며 가시더라 벼르애기 그 아래서 아니 죽고 크는구나

세월은 여유하여 벼르애기 나이 십오 세가 되였을 적 오구시왕님은 딸 일곱 낫고 심해하로 병이 나서 백약이 무요로다 병이 점점 깊어 가니 하루는 국태부인 거동보소 장안에 객관 상여 불러 문복을 하올 적에 명정팔경 육십사 꽤 육꽤부처 말을 하되 약을 써도 할 수 없고 아무리 서두러도 살기가 어려우니 수양산 약물이나 잡수시면 만병해찰 하실 것임니다 관상여 보낸 후에 첫째 딸 불러 의논하니 첫째 딸 하는 말이 옛날 옛적 성인들은 일광누명을 엇어서 왕산 좋운 약을 구하여다 정평공주 병을 하는 일도 있다 하 여자의 몸으로 제가 어찌 가오리까 두차 딸 불러 의논하니 세천세국을 들어가서 일광주여 떠다가 부모의 병을 구원하는 일도 있으나 수양산이 어데라고 제가 어찌 가오리까 셋체 딸 불러 의논하니 흉악한 산을 넘고 골은 깊어 첩첩한디 장등호걸 남자라도 어려운데 제가 어찌 가오리까 냇차 딸 불러 의논하니 여자가 중연차고 보면 동래 출입도 어렵다는데 일게 여자가 수양산을 가오리까 다섯째 불러 의논하니 부모 천륜 윤기로써 말씀 듯고 미안하나 형님들이 못가는 데를 제가 어찌 가오릿까 여섯차 딸 불러 의논하니 언니들과 똑 같드라

국태부인 하신 말씀 딸 일곱 중에 하나만 아들이 되였으면 내가 가겠다고 장담할 것이지만 아들이 없고 보니 원통하고 가련하다 오구부인이 하루는 생각하되 무주공산에 던저버렸던 벼르애기나 찾아가서 의논이나 하여 보자 하시며 무주공산을 찾아가서 일곱 차 벼르댁아 살었느냐 죽었느냐 살

엇으면 날 좀 보자구나 벼르댁이 대답하되 거 뉘라서 나를 찻오 나를 찻으리 없것만은 개 뉘라서 나를 찻오 대명당 대들보와 풀밭이 어머님 품 안으로 알고 살었더니 어머님이 게신다니 왼 말이요 너 보기가 염치없고 너 보고 말하기도 염치없다만 일곱 차 너를 낳고 너의 부친 병이 나서 백약이 무효 되고 수양산 약물을 잡수시면 만병해찰 하신다고 하여 너의게 의논하로 왔노라 어머님 수양산 약물을 제가 질러오겠읍니다

형님들의 옷을 빌려 입고 형님들의 신발 얻어 신고 은동우 엽에 끼고 은 또가리 앞에 걸고 수양산을 찬어갈제 야월공산 깊은 밤에 설양은 슬피 울고 호주는 왕내하고 산은 첩첩 삼경인데 벼르애기 깜짝 놀라 하나님 전 축수한다 뜻박에 머리 우에 옥패술이 들었거늘 눈을 들어 보라보니 흉악한 짐승들은 간 곳 없고 일월선관이 나설 적에 외 머리에는 오색화를 꽂고 몸에는 육하장삼을 입고 손에는 백도삼을 들고 저기 가는 저 낭자는 오구시왕 따님 벼르애기 아니시요 나는 미태산 신령으로써 그데의 효성이 지극함을 알고 기다린 지 오래더니 벼르애기 반가히 알고 시양산을 물으시니 선관이 나서며 가르켜주시더라 청산을 넘고 화산을 넘어가면 영주산이 있어 거기서 멀지 않으니 속히 다녀오라 선관을 작별하고 채석우난을 들어갈 적 그 산에 칠십 봉이 있으며 생기절승하고 락락장송은 앞산으로 의지하여 푸러잊고 잔잔한 녹수는 석간에 솟아있고 남홍공작은 기화요초 백도요 당씨 각색 짐승들은 구십 춘광을 희롱하고 다시 원치 못할래라 무궁한 경계정승을 찾아가니 칠십 층 높은 탑은 하늘 닷게 높이 솟아있고 오색구름 삼색 안개 중앙을 둘러잊고 칠만구암제 팔은 삼겨인데 은수가에 들엇거늘 덕대금대 돌아들어 목담매 다다르니 오생하고 우는 얼굴 숭학한 선녀들이 오실 줄 알고 게시오니 어서 바삐 들어오라 금년옥결로 들어가니 석가여래 탐좋다 세명당 보도국과 육간대사 서진이와 남학부인 팔선녀며 옥부절왕 모씨 재불과 삼십이 보살이며 좌우로 안젓는데 태을진군 학을 타고 안기생은 난초 타고 일광노여 동기팔부 팔부용담 사해용왕 금여 옥루 전후로 모여

제일에 파삼에 않은 일일선관 하신 말씀 일게 남자라도 찾아오기 힘드는데 일게 여자로써 부모를 위하여 불언천리 왔아오니 지극한 효여로다 금년 옥결 주월한다 음식을 작만하여 권할 적 잔술이 지천월 세상에 못본배라 성경을 구경할 적 안마음에 대왕병환이 이급함을 짐작하고 불감사책하며 다만 정성만 부르시니 제이에 파상에 많은 일이선관이 출전하여 벼르애기 약물 주위 한송함이 어떻하오 선녀선관 제불보살임이 일구출이라 금준에 약을 지여 삼진후에 일봉하고 병에 물을 담어 각각 내여주여 어서 급히 환송하라 벼르애기 하는 말이 은해 백골난망이요 하시며 약물 가지고 나오실 때 일월성관이 나오시며 길값 가저왔느냐 해서 아니 가저왔읍니다 약값 가저왔느야 하여 아니 가저왔읍니다 물값 가저왔느냐 하여 아니 가져왔읍니다 길값 삼 년 약값 삼 년 물값 삼 년 석 삼 년씩 구 년을 살고 나니 아들이 구 형제라 구 형제를 앞세우고 오느라니 난데없는 상부소리가 귀에 쟁쟁 나는구나 천방지방 달려들어 저기 가는 상부군들 거기 잠간 지체하소 상부군 생아을 내려노이 벼르애기 달려들어 삼 세 번 싯긴 후에 오구시왕 잠잔 듯이 일어나시는구나

오구시왕 하신 말씀 게 누가 날 살렸야 날 살이 리 없겠많은 어느 누가 날 살렸야 좌우 제신들이 일곱차 벼르애기 공주님이 살렸읍내다 오구시왕 하신 말씀 벼르애기 이리 오라 벼르애기 하신 말씀 아버지 죄송하기 그지 없오 수양산이 멀고 멀어 자연 지체가 되었으며 길값 약값 물값을 아니 가지고 왔다하니 삼 년씩 구 년을 살고 나니 자연 지체되었음을 용서하여 주십시요 벼르애가 고맙구나 다만 딸이라도 외손봉사 하여보자 첫차 아들은 제일에 진관대왕으로 봉하시고 두차 아들은 제이 촉관대왕으로 봉하시고 세차 아들은 제삼 송계대왕으로 봉하시고 내차 아들은 제사 오관대왕으로 봉하시고 다섯차 아들은 제오 염나대왕으로 봉하시고 여섯차 아들은 제육 변성대왕으로 봉하시고 일곱차 아들은 제칠 태산대왕으로 봉하시고 야답차 아들은 제팔 평등대왕으로 봉하시고 아홉차 아들은 제구 도시대왕으로

봉하시고 열차 아들은 제십 왕능대왕으로 봉하시드라

(진양조)

옛날 옛적 벼르애기는 세천세국을 들어가서 불사약을 구해다가 죽었든 부모를 살렸것만 이 세상 사람들은 어느 누가 살릴손가 ○ ○ ○ 씨 가문에 망자님은 불상게도 가셨구나 나무야 나무야 나무로구나 나무 어허 어허야 나무나무야 아미타불

(12박조)

나무야 나무야 나무 나무 나무로구나 나무의 어허 어허야 달가로다 나무아미타불 제일전에 진광대왕 이제왕으로 전하시고 이재왕 말미는 삼제왕으로 전하시고 제삼 송계대왕에 말미로구나 나무야 나무야 나무 나무 나무로구나 나무 어허 어허야 달가로다 나무아미타불 사제왕 말미는 오제왕으로 전하시고 오제왕 말미는 육제왕으로 전하시고 제육 변성대왕의 말미로구나 말미야 말미야 말미 말미 말미로다 말미 어허 어허야 말미 받어서 오시는구나 칠제왕 말미는 팔제왕으로 전하시고 팔제왕 말미는 구제왕으로 전하시고 구제왕 말미는 십제왕으로 전하시고 제십 왕능대왕에 말미로구나 말미야 말미야 말미 말미 말미로다 말미 어허 어허야 말미 받어서 오시는구나

(국거리)

나무아미타불 되여 오소 되여 오소 원대로만 되여 오고 한대로만 되여 오소 나무아미타불 사람이 되여 오실라면 성인 군자나 되어을 오소 나무아미타불 개가 되여 오실라면 원앙개나 되여 오소 나무아미타불 소가 되여 오실라면 황우소나 되여를 오소 나무아미타불 말이 되여 오실라면 용천마나 되여 오소 나무아미타불 새가 되어 오실라면 봉황새나 되여를 오소 나무아미타불 닭이 되여 오실라면 칠면조나 되여 오소 나무아미타불 제일에 진광대왕 나무아미타불 제이는 초관대왕 나무아미타불 제삼은 송계대왕 나무아미타불 제사는 오관대왕 나무아미타불 제오는 염나대왕 나무아미타

불 제육은 변성대왕 나무아미타불 제칠은 태산대왕 나무아미타불 제팔은
평등대왕 나무아미타불 제구는 도시대왕 나무아미타불 제십은 왕능대왕
나무아미타불 나무야 나무야 남무로구나 나무아미타불(시설말)

5) 장자굿

장자님내 본을 받고 장자님내 안철 받세 받명두는 열일곱 잡수시고 안명
두는 열여섯 잡수실적 은생미 한 장이고 복은 장자 운명인 장자님 신에 우
상 아니하고 아니하였다고 신에 우상 아니하고 불에 옛날 아니 낫다 불에
우상 아니하고 인간에 만인적덕 아니하는 죄로 명덕궁에서 잡으로 나오시
는구나 하루는 기묘한 가마귀가 집붕 우에 앉저 슬피우니 허후처 날키시고
명덕궁의 가마귀라 명덕궁으로 날아가고 그날 밤 초경에 꿈을 꾸니 장자님
홍패 장삼 짓이 떨어져 보이시드라 이경에 꿈을 꾸니 집이 쓸어저 쑥대밭
이 되여 보이드라 삼사오경에 꿈을 꾸니 장자님 받어자시든 은밥그릇 은수
저 은저범이 삼동갈래로 불어져 보이는구나 장자님이 자든 잠을 벌떡 께여
지나간 밤에 태인몽사 엄중고 놀라웁다 장자님 아들애기 금년농사 장원이
요 장자님 딸아기 오라바이 그 말 마오 저 넘어 박봉사 문복이 용타하니
문복이나 하여보세 따님 말이 올타 하고 생배 다섯 자 갈라내여 생금 닷
되 싸가지고 제넘어 박봉사에 찬아가니 제넘어 박봉사 깜짝 놀라 수십 년
이 되여가도 문복이 업더니 무슨 일로 오나니까 박봉사 문복이 용타기로
문복차 왔나니다

첫째 산을 던지시니 제주 한라산에가 지는구나 두째 산을 던지시니 광주
무등산에 지는구나 장자님 신에 우상도 아니하고 불에 우상도 아니하고 인
간에 만인적덕도 아니하는 죄로 사마장자님을 명덕궁에서 잡으로 왔나이
다 장자님 간밤에 꿈꾼 이야기를 보는 듯이 집어내며 백약이 모효로다 죽
을 날이나 기다리시라 하옵서소 장자님 마누라 감탄하며 하신 말씀 죽을

약 젓대도 살 약이 있고 살 약 젓대도 죽을 약이 있아오니 살 도리가 없는
가 장자님 마누라 순금단 웃저로리 벗어 용상에 걸어놀적 박봉사 하신 말
씀 장잔님을 살릴라면 허짓고 돌아가서 집은 소재하고 섬 쌀로 술을 하고
섬 쌀로 밥을 짖고 온 소 잡어 큰 칼 꽂고 돈 천 량 쌀 천 석 배 천 필
고대시고 우마로 대신시고 가일 백 량 드려 가초가초 차린 후에 이승 저승
양주 월광 수명당 다리돗대 장자님 애기아기 비나이다 비나이다 사자님께
비나니다 만판진수 잡수시고 우리 부친 살려주오

삼 사자 나오신다 성방 불러 굿을 하니 첫째 사자 하는 말이 우리 서이
가는 길에 시장함도 시장하다 밥 한 술 주읫으면 살려두고 가련만은 두째
사자 하는 말이 우리 서이 가는 길에 노수 일 푼 주읫으면 살려주고 가련
만은 세째 사자 하는 말이 밤 말은 쥐가 듯고 낮 말은 새가 들으니 말을
삼가하나이다 삼사경 깊은 밤에 이수인간은 잠이 들엇고 사마장자놈은 노
구가 되엿는디 무슨 말을 하오릿까 성방이 하신 말삼 나라도 이넝나라 국
사도 사정이 잇고 하니 소원대로 하엿으니 원대로 잡수시고 장자님을 살려
주오 삼 사자 하는 말이 장자놈아 듯거라 너 잡으로 왔을 적에 대려갈라
왔겄만은 그럴 수가 없으니 너는 이제라도 늦지 아니하니 신애 우상도 하
고 불에 우상도 하고 인간에 적덕 가을철 봄철 여름농사 짖거들랑 춘추양
동으로 가을에는 도신재 유월 유두 숫끝에 우리 불러 대접하라 우리 서이
도라가서 인물도 너와 같고 키꼴도 너와 같은 인간을 대려갈 터이니 부디
명심하여 선심을 배풀어라

(국거리 고푸리)
명당고. 성주고, 산신고, 맹인고, 중천고, 원원고, 맹두고 등 여러 가지로

　진씨왕 한무재는 부대 없이 죽을손가 불사약을 구할라고 동남동여 오복이를 서신을 주었더니 불사약을 못 구하여 경남돌사 하여 있고 말 잘하는 소진이는 이국 저국 다 친하고 팔진도 축지접과 은금보와를 품었도다 죽엄을 못 면하고 한 번 죽엄을 당하였구나 천지는 만물지역내요 광음은 백다지강음이라 세상을 생각하니 하름 없이 절로 늙어 소산강이 되였으니 역천지무궁이라 어화 세상 사람들아 허송 세월 드러보소 무정한 것 세월이요 무정한 게 인생이라 공노난이 백발이요 면치 못할 죽엄이라 천왕지왕 인왕씨는 요소요탕 문무주공 이세 만세 지우만세 저기무궁 발래시든 진씨왕 같은 성우 영웅도 약이 없어 봉하시면 도덕없이 봉아실까

　태고라 천왕씨는 목딱으로 망하시고 지왕씨는 구 형제 일백구십 세를 합하시닌 삼만 육천오백 년 집으로 귀모귀수하여 형재법을 기루시든 유소씨도 봉하시고 시후 시후는 양하사 강체장 하옵시든 태호 봉이씨도 봉하시고 인간으로 흘러도와 광체 창생 하옵시든 염재 실농씨도 봉하시고 시오 시오 부유로다 임물건 수연이라 가는 청춘 오는 백발 게 뉘라 붓잡으면 가는 유수 병이로다 어억시든 김일 망자 오형구구 불구하여 일시에 분하더니 집우왕에 매인 삼 사자 대우왕에 명을 받어 명진 장단 적진 책과 호적 부쳐 추심하여 오에사슬 목에 화살같이 나려와서 ○○○씨 망자를 부르시는구나 첫 번을 부르시니 성주조상이 막는구나 두 번을 부르시니 삼신지왕이 막는구나 세 번을 부르시니 오방신장 팔굽지신 다 각각히 막는구나 집우왕에 매인 사자는 대왕에 매인 사자라 천하궁 사자는 일천백이요 지하궁 사자는 장한백 도리 도리 지왕 월직사자 일직사자 광님사자 시직사자 망자야 망자야 너의 명이 이뿐이니 어서 가자 재촉하니 천지가 진동한다 첫 번 가자 재촉하니 사죽에 맥이 없고 세 번 가자 재촉하니 대총목이 껀어지고 가기 실은 황천길을 영절 종절 도라갈제 아차 내가 잊었구나 집안 친척 사람 없

어도 유정하는 나의 친구 유정한 자식 다 불러 유원하고 동내 불러 하직하
고 삼 사자 뒷을 따라 이성 저성 양냇가에 흐르는 눈물이 구년지수가 되였
구나 뜻밖에 머리우에 두견새 높이 떠서 기축도 부르기라 내 내여 울음우
니 망자씨 눈을 떠 바라보니 도봉산 지내 와서 지리 두만강을 당도하였네
두만강 건너가니 사십팔 연히 나왔구나 인간세상 같으면 거리 거리 반동이
네 지경 팔경 지우기 계원 귀구 상서는 천금원 상남원 나무하비원은 장수
원 게가 천성 하는 어리하는 재불재천 한당을 넘어스니 삼불화장터라 태을
성관 학을 타고 안기선은 나귀 타고 적송자는 구름 타고 삼천상회 하시다
가 사자 불러 하신 말씀 천지도 쟁쟁이요 사침도 요소라네 선할 선자 밎지
말고 수심으로 지도하라 불언이면 대당하리 망자씨 고이 머리 사퇴하고 삼
사자 뒷을 따라 한 곳을 당도하니 문 앞에 써진 글씨 저승 십이 옥문이라
뚜렷이 써 있구나 ○○○씨 망자 씨는 혼은 떠서 염나대왕 가셨것만 등신
은 남어잇어 집안 식구 건속들은 오일출상 할랴 하고 소나무 대태에다 비
자나무 정곤틀에 홍비자 휘장 입혀 난판 둘러치고 명전 공포 삼서님은 저
승길을 인도할제 서룬두 명 유대군은 갈지자로 갈라저서 지월 널널 관안보
살 생아소리 요란할제 어하 세상 벗님내야 북만산천 머다 마소 건너 산천
이 북만일래 천태산 들어가서 백두산 대갈영은 자자히여 헐어내여 제일 명
당 터 잡어 오십 하관 하는 후에 때 뜨든 따부 가래 천관 내는 깽이자루
다 각각 추심한 후 어여시든 망자 씨는 추심하리 전혀 없네 황토로 집을
삼고 송죽으로 울을 삼어 두견이 벗이 되야 장침 비고 누웠으니 게 뉘라서
날 찾으리 유수의 당명왕에 이별하고 슬피울던 누나라 날 찾으리 아이 아
이 어려우랴 슬무어라 뱃무어라 슬무산 저 고개는 어떤 고개 서름 고개 부
모 형제 입려 고개 내 친구 이별 고개 두루 안저 슬피우니 마을에는 닭이
울고 묘에는 북이 울어 천지가 진동한다 이수 인간들은 각분동서하여 잠이
들어 고요한디 방송잎은 이슬마저 휘늘어저 잊으며 쓸쓸한 산새소리로다
　§가자 서라 가자 서라 싯길 영산에 가자 서라 우두 용산에 가자 서라 대

루 영산에 가자 서라 만리장성 가자 서라 팔두영산 가자 서라 어여시든 김
일 망자 십이왕에 말미 타고 이승반대청 나슬 적에 거리 영반 맺어 영반
자시고 시왕세계 가시는 기는 청배 양반 처분이요 기름 좋운 하담 안에 싫
음 없이 안젓으니 초저녁에 우는 소리 두견새 소리로다 한밤중에 우는 소
리 두쌍 우는 소리로다 세벽에 우는 소리 재견장새 소리로시 닭이 울어 날
이 밝아오니 옷은 벗어 등에 지고 닭이 두해 우니 신나수에 신을 신고 어
여시든 김일 망자 가기 실은 황천길을 가시면서 돌아보니 이수 인간들은
고요하고 마을에는 닭이 울고 묘에는 북이 울어 모다 우는 닭의 소리 천지
가 진동한다 동산에 날이 밝아온디 반송경 매나기 치국 다섯 번 치국은 우
리 조선 반별상 치국 여섯 번 치국 고수대한이 이슬마저 휘늘어지고 두견
성은 슬피우네 얼하 극낙 백기 용산 높이 올라보니 슬무여라 뱃무어라 해
동창 저 고개는 구름도 휘여 넘고 바람도 휘여 넘네 수진이 날진이 해동창
바람에 다 휘여 넘는 저 고개 어여시든 김일 망자 순천 같은 눈물로 휘여
넘네 중에임에 망제님은 연애연불로 휘여 넘고 중에임에 망자는 연애연불
로 휘여 넘고 초등목사 망자는 어널널널 사사소리로 휘여 넘네 문장님에
망자는 중한 글기로 휘여 넘네

　※ 이 후에는 한글로 황천해원경과 도량경, 명당경, 천룡경, 별회심곡이 실려 있고,
　　마지막 장에는 부적 그리는 법이 실려 있으나 여기서는 생략했다.

제3부

채록무가편

1. 김한심본 무가[1]

1) 조왕굿

왕아 임금아 공심은 절을 지어 남산은 본이로구나

조선은 국이였고 팔만은 사도 세 경 한양도 서울였고 개성군도 서울이라

집터 잡으시고 삼십삼천은 서룬세 하눌이 생기시고

내리 굴러 이수팔수는 땅이 어덩 마련하옵실 적에

전라도라 오십삼관은 시운세 고을 고장이요

경상도라 칠십칠관은 일흔여덟[2] 고장이라 하옵는데

청기장 하옵시고 이백초하야 인생은 연하시고 메시난 산수초목 생긴 후로

동은 갑을목이요 남은 병정화라 서는 경성금이였고 북은 임진수요 중앙은 위기토라

염자 실롱씨는 화덕으로 예시였고 헌원씨는 매를 구워 이재불통하옵실 적에 수운씨는 불을 떼여 전후 화식법을 마련하실 적에

천하 자말이는 부행이 받으시고 지하 자말이는 진군이 받으시고

산에 자말이는 산신이 받으시고 황게 자말이는 목신이 받으시고

---

1) 김한심(여, 66세, 1921년 신유생, 전남 고흥군 봉래면 사양도 거주) 채록본 무가는 1986년 7월 19일과 30일 두 차례 고흥군 봉래면 사양도를 방문해서 이장댁(김한심 옆집)에서 녹음하여 채록했다. 녹음을 두 차례 했기 때문에 일부 사설이 겹치는 부분이 있으나 여기서는 그대로 실었다.

2) 일흔 일곱의 착오임.

돌에 자말이는 석신이 받으시고 물에 자말이는 사해요왕님이 받으실 적에

천왕씨 인왕씨 영덕씨요 복덕씨 화덕씨요

동은 염자신롱씨요 서는 배우 선관씨요 남은 전우 고양씨 북은 행목 갑장씨요 중은 황제 헌원씨라

지선 조씨요 갈전세가 그때 제우 도량씨요

수지조종은 황하수요 물의 조정은 황계수요 산에 조종은 곤륜산이요

곤륜산 대목으로 저 근요수난 수천 리 광경으로 물은 잠겨있고

단군 천 년 기자 천 년 이천 년 세리처 삼국이 삼기실 적에

경상도는 갱주라 김부대왕 지국이요 전라 전주는 공명왕지국이요

세 번째 지국은 평안도 백제왕 지국이요 네 번째 지국은 인땅 기제왕 지국이요 다서 여섯 번째 지국은 우리나라에 사면 물 안에 지국이라

그 땅 도장관을 마련하실 적에 경상도 도장관은 칠십에 칠 도장관이요 전라 오십오 도장관은 쉰다섯 도장관을 마련하실 적에 해동 조선은 전라 좌도요 군은 고흥군이요 면은 봉래면이라 반기시던 지석은 사양도라 상동네 지석이요 가문을 다니시고 정중을 비면하옵시면 가구 경사 말들도 많고 굿도 많고 가끔 수저 많고 햇빛 도듬에 언 눈 같은 고씨댁 가문에 정중은 김씨 고하 정중이라

해로 연으로 달로 날로 세거던 햇머리는 병인년 햇머리요 달성수는 오월 상달이요 날로 보시거든 열사흗날이라 하옵넌이다

우리 고씨댁 가문에 이 정성을 디리시는 말쌈은 다른 말쌈이 아닙니다 아 고씨 관전제주로 사제수전이라 하옵는디 그 수전이라 하는 수가 상통수가 불겔하고 부정하다 하야 오날날에다 팔만사천 집터 조왕님 전에 이 정성을 나술라고 이 정성을 드리실 적에

일상 생기 이중천 삼화절체 사중유문 오상관야 육중복덕 칠하절정 팔중 기혼에다 생기복덕일을 받어

동에는 청계수요 남에는 백계수요 북에는 흑계수요 중앙에는 황제수
어떤 재수 감전수 벌덕수 손을 싯치고 길어다가

상탕에는 머리를 감고 중탕에는 메욕을 하고 하탕에는 수족을 씻쳐 시
주단지 전주단발 게우 정성을 나수아서 다 이 정성을 드리오니 어차든지
팔만사천 제대 조왕님 전에서 팔을 받들어 어차든지 우리 고씨 관전제주

일 년은 열두 달에 과년은 열석 달에 삼백이 육십 날 정시를 이어 팔월
삼구월 사시월 오동지 육석달이 지나가실 적에 대한은 서른 날이요 소한
은 수무아흐렛 날이요 하루 잡고 스물네 시간썩이 지나가실 적에 어차든
지 다 가족이 다 놀랍고 어떻고 겁난 일 없이 받들어 주옵시고 재수대통
시기어서 무슨 일이든지 마음과 뜻과 소원성추를 시켜주시라고 이 정성
으로 비난이다

사통은[3] 일도량 이세난방무청량 삼세는 서광무정국토 사세 북방연암
강도량 청장무아령 산부철룡강자지 금지선회귀는 사자를 가옵소서 지하
금토무수탄 단지용숭부호 지소생정상 부호창주창정상국극령우 상향[4]

2) 혼맞이

왕아 임금아 공심은 절을 지어 남산은 본이로구나
조선은 국이었고 팔만은 사도 세 경 한양도 서울였고 개성군도 서울이라
집터 잡으시고 삼십삼 천은 서룬 세 하눌이 생기시고
내리 굴러 이수 팔수는 땅이 어덩 마련하옵실 적에
전라도라 오십삼관은 시운세 고을 도장이요
경상도라 칠십칠관은 일흔여덟[5] 도장이라 하옵는디
청기장 하옵시고 이백초하야 인생은 나으시고 생시난 산수초목 생긴

---

3) 이하의 경문 내용은 알아듣기 어려워서 들리는 대로 적었으나 잘못된 곳이 많을 것이다.
4) "조왕은 이런 일 한다고 입헌하는 것이다."(창자의 말의 인용. 이하 같다.)
5) 일흔 일곱의 착오임.

후로

동은 갑을목이요 남은 병정화라 서는 경성금이요 북은 임진수요 중앙
은 위기토라

염자 신롱씨는 화덕으로 지시였고 헌원씨는 대를 무워 이재불통하옵실
적에 수운씨는 불을 내어 전후 화식법을 마련하시였고

천하 자말이는 부행이 잡으시고 지하 자말이는 진군이 받으시고 산에
자말이는 산신이 받으시고 황게 자말이는 목신이 받으시고 돌에 자말이
는 석신이 잡으시고 물에 자말이는 사해요왕님이 받으실 적에

천왕씨 인왕씨 명덕씨 복덕씨 화덕씨

동은 염자 신롱씨요 서는 배우 선관씨요 남은 전우 고양씨요 북은 행목
갑장씨 중은 황제 헌원씨라 지선 유씨요 갈전세가 보세제우 도장씨요 수
지조정은 화광씨 산에 조정은 곤륜산이요 물에 조정은 황해수라

곤륜산 대목으로 저 근요수난 수천 리 광경으로 국은 잠겨있고

단군 천 년 기자 천 년 이천 년 세 지국이 삼기실 적에

경상도는 갱주라 김부대왕 지국이요 전라 전주는 공명왕지국이요

세 번째 지국은 평안도 백제왕 지국이요 네 번째 지국은 은진땅 기제왕
지국이요

다서 여섯 번째 지국은 우리나라에 사대 물 안에 지국이라

다섯 노 땅을 마련하실 적에

경상도 도장관은 칠십에 칠 도장관이요

전라 오십오 도장관은 쉰다섯 도장관을 마련하실 적에

해동 조선은 전라좌도요 군은 고흥군이라 면은 봉래면이요 광기시던
지석은 사양한지 웃지 상동네 지석이요 가문을 다니시고 정중을 대면하
옵시면 가문은 다 고씨댁 가문이요 정중은 김씨 고하 정중이라

해로 연으로 달로 날로 보시거던 햇머리는 뱅인년 햇머리요 달성수는
육월 상달이요 날로는 열사흘날이라 하옵네다

가자 서라 가자 서라 영정 맥이(맞이)를 가자 서라 혼신 맥이를 가자
서라

영전은 품에다가 품고 백운전은 손에다 들고 망자 마중을 가자 서라

저 건네 저 건네라 어이 둥실 떳던 배는 넋을 실었냐 석을 실었냐

석도 넋도 아니를 싣고 김일 망자를 실었구나 구망자를 실었구나 신망
자를 실었구나

이 굿을 받아 자실라고 구망 조상을 앞을 세우고 신망 조상을 뒷을 따
라 동실동실 오시는구나

칠보장님은 천리 금강설이요 허리안중은 백운산이라

공자라 진정하고 오시도다 이에 절통하시도다

삼신산 백우심에 금석배로 디디 오시고 광석배로 디디 오시고 거름배
로 디디 오소사

광석배 금석배 보름 되고도 다 못 디데 오시거든

만장전에 무수대신 칼에 제주 백포단 한산섬에 어서 잡아들 오소사

망재로 구욕하여 시왕동전 문밖에다 나무다리를 놓아두고

대적산을 걷어내야 돌다리를 놓아두고

남자라 허는 사람덜은 이승에 살아서 계실 적에 절을 지어서 불법공덕
은을 지어서 행인공덕 다리를 놓아 만인공덕을 시기야 보상금에야 보상
칠성공덕 하는 사람들 저기 저 다리 묻지 않고 건너가더라

여자라 허는 사람덜도 이승에 살아서 계실 적에 밥을 주어서 부엌공덕
옷을 주어 활은 공덕 물을 주어서 급수공덕 이래 보상금이야 보상 칠성
공덕 하는 사람들도 저기 저 다리 묻지 않고 건너가더라

※ 천문은 여망금이요 사재는 적백사재요

안을 들어가니 초제왕은 제일에 진광대왕 명호는 정태봉씨요 금월은
이월 초하랫날 정광열에 되여삼네 요왕에 매인 중생들은 경오 신미 임신

계유 갑술 을해 사람들은 초제왕에 가 맹일을 세고 판관은 대산 육 판관
이요 대산북은 장군동자 불설동자 조왕동자 회기동자 강넋사자 일즉사자
월즉사자 우두나찰 자두나찰 지왕 삼신 조왕 모조리 집안에 백만의 권속
을 거나리고 제불제천 상수 섞어 구제중생 지장왕 보살 내 홀로 일천 번
염불을 하옵시면 이억 지옥 생에 정찰 토산지옥을 면하시고 극락세계로
가옵소사

치어다보니 청천하라 이어 내려 굽어보니 백 가지 뱅이라 들여다보니
염제장군 백귀야 동자 편건에 거절체하얐는데 어떠한 행차간디 선문없이
드러오시는고

제주가 하난 말쌈이 그난 올컨이와 이난 서천국 삼아지기 해동 조선은
전라좌도였고 의관의천 영천도문 하옵시면 내일 아침 조사 후에 김대 숨
살 차려 드려 사랑동 아들에게 진지로 딸에게는 원근 촉진 자손네들이 뱅
이 드나 눈이 아프나 귀가 앓으나 집안에 가고가 있다거나 무슨 제주 마
음대로 환이 든다그나 하면은 망재님 탓이라 하옵기에 태상지 열어주옵
시고 불우수 계수나무 밑에 이실 앉은 동안에 수기 맞은 저 망자야 흥왕
동 정문 밖에 동동하던 굿이라 하고 상머리나 받어 먹으라 하니 영천니
수닥하니 어느 망재가 누구 망잰 줄을 적실히 알면 삼 일 그 잔치를 언제
맞어 오시든고

이 때는 어느 땐고 추구월 망간이라 녹음방초 성화시는 황금 같은 꾀꼬
리 한이성을 하시던니만은 시절이 태평하야 억조창생 만민들이 격양가를
부르던구나

지내기는 누가 지내든 총력을 하야든고 원근방 근윤지 올리거든 잔이
많으면 닷 섬 닷 말 닷 되요 떡으로는 석 섬 서 말 서 되를 씰코 다시 씰어
신망재께 올리오되

하날 절은 천불 용림사 절이요 저승에 절은 운수산을 돌아들어 백운산
절이요 이승에 절은 봉봉 상상 절이요

받어 자시기난 뉘가 받어 자시든고 이씨 양주 허씨 양주 김씨 양주 세
양주 육 생인이 받아 자시었고 왕에 딸 왕손이 왕에 딸 수양금이가 총력
을 하였난이다

젓대를 불고 장구를 치고 징을 뚜드리고 방울을 흔든 법은 어떠한 법이
든고

젓대난 천상귀신을 청하시고 장구는 중천귀를 청하시고 징은 요왕귀를
청하시고 방울은 지하귀를 청하시고 일오금은 천이요 장구는 이허징이요
징은 물이라 하난이다 허붕천 사해인가 오방신장 대장군 구신사상 작소
지방 하야 구신에 소속 방이 되야 있사오기에 선관이라 하난이다

동에 청게장군은 동방질을 가르치고 서에 백게장군은 서방질을 가르치
고 남에 적게장군은 남방질을 가르치고 북에 흑게장군은 북방질을 가르
치고 중앙에 황게장군은 중앙질을 가르치고 큰 질 적은 질 소도로 대도로
인도하야 이와 같이 좋은 세상을 단별하고 저승 저 대국을 가신 망자님들

문전에는 무슨 꽃이 피였든가 저 나라 이 나라 사기화 모란 이화 도화
단장에 촉귀화 목단 해당화 꽃이 역역히 피여서 환생초라 넋이 되야서 환
생하야 가옵소사

3) 산신경

산신에 본을 받고 산신에 안철 받세

산신에 본은 가서 기 어디가 본이든고

심곡심산 바에산 수정극지 금바구 밑에 산신의 본이드라

산신아 산을 열소 산신이 산을 아니 열어주시거든 품에 품은 소장을 한
장 헐어내야 원기도장을 드리시면 산산이 산을 열대

질신아 질을 열소 질신이 질을 아니 열어주시거든 망자님네 거리는 넋
전을 받아서 원기도장을 디리시면 질신이 질문을 열어주시드라

묏장신아 뫼를 열소 묏장신이 뫼를 아니 열어주시거던 이표장삼을 드리시면 묏장신이 뫼를 열대

곽장신아 곽을 열소 곽장신이 곽을 아니 열어주시거던 인경 동포로 황게도장을 디리시면 곽장신이 곽을 열대

문신아 문을 열소 문신이 문을 아니 열어주시거든 망자님네 속적삼을 벗어내야 머리 우에다 원기도장을 드리시면 문신이 문을 열어주시드라

문신이 문을 열고 곽장신이 곽을 열고 묏장신이 뫼를 열고 질신이 질을 열어 불쌍하신 망자님 이 굿을 받어자실라고 이 문전으로 오실 적에 구망 조상은 앞을 세우고 신망 조상은 뒤를 따라 동실동실 오시는구나[6]

4) 넋풀이

넋이야 넋이야 넋이로다 넋이야

이 넋이 누 넋이냐 김일 망자 넋이로다

신기청 혼을 맞어 호반에다 모시고 호리정반 넋을 모셔 넋반에 모시고 심철란 곳에 사계화단에 모시세

수양산 깊은 곳에 고봉산천 나무 아래 백이 숙제 넋이야

새복바람 찬바람에 울고 가는 저 기러기 눈물로 하직하든 우비전에 넋이야

이경산 십리허에 높고 낮은 저 무덤은 영혼에 고혼에 넋이로다

강태공을 보랴하고 이수에 왕래하든 주근왕의 넋이야

황능묘 성근대 절창하던 성근 평안하니 밤비소리 창아 수풀 상선수 이비 혼백의 넋이야

반창고 건사고 아두를 품에 품고 대들노대 하시던 엄자릉의 넋이야

어둔 눈을 뜨랴 하고 고양미 삼백 석을 불전에다 시주하던 심낭자 넋이야

---

6) "이래 놓고 염불을 하고, 말미 잡고, 나무하고, 천근 부른다."

역발산 기가세에 하릴없다 오강통을 목이 비여 ○○낭자 넋이야
이 넋도 아니요 저 넋도 아니요 정반에 넋이로다 호반에 넋이로다
넋일랑 씻어 호반에다 모시고 혼백은 씻어서 호반에 모시고
신체는 모셔서 화단에는 극락 가실 넋이로다 세왕 가실 넋이로다
세왕 세왕 삼세왕 삼세 극락세상 가옵소서

5) 오구풀이

천왕씨 지왕씨 아홉 형제 구주를 보낼 적에
동은 염자 신롱씨요 서는 개복 성곽씨요 남은 전우 고양씨요 북은 행무
갑장씨요 중은 황게 헌원씨라 지성유씨요 갈전세가 무세제와 도량씨요
수지조종은 황하수요 산지조종은 곤륜산이요 물의 조정은 황계수라
곤륜산 대목으로 전요수난 수천 리 광경으로 국은 삼겨있고
단군 천 년 기자 천 년 이천 년 세리 지국이 삼기실 적에
경상도는 갱주라 김부대왕 지국이요
전라 전주는 공명왕 지국이요
세 번차 지국은 평안도 벽제왕 지국이라 다서 여섯 번채 지국은 우리나
라에 사변 물 안에 지국이라
땅은 호땅을 마련하실 적에 경상도 도장관은 칠십칠 도장관이요 전라
오십오 도장관은 쉬운다섯 도장관을 마련하실 적에

오구님네 본을 받고 오구시왕님네 안철 받세
오구시왕님네 본은 가서 기 어디가 본이든고
시왕산 금바우 밑이 오구시왕님네 본이드라
오구시왕님은 열에 여덟 살을 잡수시고 오구부인님은 십오 세를 자셨
는데 홀연 납채(納采)하니 금은비단을 함우에 옇고 소종지 대종지 염자

신농씨

정월이라 대보름날에 좌우 병풍을 둘러치고 청실 홍실을 걸어놓고 혼인 납채 드린 지 삼 년만에 임신기가 있었구나

한 달 두 달에 갓철 생겨 삼 석 달에 입덧이 나야 주실 적에

밥에서는 뭇내 나고 국에서는 날장내요 물에서는 해금내 나고 수제에는 녹내 나고 햇(海)괴기에 비린내 나고 육괴기에는 누린내 나고 채소에는 풋내 나고 만 음석에 넋내 나시는 것도 삼신의 영검이라

각색 열매를 청하실 적에 시금시금 개살구나 여두 복성 앵두 다래 혼자 먹을 것이 원하시더니

하로는 사색 넉 달이 되야 사죽이 생기시고 오색 다섯 달에 오포가 생겨 반쯤 실어주셨더니 육색 여섯 달에는 육 점이 생기시고 칠석 일곱 달에 칠구를 열어 어미 속젖줄을 물으시더니 팔색 여덟 달에 사만 사천 털이 생기고 구색 아홉 달에는 앉으면 서기가 싫고 서면 가기 싫고 품 안에 든 옷이 품 밖으로 나오고 물을 묻히기 싫어 동서를 마련하시더니

하로는 열 달 순세 고이 채와 혼무 중에 탄생시켜주실 적에

아부는 뼷문 열고 어무는 살문을 열고 하탈문 구암문 연진문 건강문을 고이 열어 이 심줄 맹줄 복줄 탯줄을 고이 갈라 짚자리 태와주시더니 보니 딸이로구나

오구시왕님 하시는 말쌈이

딸애긴들 베릴소냐 청사 이불에 홍사 도둠애에 금침 베개에다가 유모를 정해 뉘여 놓아라

그 아이가 살을 먹고 나니 또 임신기가 있었구나

한 달 두 달에 이슬 맺고 삼 석 달에 입덧나

그 아기 또 열 달 순세 고이 채와 혼무 중에 탄생을 하고 돌아보니 두차도 딸이로구나

오구시왕님 하시는 말쌈이

딸애긴들 베릴소냐 청사 이불에 홍사 도둠애에다가 금침 베개에다가 유모를 정해 뉘여 놔라

셋차 넷차 다섯 여섯채도 딸이로구나

오구시왕님은 하도 기가 맥혀 탄식을 하고 계신 후에

오구부인님은 하루는 내당으로 들어가서 오구시왕님 전에 낱낱이 설화를 하되

옛날에 공부자 같은 성인들도 이구산을 찾어가서 신공을 디렸다가 아들 자손을 낳았다 하니 우리도 명산대천을 찾어가서 신공이나 드려보면 어떠하오

오구시왕님 허시는 말쌈이

그런 일은 부인의 일이니 부인 알아서 하옵소사

오구부인님은 듣던 중 반겨라고 그날부터 공 디릴 적에 집안을 씰어 놓고 금줄 띠와서 던져놓고 집안에 들면 명당굿 뒤에 가면 철융굿 앞에 오면 지생굿 마루에 들면 선영굿 방안에 들면 지양굿 부엌에 가면 조왕공 칠성당 이중 삼시왕 사대 영산 당산 철륭에다가 정성을 지극히 디리여 놓고 나니 공든 탑이 무너지며 심든 가지가 자리어질까

부인의 정성 보소 불구정불자하고 목불시하드라

과연 그날부터 임신기가 있었구나

그 아기로 열 달 순세를 고이 채와 놓고 나니

오구시왕님은 이번조차 딸일랴드냐 생각을 하고 미역도 많이 사서 받차 놓고 쌀도 많이 씰어서 봉해놓고

하루는 해복 기미가 있었든가

오구시왕님은 시간을 정하실라고 세수단발을 하시더니 하로는 먹 갈어서 곁에 놓고 붓대를 손에다 들고 두 손 합장허고 엎드려서 시간을 정하시는데

오구부인님은 아이고 배야 아이고 허리야

혼무 중에 탄생을 하고 돌아보니 일곱차도 딸이로구나

오구시왕님은 하도 기가 맥혀

허허 이것이 웬 말이냐 신공 들여 낳은 자식이 딸이란 말이 웬 말이냐 동민도 부끄럽고 이웃집 사람들도 부끄럽네 우리가 사후에 돌아간들 백골감장을 누가 허며 우리 선영행화를 누한테다 맽기며 우리나라에 충신들을 누구한테다가 전정을 할거나 아무리 생각해도 그 아기는 죽을 수가 없으니 삼동이면 얼어서 죽어부리라고 오삭 치마 저고리를 입히여서 음지 음지 돌려놓고 여름이면 더워서 죽어부리라고 포닥 저고리 포닥 초마를 입히여서 양지 양지 돌렸다가 상문밖 중문밖을 나가보면 시냇물에 갱물이 있을 것이니 거기다가 던져버리라고 분부가 나리는구나

대왕님 말씀을 거역하지를 못하야 그 아기를 안고 상문밖 중문밖을 나가보니 시냇물이 갱물이 있었거늘 거기다가 던져놓으니

하늘님이 도우시었든가 도사 부체님이 도우시었든가

천상에서 학이 한 쌍 내려오시더니마는 한 쭉지(날개)는 땅에 깔고 한 쭉지는 위에 덮어 학의 젖을 멕여 놓으니 이부득 발부득 일곱을 창을 하시든구나

오구시왕님은 딸 일곱을 탄생하고 심와화(心火)로 벵이 나서 거의 죽게가 되았는데 의원이 없을 리가 있겠느냐 약이 없을 리가 있겠느냐 시왕님 병세는 날날이 깊어가는구나

하루는 어떠한 도사가 와서 권선을 한 장 내어놓고

소중은 문안이오 기록을 하사이다

오구부인이 하시는 말씀이

우리 대왕님은 심와화로 벵이 나서 거의 죽게가 되았는데 기록이란 말씀이 웬 말쌈이오 동냥 정황이 없습니다 어서 가시오 어서 가

도사 부체님 허시는 말쌈이

아니올시다 저한테다가 백미 서 말 석 되박을 씰고 다시 씰어 시주를

하시면은 좋은 약을 가르켜드리오리다

오구부인님은 그 말씀을 듣고 안으로 우르르 들어가서 곳간문을 절컥 열고 백미 서 말 석 되를 씰고 다시 씰어 시주를 하고 나니

도사 부체님 하시는 말씀이

시왕산 금바구 밑에 가면 불사약물이 있사오니 그 약물을 길어다 멕이면은 금방 직차로 하나이오

오구부인님은 그 말씀을 듣고 내당으로 들어가서 대왕님 전에다가 낱낱이 설화를 하니

대왕님 하시는 말씀이

아마도 도사가 나를 살릴라고 왔나보요 나를 살려주오

그 말씀을 듣고 문을 열고 내다보니 금방 댓돌 위에 섰던 중이 일호불견 간 곳이 없네그랴

오구부인님은 첫째 일공주를 불러다 놓고 너가 시왕산을 갈라느냐

아이고 어머니 그 말씀은 좋습니다마는 양반의 자녀로서 문밖 출읍을 못해보고 뱃내를 못보는데 시왕산이 어데라고 제가 어찌 가오리까

두차 공주를 불러다 놓고 물어보니 언니가 못가는 곳에를 저는 어찌 가오리오

셋차 넷차 다섯 여섯째 딸네들을 다 불러다 놓고 물어보니 이리 핑계 저리 핑계 다 못간다 하네그랴

오구부인님은 하도 기가 맥혀 아무리 생각해도 젖 한 번도 못멕여 보고 던졌다 던지더기 베렸다 베리더기나 찾어가서 물어볼란다 하고 상문밖 중문밖을 들어가서

베리덕아 베리덕아 베리덕아

삼 석 자리를 불러 놓으니 베리더기는 돌문을 열고 썩 나서서

거 누기가 날을 찾소 날 찾을 이 없건마는 거 누기가 나를 찾소

아니다 나가 느그 어머니다

아니올시다 저는 아버지도 없고 어머니도 없고 바우틈 돌틈에서 자라
난 줄만 알았는데 오날날에 와서 어머니란 말씀이 웬 말쌈이요

아니다 느그 부친님이 느그 칠 형제를 탄생하고 심와화로 병이 나서 거
의 죽게가 되얐는데 어떠한 도사가 와서 시왕산 금바구 밑에 가면 불사약
물이 있다는구나 그 약물을 질어다 멕이면은 금방 직차로 한다 하니 너가
갈라느냐

아니 어머니 그 말씀은 좋습니다만은 부용당에다가 청사 이불에 홍사
도둠애에 금침 비개에다가 유모를 정해 곱게 키운 언니들은 어따가 두고
나를 보고 가라시요 나도 못가겠습니다

오구부인님은 염체가 없어 두 말쌈도 못해보고 집으로 돌아오는 도중에

베리더기 가만히 앉어 생각을 하니 첫차에는 하나님이 생기시고 두차
에는 땅이 생기시고 셋차에 가서는 낭구 초목이 생기시고 넷차에 가서는
나도 남의 자손으로 생겼다 하니 부모의 은정의 공이나 갚을그나 하고

아이고 어머니 제가 갈랍니다 은동우나 내여주오

은동우를 내여주니 은또아리를 손에다 들고 은동우는 옆에 찌고 집만
남은 저고리를 입고 깔만 남은 몽당초마를 입고 뒤축 없는 신을 신고 삼
문밖 중문밖을 썩 나서니 난데없는 석소리바람이 떡갈잎이 휘날리네

베리더기는 두 모롱을 올라가니 어떠한 선관들이 바둑을 뒤고 앉아 있네

베리더기 묻는 말쌈이

저기 앉어 바돌 뒤는 신선님네 시왕산을 갈라하면 어느 곳에를 가오리오

저 건네 저 봉을 가라고 여짜오되

베리더기는 그 봉을 올라가니 산은 첩첩 청산이요 낙낙장성은 좌우로
늘어져서 반공은 솟아오르는데 베리더기는 질발 갈발을 못찾고 슬피 통
곡을 하네 그리야

산신님이 내닫더니

어떠한 여아기가 이 험준한 곳에를 와서 이 밤중에 슬피를 우느냐

아니올시다 저의 부친님이 딸 일곱을 탄생하고 심와화로 벵이 나서 거의 죽게가 되었는데 어떠한 도사가 와서 시왕산 금바구 밑에 가면 불사약물이 있다기에 시왕산을 가나니오

그리하면 너가 산값을 가져왔느냐

아니올시다 저희 집에는 많이 있어도 쓸 줄을 몰라서 못 가져 왔습니다

두 모롱을 들어가니 질신님이 내닫더니

질값 가져왔느냐

아니오 저희집에는 많이 쌓였어도 몰라서 못 가져왔습니다

세 모롱을 들어가니 용신님이 내닫더니마는

물값 가져왔느냐

아니오 못 가져왔습니다

그리하면 너가 산값 삼 년 질값 삼 년 물값 삼 년 석 삼 년을 살고 가거라

베리더기 가만히 생각을 하니 석 삼 년 구 년을 살고 나면 그 동안에 우리 부친님은 이 세상을 뜰란지 살란지 알 수가 없네그리야

베리더기는 할 수 없이 석 삼 년 구 년을 살다가 자연히 처자의 몸으로 몸이 허탁하야 아들 샘 형제를 낳았구나

베리더기 하로밤에 꿈을 꾸니 머리 위에는 상화 꽃밭이 보이고 몸에는 청산이 둘러 보이는데

신 내달아 해명하되

아마도 느이 부친님은 이 세상을 떴나보다 어서 가서 느그 부친을 살려라

베리더기 허시는 말쌈이

어느 것이 약물이오

흐르는 것도 약물이고 먹는 것도 약물이고 보는 것도 약물이고 쓰는 것도 약물이다 은동우나 내어놓아라

베리더기 은동우를 내어놓으니

약물 세 삭구를 떠붓고 환생화초를 끊어주며

어서 가서 느그 부친을 살려라

베리더기 약물을 구하여 이고 환생화초를 손에다 들고 아들 샘 형제를 앞세우고 한 모롱 돌아서니 어떠한 조그마한 몽당 아기가 산천초목으로 올라감서 부르는 노랫소리가

불쌍하구나 오구시왕님은 베리더기는 즈그 부친을 살린다고 시왕산 약물을 길로 가시더니만은 산신 뱁이 되었는가 용신 뱁이 되었는가 질신 뱁이 되었느냐 호랑이 밥이 되었느냐 구신에 홀렸느냐 즈그 부친은 이 세상을 떠서 오늘 삼일 출상을 하여 나가시는데 베리더기는 오도 가도 아니를 하네

베리더기 하시는 말씀이

저기 가는 저 아기야 그 노래 한 자루만 더 불러보아라

아니오 우리 산신님이 이 모롱이 올라감서 하루 한 자루썩만 부르랍디다

두 모롱을 돌아서니 북소리가 완연하네 세 모롱을 돌아서니 열두 상두꾼들이 상구를 덩그렇게 올려매고 여섯채 딸네들은 자석인 체하고 모도 굴관제복을 하고 상복 작대기를 짚고 상구 뒤가 따랐구나

(상여소리)

어 너 어 너 어리 가리 넘자 너와 너

북망산천이 멀다고 하더니만 금일 간 산이 북망일세

어 너 어 너 어리 가리 넘자 너와 너

인제 가시며는 어느 때나 올라요 오만 날짜가 정약이 없네

어 너 어 너 어리 가리 넘자 너와 너

달이 궁굴어 온다 달 궁굴어 온다 이 산 저 산에 달이 궁굴어 온다

어 너 어 너 어리 가리 넘자 너와 너

명사십리 해당화야 꽃이 진다고 설워를 마라 맹년 춘삼월 봄이 돌아오면은 너는 또 다시 피련만은

어 너 어 너 어리 가리 넘자 너와 너

닭아 닭아 우지를 마라 너가 울면 날이 새고 날이 새면 내가 갈 적에

명전 공포를 앞을 세우고 북망산천을 돌아를 가네

　어 너 어 너 어리 가리 넘자 너와 너

　사토로 집을 짓고 송죽으로 울을 삼아 두견 작도 벗이 되야서 혼자 오뚝이 누웠구나

　어 너 어 너 어리 가리 넘자 너와 너

　어느 벗님이 나를 찾어오느냐 어느 형제간이 나를 찾냐 어느 자손들이 나를 찾냐 산천에 저문 인생이 아무리 적다 하여도 안개 같이가 아니 설워리

　어 너 어 너 어리 가리 넘자 너와 너[7]

　베리더기 하시는 말씀이

　질 아래 상두꾼들은 질 알로 모시고 질 우에 상두꾼은 질 우로 모시소

　어떠한 여아기가 당돌하게 대전의 행차하는 길을 질 알로 모셔라 질 우로 모셔라 하느냐

　그 중에도 나이 많은 노인이 있었든가 세 살 먹은 아이 말도 지성을 냉게 들으랬다고 상구를 머물러 두니

　베리더기 우르르 달려들어 상하 꽃밭을 헤치고 청게를 띠고 보니 잠든 듯이 누웠구나

　약물을 한 번 떠 먹여 놓으니 화색이 돌아드는구나

　두 번을 떠멕이니 겉맥 속맥 화맥 정맥이 돌아드는구나

　세 번을 떠멕이고 환생화초를 상하로 드려놓으니 목안에 숨트는 소리가 대매기(大蟒) 소리를 하면서 벌떡 일어나 앉어

　허허 잠도 곤하구나 석 달 열흘을 자고 나니 잠도 곤하구나

　좌우로 살펴보시더니 정신을 차리시더니마는

　나 죽음이 적실하네 그 누기가 날 살렸냐 난 살 길이 없건마는 거 누기

---

7) "다 하려면 한이 없으니까 여기서 줄인다."

가 날 살렸냐 부인이 날 살렸소

아니요 부인도 못살렸습니다

베리더기 우르르 달려들어 즈그 부친 앞에 가 엎드려서

아이고 아버지 죽을 죄를 지었습니다

죄라니 무슨 죄냐

아버지를 살릴라고 시왕산을 들어가서 아들 샘 형제를 낳았습니다

그말 마라 나는 온갖 공을 다 드려서 너와 같은 딸을 낳였는데 죄란 말이 웬 말이냐 네가 나를 살렸다 하니 천하를 주랴느냐 지하를 주랴느냐 은을 주랴느냐 돈을 주랴느냐 재산을 반분해주랴느냐

아이고 아버지 저는 돈도 싫고 은도 싫고 천하도 싫고 지하도 싫고 재산도 다 싫습니다 인간 세상을 태어나서 군군이 면면이 촌촌이 다니면서 병든 자는 나사주고 자손이 없는 인간들은 자손도 태와주고 맹이 짜른 인간들은 명도 이서주고 복이 작은 인간들은 복도 태와주고 불쌍하고 가련하고 참혹하신 망자님네들은 모두 극락 못간 망자님네들은 극락도 보내주고 낮이면은 메 놓은 가문 밤이면 불 쓴 가문 가문마당 정중마당 차례차례 제 차례로 다니면서 오구시루나 받아먹고 다닐랍니다

첫차 딸 일공주는 염질로 보내시고

두차 딸 이공주는 괴질로 보내시고

셋차 넷차 다섯 여섯채 딸네들은 손님질로 잔임질로 수두질로 종두질로 모두 미워서 각각 병으로 다 돌려 버렸다네

나무야 나무야 나무로구나

되야를 가시요 되야를 가시요

천상옥경 요대상에 오만 신선이나 되야를 가소사

물에 안개 영주 안개 문수 수진에 되야를 가소사

사람이 되야서 가실라고 허시면 셍인군자나 되야를 가소사

금강산 제일봉에 봉황이 되야 되야를 가소사

나무가 되어서 가실라고 허면은 행자목이나 되야를 가소사

독이 되야서 가실라고 허시면 독도제나 되야를 가소

물이 되여서 가실라고 허면은 황해수가 되야를 가소

새가 되야서 가실라고 허시면은 앵무 귀촉새나 되야를 가소

개가 되야 가실라고 허시면 원앙개나 되야를 가소

말이 되야서 가실라고 허시면 제주 백말이나 되야를 가소사

흙이 되야서 가실라고 허면은 문전 옥토나 되야를 가소

나무야 나무야 나무 나무 나무로구나

아- 이 제불제보살

나무 이- 아미타불 나무 나무 나무로구나

7) 성주풀이

성주 성주 성주로다

성주 근본이 어디메뇨

경상도 안동땅 제비원에서 솔씨를 받어 저 산에 던져났더니 그 솔이 점점 자름하야 밤이면은 이슬 맞고 낮이면 태양을 쬐야 행장목이 되얐구나 저 기둥이 되얐구나 낙낙장송이 쩍 벌어졌으니 어찌 아니가 좋을소냐

에라 만세 어라 대신이야 대활전으로 서리 서리 나리소사

서른세 명 영꾼들아 이십팔 명 노꾼들아 은도끼를 슬슬 갈아 양 어깨다 들쳐메고 첩첩산중을 들어가서 소지 삼장 올린 후여 저 산에 올라 소목을 허고 태산에 올라 대목을 해야

첫차 동은 갈라내야 상지둥을 속가 놓고 두차 동은 갈라내야 조리 지둥

을 세와 놓고 세차 동은 갈래내서 고리를 엮고 서끌을 엮어 초가 사간 집
을 지여 옥동자를 탄생하나니 어찌 안이가 좋을소냐

　에라 만세 에라 대신이야 대활전으로 서리 서리 나리소사

　걸렸구나 걸렸구나 성주고리가 걸렸구나 성주고리가 걸렸으니 비손가
정 빌어주어 성주고를 풀어주니 어찌 아니가 좋을소냐

　에라 만세 에라 대신이야 대활전으로 서리 서리 내리소사

　에라 만세 에라 대신이야 에 에 헤야

　여보시요 성주님네 이내 한 말을 들어보소

　걸렸다네 걸렸다네 혼신고에도 걸리시고 삼신고에도 걸리시고 이 고에
도 걸리시고 저 고에도 걸렸시니 천고 만고에 걸렸으니 무슨 가정이 편할
손가 천고 만고를 풀어주니 어찌 아니가 좋을소냐

　에라 만세 에라 대신이야 대활전으로 서리 서리 내리소사

　에 헤야

　여보시오 시주님네 이내 한 말 들어보소

　걸렸다네 걸렸다네 거리 중천에 걸렸다네 거리 노중에 걸렸다네 천 곳
만 곳에 걸렸다네 천 곳 만 곳 걸린 고를 서리 서리를 풀어주니 어찌 아니
가 좋을소냐

　에라 만세 에라 대신이야 대활전으로 서리 서리 내리소사

　에 헤

　여보시오 가관님네 이내 한 말 들어보소

　걸렸다네 걸렸다네 요왕고에가 걸렸고나 동에는 청게요왕 요왕고에가
걸렸고나 남에는 적게요왕 요왕고에가 걸렸고나 서에는 백제요왕 요왕고
에가 걸렸고나 북에는 흑게요왕 요왕고에가 걸렸고나 중앙에 황게요왕
요왕고에가 걸렸고나 요왕고에가 걸린 고를 서리 서리를 풀어주며 어찌
아니가 좋을소냐

　에라 만세 에라 대신이야 대활전으로 서리 서리 나리소사

에- 헤야

여보시요 시주님네 이내 한말 들어보소

걸렸다네 걸렸다네 칠성고에가 걸렸고나 용두칠성 일곱칠성 칠성고에가 걸렸고나 병두칠성 일곱칠성 칠성고에가 걸렸고나 서두칠성 일곱칠성 칠성고에가 걸렸고나 북두칠성 일곱칠성 칠성고에가 걸렸고나 중앙에는 황게장군 칠성 고에가 걸렸으니 어찌 가정이 편할소냐 칠성고를 풀어주니 어찌 아니가 좋을소냐

에라 만세 에라 대신이야 대활전으로 서리 서리 나리소사

에-헤야

여보시요 성주님네 이내 한 말 들어보소

걸렸다네 걸렸다네 성주고에도 걸리시고 고에도 걸리시고 오방신장에도 걸리시고 북방고에도 걸리시고 무신고에도 걸리시고 석신고에도 걸리시고 부정고에도 걸리시고 이고 저고에 다 걸린 고를 서리 서리를 풀어주니 어찌 아니가 좋을소냐

에라 만세 에라 대신이야 대활전으로 서리 서리 나리소서

8) 씻김

가자 서라 가자 서라 씻기로 가자 서라

명전은 품에다가 품고 영전은 손에다 들고 씻기로 가자 서라

구망자로 씻기시고 신망자로 씻기시고 망자로 씻기로 가자 서라

강물로 씻게 주고 숨골 얻어 씻게 주고 오방수 물에다가 씻기시니

청강수 말강물에 세수허고 모욕을 허고 진 옷 벗고 마린 옷 입고

세왕 세왕 삼 세왕으로 왕생극락을 가자 세라

가자 서라 가자 서라 씻기로만 가자 서라

잿물로도 씻게 주고 황토물로도 씻게 주고 소금물로도 씻게 주고 북방

수 물로 씻기시니

정강수 말강물에다가 세수하고 모욕을 하고 왕생극락을 가자 서라

되야를 가소 되야 가소 천상옥경 요대상에 오만 신선 되야를 가소

금강산 제일봉에 봉황이나 되야를 가고

닭이 되야 가시려거든 봉황이나 되야를 가고

나무 되야서 가시거든 행자목이나 되야를 가고

흙이 되야서 가시거든 문전옥토나 되야를 가고

닭이 되야 가시거든 봉닭이나 되야를 가고

새가 되야서 가시거든 빈초참새가 되야를 가고

개가 되야 가시거든 원앙개나 되야를 가고

말이 되야서 가시거든 제주 백말이 되야를 가고

물이 되야서 가시거든 황해수나 되야를 가소

불쌍하신 망자님네 십리 정반에 혼을 받고 오리 정반에 넋을 받아 두대 밭이 채활 치고 병풍을 놓고 세석을 놓고 밤새도록 낮새도록 피리 젓대 야락 소리 염불로 질을 닦아 세대 해관 천도를 시켜 왕생극락을 가자 서라

저 건네 저 건네라 저기 동실 떴는 배는 넋을 실었냐 석 실었냐

석도 넋도 아니를 싣고 김일 망자를 실었고나

가자 서라 가자 서라 씻기로만 가자서라

구망자를 씻기시니 신망자를 씻기로만 가자 서라

세상을 잡아서 나오실 때 빈손 쥐고 나왔다가 빈손을 쥐고 들어가니 그 안니가 절통한가

춘초는 점점백이요 왕손은 귀불귀라

새는 앉어 울음을 울어도 눈물 고이고 우는고나

꽃은 피어서 웃음을 웃어도 소리 얻기가 어렵고나

되야 가소 되야를 가소 오만 신선 되야를 가소

천상옥경 요대상에 오만 신선 되야를 가소

운해 안개 영주산에 문소 구름 되야를 가소

불쌍하도다 망자님네

인제 가면은 언제 올까 오만 날짜나 일러주소

뱅풍에 그린 장닭이 두 활개를 훨훨 떨고 자른 목을 길게 빼고 꼬꼬하
면 오실라요

동서남북 사해바대가 육지가 되먼은 오실라요

높고 높은 상상봉이 팽지가 되거든 오실라요

조고마한 조약돌이 크나큰 왕석이 되야 정에 맞거든 오실라요

서울이 멀다고 하여도 편지 상통에 왕래도 하고

하늘이 높다 하야 사경 일제 날 새기에 이제 내일 날 오드만

사람이라 초로 인생은 한 번 아차 죽어지면 다시 환생을 못하드라

가자 서라 가자 서라 씻기로 가자 서라

영전은 품에다 품고 백운전은 손에다 들고 망재로 씻기로만 가자 서라[8]

늙어 늙어 만년초야

만년촌 줄을 몰랐더니 오날 보니가 만년초로고나

산신이로다

아 생야로다 아― 어 어 만장 생이로다 에 에 에헤야

산은 깊고

무열아 무열아 저 무열아

심우산천 저 고개는 바람들도 수여 넘고 구름들도 수여를 넘고 날진이
나 수진이나 해동창 바라매도 다 수여 넘던 저 고개는 선암 성광제 대사

---

8) "큰칼로 소두방(솥뚜껑)을 이렇게 하고 노래도 부르고 춤도 추고, 천근 부르고 한다."
9) "성주에서 굿하려고 할 때 제일 먼저 하는 것이다."

들도 염불을 하고서 수여를 넘고 활 잘 쏘는 한량들은 전동 화살로만 수
여를 넘고 글 잘 짓는 선배들은 글씨를 쓰여서 수여를 넘고 우리 같은 신
에 신장들은 신법으로만 수여를 넘고

아 관신이로다 아 신야로다

아 어 어 만요장성 오날이로다 어 어 야 아난이요

왕아 신아

당산이로구나

앞도 당산이고 뒷도 조산이로구나

낭기가 서 있거든 당산을 모시었고

우리 신녀들은 조산을 모아오시느라

당산에 할아버지난 조산에 할마니난 당산에 모시었고 조산에 모시옵고

저물면 저물다고 놀거나 새면 새다하고 놀거나 저무나 새나 새나 저무
나 아 어 어허 오장 꽃새처럼 시름 시름 노다가 갑시다

녹수청산 아하히요

10) 지앙풀이

주장도 사마세계

해동 조선은 전라좌도요 군을 다니시고 면을 보시거든 군은 고흥군이
요 면은 봉래면이라 안개시던 그간 대촌는 사양 안중 대촌이요 가문을 다
니시고 정중을 보시거든 가문은 김씨댁 가문이요 정중은 김씨 고하 정중
이라

해로 연으로 달로 날로 보시거든 햇머리는 뱅인년 햇머리요 달성수넌
유월 상달이요 날로 보시거든 스므나흘날이올사옵네다

다름이 아니오라 올해 김씨댁 가문에 네 귀난 방에 두 귀난 집자리에
근신하고 계시던 삼신 지앙 할마니 옥동씨 지앙님네 금동씨 지앙님네 염

자 신롱씨 지앙님네 황제 헌원씨 지앙 우줄지앙 세주시앙 천지지앙 일월 지앙 생개주시고 태와주시던 삼신지앙 할머니 본을 받고 안철 받자 하옵 네다

지앙 할머니 본은 가서 기 어디가 본이시든고

하늘에 올라 은앙 가문에 금수 도술천 솟난 샘물에 지앙 할머니 본이시고

어차든지 지앙으로 삼신의 본이라 하옵는디

지앙님네 딸아기는 저고리 초마를 벗어놓고 누비장삼을 입으시고 짚단 옆에 끼고 인간에 나래오사 삼성에 선몽하고 사성에 길몽하야

한 달에 이러구러 두 달에 갓철 생겨 삼 석 달에 입덧나야 주실 적에 밥에서는 뭇내가 나고 국에서는 날장내가 나고 물에서는 해금내가 나고 수제에는 녹내가 나고 햇괴기에는 비린내 나고 육괴기에는 누린내가 나 고 채소에 풋내가 나고 만음석에는 뭇내나시던 것도 삼신에 영검이라 하 옵네다

사색 넉 달이 되야 사죽이 생기시고

오색 다섯 달에는 오포가 생기시고

육색 여섯 달에는 육점이 생기시고

칠색 일곱 달에는 칠구를 열어 어무 속 젖줄을 물으시던 삼신 지앙 할 머니

팔색 여덜달에는 사만 사천 털이 생기시고

구색 아곱 달에는 앉으면은 서기가 싫고 서면 가기 싫고 품 안에 든 옷 이 품 밖으로 나오고 분은 얼골에 치기를 싫어 동서를 마련하시던 어진 삼신 지앙 할머니

열 달 순세 고이 채와 혼무 중에 탄생하실 적에

아부는 뺏문을 열고 어무는 살문을 열고 하탈문 구아문 연진문 금강문 을 고이 열어 이 심줄 명줄 복줄 탯줄을 고이 갈라 짚자리를 태와주시던 어진 삼신 지앙 할머니 전에다가 이 정성을 나술라고

일상생기 이화중천 삼화절체 사죽 육오는 상하에 육중문 칠에 칠와절 팔중 구원에 생기복덕일을 받아

동에는 청게수요 남에는 적게수요 서에는 백게수요 북에 흑게수요 중앙에 황제수라 모든 연수 감연수 벌덕수 솟난 샘물을 헤치고 길어다가 상탕에는 머리를 감고 중탕에 메욕하고 하탕에 수족을 씻쳐 신연백로 전주 단발 게우 정성을 나술 적에 다 동네 부정 방지 영정이라 다 천하지 대소 부정 일월성신 세계 부정이라 인간에 간의 부정이라 조구에는 상제부정 이요 삼산에 핏물 부정이요 사육에는 육매 부정이요 먹물 철물에 드는 부정이요 정세 고생문전 부정이라 솥에서 숙에생래 부정이라 다 임진땅에 부정 망오부정 방화부정이나 신장에 부정 영장에 부정 날장부정 구장부 정 신장부정 인간에 묻어들고 따라든 부정을 살피어서 좋고 나쁜 부정 문 밖으로 물러 세우시고

우리 다 김씨 댁 가문에 일 년은 열두 달 과년은 열석 달에 삼백에 육십 일 날을 팔월 삼구월 사시월 오동지 육석달이 지나가실 적에 대한은 서른 날이요 소한은 스무아흐레날 하루 잡고 스물 네 시간썩이 지나가실 적에 어차든지 다 재수대통 시게주옵시고 복이 드면 장자 주고 만대유전 시게 놓고 우리 다 자손들은 어차든가 상남자손 이남자손 삼남 사남 오남매 자손 모두 그 자손들 복은 석순에 가진 복을 마련하옵네다 삼천갑자 동방석 이 긴 맹을 새려두고 평상을 살아가드래도 거칠 문적 없고 다 운 좋고 문 좋고 놀나고 겁난 일 없이 바로 받들어 주옵시고 그 자손들이 어차든지 다 부모에 효도 자석 마련하고 나라에는 충성 자손 마련하고 형제간에 화목 자손 마련하고 일가친척에 우애하옵시게 다 바로 받들어 주시라고 천만 축수로 비난이다

일세 동방 정토량 이세 남방 부청량 삼세 서방 부정토 사세 북방 연하 한강도량 청장 부하령 삼부천룡 강하처지 금지수지 근무하자 지물하고 아석소조 지하금 가요모소 담단신중심 유호정지 숙색유체라

11) 혼맞이[10]

가자 서라 가자 서라

영정 맺게 가자 서라 혼신 맺게 가자 서라

명전은 품에 품고 백운전은 손에다 들고 망자 마중 가자 서라

저 건네 저 건네라 어이 둥실 떳는 배는 넋 실었냐 석 실었냐

석도 넋도 아니를 싣고 금일 망자 실었구나.

칠보장님은 천리 금강산이요 골백유는 백운산이라

공자라 적장하시도다 일을 품으셨도다

삼신산 백옥샘에 금석대로 뒷대 오시고 광석대로 뒷대 오시고 보름대로 뒷대 오소사

광석대 금석대 보름대로 다 뒷대대 오시거든 만장원에 무수대신 간에 제주 백포단 한 땀 손에 들고 잡아들 오소사

망재로 구욕하여 시왕동정 문밖에 나무 닦게 놓아두고

남자라 허는 사람들은 이승에 살아계실 적에 절을 지어 불법공덕 원을 지어 햇님공덕 다리 놓아 만인공덕 신에 우상 불에 우상 칠성공덕 하는 사람덜은 저기 저 다리 묻지 않고 건너가더라

여자라 허는 사람들도 이승에 살아계실 적에 밥을 주어 부엌공덕 옷을 주어 활은공덕 물을 주어서 급수공덕 맛을 뵈여 선인공덕 되를 되야 부인공덕 신에 우상 굿에 우상 칠성공덕 하는 사람들도 저기 저 다리 묻지 않고 건너가드라[11]

---

10) "시설에 말미도 잡고, 염불도 한다."

11) "이래 놓고 시설로 들어가고, 시설 해놓고 염불한다. 여기서는 시설은 생략하고 말미 잡아놓고 염불을 했다."

말미야 말미야 말미 받으러 오신 망자

말민 줄을 몰랐더니 오날 보니가 말미로구나

말미야 말미야 말미 받어서 오시는 망자

불쌍하시는 망자님네는 이 굿을 받어서 자실라고 구망조상을 앞을 세우고 신망 조상 뒷을 따라 이 문전을 갔건마는 오시는 재취를 그 누가 알며 가시는 흔적을 그 누구가 알그나 불쌍하신 망자님네는 인제 가며는 언제 올거나 오만 날이나 일러주오

뱅풍에 기른 장닭이 두 활개를 훨훨 털고 잘른 목을 길게 빼고 꼬꼬 하거든 오실라요

동서남북 사해바대가 육지가 되거든 오실라요

조고마한 조약돌이 크나큰 왕석이 되야서 정이 맞거든 오실라요

높고 높은 상상봉이 평지가 되거든 오실라요

서울이 멀다 하야도 편지 상통이 왕래하고

하늘이 높다고 하야도 사경일제 날새기에 이 시계가 노나계시는디

사람이라 초로 인생은 한번 아차 죽어를 지면은 다시 환생을 못하신다네

말미야 말미야 말미 받어서 오신 망재

초제왕에는 제일에 진광대왕에 말미를 타고서

이제왕에는 제이에 초간대왕에 말미를 타고서

말미야 말미야 말미 받어서 오신 망재

삼제왕에는 제삼 송게대왕에 말미를 타고서

사제왕에는 제사 오관대왕에 말미를 타고서

말미야 말미야 말미 받어서 오신 망재

오제왕에는 제오 염마대왕에 말미를 타고서

육제왕에는 제육 병선대왕에 말미를 타고서

말미야 말미야 말미 받어서 오신 망재

칠제왕에는 제칠 태산대왕에 말미를 타고서
팔제왕에는 제팔 편등대왕에 말미를 타고서
말미야 말미야 말미 받어서 오신 망재
구제왕에는 제구 도시대왕에 말미를 받어서
열차왕에는 제십에 천륭대왕에 말미를 타고서
말미야 말미야 말미 받어서 오신 망재

13) 염불

왕아 신아 어- 어- 어-
어여어신 망자님네 이 굿을 받아 자실라고 십리정에 혼을 받고 오리정
반에 넋을 맞아 두대밫이 채활 밑에 영정 놓고 배석 놓고 밤 새도록 낮
새도록 피리 젓대 야락소리 염불로 질을 닦아 시왕 시왕 삼시왕에 왕생극
락 꼭 가소서
삼신산에 오만 신선이나 되야서 환생하야 들어가옵소사
천근이로고나
천근이야 아- 아 - 여 - 여 호 이 여 이 여호 천근- 이 요

14) 염불

나무야 나무야 나무- 나무야
나 무 어 야 나 나무로구나
아미타불
불쌍하시던 망재님은 이 질을 닦아서 극락 가실 이는 극락을 가시고 세
왕 가실 이는 세왕을 가시고 세왕 세왕 상세왕에 왕생극락을 가시라시요
나무 요대상에 영소보전에나 되야를 가소

사람이 되야서 가실라시거던 생인혼신이나 되야를 가시고
나무가 되야서 가실라시거든 행양목이나 되야를 가시고
돌이 되야서 가실라시거든 옥돌이나 되야를 가시고
물이 되야서 가실라시거든 황해수나 되야를 가시고
닭이 되야서 가실라시거든 봉닭이나 되야를 가시고
새가 되야서 가실라시거든 앵무 비추새나 되야를 가시고
말이 되야서 가실라고 시거든 제주 백말이나 되야를 가시고
나무야 나무야 나무로구나 나무야
나 무- 야 아 허 허 나무로구나
아미타불
상소화야 상소화야 상소화 화장세계로 벗을 행화 에- 행화야
솔 솔이 솔솔이 마 헤 솔솔이 아 솔 솔이 아 야 어 야 - 어 - 나무
헤 나무로구나
아 저 절에다가 세주를 하시라고 아 제- 아 제—보살
나무- 여- 어- 어- 야- 여- 아 미- 타 불 여- 나무로구나
아미타불

15) 자진 염불

나무야 나무야 나무 나무 나무로구나 나무아미타불
불쌍하시든 망재님네 되야를 가시고 되야를 가소
천상 옥경 요대상에 오만 신선이나 되야를 가소
물에 안개 영주산에 문소 구름이나 되야를 가소
가시다가 가시다가 정 저무르시며는 초제왕에다가 자고 쉬고를 가시고
가시다 가시다가 정 저물어시며는 이제왕에 가다가 자고 쉬고를 가시요
가시다 가시다가 정 저물어시거든 삼제왕에 가다가 자고 쉬고를 가시고
가시다 가시다가 정 저물어시거든 사제왕에 가다가 자고 쉬고를 가시고

가시다 가시다가 정 저물어시거든 오제왕 육제왕 칠제왕 팔제왕 구제
왕 열에 열차왕에 가다가 자고 쉬고를 가시고

나무야 나무야 나무 나무 나무로구나

아 제 불 제보살

염불로 길을 닦으면 가시난 길도 밝다고 허고 오시난 길도 밝다고 허고
좁은 길도 넓어지고 넓은 질도 짜러지면 극락 가시는 이는 극락을 가시고
세왕 가실 이는 세왕을 가시고

세왕 세왕 상세왕에 왕생극락을 가시라고 헌다

아— 제 불 제보살

아— 제 불 제보살

나무 에— 아미타불

나무 나무 나무로구나

16) 영돌이[12]

영이로다 영이로구나 방방 돌아서 영이로구나

십리정에 혼을 맞고 오리 정반에 넋을 맞어

왔네 왔네 내가 왔네

오시넌 자취를 거 누가 알며 가시넌 흔적을 그 뉘가 알그나

집안 도랑을 둘러보아도 내가 살던 집안이로다

산도 산도 내가 보든 산이고 물도 내 보던 물이라

동네를 둘러보아도 내가 살던 동네로구나

나무야 나무야 나무로구나 나무야

나무 — 야 어— 어— 야 아 어— 나무로구나

아미타불[13]

---

12) "영돌이는 시설을 진양조에 맞춰서 한다."
13) "이렇게 하고 자진염불로 들어가는데, 이하는 생략했다."

2. 박본엽본 무가[1]

1. 바깥굿의 무가[2]

왕아 신아 당산이로구나

나무가 설녀선문 당산을 부어놓고 돌이 서이 성원추산을 묻어놓고

당산 한아버지 추산 할머니 모시고

저물면 저무나 새면 새나 새나 저무나 저무나 새나

늦게 청산 비온 날 무장 땅 꼬리처럼 시름 시름 노다가세

서청원 한 마시게

해동 조선 전라남도 관은 여수시오 앉은 곁에 촌도 여수시라

가중을 다니시고 정중을 보시며는 가중은 다 나래 맞고 궁맞고 가갑스

---

1) 박본엽(여, 69세, 1928년 무진생, 여수시 연등동 480번지 8통 4반 거주)은 여천군 화양면 출신인데, 부모도 모두 여천군 화양면에서 무업에 종사했던 세습무 집안 출신이며, 고흥의 당골 조직과 관련되어 있다.
이 무가는 1996년 1월 28일에 여수 굿당에 가서 녹음했다. 그녀는 안굿은 별로 해보지 못했다고 한다. 그녀의 무가를 채록하기 위해서 바깥굿만 시행하고, 그 굿에서 불리는 무가를 채록하였다. 안굿에서 불리는 무가의 경우 그녀가 소장하고 있는 무가집에서 일부 자료를 발췌하여 실었다. 반주는 보성에서 무업에 종사하고 있는 박영삼(남, 72세, 1925년 을축생, 보성군 조성면 평촌 거주)이 맡았다.
2) 보통 굿을 시작하면 먼저 춤추고 이어서 무관이 들어간다. 그리고 돌아서서 잔 삼 배 붓고 다시 돌아서서 굿을 한다.

로 구원 궁맞고 무주 공원에 호방하던 하양 시대 나라 찬 가중이 방시우

화 정중이라

해로서는 을해년 햇머리요 달로 날로 오실 적에 달로 들어서는 나 섣달

만 시영달이였고 날로 받아

성수에는 일상생기 이중천 삼하절체 사해중줄 오상화에 육중복덕 칠하

절명일 팔중비원

멀고 낮은 날을 제추와 놓고(제쳐 놓고) 남생기 여절체라

생기복덕일을 받아서 아뢸 말씀은 다른 말쌈 아닙네다

한 모씨 가정에가 불쌍헌 망제님네 이 세상을 나왔다가 못다 살고 못다

입고 못다 쓰고 이첨은 조금을 하이시요 극락도 못가시고 시왕도 못가시

고 이승 저승 다 못가고 무주고혼에 혼백이 됐다 하야 이 정성을 드리실

라고 대주는 제주를 서고 공주는 화주를 서서

동에는 청계수요 남에는 적계수라 서에는 백계수요 북에는 흑계수요

중앙은 황계수라 을덕수 감동수 오방수요

선한 물을 헛쳐 질러 상탕에는 머리를 감고 중탕에 모욕하고 하탕에는

수족 씻고

신년 백미 전주 담아 신의 옷을 갈아입고

한 고지 헐어내여 후두 약밥을 지어 놓고 백두지 헐어내야 새로 찬 갱

면 이면 어동육서 좌우포로 차려 놓고

다 김일 망제님을 모실 적에

삼대 조상의 양우 신령이나 이대 조상 양우 신령 부모 형제 일신상의

망제 동제 망제씨

삼혼 칠백 혼을 불러 모시고 상본 급변 넋을 불러 모셔 놓고

밤 새도록 낮 새도록 옷 끝에 나무 역전에 동원하야 씻기 해갈촌 노를

씻기어서 다 환생을 허시라고 혼이라도 모시러 가자 서라

말미야 말미야 말미로다 말미로다

허여시던 김일 망제 이 굿을 받아서 자실라고 천하궁에서 말미를 받고서 지하궁에서 허락 받고 산신전에서 문답을 받아서 당산 전에 와서 허락 받은

이 굿을 받아서 자실라고 십 리 정반 혼을 맞고 오 리 정반에 넋을 맞아서 넋은 받아서 넋판에 싣고서 혼은 받아서 혼반에 싣고 세개 화단에 모셔 놓고서

이 굿을 받아서 자실라고 구망 조상은 앞을 서고 신망 조상은 뒤를 따라서 말미야 받아서 오실 적에

보름 말미를 달라 허네 못하고서 아니를 주어서 오 일 말미를 주시라네 그도 못하고 아니 줘서 삼 일 말미를 타가지고서 오시는 말미도 삼 일 받고 가시는 말미도 삼 일 받아서 등신 없이도 오신다 허기에 넋전으로만 등신 삼고 의관 없이 오신다 허기에 옥패로만 떠굴 삼고 옷이 없이도 오신다 허겨서 영등 놓고서 베승나소 집이 없어 오신다기에 생광전으로 집을 삼고서

이 굿을 받아서 자실라고 불쌍허도다 김일 망제 가련하시다 김일 망제 예순 육갑에서 말미하세

말미야 말미야 말미 받어서 들어오시요

제일에는 진광대왕 진광대왕의 매인 중생들 경오 신미 임신 계유 갑술 을해 생복헌 중생들 초제왕에서 말미를 타고

제이천에는 초간대왕 초간대왕에 마진 중생들 무자 계축 경유 신묘 임진 계사 생복헌 중생들 이제왕에게 가서 말미를 타고서

제삼천에는 손제대왕 손제대왕에 매인 중생들 임오 계미 갑술 을을 병술 정해 생복헌 중생들 삼제왕에서 말미를 타고

제사천에는 오관대왕 오관대왕에 매인 중생들 갑자 을축 뱅인 정묘 무진 계사 생복헌 중생들 사제왕에게 가서 말미를 타고서

제오천에는 염라대왕 염라대왕께 매인 중생들 병자 신축 임인 계묘 갑진을사 생복헌 중생들 오제왕에게 가서 말미를 받고서

제육천에는 팽성대왕 팽성대왕께 매인 중생들 병자 정축 무인 계묘 갱진 신사 생복헌 중생들 육제왕으로 가서 말미를 타고서

제칠천에는 태산대왕 태산대왕께 매인 중생들 갑오 을미 뱅신 정유 무술 기해 생복헌 중생들 칠제왕에게 가서 말미를 받고서

제팔천에는 팽등대왕 평등대왕께 매인 중생들 뱅오 정묘 무신 계유 경술 신해 생복헌 중생들 팔제왕으로 가서 말미를 타오고

제구천에는 도수대왕 도시대왕께 매인 중생들 임자 계축 갭인 을묘 뱅진 정사 생복헌 중생들 구제왕으로 가서 말미를 받고서

제십천에는 천륭대왕 천륭대왕께 매인 중생들 무오 기묘 갱신 신유 임술 기해 생복헌 중생들 열차왕에게 가서 말미를 타 오소

말미야 말미야 말미 받어서 들어오시요

초경오 이무자 삼임오 사갑자 오경자 육병자 칠갑오 팔병오 구인묘 십무사 매인 중생들

이 굿을 받아서 오신다네

자축인묘 진사오미 신유술해상 매인 중생들 열차왕으로 가서 말미를 받세

저가 동동 떠온 배는 돌 실었냐 석 실었냐

돌도 석도 아니를 싣고서 한 간에는 구망자 실고서 한 간에는 신망자 싣고 허허 둥둥 떠 들어오시오

왔네 왔네 내가 왔네 등신 없이도 내가 오고서 얼굴 없어 내가 왔으니 오는 흔적을 누가 알며 가는 자취를 거 뉘가 알끄나

아이고 아이고도 설움이야

어떤 사람 팔자가 좋아서 처자 자손을 거나리고 고대광실 높은 집에 팔십 평상을 살건마는

불쌍하도다 김일 망제는 이 세상을 하직허고 넋이란 말이 웬 말이며 혼이란 말이가 웬 말인가

만고절석 호걸들은 사적이나 떠 있건만은 우리 같은 초로인생네 한 번 아차로 죽어지면 북망산을 올라가서 사토로만 집을 짓고 송죽으로만 울을 삼고서 두견 접봉의 벗이 되야서 살은 썩어 물이 되고 뻬는 썩어서 백골이 되지

명사십리 해당화야 너 꽃 진다고 서러 말어라 맹년 춘삼월 돌아오면 너는 졌다가 피련마는

우리 같은 초로 인생들 한 번 아차로 죽어지면은 가시는 길은 있건마는 오시는 길이 적막이라

어였허시는 김일 망제는 이 굿을 받아서 자실라고

달아 바름아 채를 놓고 염불로만 질을 밝히고 오시는 길이라도 밝다 허네 말미야 말미야 말미 받어서 나오시요

3) 천근

왕아 신아

어허 어허 어였허신 망제님들 오실 적에

산신아 산을 열고 만유장서 말을 열고 곽장성 곽을 열소

산신이 산 아니 열어주시구나

저승산은 수미산 이승산은 금광산

수미산 안에 들어가서 산도 푸르고 물도 푸르고 산천수천 유리저수구님네

큰 바구 밑에 산신아 불러노니
산신은 산을 열어주시더라
만유장성 말을 열어주시구나
신망자 머리 쓴 사모 벗어 원귀도장 드리시면 만유장성은 말을 열어주
시대
곽장성 곽 아니 열어주시구나
만사지 한 장 쓰여 내여 원귀도장 드르시면 곽장성 곽을 열고 질신은
질문 열고 문신은 문을 열어
구망 조상은 앞을 서고 신망 조상은 뒤를 따라 넋이라도 들어오시고 혼
이라도 들어오소사

산신이로고나
산신이야
아하 히여 어허허히이여 어허어 산신이여
김일 망재님들 오실 적에
남자 죽은 혼백은 삼혼 칠백 혼이 되고
여자 죽은 혼백은 삼혼 구백의 넋이 되야 오시는디
밤중 시빌(샛별)은 허공에 높이 떴고나
자리 없는 선작요 끈 없는 퇴갱주라 유지이들은 순지근군이라
건궁에 떴든 망재씨들 회고 받어 자실라고
영실청 굿청으로 들어오시는구나

당산이로구나
당산이야
아하 히여어 어허허히여 어허허 당산이요
망재님 오시는 길은

동에 청제장군은 청에동자를 거느리고 동방질 인도허시고
남에 적제장군 적에동자를 거느리고 남방길을 인도허고
서에 백에장군은 백에동자를 거나리고 서방길 인도허시고
북에 흑에장군 흑에동자를 거나리고 북방질 인도허시고
중에 행제장군 행제동자를 거나리고 중앙질 인도하야
내일 아침 보리수 나무 이슬 아니 떨어져
간난 애기 넋이 되고 자는 애기 혼이 되야
영실청으로 서러 말고 들어오시요

4) 넋 올림

혼신이로구나
혼신이야
아하 히여어 어허허히여 어허허 혼신이여
가자 서라 가자 서라
영전 낡게나 가자 서라 혼신 낡게 가자 서라
영전은 손에 들고 혼백을 모시러 가자 서라
넋이야 넋이로구나
이 넋이 누 넋인가
천상 옥경 높이 올라 칠성에 선녀 넋도 아니로다
만첩청산 깊은 산에 부엉새 넋도 아니로구나
운해 안개 영주산에 바둑 신선 넋도 아니시고
삼각산 제일봉에 선녀 넋도 아니로다
고양미 삼백 석을 임당수에다 제 손 놓으며 어둔 눈을 뜨랴 하는 심소
저 넋도 아니시고
 그 넋도 아니고 저 넋도 아니로다

불쌍코 애참 맞은 김일 망재 넋이로구나

삼대 조상의 넋이로다 이대 조상의 넋이로구나

소동의 망재 넋이로다 사구망재 넋이로구나

봉닭의 망재 넋이로구나

김씨 망재나 박씨 망재나 이씨 망재 넋이로다

배 고파서 자실라고 혼이라도 오시고 넋이라도 오시거던 아금대로나 올라서고 작은 데로 올라서서 진옷은 벗어서 마상에 걸어 놓고 모른 옷 갈아입고 극락 갈 이는 극락을 가시고 시양 갈 이 시양 가고 환생할 이는 환생을 허시라고

어서 서러 말고 올라오시요

죽은 손질 마주 잡고 너도 가자 나도 가자

앞을 서고 뒤를 서서 망자님들아

서러 말고 올라와서 요거 받어 자시옵고 환생을 허시게 넋이라도 오르소사

인생은 일생애라

초로 같은 인생들은 비호같이 나왔다 공명도 못 이루고 초목같이 씨러질 때

옷을 두고 입자 한들 아지 못헐 일이로다

밥을 두고 먹자 한들 아지 못헐 일이로다

먹던 밥 입든 옷을 일조에 이별허고 어디 메로 가려느냐

하늘이 높다 해도 체경 안에 이세도

서울이 머다 해도 시간 거리 왕래헌디

저승질이 어디간디 한 번 아차 돌아가면 다시 오덜 못허리라

저승산은 수미산이요 이승산은 금강산

수미산 안에 들어가니 강 하나 이시되

그 강 이름 무엇인가 금지해라는 강일래라

그 강 안에 들어가니 못가에 대나무 서 있으되

그 대 이름이 무엇인가 소상반죽이라 허시대

관은 의에 완주 서대 그간 이름이 무엇인가

햇빛에 비행기 만비라 허시더라

관은 의에 앉어서 칠흑이 동하실 적

동은 청학문 남은 백경 하달문 서는 백오 금강문 북은 임자 수살문 중은 오제더라 허시더라

극락으로 가실 질 금장문에 금사실이 걸리고

지옥으로 가신 질은 옥장문에 옥사실이 걸렸으니

금색 옥새를 끌러 왕생극락을 가실 적에

여보시요 세준네들 이내 말쌈을 들어 보소

이 세상 나온 사람 도덕으로 되었든가

석가여래 공덕 받아 하나님 은덕으로

아버님 배를 빌고 어머님 살을 타서

칠성님 전에 맹을 타고 제석님 복을 빌어

인생 일신을 탄생할 적의

한두 살에 젖을 뽈다 부모 인공을 모르다

이삼십 당하여도 부모 인공을 못다 갚고

춘추는 연년녹이요 왕후는 귀불귀라

무정 세월이 여류하야 홍안백발 늙어지면 다시 젊기는 못허리라

이팔청춘 소년들아 늙은이 망령을 잊들 마소 눈 어둡고 귀 어두워 망령이라 흉을 보고

푸석푸석 웃는 모양 애닯으고 서룬지고 절통하고도 통분할세

인간의 이 공로를 누가 능히 막을손가

인간 백 년을 살지라도 병든 날 잠든 시간 걱정 근심을 다 제하면 단 사십 못 사나니 어제 그제 성튼 몸이 저녁 나잘 병이 들어 선승하고도 약한 몸이 대상 같은 병이 와서 부르나니 어마로다 찾는 것이 냉수로구나

인삼 녹용 약을 쓴들 약덕이 있을손가

판수 불러 갱을 헌들 갱덕이나 있을손가

무녀 불러 굿을 헌들 굿덕이나 있을쏘냐

하릴없이도 죽게 되어 정미 쌀 삼 승을 정히 씰어 명산대천을 찾어가서 상탕에 맞이하고 중탕에 모욕하고 하탕에 수족 씻고 행로 해가 불 같으면 소지 삼장을 올릴 적에

비난이요 비난이요 칠성님 전에 비난이요

산신님 가련하오 부체님 공양한들 어느 선녀가 알음 있어 가남이나 헐가 보냐

번수님네 거둥 보소

활등같이도 곱은 길로 살대같이 달려 나와 한 손에 철봉 들고 또 한 손 창검 들고 어라 사실을 비끼차고 뇌성같이 소리치니 천지가 진동하네

여봐라 망재야

삼 시 번을 불러 놓니 혼이나 대답허고 넉이나 경접허네

망재님 헐 수 없어 눈을 들어 살피보니 처자손 늘어앉어 백탕관을 버러 놓고 지성으로 구호한들 죽을 목심이 살끄나

처자식 손질 잡고 만단 유언 다 못허고 이 세상 떠날 적에 나이는 동갑 주고 석경은 행제 주고 명은 성주조상에다 받쳐 놓고 받어 먹던 반상개 칠성당 올리시고 옥든 유숙은 물러내야 제석궁에 받쳐놓고 입든 의복 벗어 맹두궁에다 바치시고 이 세상 떠날 적에

저승사자 거둥 봐라

일직사자 월직사자 강림사자 삼 사재 달려나와 닫은 문 박차 열고 천둥

같이 들어와서 섬섬하고 약한 몸에 팔뚝 같은 쇠사실로 목을 걸어 한 번에 당가노니 대청맥이 가는구나 두 번째 끈을 땅가노니 열 손 열 발에 맥이 떨어지니 망재님 비는 말쌈

사자님네 듣조시요 시장허시면 요기 하오 신발이나 챙기 신고 노자돈 갖고 가세

만단 설화를 하게란들 저 사자 들을쏘냐 누 명령이라 지체하며 누 분부라 거역할까

염라대왕 명령받아 나왔으니 어서 가고 배삐 가세

일직사자 손을 잡고 월직사자는 등을 치며 재촉을 하시는구나

망재님은 할 수 없어 속적삼 벗어 혼백 불러 갓머리 든정해놓으니 없든 곡소리 낭자허구나

안 매도 일곱 매요 밖 매도 일곱 매라

단하야 구사당에 하직허고 신사당에 허배하고 동네 문전 나가 친구 동갑을 불러서 하직허고 이 세상 떠날 적에 일개친척이 많다 헌들 대신갈 이 누 있으며 친구 벗님이 많다 헌들 동행할 이 누 있을끄나 악없이 모은 재산을 먹고 가면은 쓰고 가리 한정 붙여 가져갈까 심산은 험로한 질을 한 번 아차 돌아가면 은제 다시 돌아올끄나

이렁저렁 여러 날만에 서성겉문을 들어갈 적의

제일에 진광대왕 제이전에는 초간대왕 제삼전에 손귀대왕 제사전에는 오관대왕 제오전에 염라대왕 제육에 평성대왕 제칠 태산대왕 제팔 평등대왕 제구전에 도시대왕 제십에도 천룡대왕

염라국 푸른 사자 우두나발 마두나찰 자두나발

전후 좌우로 늘어 앉어 기치창검을 차려 놓고 등대하고 기다리던 망재 불러서 문초하되

여봐라 망재야

이승 세상에 무슨 선심을 하야 극락 질을 원하느냐 선심을 아루어라

배고픈자 밥을 줘 아사공덕을 하였든가 병든 사람 약을 써서 활은적선을 시겠느냐 목마른 자 물을 줘 급수공덕을 하였든가 깊은 물에다 다리 놓아 월천공덕을 하였느냐 초근 밭에 원두 숨어 행인 해갈을 시겠든가 질거리 초당 짓어 행인 잠을 재왔느냐 높은 산에다 불당 지어 중 적선을 시겠느냐

아미타불 염불을 받아 극락으로 가려므냐 시양으로 가려므냐

항우 장생이 되어 가고 항우 부인이 되어 가라기에

문장하시던 선망 조상 나중 가신 신망조상 천방지축 나오실 적에

열두 대왕은 왕채 주라 사재님은 팔삭 주라 문지기 문삯 주라고 조르시니

공수래공수거하야 빈 손 쥐고 나왔다 빈 손 쥐고 들어가니 인정 쓸 돈이 반 푼 없고 적삼 벗어 인정 주고 망재님들 오실 적에

첫문은 여망문이요 그 문 사자는 적벽사자 그 문안 들어가니 제일 정광대왕 명호는 정태봉씨요 탄일은 이월 초하룻날 원불도 하룻날 정광여래 제일이요 허황허 매인 중생들은 경오 신미 임신 계유 갑술 을해 산 가지 빠였으니 하탄 지옥을 면하시고

일목제왕 이목계왕 삼목계왕 우두나찰 마두나찰 자두나발 백만운 군속 거나리고 제불제천 상수설법 도제중생들은 증광여래를 면하시오

신염은 소탐하면 선망부모 후망자손 조리 조상의 연읍연맹이요

지옥 생년은 정찰지장왕보살

나무아미타불.

6) 염불(진염불, 중염불, 느진 염불)

되야 오시요 되야 되야 에헤 오소사

오만에 신선이나 되야 되여 오시요

운해 안개 영주산에 바둑에 신선이나 되야 되여 오시요

삼각산 제일봉에 선녀 넋이나 되야 되여 오소사

만첩청산 짚은 산에 부엉새나 되야 되여 오시요

높고 낮은 저 무덤에 영웅에 호걸들이나 되야 되여 오시요

나무야 에헤 에헤히야 아헤헤여 허어허허허 간간허어허어허여며야 나무나무야 아미타불보살

창소하야 하장세계

보가부체님 행화를 거느려 천하대소일왕은 비로부체님 행화를 거느려 약사보살 야광보살 허공장보살님 행화를 거느려

나무야 헤에 헤에히야 아헤헤에 허어허어어 간간허어허허 나무나무여 아미타불보살

나무아미타불 에헤 제보살 제불에 제보살 나무아미타불

경산 육에산도 나무아미타불

대구 월력산도 나무아미타불

석단 수도산도 나무아미타불

석전 금석산도 나무아미타불

이내 내가 백운산도 나무아미타불

나무야 동방은 청렬에 장업이였구나 나무아미타불

나무 남방 적렬에 정업이로다 나무아미타불

나무야 서방은 백렬에 장업이로다 나무아미타불

나무 북방은 흑렬에 장업이요 나무아미타불

나무야 중앙은 행제 정업이로구나 나무아미타불

제불 제보살 제불 제보살

나무아미타불

망재님네들 극락을 갈 적에 공덕에 염불을 외와를 주며 가시는 길이라 발길이 온다네

나무아미타불

일차 공덕은 병오생이요 이차야 공덕은 무자생이요 삼차 공덕은 임오생이로다 나무아미타불

사차에 공덕은 갑자생이요 오차 공덕은 계묘생이라 육차야 공덕은 뱅자생이요 나무아미타불

칠차야 공덕은 갑오생이요 팔차 공덕은 뱅오생이라 나무아미타불

구차 공덕은 임자생이로다 열차 공덕은 무오생이요 나무아미타불

나무아미타불 나무아미가타불

제제불 제보살 제제불에 제보살 나무아미타불

태항강변에 나왕절 용수보살에 약탕계 나무하장은 세계를 비로자나 진법상은 나무아미타불

법장성인은 쓰기장음 나무아미타불

사십팔원에 원적을 하여 나무아미타불

미타미공 성인장음 나무아미타불

미타국도 안나장음 나무아미타불

법하여 청정은 억수야장음 나무아미타불

허생의 여룬의 유강장음 나무아미타불

추야장하에 짚은 장음 나무아미타불

이십사절에 정토장엄에 나무아미타불

삼십천에는 공덕의 장음 나무아미타불

극락세계는 십주장음 나무아미타불

제제불 제보살 제제불에 제보살 나무아미타불

망재님네 극락을 갈 때 도량장음 염불이 되어 주면 가시는 길이가 밝다 허대 나무아미타불

일세 동방은 열두량 이세 남방은 득천량이라 삼세 서방은 구정토 사세 북방은 연향각 도량청천에 무아지 삼보천륭은 감차지라 아 감은 칠손은

매진혼 원사잡이는 밀강홍 아성소죽은 제하건 계형머슴은 탐심지 종신부
인은 이소생 열체아금은 게참양 차매진 혼슬이
　사바하
　나무아미타불 관세음보살

　왕아 임금아
　공심은 절하지고 남산은 본이로다
　조선은 국이였고
　경상도장은 칠십칠관 일흔일곱 도장이 생기시고
　우리 조선은 오십삼관이 생기실 적에
　허공천지 비천 삼화돌이천 열시왕은 각각 얼어 마중나오실 적에
　천황씨는 좌부생천하니 올라 하날이 생기시고
　지황씨 축에 나려 땅이 생기시고
　인황씨는 인세 만인을 부르시며
　동해 태후 부기씨는 목덕으로 왕허시고
　남해 연기 신농씨 신농법을 마련하야 농사 짓기를 이룩하고
　서에 서역 은천씨는 인간을 살리실라고 저물게 팔괘를 부르시네
　북에서는 고양씨는 망구를 맺어서는 마련하야 고기잡이를 가리치며
　중에 황제 힌원씨는 이제불등 배를 모아 구년지수를 다스릴 적 물의 이
치를 가르치며
　수운씨는 집이 불을 내야 구의 화식을 마련하고
　산신은 산을 내고 용신은 물을 내야
　산지조종은 곤륭산이요 수지조종은 황하수라
　우배는 우천룡이요 좌배는 좌천룡

남교제 귀경성이라 탐람성하시고 백옥남간 치제를 훘던 명당 잡어 나려오실 적에

서천고 삼화 시에

해동은 조선 전라남도 관은 여수시요 가정 거대처는 아연동 동해라 가중은 장씨라 박씨 고하 정중이요 해로서는 을해년 햇머리 달로 들어 섣달 만시영 날로 받아 성수에는 일상생기 이중천 삼화절체 사중류 오삼화에 육중도 칠하절명일 팔중지요

멀고 낮은 날을 제추와 놓고 남생기 여절체 생기복덕일을 받어 비는 말은 다른 말쌈이 아닙니다

인물은 예문 귀불귀라

말치레 아니 하시머는 어느 영인 줄을 알 수가 있으리까

다 박씨 가정에다 김일 망재님들에 이 세상 못다 살고 못다 입고 못쓰고

풀잎에 이실같이 세상을 낙화되야

저승도 못가고 이승도 못오시네

묵고 가자 진림 옇고 입고 가자 간심 옇고

인간에다가 오구야 간신을 집어옇고 칠구 간신을 집어 옇고 칠성 바람 산신 바람 요왕 바람 천산에 조상 바람 성주에 지신 바람 옥신 석신 통절을 집어 옇서

요구 간신은 요 인간이 다 답답하야 생기복덕일을 받아 대주는 세주 서고 공주는 화주 서서 은색에 밥을 짓고 옷색에 실로 차단타 어동육서 좌우포로 차려놓고 삼대 선영 할아버지 이대 조상 부모 조상 형제 영혼 동자 망재 사돈 망재 불쌍헌 영혼네들 다 환생을 허시라고 오구풀이를 나섰습네다

오구시왕님네 본을 받세 오구하나님네 본을 가세

오구시왕님 본은 가서 게 어디 본이든가

서천 서역국 시왕산이 오구시왕님네 본일래라

칠대비 운씨호는 칠하대 칠마대 장군이라 칠대비 운씨 본이드라

오구시왕님은 십칠 세 자시고 칠대비 운씨는 십오 세를 자실 적에

혼연 질을 왕래를 허실 적에 성주님에 빌어 당상에 공론하고 조야에 변론하여

한 장에 이름 쓰고 두 장에 성명을 올려 정월 십오일 사성을 봉하시고 이월 한식날은 납채를 디릴 적에

그 때는 어느 때든가 녹음방초 성화시라

화정궁에 빛나는 봄철을 맞이하여

두 대받이 채왈 치고 좌우 뱅풍을 둘러놓고

청실홍실에 길연 맞아 백방의 권속 전후좌우로 늘어 앉어

다 혼인 축하 권세주 부모에 효자주 형제에 화목주 다 건배를 하야

오구시왕 지내다 이삼경을 삼 석 달에 지내고 이삼 년 지내였으니

칠대비 운씨는 잉태할 줄을 모를 적에

오구시왕님 하시는 말쌈

칠대비 운씨는 질은 삼 년이 넘어가도 돈기가 없습니다

삼신지왕님이 듣는 듯 보는 듯 천지지왕 일을제왕 속덜왕씨제왕, 태탈황씨제왕, 은원씨제왕, 본제왕, 진제왕 돌아들어

한 달 두 달은 이실 모아 석 달에 입덧 나니

앉으면 산이 돌고 서면 들이 돌아

온갖 과실을 청하실제

국에는 날장내 밥에 못내 수제 녹내 물에는 해금내요

심고심산에 포근한 몰유 영두산상에는 능금 다래 호두 복성 시금시금 천두 복숭아 원하시요

넉달의 사두 생겨시고 다서 여섯 달 반정 실고 일곱 달에 칠궁기 열고 야답 달 야답 팔전거리는 아곱 열 달에는 아부에 밍줄 받고 어무에 복줄

받아 아부 뺴문을 열고 어무 살문 열고 연지문 구화문 금강문을 곱게 열어

수이 낳고 돌아다 보니 여다지를 탄생을 허였구나

여바라 시비야 어서 궁 안을 들어가서 오구시왕님께 여쭈어라

시비는 궁 안을 들어가서

오구시왕님 칠대비 운씨는 여다지를 탄생을 허였습네다

여바라 시비야 나려가 그 아기는 일공주라고 이름 지어 동성방에 유모 정해 두어라

그 아기 유모 정해 내쳐 놓고 이삼 년이 넘어가니 또 지경이 돌아들어

한 달 두 달은 이실 모아 석 달 입덧 나며는

앉으면 서기 싫고 서면 앉기 싫어

온갖 과실 청하실 적에

국에 날장내 밥에 뭇내 수제 녹내 물에 해금내 고기에 비린내 노린내마다 나서 다

넉 달에 사두 생겨 태제왕씨 그 다음에 태황 석자가 좌정하고

다서 여섯 달에는 남녀를 분별시켜 일곱 달에 칠궁기 열고 야답 달 야답 팔천 털이 나네

아곱 열 달에 온짐 잔짐을 받아서 아부에 밍줄을 받고 어무에 복줄을 받아 아부 뺏문을 열고 어무 살문을 열어 연지문 구화문 금강문 곱게 열어

수이 낳고 돌아다 보니 여다지를 낳았구나

여바라 시비야 어서 궁 안을 들어가서 오구시왕님께 여쭈어라

시비는 궁 안을 들어가서

오구시왕님 칠대비 운씨는 여다지를 탄생을 허였습니다

시비야 나려가서 그 아기 이공주라고 이름 지어 유모 정해 내치 놓고 산모 구완이나 잘해라 그 아기 삼공주라3) 이리요.

유모 정해 내치 놓고 이삼 년이 넘어가니 또 지앙이 돌아드는구나

---

3) 이공주의 오류.

한 달 두 달에 이실 모아 석 달 입덧나니 앉으면 서기 싫고 서면 앉기 싫어

온갖 과실 청하실 적에

소양판 갈비찜 대양판 질비찜 원하시여

넉 달에 사두 생겨 다서 여섯 달에 남녀 분별시겨 일곱 달에 칠궁기 열고 야달 팔천 털이 나고 아곱 열 달에 온짐 잔짐을 받아 아부 뺏문 어무 살문 연지문 구화문 금강문 하탈문 곱게 열어

수이 낳고 돌아다 보니 세차도 여다지를 탄생을 허였구나

여바라 시비야 어서 궁 안을 들어가서 오구시왕님 전에 여쭈어라

시비는 천방지축 건너가서

오구시왕님 칠대비 운씨는 세차도 여다지를 탄생을 허였습네다

여바라 시비야 나려가서 그 아기는 삼공주라고 이름 지어 유모 정해 내처두어라

시비는 그 아기 삼공주라 이름 지어 유모 정해 내쳐놓고 다 절대 비우세

이렇게 낳은 자손이 자손 귀헌 가정에서 한 탯줄에 사공주 오공주 육공주를 낳어 놓고

자손 귀헌 가정에서 딸 육형제를 낳고 보니 염치없고 체면 없어

하루난 아들을 보랴 하고 이십사방에 금토 놓고 샘 일 기우 일 정성을 드리는디

대사 스님 내려와서 시주를 달라 허시는구나

어 저 대사는 시주를 받을라거든 어진 가문을 찾어가지

우리 가정에 자손이 깊은 소원되야 아들을 보랴 허고

이십사방 금토 놓고 샘 일 기우 일 정성을 드리난디 시주란 말이 웬 말이요

대사는 그 말 듣고 안으로 들어오더니

칠대비 운씨여 듣조시요 대사는 아는 것이 많습네다 오구시왕님 가정을

둘러보니 자손의 근심이 가득허시니 제 말씀을 들으시면 태자를 보리다

어찌하면 태자를 본단 말이요

대사 시님 허신 말씀

우리 골 절에 법당 부처님 전에다 고양미 삼백 석을 불전에 바치고 돈 삼천 량을 부체님 전에 바치 놓고 노구에다가 밥을 지여 석 달 열흘을 백일 정성을 드리시면 태자를 보리요

칠대비 운씨는 대사 떠난 지 후에 안으로 들어가서 서른세 명 역군을 불러내야 공양미 삼백 석을 불전에 바치고, 돈 삼천 량을 부체님에 바쳐 놓고 노구에다가 밥을 지여 석 달 열흘, 백일 정성을 드렸어도 아무 돈기가 없었구나

하루난 칠대비 운씨가

오구시왕님 우리가 부체님 전에다 백일 정성을 디렸어도 아무 돈기가 없습네다 온갖 공이나 드리봅시다

칠대비 운씨 머리 모욕 정히 허고 생기복덕일을 받아 온갖 공 드릴 적에

명산대천에 명신당과 고흥에 청사 서광사 칠성 불공 나한 불공 백일 산제 제석 불공 연등 시주 가사 시주 집이 들어온 날은 성주 선영 삼신조왕 당산 천륭에 허유 걸려 다니시며 질닭기 다리 적선 온갖 공을 디렸더니 천신이 굽어보아 지앙이 돌아드는구나

한 달 두 달은 이실 모아 석 달 입덧 나니 앉으면 서기 싫고 서면 앉기 싫고 누먼 땅이 돌고 서면 들이 돌아 식음을 진피하실 적에

하늘에 학이 한 쌍 공중에 나러오시는구나

그 꿈을 꾸고 나서

오구시왕님 간 밤에 꿈에는 하늘에 학이 나려와 보이니 아들 태몽인가 보시오

십색을 다스릴 적에 조심을 허시시요

칠대비 운씨는 넉 달에 사두 생겨 다서 여섯 달 남녀를 분별시게시니

일곱 달에 칠궁기 열어

곱던 얼굴에 새알 점이 씰어 아들 날까 기다리고 조심을 허시는구나

이불청음성하고 목불시악시라 활부정불색하고 좌불안정하야 십색을 배술러서

아부에 맹줄 받고 어무에 복줄을 받아 온짐 찬짐을 받을 적에 영전끼가 비치는구나

삼신 제왕님네 거동보소

구름같이 흩은 머리 관자 머리 빗끼 없고 윈어깨 밍중치를 들어메고 오른 어깨는 복중치 들어메고 세간 성세 자손 중치를 허리 차고 은가시개 손에 들고 짚단을 옆에 찌고 지왕당 모퉁이 돌아오니

칠대비 운씨는 누기난 방안을 우게난 짚단을 깔고 허리야 배야

아부 뺏문에 어무 살문 정제문 구화문 하탈문 잡을 적에

대롱에 물 쏟듯 걸빵에 길 쏟듯 함박에 물 쏟듯 얼컥절컥 곱게 열어

수이 낳고 돌아다 보니 일곱차도 딸이로구나

허허 이럴 어쩔끄나 대대로 내려오는 선영 가정 옥새 세간 연장 뉘게다 전장을 할끄나

신세 자탄을 허시더니

여바라 시비야 어서 궁 안에 들어가그라 오구시왕님은 영전기 있는 걸 보고 가서 시간 사주를 잡으실라 기다리니 어서 가서 아뢰어라

시비 천둥같이 들어가서

오구시왕님 칠대비 운씨는 일곱 차도 딸을 탄생을 허였습네다

여바라 시비야 백일 산제 불공드려 낳은 자손 딸이란 말은 당치 않다

정말 딸이 분접 삼접을 받아 뉘여놓았습니다

팔자에 태얐드냐 사주에가 마련터냐 여칠성이 웬 말이냐 여바라 시비야 나려 가서 그도 중헌 목심이니 그 아기 유모 정해 내치어 놓고 산모 구완이나 잘하여라

오구시왕님은 아들 날까 기다리고 시간 사주 잡고 작명을 지으실라 천방지축 나오시다 주저를 하시는구나

시비 나려오니 칠대비 운씨가 하신 말

여바라 안으로 들어가서 돌애미 불러들여서 앉아서 그 아기 담아 이고 앞녹강 물에 갖다 여부러라

시비는 명령을 못 거슬러 돌애미 불러대니

서방차 그 애기 담아 이고 대문 밖을 썩 나서니 난데없이 천당에서 뇌성벽락을 내렸더니 선관이 나려와서 하신 말쌈

여바라 시비야 그 아기는 하늘 가는 선녀다 데려다 뉘여 놓고 밤이면 물 믹이고 낮이면 응지장지 가려 내여 놓먼 일추월장 자라 나서 십오 년 넘어가먼 알 동절이 있으리라

시비는 다 선관 하든 말쌈 듣고 음심하여

응당수 물도 못가고 뒷동산 쑥밭에 나려 놓고 주저할제

하늘에 학이 한 쌍 나려와서 그 학이 덜컥 물어내야 비명밭에다 뉘여 놓고 한 날개 깔아주고 한 날개 덮어주어 철야보전을 허는 걸 보고 돌아와

일 년 가고 이 년 가고 사오 년째 넘어가니

오구시왕님은 자손 귀한 가정에서 딸 칠 형제를 낳아 놓고 대대로 내려오는 선영을 못 잇고 신세자탄을 허시다가 심와화(心火)로 빙이 나서 좋다는 약을 써도 백약이 무효 되야 하를 없이 세상을 뜨게 되야

하루는 법사를 불러대야 칠대비 운씨 생금 삼 승을 쓸어놓고 문복을 쏫아보니

법사 육괘불의 산을 더져 놓고 허는 말이

칠대비 운씨 듣조시요 오구시왕님 병사는 인삼 녹용 불사약도 신통치 아니허시고 수영산 천령봉 큰 바구 밑에 천년수 뒤골에 만년수 약물이 있사오니 그 물을 길어다 자시먼 만뱅통치를 허시리다

법사 떠난 후에 칠대비 운씨 안으로 들어가서 딸 육 형제 불러 놓고

여바라 공주야 느그 부친은 칠 형제나 괴여 놓고 심와화로 빙이 나서 하릴없이 세상을 뜨게 되야 법사에 문복을 솟아보니 수영산 칠영봉 큰바구 밑을 가서 천년수 뒤 골에 만년수 약물을 질러 자시면 만병통치를 허신다 허니 누구 갔다 올라느냐

일공주 이공주 삼공주 나와 허는 말이

상환의 여자라도 주년이 차 고이면은 동네 유지 내우 법이 다르단디 왕의 딸 공주로 수천 리 머난 길을 게 어데라고 가오리까

못간다 호령허는구나

사공주 오공주 육공주를 가라 허니

형네들은 장성해도 천리 길이 내우 고파 벨아 못간다 허니 조고만한 소녀들이 게 어디라고 가오리까

못간다 호령허는구나

칠대비 운씨 기가 막혀 신세자탄을 허느라니

시비 나와서 허는 말이

그렇잖습네다 죽을 자 죽고 살 약이 있답니다 베리데기 데려다가 시영산을 가랍시다

시비는 아침 조반 일찍 먹고 뒷동산 배맹밭을 올라가서 베리데기 베린 곳을 얼른 발로 찾어 보니 간 곳이 없구나 만첩청산을 들어가 근네산을 바라보니 조그만 뭇집이 있구나

여바라 바리덱아

한 번을 불러 놓니 산이나 대답허네

여바라 베리덱아

두 번을 불러보니 베리데기 군담 소리

거 뉘기가 나를 찾소 항님은 영혼이라 오늘은 날 찾어올 사램이 올 줄 알고 십오 년을 자라주셨더니 천당으로 득전허시고 독수공방 혼차 앉은 줄을 알고 산신님이 밥을 삼자 나를 찾소 사호 신선들이 당혼헐 줄을 알

으시고 바둑 뒤고 소일 삼자고 나를 찾소 날 찾을 이 전혀 없네 나는 아부
어무도 없이 자라났는데 거 뉘기가 나를 찾소

여바라 베리덱아

삼 세 번을 불러 놓니 베리데기 거둥바라

떼를 떠 집을 짓고 돌 줏어 성을 쌓고 나무잎 속에 나오는디 짚만 남은
저구리 말만 남은 치매자락 뒤축 없는 신을 신고 머리는 질어 석 자 시
체나 되얐으니 사람 행용도 아니로구나

시비는 베리데기 손을 부어잡고 천방지축 나려 와서 칠대비 운씨 상봉
을 시게 놓니

여바라 베리덱아 나는 너를 낳아 부모 도리는 못했다마는 느그 부친이
하릴없이 세상을 별세를 하게 되야 법사게 문복을 솟아보니 인삼 녹용 불
사약은 신통치를 아니허시고 수영산 천륭봉 큰 바구 밑에 들어가서 천년
수 뒤골에 만년수 약물을 질러다 자시면 만병통치를 허신다 허여 느그 형
네들 육 형제는 운단 이불 대단 요 온돌 방 이레 백일잔치 돌잔치하여 곱
게 믹인 공주로 키웠어도 다 못 간다고 불응을 하여 너를 불러 왔나니 니
갔다 올라느냐

베리데기 허는 말이

하늘이 삼기시고 땅이 나실 적에 천년 형제밖에 더 있으리요 인자지도
리를 허랴 허먼 가다 말지라도 제 갔다오겄습네다

베리데기 거둥바라 헐 입은 의복을 벗어 놓고 형네 의복 빌려 입고 형
네 신 빌려 신고 은동우 옆에 찌고 놋또가리 손에 들고 수영산을 들어갈
적에

한 모퉁이 돌아서니 질 신이 불러 말씸하되

여바라 베리덕아 이 질은 대한 질이라 그저 가지는 못 허나니라 질세를
가져왔느냐

질세 아니 가져왔습네다

질값 삼 년을 살고 가소

한 곳을 당도하니 산신이 불러서 말씸하길

여바라 베리덕아 이 산은 명산이라 그저 가지는 못 허나니 산세를 가져 왔느냐

산세 아니 가져왔습네다

산값 삼 년을 살고 가소

두 삼 년 살아주고 수영산 들어갈 적에

앞산도 첩첩허고 뒷산도 첩첩헌디 뒤견 접봉 우는 소리 슬프고 처량헌데 어떠한 선관이 몸에 육앵삼을 입고 머리에는 두어관을 쓰고 꽂은 끊어서 머리에 꽂고 입은 따적을 불며 부르난 노래 소리

저그 오는 저 거둥이 베리덱이 태도로구나 이 짚은 산중에는 남자도 못 오난디 조그만헌 소녀가 부친을 위하야 수영산 가는 길이로구나 철천지 효녀로다 수영산 가는 길을 낱낱이 일러주마 화산 넘고 청산 넘어 봉래 방장 들어가면 삼신산이 거그로세

베리데기는 선관 하는 말씸 듣고 묻지 않고 들어갈 적에

화산에 들어가서 환생초 꽂을 끊어서 품에 옇고 청산에 들어가 청꽂 끊어 품에 옇고 화산 청산을 넘어 봉래 방장을 당도허니 천불 천탑은 하늘 닿게 지여 있고 낙락장송은 석상에 가득 늘어 있고 적송자는 학을 타고 안송자 나귀 타고 이적선이 구름 타고 청요리 빙어 연엽주 광하주 봉여로 많은 중에 술은 대택을 차려 놓고 팔선녀 늘어 앉어 갖은 풍류를 갖추더니 베리데기 당도허니 영접하야 앉혀 놓고

여바라 소녀야 이 짚은 산중에 무슨 소원으로 왔는고 소원을 아뢰어라

베리데기 허는 말이

저는 게 아니라 오구시왕님 딸로서 일곱차 베리데깁네다 우리 부친이 심와화로 뱅이 나셨는데 수영산 약물을 길어다 자시면 만병통치를 허신다 허여 약물을 질러 왔습네다 어느 물이 약물이요

상탕수도 약물이고 하탕수도 약물이네마는 물세를 가져왔느냐

물세 아니 가져왔습네다

효성은 지극허나 물값 삼 년을 살고 가소

베리데기 거동바라

수절허고 곱던 몸을 질신에 삼 년 산신에 삼 년 요왕에 삼 년 석 삼 년을 지낼 적에 수절하던 몸을 허락하야 아들 삼 형제 낳가지고 은동우에다 물을 질러 금지봉으로 밀봉하야 어린 자석 등에 업고 실건 놈 앞을 세고 두 주먹 무른 쥐고 천방지축 나오나니

한 모팅이 돌아서니 조고만한 초악들이 부르난 노래 소리

불쌍허고 처량허구나 우리 골 오구시왕님은 딸 칠 형제를 낳아 놓고 대대로 내려오든 선영을 못 잇고 심화화로 병이 나서 좋다는 약을 써도 백약이 무효되야 어제 그제 별세를 하야 오늘이 출생이라네

여바라 초악들아 그 노래 재창으로 불러보소

오구시왕님이 불쌍허세다 하루 한 차례썩 부릅네다

베리데기난 부친이 세상을 뜬 줄을 알고 천방지축 나오나니 한 모탱이 돌아서니 북소리가 들리는구나 한 곳을 당도허니 상구소리가 들리는구나 눈을 들어 바라보니 대왕님 만사지 일만팔십 개를 앞을 세우고 밍정공포를 앞을 세우고 혼복생이 질 우에 서고 신체생이 다 상보를 울고 가네

허 너 허어너와 얼가리 넘자 너와혀

인제 가며는 언제나 오실라 올 날이 장차 기약이 없네

허 너 허어너와 얼가리 넘자 너와혀

홍도 나니 백발이요 못 믿을 것은 죽음이네

허 너 허어너와 얼가리 넘자 너와혀

가시는 날은 알거니와 오마는 날짜나 일러주오

허 너 허어너와 얼가리 넘자 너와혀

청춘약발 홍안령은 봄을 따러서 오실라요
허 너 허어너와 얼가리 넘자 너와혀
석상에다 춘조를 숨어 싹이 나면 오실라요
허 너 허어너와 얼가리 넘자 너와혀
가네 가네 나는 가네 영전 중천으로 떠나가네
허 너 허어너와 얼가리 넘자 너와혀
오늘은 가다 어데가 자며 내일은 가다가 어데가 잘끄나
쉬엄 쉬엄 쉬어 가다 사십 팔원에 가서 쉬어 가소
허 너 허어너와 얼가리 넘자 너와혀

이렇게 서른세 명의 유대꾼이 상구를 어루고 가는구나
베리데기 거둥 바라
업었던 아기를 나려 놓고 물동우를 나려놓고 상구체를 부쳐 잡고 방성
통곡 애걸을 하며
여보시요 유대꾼들 수영산이 질이 멀어 자연 지체되였으나 지도 인자
지도리로서 우리 부친 가시는 길에 얼굴이나 상봉을 헐랍네다 잠깐 쉬여
가옵소서
일공주 나와 허는 말이
저 봉빈헌 저 인생은 수영산 약물 질러간다더니 수영산 못가고 개천물
을 질러 와서 약물을 질러왔다 허느냐
행네들 듣조시요 지는 치성이라 거짓말은 못헙네다 수영산 약물을 질
러 왔으니 잠깐 쉬어 가옵소서
이공주 나와 허는 말이
해는 서산에 일몰하고 하관 시간도 바뻐간디 수여가라는 말이 웬 말이냐
베리데기 방성통곡을 허니 서른세 명의 유대군이 상구 놓고 물러서는
구나

베리데기는 두 손을 덜덜거리고 안매도 일곱 매요 밖매도 일곱 매 장단을 끌러 놓고 청계 띠고 소름 대름을 헤치고 맹화수의를 벗겨 놓고 보니 부친은 잠잔 듯이 누우셨구나

환생초 꽃을 내여 약물을 적시어 상하로 모욕을 씻겨 놓니 붉은 화삭이 돌아오며 온기가 돌아오시는구나 두 번차 청색꽃을 내야 약물을 적시여 상하로 모욕을 씻겨 놓니 푸른 기가 심맥이 돌아오시네 삼시 번의 약물을 멕여 놓니 창공문 열새 끄른 소리 나니 숨이 통하시난구나

오구시왕님은 후유 한심 쉬며 잠잔 듯이 일어나시어

거 뉘기가 날 깨웠나 오 일간 깊이 든 잠을 거 뉘기가 깨왔느냐

잠잔 듯이 일어나 전후좌우를 둘러보네

대왕님 만사지 좌우에 늘어 있고 혼복생이 신체생이 화단되여 늘어 있고 딸 육 형제는 상주 경영을 뀌몄으니

허허 이것이 웬 말인가 나라는 인생은 딸 칠 형제를 낳아 놓고 선영봉친 자손도 없어 화로 병이 나서 이 세상을 떴는디 거 뉘기가 날 살렸냐 하늘이 날 살렸소 땅이 날 살렸소

소리를 외치니

서른세 명 유대군 나와 허는 말이

베렸다 베리데기가 시영산을 들어가서 천년수 뒤골에 만년수 약물을 질러다가 오구시왕님을 믹여 살렸습네다

어허 내 딸이 효녀로구나 천신이 그대지 무심할끄나 여바라 베리덕아 너를 잉태헐 적에 칠성당에 불공드리고 부체님에 공양 올리고 백일 산제 불공 드리고 낳은 자손 딸애기로 생기어 유모 정해 내쳤더니 효녀로 마련하였구나

여바라 베리덕아 너는 부모 혈육을 타고 나도 젖도 밥도 아니 먹고 자라나 너 소원이 많으리라 소원대로 아뢰어라 날에 살이를 갈라느냐 골살이를 갈라느냐 아뢰어라

베리데기 허는 말이

아버님 저는 소녀 여자 몸이 되야 날에 살이 골살이는 과하십네다 저는 다 죄목이 지중헙네다

죄목이라니 무엇이냐

저는 수영산을 들어갈 적에 질신님은 질세 주라 산신은 산세 주라 요왕님은 물세 주라 조르는디 돈은 없어 다 못주고 수절하던 몸을 허락하야 아들 삼 형제 낳어 가져 와서 보니 형네들 육 형제는 석 삼 년이 지내가도 수절허고 있었는디 소녀는 불의행사를 하였으니 명령대로 복종하겠습네다

여바라 베리덕아 이것이 모도 다 천신에서 매낀 일이로다 옛녁에 말씀 들으시면 외손봉사는 한다더라 친손봉사 나 안 허고 외손봉사 나 헐란다

오구시왕님은 죽어가시던 목숨을 효녀 베리데기 약물을 질러다 자시고 다시 환생하야 야든 해 징명 두 야든 징명 선 팔십 후 팔십 살아 계시고 대대로 내려오는 선영 가정 옥새 시간 전장을 외손재 삼 행제에 전장허고

베리데기는 부모의 효성이 지극하야 중앙 칠성 하광 칠성으로 앉히시고

딸 육 형제는 부모에 효성이 불응하야 민민이 촌촌이 가문 정중마둥 인물 적간으로 보낼 적에

강남은 대별상 손님으로 가거라 우리 조선은 만 백상손님 우두손님 홍진손님 씨두손님 떨이손님으로 딸 육 형제는 보내놓고

오구시왕님은 칠대비 운씨는 두 세상을 삼스롱

불쌍헌 망재씨 극락을 못가는 자는 극락문도 열어주고 시왕 못가는 자는 시왕문도 열어주고 오구문도 열어주시고

고시레 자다 물을 받아 자시고 가중도 맑히 주고 정중도 맑히 주시고 세상에 맹에를 두었건만

불쌍허신 김일 망재님들은 명이 짤르고 죽었으니 진오구 단오구 해서고 간장 썩고 살 썩던 오구풀이를 하야 다 밍줄 복줄을 당가 염불을 해여주먼 대산이 평지 되고 한강이 육지 되고 소로질이 대로 되야 극락왕생을

허시라고 명줄이나 당거주세

당거주세요 당거를 에헤 주소사
명줄 복줄이나 당거를 당거주시요
불쌍허도다 김일 망재씨
맹이 짤루와서 낙화 낙화됐으니
명줄 복줄을 당기여 당거주시요
명줄 복줄을 당기여다가 아무씨나 대주리다
전장 전장허시요
또 명줄 복줄을 또 당거 에허다가 긴샌에 자손들에 전장 전장허시요
뒤돌아 오소사 뒤 돌아 오시요 아는 데로만 뒤돌아 데허 오시요
작은 데로만 뒤돌어 어허 오소사
오만에 신선이나 되여 되여 가시요
사람이 되야서 가시라고 허거든 성인에 군자나 되여 되헤여 가시요
닭이나 되야서 가시라고 허거든 하늘에 봉닭이나 되여 되헤여 가시요
개가 되야서 가시라고 허거든 하늘에 어룽개나 되여 되헤여 가시요
새가 되야서 가시라고 허거든 꾀꼬리 뱁쪽새나 되여 되헤여 가시요
소가 되야서 가시라고 허거든 세계 황소나 되여 되헤여 가시요
운해 안개 영주산에 바둑에 신선놀이나 되여 되헤여 가시요
삼각산 제일봉에 사호 신선들이나 되여 되헤여 가시요
만첩청산 짚은 산에 부엉새나 되여 되헤를 가시요
높고 낮은 저 무덤은 영웅호걸들이나 되여 되헤를 가시요
나무야 나무야 나무아미타불

망재님네 오만 신선이 되야 가실 적에
천상 신이 되야 가고 지상신이 되야

천상 옥경 높이 올라 유대성이나 되어 가실 적에

못다 먹고 못 살고 못 입고 간 맹복 없는 처자 자손들의 손자들에다가

정장 놓고 극락세계로 가실 적에 왕을적우세 속죄 허고 지옥을 면하세

제일에 정광대왕을 정허리라 제이에는 초간대왕 제삼 송계대왕 제사는

호간대왕 제오는 염라대왕 제육에 평성대왕을 여우리라

제칠은 태산대왕을 여워주고 제팔은 평등대왕을 어우리라

제구는 도시대왕을 여워주고 제십은 천륭대왕을 여웠으니

지옥을 면하실 적에 토산지옥 하탄지옥 금수지옥 흑암지옥 다른 지옥

은 자친지옥 철산지옥 철장철하 금궐 안에 풍도지옥을 면하시고

사재를 여워주세

일직사재 여우네 월직사재 여워주고 강림사재를 여울 적

산에 올라서 산신 사재 물로 나려 용신 사재 질신 사재를 여우리라

관상명 불러다 열두당 바치던 사재를 여웠으니

망재님네 다 극락가고 세양가신 길에 험한 영 받아 오실 적에

이태 명당에 성주지신 이대오방에 신창 무녀

도새집 면한 칠성 산신 요왕님이나

앞도 당산에 선황집당 요산 할머니

삼거리 오거리 칠대장군의 선황당

김씨 가정에다 조상님들 진지 펴 놓고

살아 삼촌 와 죽은 오촌 육촌간 칠촌간 혼신 구 십촌간이나 제성 육갑

매인 중생들

자생남녀 혼신들 축생남녀 혼신 인생남녀 혼신 묘생남녀 혼신 진생남

녀 혼신이라 사생남녀 혼신 오생남녀 혼신 미생남녀 혼신 신생남녀 혼신

유생남녀 혼신네 술에생 매인 중생들 남녀혼신

초경오 이무자 삼임오 사경자 육병오 칠갑오 팔병오 구임오 십무인 척

에 매인 중생들

자축인묘라 진사오미 신유술해생에 매인 다 성부지 맹부지 이름 성 모
른 중생들

다 이런 날은 오시어 반가이 아무튼 간에 기명하옵소서

산바람 물바람 해수요강 바람 천상지하 바람 다 걷어가시고

가정도 맑혀 놓고 정중도 맑혀 놓고

불 명당 불 밝히고 물 명당 물 맑히고

고래당 제자들도 앉은 자리 건듯 나고

섰던 자리 맹인들 뒷물 맑히주옵소사

허생 신쟁 양생 골목님 청제산에 올라섰습니다

물은 다리 용신 칠신 얼고 골목에 진천지당 왔다 많이 묵고 받고

좋은 세상 가시라고 오만 축수를 비난이요

그 재양 혼신들 천 가정 혼신

만가에 재수 주고 만 가정 천 가지 재수 주어

반가이 받고 좋은 세상 옵소사

일세 동방정토 이세 남방 적천량 삼세 서방 구영토 사세 북방 연향각

도량청정무하귀 삼보천륭망처지 하금지손묘하귀 혼사잡이는 밀강오라

서수륙지하근 격용무심탐님 종심구이지소샘 일체함은개 차매자는 옴소리

수수리 사바하

동에는 청제장군 청말에 청안자 청갑옷 입고 청투구 쓰고 청에 청살을
손에 들고 동방에 떨어져서 액을 막아서 예방허고

남에는 적제장군 적말에 적안자 적갑옷 입고 적투구 쓰고 적에 적살을
손에 들고 남방에 떨어져서 액을 막아서 예방허세

서에는 백제장군 백말에 백안자 백갑옷 입고 백투구 쓰고 백에 백살을
손에 들고 서방으로 떨어져서 액을 막아서 예방허세

북에는 흑제장군 흑말에 흑안자 흑갑옷 입고 흑투구 쓰고 흑에 흑살을
손에다 들고 북방으로 떨어져서 액을 막아서 예방허세

중앙은 황제장군 황말에 황안자 황갑옷 입고 황투구 쓰고 황에 황살을 손에 들고 중앙에 떨어져서 액을 막아서 예방허세

천액살도 막아내고 지액살도 막아내고 이래 시액을 막아내세 삼재팔난을 막아내세

정월이라 드는 액은 대보름에 막아내고

이월에 드는 액은 천하제석에 막아내고

삼월에 드는 액은 삼월 삼짓날 막아주고

사월에다 드는 액은 석가여래 부체님께 아미타불로 막아주고

오월이라 드는 액은 단오 추천에 막아내고

유월에 드는 액은 용심제석이 막아주고

칠월 칠석에 드는 액은 칠석날에 오작교 다리 놓는 견우직녀 상봉식에 다리를 놓아서 액을 막고

팔월에 드는 액은 한가우로 막어주고

구월이라 드는 액은 구월 구일로 막아주고

시월에 드는 액은 대보름에 선산에 가서 액을 막고

오동지 육섣달에 동지 팥죽에 막아주고

섣달에 드는 액은 바재기 설 신물 손재 인간 근심에 재물손 오만 근심을 다 걷어내고 수살 막어 예방허세[4]

가자 서라 가자 서라 맹두궁으로 가자 서라

맹두 맹두 맹두로다

태슬 맹두 맹두로고나 소슬 명두 명두로다

맹두님네 본은 가서 옥골 서골이 맹두님네 본일래라

---

4) "오구 한 석 끝이 이러요."

맹두님의 삼원전에 무슨 나무가 서겼던가

앵두 복성 나무가 서겼더라

앵두 복성이 가지 가지가 열렸네

봉지 봉지가 열렸구나

앵도 복성을 따먹자고 경상도 개까마귀 전라도 갈가마귀 만청 까마귀 날아든다

앞산에도 날아들고 뒷산에도 날아들어

맹두님 갓머리에 가마귀 늘어 앉아 까욱 까욱 울음을 우니

맹두님 괴씸타고 귀양을 보냈더니

귀양 보낸 석 달만에 맹두님이 빙이 나서 하릴 없이 세상을 뜨게 되니

맹두부인 대경하야 금 닷 되 쓸어들고 아랫마을 봉사님을 찾어가

여보시요 봉사님 명두님을 살리실라 점을 보러 왔습네다

봉사님 더듬더듬 나오셔 세수를 정히 하고 의관 의복을 챙겨 입고 청수 떠 손에 들고 방으로 들어가서 산통을 흔들어서 주역을 철철 흔드리며 육괘를 부르사 산을 던져 놓고 허는 말

허허 이 점을 못허겄습네다 죽을 괘가 나오시니 죽을 괘를 못 풀고

봉사님 정신이 부족허니 다시 한 통 푸러보소

정신을 가다듬고 청수 갈아 떠다 놓고 산통을 흔들어 주역을 철철 흔들어 육괘 풀어서 하는 말이

그렇잖습니다 산 괘가 한 괘가 나옵네다 맹두부인 들조시오 어서 바삐 건너가서 앞마당에는 금토 놓고 뒷마당에 금줄 치고 안으로 들어가서 떡도 서 말 밥도 서 말 돈도 삼천 량을 챙기시고 간 바삐 서둘러 신 시 컬이를 사시요 아들네 삼 형제에다 징기어 저승강 이승강 저승대왕 다리 위에 차려 놓고 돈 길을 벌하시오

맹두 부인은 그 말 듣고 천방지축 건너가 머리 모욕을 정히 허고 이십 사방에 금토 놓고 샘 일 기우 정성 디리고 수륙 대턱 만단지성으로 장만

하여 아들네 삼 형제를 징기어서

어서 가고 배삐 가라 저승대왕 다리 위에 찾어가서 이 음석을 차려 놓고 동기를 보랴므나

명두님 자제분들 저승강 이승강 저승대왕 다리 우에 찾어가서 만단진수로 차려 놓고 다리 밑에 은신하야 동기를 보사오니

저승 사재가 나오는구나

앞에 오는 사재 활등같이 굽은 질로 살대같이 나오면서

허허 춥고 발 시럽네 이렇게 추운 날에 신 시 컬이만 삼아주먼 죽을 목심을 살려주지

뒤에 사재 허는 말이

허 춥고 배고프다 이렇게 시장헐 때 밥 석 상만 지어놓먼 죽은 목숨 살려주지

삼 세 번 사재님 허는 말이

허 이 사람들아 누 맹령이라고 지체허고 누 분부라 거역할까 염라대왕의 명령받아 나왔으니 어서 가고 배삐 가세

천방지축 나올 적에

맹두님 자제분들 다리 우에 올라가서 합장 재배로

비난이요 비난이요 비난이요 사자님 전에 비난이요 시장허시면 신 시 컬이도 예 있습네다 밥 석 상도 있습네다 돈 삼천 량 한 발 배도 있사오니 만추하니 잡수시고 우리 부친을 살리주시오

삼 세 분 사재님 허는 말이

어 허 이 사람들아 밤말은 밤새 듣고 낮말은 낮새 든다 안허든가 그러나 묵고 보세

사재님들이 만취하니 잡순 후에

여봐라 느그가 맹두님의 자제들이냐 느그 부친을 살리실라거든 어서 바삐 건너가서 부친은 배저구리 시기시고 부친 화상을 걸어내야 의관 의

복을 입히여서 상지동 머리다가 뫼시어 놓고 우마 용마 불러내야 은천 돈천 많이 실어 상지동에 메여 놓으면 먹고 돌아가 대신으로 몰아가마

맹두님 자제분들 두 손 무름 쥐고 천방지축 들어와서 부친은 배접을 시켜놓고 부친 의관 의복 내여 사망의복 화상을 입히여서 대신으로 세워놓고 우마 용마를 몰아내여 은천 돈천 많이 실어 상지동에 메여놓니

활등같이 굽은 질로 살대같이 달려와서 맹두 화상을 목을 걸어 끌어내어 우마 용마 사질라고 나오시며

어서 가오 배삐 가자 맹두님 대신을 가자 서라

천방지축 몰아내니 우마 용마 허는 말이

맹두님은 장자 부자를 살아 은천 돈천을 많이 있어 죽을 목심을 사재님을 사와 살건마는 우리 김생은 대신으로 돌아가며 살은 썩어 물이 되고 뻬는 썩어서 백골이 되야 백골이 진퇴되니 불쌍헌 것이 넋이로구나

가자 서라 가자 서라

월선이 방으로 놀러가세

월선이는 어디 가고 거문고 한 쌍이 걸렸구나

전둥 같은 이내 팔도 분지 같은 손질로 저 줄을 잡아서 이리 둥덩 주야 와서 저리 둥덩 두덩 덩세 놀다니 가세

9) 고풀이

어라 만세 어라 대신이야 대활전으로 서리 서리 나리소사

걸렸구나 걸렸구나 맹두고에가 걸렸네 칠성고에가 걸렸네 산신고에가 걸렸고나 조상고에가 걸렸으니 어찌 집안이 핀할쏘냐 이 고를 설설 풀어주니 서리서리 나리소사

어라 만세 어라 대신이야 대활전으로 서리 서리 나리소사

걸렸구나 또 걸려 조상의 고에가 걸렸네 삼대 조상에 걸린 고야 이대

조상에 걸린 고 맹두 동자에 걸린 고 청춘 소년에 걸린 고 객사 고에가
걸린 고야 중천 고에가 다 걸렸으니 어찌 집안이 핀할손가 이 고를 설설
풀어주자

어라 만세 어라 대신이야 대활전으로 서리 서리 나리소사

걸렸구나 또 걸려 무신 고에가 걸렸든가 요왕고에가 걸렸네 사해 요왕
에 걸린 고 오에 교왕에 걸린 고 거리 노중에 걸린 고 거리 중천에 걸린
고 객석 고에가 다 걸렸으니 어찌 집안이 핀할손가 이 고를 설설 나려주세

어라 만세 어라 대신이야 대활전으로 서리 서리 나리소사

집으로 들어서 성주고 집으로 들어서 조상고 지생고에가 걸렸네 천륭
고에가 걸린 고 나무 따라사 목심고에 돌을 달아서 석심고 흙을 달아서
토심고 동토고에가 다 걸렸으니 어찌 집안이 핀할쏘냐 서리 서리나 나려
주세

어라 만세 어라 대신이야 대활전으로 서리 서리 나리소사

천고 만고에 맺힌 고 삼천 고에도 걸린 고야 열두 고에도 걸린 고 선영
조상에 걸렸던 고를 서리 서리나 풀었으니 어찌 아니가 좋을쏘냐

어라 만세 어라 대신이야 대활전으로 서리 서리 나리소사

10) 씻금

가자 서라 가자 서라
영전 낡게나 가자 서라 혼신 낡게 가자 서라
영전은 손에 들고 혼백을 모시고 씻기로 가자 서라
어였허신 김일 망재님네 불쌍허시던 김씨 망재 박씨 망재 이씨 망재
망재씨들 다 받어자시옵고 상물 속물로 모욕하고 은하수로 세수하고
금탕수로 모욕하야 진 옷은 벗어 마상에다 걸어 놓고 모른 옷 갈아입고
극락 가고 시양을 가실 적에 풀망을 벗고 가고 누덕도 벗고 가세 개차 철

망도 벗고 가고 노중 철망 벗고 가고 배철망도 벗고 가고 나 수살 갔던 옷은 수살 철망 벗고 가고 객사하야 갔던 영혼 객사 철망을 벗고 가고 지양길에 갔던 망재씨는 지양 철망도 벗고 가세

금산망에 철망 옥산망에 철망

상물 숭물로 씻고 은하수로 세수하고 금탕수로 모욕을 하야 오만 신선이 되여 갈 때 신선되야 가실 적에 천상 신녀나 되여 가고 지상 신녀 되여 가소

천상 옥경 높이 올라 요대선이 되여 가고 금수 비구니 되여 가고 황후 부인이 되여 가시고 황후 장성이 되여 가고 다 누덕 철망을 벗었으니 신선되야 가실 적에 영주산에 사호 신선 대한강에 은하수 신선이 되여 가고 마고에 신선이 되여 가고 삼각산 제일봉에 선녀 신선 되여 가고 운해 안개 영주산에 바둑 신선 되여 가고 부엉새 신선이 되여 가소

높고 낮은 저 무덤에 영웅에 호걸의 신선이 되야서 극락세계를 가실 적에 인제 가시머는 언제나 오실라요 가시는 날은 알거니와 오마신 날이나 일러주소

높은 산의 상상봉이 평지 되먼 오실라요

동서남북 너른 바대 육지 되먼 오실라요

중한 춘색 봄을 당허먼 꽃이 피먼 오실라요

꽃도 졌다가 다시 피고 잎도 졌다 피련마는

망재님 가신 곳은 얼마나 멀었간디 한 번 가먼 못오실까

이성 제목을 다 벗고 싶고 진 옷 벗어 마상에 걸어 놓고 모린 옷 갈아입고 극락세계를 가실 적에 마두 가기 나면 오실라요 오도백이 허면 오실라요 다 석상에 조를 숭거 싹이 나면 오실라요 망재님 가신 곳은 가시는 날은 있거니와 오신 날이 적막이라

이 굿 받어 가실 적에 크심 받어 웃짐 얹고 염불은 받아 목에 걸고 인정 받아 손에 들고 굿 받어 머리 얹고 친정 친동간 손을 잡고 극락세계를 가

심스로 칠성 바람 강신 바람 선상 요상 바람 구장에 진장 진장에 구장 바
람 합장 도장 백골 도장 바람이 선산에 나는 선산 바람 다 걷어 가시요
　아무씨 대주는 다 험보기는 실없고 십오야 멋적던 백지장에 물을 줘도
오구야 간식 옇고 질고 간식 옇면 인간은 약이 없습네다
　조상님들이 선약 단약 인삼 녹용 불사약이나 먹은 빼끝마동 나 혈맥 돌
리어서 나 어쩌든지 마음이 가법고 제치 가벼운 선영 복은 나씨 전지하야
원기 좋고 김일 행기 먹는 밥살이 올라 입은 옷에 살에부 행뱅득차로 새
겨 놓고 극락 가고 시양갈 때 오셨던 흔적이나 남기시요
　불쌍헌 망재님들
　가중도 맑히 놓고 정중도 맑히 놓고 자손들도 수맹 장수 시기 놓고 동
토 바람도 걷어 가고 인간의 흉악 바람 재물에 손재 바람 아무씨 자손들
찻질 뱃질 물질을 다 다녀도 오는 집에 망명 없고 하는 일에 근심 없고
다 걷어 가실 적에
　지옥사재 여워 가세
　천하지옥도 여우고 지하지옥도 여우세
　다 액운 근심이나 진광대왕을 여워주고
　초간대왕에 매었든 지옥을 면하세
　송기대왕 매었든 지옥을 면하고
　오간대왕에 매었든 지옥도 면하세
　염라대왕에 매였든 지옥을 면하세
　팽성대왕에 매였든 지옥 태산대왕에 매였던 지옥
　평등대왕 매인 지옥 도시대왕에 매인 지옥
　천륭대왕에 매였던 지옥을 면하시니
　초제왕 명령 받든 사재를 여우리라
　이제왕의 명령받든 사재를 여우고
　삼제왕의 명령받든 사재를 여워주고

사제왕 명령 받는 사재를 여우고

오제왕 육제왕 염라대왕 명령받든 사재 인간 성명 불러다가 생부를 손에 들고 열두 대왕 문주에 바치던 사재를 여웠으니 소로 질이 대로 되고 대로질이 큰 질 한강이 육지 되고 태산이 핑지되야 극락세계 가시라고 이 정생을 디렸으니 씻기갈 천도 받어 오만 신선이 되여서 가옵소사

11) 질닦기

전구업진언은 수리 수리 마수리 수수리 사바하

오방네 아니지는 지신은 나무 삼만 나멋다나

엄도래 도로지미 사바개갱 무상심신 매몹은 백천만금 난조 아금문경득 수지 은해결에 진시요 개법장지는 업오마라 나마라

천수천해 관자지보살 광대험말무해 대비심대다라 개청저수 관음대비 주얼령 홍신상호세 청비자연에 홍어제 천하광문이 빈광교 진실염주는 선묘 무효신미는 기비샘 서역만주 재흥고 영살매체 재처이 천룡용성 동자광 백천삼에는 노은수 수지심신 광명당 수지심신 심통령 서척진메진 원재혈 종경보리 밤편무 나금징수나 성주혈 소월종신에 시름

나무대비관세음

원앙속죄 일체법 나무대비 관세음

원앙지덕에 지어나 나무대비는 관세음

원앙속덕 일체중 나무대비는 관세음

원앙조덕선방편 나무대비는 관세음

원아속성 반야성 나무대비 관세음

원아조더월공해 나무대비는 관세음

원아속도계정토 나무대비는 관세음

원아조더원전사 나무대비 관세음

원아속성에 무애사 나무대비는 관세음

원아조더 법선세 아행도 삼도 산자체절하야 행하다 나탄자보 아양 행
제 육체 육자 소맬 하양 행하기야기자품만나양 행소라각심자주고 아양
행충생자등대지원

나무관세음보살 마살

나무대세지보살 마살

나무천수보살에 마살

나무요률보살 마살

나무대융보살 마살

나무관세제보살 마살

나무정치보살에 마살

나무만흘보살에 마살

나무수월보살 마살

나무곤도리보살에 마살

나무십이명보살 마살

나무제대보살 마살

나무혼사 아미타불 관세음보살

나무아미타불

되여 가시요 되여를 에혀여 가소사

오만에 신선이나 되여 되헤여 가시요

나무 남자는 천광혈에 행나오더라

그 나무 가지도 삼천 삼천 가지요

그 나무 잎도 삼천 어허 잎이라

삼천 잎을 뜯어 가지고 발에 용신에 배를 무어서 극락세계로 들어를 에
헤 갑시다

마주를 갑시다 마주를 에헤 갑시다

삼대조상님을 마즈러 마즈러 갑시다

이대 조상님을 마즈 마즈러 갑시다

소년에 망재님도 마지러 마즈러 갑시다

나무야 헤 헤에야 헤에히여 허허허맹간 간 허허허허 명 나무 나무여 아
미타불보살

나무아미타불

아 제 헤에 제불 제보살 아 제불에 제보살

나무여 허허 허이미간 간 나무 나무 나무로다

망재님네들 극락세계를 가실 적에 오만에 신선이나 되야를 가소 나무
아미타불

사램이 되야서 가실라고 허시거든 신년에 혼자나 되야를 가시요 나무
아미타불

닭이나 되야서 가실라고 허시거든 하날에 봉닭이나 되야를 가시요 나
무아미타불

새가 되야서 가실라고 허시거든 꾀꼬리 비쭉새나 되야를 가시요 나무
아미타불

나비 되야서 가실라고 허시거든 뒷동산에 벗나비나 되야를 가시요 나
무아미타불

소가 되야서 가실라고 허시거든 세계 황소나 되야를 가시요 나무아미
타불

말이 되야서 가실라고 허시거든 제주 용마나 되야를 가시요 나무아미
타불

운해 안개 영주산천에 바둑이 신선 넋이나 되야를 가시요 나무아미타불

삼각산 제일봉에 선녀 넋이나 되여 가시요 나무아미타불

만첩청산 짚은 산중에 부엉새 넋이나 되야를 가시요 나무아미타불

제불에 제보살 제불 제보살

나무 혀 허허어 허허어 아미타불

나무 나무 나무로다 나무아미타불 나무아미타불

제 제불 제보살 제 제불에 제보살 나무아미타불

망재님네 시양을 갈 때 육갑 염불을 외야주먼 가시는 길이가 밝다 허대 나무아미타불

경오 신미 임신 계유 갑술 을해에 매인 중생은 진광대왕을 들어가소 나무아미타불

무자 계축 갱오 신묘 임진 기사생 매인 중생 초간대왕을 찾어가시요 나무아미타불

임오 기미 갑술 을해 뱅술 정해생 매인 중생은 송계대왕을 들어가소 나무아미가 타불

갑자 을축 뱅인 정모 무진 기사생 매인 중생은 오관대왕을 들어가소 나무아미타불

갱자 신축 임인 계묘 갑진 을사생 매인 중생 염라대왕을 찾어가시요 나무아미가 타불

뱅자 정축 무인 기묘 갱진 신사에 매였든 중생은 팽성대왕을 들어가소 나무아미타불

갑오 을미 뱅신 정유 무술 기해생 매인 중생 태산대왕을 들어가시요 나무아미가타불

뱅오 정묘 무신 계요 갱술 신해생 매인 중생은 팽등대왕을 찾어가소 나무아미타불

임자 계축 갑인 을모 뱅진 정사생 매인 중생은 도시대왕을 들어가시요 나무아미타불

무오 기미 갱신 신유 임술 기해생 매인 중생은 천룡대왕을 찾어가소 나무아미 타불

원앙생 원앙생 사십팔원에 원앙생 나무아미타불

일세 동방은 열두량 이세 남방은 득천량이라 삼세 서방에 구정토 사세 북방에 연향각

도량청천에 무아기 삼보천룡은 감차지라 아긍 이순에 매인지는 원사잡이는 밀강오라

오소소적은 제하금 제육머슴은 탐심지 종심구이는 이소생 일창제창에 차메진 혼신 사바하

하직이여 하직이여

부모도 하직이요 행제도 하직이요 처자 자손도 하직허고 왕생극락을 돌아가네

나무아미타불 관세음보살

2. 안굿 무가

안굿의 본 형식은 솟대를 꼽아 놓고 손푸리석을 하는 것이 일반적이다. 그런데 지금은 손푸리 대신에 황천해원경을 읽는 것으로 대신한다. 이곳에서는 손풀이가 생략되어 있기 때문에 싣지 못했다. 다만 참고할 분은 오구풀이 뒷부분에 손푸리 몇 자리가 실려 있으니 참고하기 바란다.

박본엽도 제석은 별로 할 기회가 없어서 못한다고 했다. 그러면서 제석을 할 수 있는 데까지 하자고 했더니, 자신은 제석을 연구해가지고 안굿을 해보려고 연구를 하고 있다면서 공책에 적어둔 제석풀이를 보여주었다. 따라서 아래 실린 제석풀이는 녹음한 것이 아니고, 공책에 적힌 것을 정리했음을 밝힌다.

제석님네 본을 받세

제석님네 본은 명산대천 명신당 제석님네 본이드라

제석님은 팔자 좋아 아들 아홉을 낳으시고 딸 하나를 낳으셨는데

그 딸 인물이 좋아 열두 골에 열두 선배 제석님 딸아기 인물 구경 나왔드라

제석님 대문 밖에 앉아서 삼 년 서서 삼 년 지내나도 제석님 딸아기 인물 구경 못하고 열두 선배는 돌아가는구나

중 한나 나리온다 중 한나 나리온다

저 중에 거둥 보고 저 중에 허사와라

꼬깔은 머리에 쓰고 장삼 입고 염줄 목에 걸고 담줄은 손에 걸고 목탁은 손에다 들고 염불하고 내려오시는구나

나무아미타불 관세음보살

나무아미타불 관세음보살

나무아미타불 관세음보살

선배들이 중을 보더니

산 밖에 난 중이고 물 밖에 난 고긴데 니가 무슨 염불이냐 저 중 잡어 대태매라 호령하니

여보시오 선배님네 이 중은 다른 중이 아니오라 제석님 딸아기 인물 좋단 말 듣고 인물 구경 가나이다

우리 같은 선배도 제석님 딸아기 인물 구경 못한디 니 같은 소승의 중이 인물 구경을 한단 말이냐

열두 선배 길을 열어주니 제석님 문전에 당도했네

제석님 사문전에 향나무가 서 있구나

그 나무 가지 삼천 가지 꼬깔 벗어 걸어놓고 장삼 벗어 걸어놓고 바랑

벗어 걸어놓고 경문을 읽든구나

동네방네 부정경 부모님께 효도경 형제간에 화목경 삼칠 편을 읽고 나니

열두 대문 잠근 문이 열쇠없이 열어지네

대사 중이 하는 말이

동냥 왔소 시주 왔소

열두 대문 잠근 대문 끌러놓고

동냥이라니 웬 말이냐 동냥 줄 이가 없다 해라

아버님은 한양 가고 어머님은 새별 구경 가고 아홉의 오라버니는 나라 지키러 가고 아홉 올케님은 금침 가고 시주 줄 사람이 없다 해라

많이 주면 다섯 홉 적게 주면 서홉인디 주면 얼마나 줄라고 앉아서 거스리고 서서 거스른가

천상금이 주는 동냥 괴리다고 아니 받고 지상금이 주는 동냥 비리다고 아니 받고

줄라고 하거든 제석님의 딸 아기 손으로 어머님의 은차독에 아버님의 은밥 그릇에 백미 한 그릇을 떠갖고 중이 시주를 하는구나

주는 시주는 아니 받고 제석님 딸아기 손을 쥐어 보든구나

대사 중이 갈라 하니 이름도 없고 성도 없는가

나 간 뒤에 보태 기미가 오걸랑 아들을 낳으면 산이라소 명산 신령이라 지어주고 딸을 낳고 보면 금이라소 대천 바닥에 금이라소

중 돌아간 석 달만에 아버지가 오고 어머니가 오고 오라버니 올케 언니가 오더니

집안에 중내가 웬 말이냐 향내도 나는구나

아버지가 하는 말씀

어서 중을 찾아가라 하는구나

천상금은 앞을 서고 지상금은 뒤를 따라 대사 중을 찾아가는구나

삼 세 모탱이를 돌아가니 어떤 상좌가 나와보더니

여보시요 스님 앞에도 각시요 뒤에도 각시요 삼 각시가 오시면서 스님
을 찾습니다

대사 중이 버선발로 달려나가

자네 올 줄 내 알었네

방 가운데 앉혀놓고

큰 법당 뜯어다가 아래 행랑채를 지으시고 장삼 뜯어서 이불 양금 지어
놓고 중의 염줄과 담줄은 산신에 바치시고 부처님도 산신에 바치시고 아
들을 낳고 딸을 낳고 일곱 칠성에 봉하시고

삼불 제석이 오시는구나

해와 같이 들어메고 달과 같이 은혜 타고 석이 타고 오시는구나

별이로다 칠성 제석 산으로 올라 산신 제석 물로 내려 용신 제석 동네
로 내려서 동네 제석 집안에 내려 성주 제석 뜰로 내려 뜰의 제석

열두 제석이 내려와서 삼불 제석이 내려와서 명줄 복줄 목에 걸고 약줄
재수줄을 손에다가 들고 아픈 중생은 나서내고 명이 작은 자손은 명줄을
잇어주고 복이 작은 자손은 복을 잇어줄려고 이하 공덕을 받자고 오시는
구나

3. 한양심본 무가[1]

왕아 에 예 검마 곰실로 절로 남산에 본이로구나

조선은 국이였고 팔만은 사도 세경

서울이라 한양도 서울이요 개성도 서울이로구나

집터 잡어 삼십삼천 허궁천 비비천 도리 삼아도리천

이런 열에 열세왕은 각각 의덕을 마련하옵시고

천하 자말을 오행이야 자말이라

갱상도 도장은 칠십칠 반의 일흔일곱 골 도장이고

전라도라 도장은 오십삼 관에 심심골 도장이라

올날 삼기시면 하나님은 자시 승천 하옵시고

동에 불렀으니 땅은 축시 마련허고

이수인간들은 인시에 마련허셨더라

우리 인간을 내고 보니

남화루가 같은 일에

인간에 사는 법을 각각 마련허실라고

천황씨 아 인황씨 아 염자 실농씨 야 허고 대수씨 아 황제 헌원씨 나오

---

1) 한양심(여, 68세, 1935년 을해생, 전남 보성군 조성면 평촌 거주)은 고흥군 점암면 출신
   이다. 16세까지 고향에 살다가 그 후 순천으로 이사하였고, 18세에 결혼했다. 한양심의
   무가는 2002년 4월 5일에 한양심 자택에서 채록했다.

면서 천지개벽하신 열로 행차하옵시고 만물축복을 마련하고 염자 실농씨야 나오려 방방곡곡에 소시랑 깽이 따부 등짝을 마련하고 농사법을 내옵시고 우리 이소인간들을 하식을 모셔다가 소시 불을 살라 밑 막은 솥에 밥을 지어 하루 삼식을 사시 순납을 마련하옵시고 우리 인생들 근심법이 되옵으셔서 요순씨라는 양반은 대목을 마련하야 각각 성주를 마련하고 각기 소임 마련하야 지켜주고 근신하듯 성주를 마련하옵시고 강태공씨는 물을 마련하고 방아를 냈으니 우백미 실은 쌀 후토씨를 마련하옵시고 허고 대순씨라는 양반은 후손을 가르치자고 글을 지어서 선에 대보로고 황제 헌원씨는 이재불통하겼으니 에 해를 무에 소중에 제와 우리 이수인간들 왕래법을 마련하옵시고 땅에 해 이도시야 나오겨서 동서남북 마련하고 동서남북을 길을 갈라 우리 이수인간들을 왕래법을 마련하옵시고 이러한 야래법을 마련허실 적에 임금공심이라 이러헌 야래법을 마련하옵시고

세천국 사마씨는 해동 조선국 전라좌도 하늘 다니시고 면으로 드러가하면 하늘 가시는 성인성반이개 보성군 열흘을 돌면하면 면은 조성면 이름은 아무개 그 대촌을 다니시던 우배야 우철영얼 좌배야 좌철영을장 옛장단을 배워 난간지질은 지시던 옥야 중촌 부락이요 산가도 대촌 안에 옥아도 대촌 안에 지질한지도 조상님들 가뭄을 모면하고 샘을 빌면하믄 가물은 나라 많드라 우 많드라

할염박사경 모조보건해 높이 돋은 내의 갖고 하지문장에 글씨 문장을 시키든 무렵 제하자 천하유경 하무정종에 한생 여원 정질부인 되고 소질부인 되고 대부인 되고 강보신 되든 산실 해고알공중 해굴을 다니시는 길머리는 이본윤의 해머리허요 달로 헐어서는 이월 항다 이러 이날 성수를 일사삼교 열아 이중천에 삼하절체 사중유근 오상와 육전법도에 칠하절명 팔처은 좋운 날은 정월에 오르치고 남생겨야 여복동 날을 가리여서 정월 삼일을 성수 잡으여서 이와 정성을 드러난디 여기 오시든 이 손님들 일년은 열두 달 과년은 열석 달 서완서룬 날 하루 잡고 스물네 시간을 만사

가 대결하고 편하게 돈정하고 만수무강을 하옵시라고 복만 온갖 정성을
드리납니다
　나무아미타불 관세음보살

2) 성주풀이[2]

　"미긴한 지붕 밑에 미긴한 방 가운데 우리 성주님을 모실라면 지켜주는
성주가 있어야만 우리 이소인간이 뜻대로 이룰 수가 있고 자손들의 가지
가지 번성하고 있다 해도 가지 성주를 위해서 동서남북을 놓아 놓으면은
부모 성주가 되야 하는디 성주를 한 번 풀어봅시다."[3]

　에라 만세 에라 대신이야 대활전으로 서리 서리 나리소사
　성주로다 성주로구나
　성주 근본이 워디멘가
　갱상도 안동땅 제비 무리가 솔씨를 받아 공중 온 산에 베폈더냐
　그 솔이 자라나야 밤으로는 이슬을 받고 낮으로는 기양을 받아 왕자 한
몸이 되았구나 장대한 몸이 되았구나 돌에 기둥이 되았구나 낙락장송이
떡 벌어졌으니 원체 아니가 좋을손가
　에라 만세 에라 대신이야 대활전으로 서리 서리 나리소사

　이 댁에 성주를 이슬 적에 서른 동녁에 일꾼들아 예순일곱에 대군들아
은도끼를 갈라 메고 금도끼를 갈라 메어 간척 청산을 올라가서 이 나무
저 나무 고르실 적에 안 아까운 대개 벗나무 회양 지었다 자친목 은덕세
지은 나무 그 나무 저 나무 상나무

---

2) "성주풀이 잠간 하고 제석을 모셔야 한다."
3) 이 부분은 말로 함.

첫차 기둥을 갈라내어 상기둥을 세우시고

두차 기둥을 갈라내야 중계 기둥을 세와 놓고

세차 기둥을 갈라내어 태봉을 갖고 머리를 올려

이 백성을 지셨으니 어찌 아니가 좋을손가

에라 만세 어라 대신이여 대활전으로 서리 서리나 나리소사

돌에 석신을 다 가지 오고 나무에 목신을 다 가지 오고 흙에 토신을 다 가지 오고 땅에 지신을 다 가지 오고 강물 다물이 다 가오시니

이 백성들을 잇고 보니 이 댁 성주는 와가성이요 저 댁 성주를 정하시니

이 성주를 잇고 보니 자손만대 유전허고 춘추여대허시더니 만수무강을 허신다니 어째 아니가 좋을손가

에라 만세 에라 대신이여 대활전으로 서리 서리 나리소서

이 댁 소양을 가려보고 이 댁 천년도 닦아주고 시경 세경을 닦아보세

금강산은 주상이요 말일력은 배고로다 배고서 일력은 먼 땅을 보니 삼경인데 안터 명당에 집터 명당 허공 명당에 수절 명당 우에를 바라보니 놀라미 두둥하고 좌천륭을 바라보니 용어고로 만만치보고 백발을 하러를 허시난데 이댁 명당이 상경이네

명당지신을 나왔으니 지경 지경을 다 받으세

천륭지신을 닦아보니 기러기 한 쌍이 유유이 있고

경집지경을 닦아보니 거북이 한 쌍이 놓여있고

방안지경을 닦아보니 금동자가 종을 쳐라

만경지경을 닦아보니 일을 실을 이 널려있고

마고지경을 닦아보니 청룡이 한 쌍이 놓여있네

마당지경을 닦아보니 야감주 스물야닯 이수팔수가 응을 하야 제철 모르고 죽을르니 어쩌 아니가 좋을소냐

에헤라 만세 어라 대신이야 대활전으로 서리서리 나리소사

여혼 성주에다가 입춘시를 붙여주세
입춘대길에 계면대길 대호랑이는 만봉에 소주가리는 황금청에 문을 여
니 만복이 들어오시고 땅을 써니 한덤이 나오시더라
황후를 바라보니 고복이 늘어있고 남지전을 바라보니 황금방울이 종을
내야 만리항열에 내초아라 내와둥실 묻혀있고 양옆을 바라보니 한성 앞
바란 철량한 새야 시가 자손들 만만세고가 두리둥실 묻혀있고 마구문을
바라보니 초금 초고가 초동복이라 우내둥실 묻혔으니 어찌 아니가 좋을
손가
에헤라 만세 어라 대신이야 대활전으로 서리서리 나리소사

이 댁의 자연을 바라보니 이 댁 자연도 장히 좋다
근네 앞산을 바라보니 동이 저성이 비쳤으니 수령 장수가 날 것이요
노적봉이 비쳤으니 왕후장자가 날 것이며
손이 영복이 비쳤으니 자손들이 융성하고
문필봉이 비쳤으니 문장재사가 완연하고
효부살산이 비쳤으니 효부효녀가 날 것이라
열녀행산이 비쳤으니 열녀충생이 날 것이요
벼슬봉이 비쳤으니 삼정승이 문장을 쓰고
에야 둥실 어찌 아니가 좋을 손가
에라 만세 어라 대신이야 대활전으로 서리서리 나리소사(창 끝남)

(창자 : 말) 여보시오
(악사 : 말) 예
(창자 : 말) 성주만 덜렁 지어서 우리 인간이 생겨날 적에는 다 칠성님

께 밍을 타고 제석님께 복을 타고 아부님의 뼈를 타고 어무
님의 살을 탓는디 생겨나고 태어난 것이 우리 바로 인생들
인디 성주 밑에다가 제석님을 모셔다 딱 눌러노야만치 이
수인간들이 맘만 먹고 뜻만 먹고는 제석님 없이는 못사는
것이라 땅에는 제석이요 땅을 안 밟고 인간이 지낼 수가 없
소 지석님을 한 번 모셔봅시다

3) 제석풀이

오시드라 오시는구나 아 제석님 내외가 오시는구나
굳은 영산에 놀더라 어흐아 산호영산에 놀더라
제석 산에 올라 산신제석 들로 나려서 용신제석 동네 나려 가망제석 제
물을 헐어서 부를제석 땅 아래다 성주제석 어라 내라 들지석이며 열두제
석 가망제석
해가 같이도 갈래 갈래 달과 같이 들어내고 달과 같이도 가네 해가 같
이 들어내고 밍발 앞세우고 목에다 걸고 헛바람씨 품에 안고 대소주마니
손에 들고 인간 손바닥 불장을 허고 열두제석이 다 나와오셨소

왕아 신아 제석이로구나 왕아 신아 제석이로구나
제석님네 본을 받고 제석님에 안철 받세
제석님네 본은 그 어디가 본이 드냐
허모실 도실천 서간천이 본이로구나
제석님네 할아버지 거두옥좌를 살으시고
제석님네 할머님은 선대부인을 살으드라
제석님네 아버님 밍바락실을 살으시고
제석님네 어머님은 중바락실을 살으드라

제석님 팔자 좋아 열두간에 집을 짓고

아들 아홉을 탄생하고 외딸아기를 탄생하야

소새드라 소새드라 인물곱다고 소새더라 용모 곱다고 소새롭드라

민민이 소새드라 골골이 소새드라

소샀다 말을 듣고 아홉 골 아홉 성에 열두 골 열두 성에

제석님네 사문 앞에 허이 허이 낭도하야 앉어 삼 년 시시 삼 년 지대 삼년 아홉 해를 살고 나면 사는 흔적이 전혀 없고 오는 자초가 전혀 없어 한탄하고 가는 세상

나려 오네 나려 오네 중 하나가 나려오네

저 중에 거둥 보고 저 중에 거둥 보세

큰포도나 거머주고 큰포도나 들고주고 또 보고들 보고 지손 속에 복 받치고 지성보에 복 받치고 고깔 쓰고 장삼 입고 바랑 지고 흔들거리고 나려온다

나무아미타불 관세음보살

선배님이 하신 말씀

저기 가는 저 대사야 어디메로 가느냐

제석님네 딸애기가 인물 곱다고 하옵길래 인물 잠깐 보러 가옵네다

우리거턴 선배도 귀경을 못했는디 니와 같은 소생이 워찌 구경을 헐 것이냐

선비님은 못해도 소생을 할 터이요

제석님네 사문전은 어기 설설 당도하야 목간은 허성에서 서서 당장에 그전하고 장삼을 벗어서 낭구 우에다 걸쳐 놓고 바랑을 벗어서 만수문에다 빗겨놓고 아루 물에가 손발 씻고 웃물에가 세수하야 책을 경으로 읽으리라

동네방네를 호저겨 ○ ○ ○ 형제간에는 화목경 삼신경을 읽고 보니 열

쇠 없이 잠근 문이 열쇠 없이도 열어지네

　열두 대문에 들어서서 왔소 왔소 중이 오고 중도 오고 대사 왔네

　소생이 문안이라

　청산금아 나가 보그라 세상 해상금아 나가 보그라

　상전도 요란하다

　청산금이가 나가 보고 해상금이가 나가더니

　어떠헌 중이 와서 염불을 하며 시주하라고 염불하요

　염불할 것을 여그래라 시주할 것을 여그래라

　염불허시는 도사게 시주할 이가 없다 해라

　아버지는 어디 가게 긴바람 시루 가겠다게

　어머니는 어디 가게 장에 가셨다게

　아버지가 나 계신 걸로 앞노적을 나를 주며

　어머니가 나 계신 걸로 뒷노적을 나를 주라

　많이 주면은 서이고 적게 주면은 둘이라

　흘러가더른 물이라도 더 설으면 공덕이니 어서 주거나 데펴주소

　청산금아 시주해라 무산금아 시주해라

　청산금이가 주는 시주는 밀다고 아니 받고 무산금이가 주는 시주는 밀
이라고도 아니 받네

　제석님네 딸애기가 시주질로 나오는데 제불제석에 제불이를 ○○를 많
이 골라내고 하번이를 금복개를 서우름을 벗겨네아 서번이의 김장독에
빗물 놓아 떠 가지고 노친내야 ○○○○○○

　하구정이 무상하네 날일 같은 석달만에 흔적이나 나있으리오

　흔적은 무슨 흔적 해달같이 나고 또 얼굴에 검은 기미가 설 것이요 날
찾어 오려거든 이 중 저 중을 찾지 말고 나를 찾어서 올라거든 주재만 찾
어오라

　짓고 가소 짓고 가소 이름일랑은 짓고 가고 성일랑은 짓고 가소

아들애기를 낳게 되면 산이라소 산이라소 만수산에 산이라소 딸애기를 낳게 되면 금이라소 금이라소 대천바다에 금이라소

인후월경을 하였더라

중 들어가던 석 달만에 어머니도 들오시고 아버지도 들오시고 아배 오래비도 들어오니

아가 둥둥에 큰각시야 열두 간의 지와집에 온갖 상대를 엇다두고 중에 사우가 웬 말이며 집안의 향내가 웬 말이냐

어떤 화랑 중이 와서 시주하라 하옵기에 시주밖에 없습니다

아부라비 거동보소 죽일라고도 공론하고 살릴라고도 공론하니 제석님네 어머니가 뒤돌아 안으시고 이 성주를 했을 적에 아들 아홉을 탄생하고 외딸 하나를 탄생하야 중에 사우를 삼았으니 그 말이 적실하다

청산금도 나를 죽이고 보상금도 나를 죽이고 앞세우고 뒷세우고 너 갈 길로 가셨다더라

주재를 찾아가네

한 모랭이를 올라가서 두대야 부르더니 질이 맥혀서 내려가고

두 모랭이를 돌아가서 두대야 부르더니 산이 맥혀서 내려가고

시 모랭이를 돌아가서 두대야 부드더니 열두 상자가 나오더라 아홉상자가 나오더라

시님 시님 찾습네다

날 찾을 이 없건마는 게 누기가 날 찾느냐

앞에 돌아 각시요 뒤에 돌아 각시요 삼 각시가 오시면서 시님들을 찾습니다

옳다 인자 내가 알았다 이팔청춘에 젊은 시절에 허튼 물건을 골랐더니 나를 찾아서 오는구나

버신발로 뛰어나가 두 손목을 부여잡고

들어오소 어서 오소 자네 올 줄을 내 알았네

열두 상자야 아홉 상자 큰 법당을 걷어내어 본체 삼간의 집을 짓고 적은 법당을 헐어내어 문간 삼간의 집을 지라 바랑은 뜯어내서 ○○○○ 장삼은 뜯어내서 이불 열두 채를 맹그러라 아들 낳고 딸을 낳서 동도칠성에 봉하리라 남도칠성에 봉하리라 서도칠성에 봉하리라 북두칠성에 봉하리라 중앙칠성에 봉하리라 열두 상자는 아홉 상자 너 갈 길을 다 가거라 살림이나 이라(일워)보자

(말) 금나라 봉숭아 좌우로 피었소 그리야 한 송이 꺾어서 어깨 너머 턱 던져놓고 보니 소암칠성이 되고 또 한 송이 꺾어서 딱 던져놓고 보니 대암칠성이 되었는디 소암칠성 대암칠성 천황씨 인황씨 삼불제석 제불제천을 모시고 이렇게 모도 다 가문마당 정중마당 다니다가 다 제석님 뒤에는 도사 한 분이 따랐소 그랴 이 도사라는 도사는 보기는 이렇게 키는 장대같이 큰지 몰라도 염불법으로 경법으로 불법으로 말법으로 삼대 출입이 넉넉허고 산을 봃아도 명산대천만 봃고 절을 봃아도 대찰만 봃고 물을 봃아도 천하폭포는 은하수만 이리 훌떡 저리 훌떡 이리 다니다가 아 보성 오봉산이 명산이랑께 오봉산에 앉아서 살짝이 가만이 내려다 봉께 모도 다 이렇게 지극 정성을 드리난디 염불을 허고 불법으로 심법으로 다 무섭고 더러운 질을 싹 골라내야 인간의 소망을 풀어주고 가옵소사 허는디 이렇게 모도 다 바람 타고 구름 타고 은하줄로 소리줄로 훌훌 날라가소 그리야 그랬으니 우리가 이렇게 한다고 중이 왔으니 가문이 옳은가 모르겠소마는 잠간이나 쉬어갑시다(말 끝)

(말) 중이 오고 대사 오고 서사 오고 상자 왔으니 열두 상자 아홉 상자 거느리고 스님하고 대사 왔는디 스님이 왔다가 염불 없이 갈 수는 없거든 (악사, 말 : 그렇고 말고) 염불 한 매디만 하고 갈라요
　왔네 왔네 중이 왔네

중이 오고 어허 대사가 어허 왔네
서산대사 사명당 가요 육관대사 성진이가
이라 허고 산을 앞에 세우고 이 가문에 내가 왔네
나무야 나무야 나무로구나
아 나무에 에헤아 나무나무야 아미타불
어떠한 나무는 팔자가 좋아서
고대광실 높은 집에 대들보가나 되야 가지고 부귀영화로 잘 사는데
어떤 나무는 팔자가 궂어서 밤이나 낮이나 눈비를 맞고서 까막까치가
똥을 싸도 손발이 없어서 못 쫓치난고 막막한 신세로고나
제 보살 제 보살 나무에야 어 허 어 허 아미타불
어 허 아 에 헤 아 에 나무 나무 아미타불
나무야 나무야 나무 나무야 나무로구나
허붕제 보살의 나무아미타불 지장보살의 나무아미타불
궁대보살의 나무아미타불 수질보살에 나무아미타불
제불 제불 제제제불 제보살
나무아미타불 나무 나무 나무로구나
나무아미타불

(말) 살과 액을 한번 막아 갖고 안에 제석을 다 걷어내고 방적을 합시다
(창) 살을 막어서 예방하고 액을 막아 상제하세
가나옷을 벗어내어 여기 입구나 막으고
넋을 벗어내어 천의 막으니
어깨 너머는 동지살 머리 위에는 둥근살 안에는 남명살 입에는 거금살
속에는 육갑살 몸에는 정패살 발에는 비복살 고부에 끼는 이견살 가슴에
는 외통살 고부간에 근심살 집안 위에 우환살 저짝 기운을 싹 쓰리 걷어
가옵소서

살을 막어서 예방하고 액을 막아서 상지하세 에야

(말) 아 여보쇼 (악사 : 예) 이 세상에는 무슨 사고가 젤로 무섭냐 하면은 대형사고도 모도다 무섭다 하지마는 질 사고가 젤로 무섭습디다. 지금은 집은 없이 살아도 차는 없이 안 댕긴지 알거든. 그러니까 질 사고가 젤로 무서우니까 우리 동서남북 이십사방 사방살을 싹싹 걷어냅시다. 버스질로 택시길로 싸이카질로 경운기질로 기차질로 전차질로 봉고트럭 용달차질로 모도 대형차로 소형차로 동해 청게지대장군 남해 적게지대장군 서해 백게지대장군 북에 흑게지대장군 중에 황게지대장군 길서낭에 차서낭에 모도 거느리고 동서남북 이십사방 거느리고 깜짝고 놀래고 어르고 만충신 만민간에 되는데 어찌 허든지간에 모두 산전은 뇌종으로 출근질로 근무질로 퇴근질로 친구질도 벗질로 가족질로 가는데 동서남북 이십사방 떠돌아 싹 걷어가겨 헙시다. (악사 : 얼쑤).

(창) 동에엔 청게장군 정 밖의 적갈량 청두건 씨고 적갑옷 입고 중앙에 넉가래 손에다 쥐고 동방에 떠 있다 이 소살을 막아주네 소살대살 막아다가 액에 뒷방을 막어보자
에헤야 에헤야 아하 중천체 액이로구나
남해는 적게장군 정 밖에 저갈량 적두건 씨고 적갑옷 입고 중앙에 적가래 손에다 쥐고 남방에 떠 갖고 이 소살을 막아주네 소살대살을 걷어다가 만해 뒷방에 막어보아
아하 중천에 액이로구나
서해는 백제장군 빈 밖에 배갈량 백두건 씨고 백갑옷 입고 배가래 백두를 손에다 들고 서방에 떨어졌다 이 액을 예방허라
어허 아라 중천에 액이로구나
북에는 흑게장군 문 밖에 흑안장 흑두건 씨고 흑갑옷 입고 흑가래 흑살

을 손에다 쥐고 북방으로 떨어졌다 이 액을 예방하라

소살대살을 닦아다가 에라 중천에 액이로구나

중앙에 황게장군 황 밖에 황안장 황두건 씨고 황갑옷 입고 황가래 황살을 받아다가 동서에 지금 떠도는 살을 싹싹 걷어다 예방하라

에헤에야 아라 중천에 액이로구나

액을 막아서 예방하고 살을 막아서 예방허세

정 칠은 이팔일 삼구일은 사십일 오동지 육석달에 들른 액을 많이 묶어서 너돌아서라

아 허 주산에 액이로구나

액을 막아서 예방하고 살을 걷어다 삼재하고 모든 액살을 막았으니 어찌 아니가 좋을소냐

하늘에도 당산신에 당산이로구나

앞두야 허허 이번에도 조선이로구나

에헤야 남기가 서계시구나

열두 당산을 보고 싶어 서계시는구나

열두 축사를 괴여오시드라

동해는 천게유요 남해는 적게유요 서해는 백게유야 북에는 흑게유야 중앙에 황게유라

연개 불러 노래듣고 조개 불러 소천수야

세미 상석으로 수천대 하옵소서

녹수야 청산에 피고 다 개는 것이 더 젊다고 뿌리치고

늦이면 자지 놀아 자지면 늦이 놀아 쉬엄쉬엄 놀고 갑시다

(악사 창 : 놀다가 갑시다 놀다가 갑시다 이 짜룬 인생을 놀다가 갑시다

밤이면 밤에 놀아 낮이면 낮에 놀아 녹수야 청산에 비오다 개지면 노다가 살아도 짜룬 인생 놀고나 갑시다 아헤히요)

말미야 말미야 말미 받어서 오시는 망재

어여 오시던 금일 망자 금일에 오시었다 금일 가시니

금일 망저님 오실 적에 눈물 받어서 오시는고 당주를 받어셔 발에다 걸고 성조는 받으셔 품에다 안고

청사초롱에 불을 밝혀 이 굿을 받어서 오실라고

천하궁에가 말미를 하고서 지하궁에가 말미를 타고 제석궁에가 말미를 타고서 말미 받어서 오시난데

오실 적에는 개가 짖고 가실 적에는 닭이 울어서 닭은 닭은 간에가 울어서 날은 점점 희여 가는데 백해 용산을 불러 들였냐 진이 용산을 불러 들였냐

세월아 두견새는 이곡저곡을 다 지나고 삼신산으로 울고나 넘고

어여 오시는 망재님들은 예순에 육갑에 말미를 타고서

왔네 왔네 내가 왔네

혼이라도 내가 오고서 넋이라도 내가 왔네

이 굿을 받어서 자실라고 이 몸 적에 오시난데

땅을 치고 통곡을 한들 어느 자손이 알드란 말이냐

얼굴 없이도 오시난 망자 흔적 없이도 오시는 망자

이 굿을 받어서 탄생하려고 예순 육갑에 말미를 타소사

말미야 말미야 말미 받어서 오시는 망자

경오 신미 임술 기묘 갑술 을해 생강의 중생은 청강대왕 말미를 타시옵고

무자 개축 갱인 신묘 임술 기사 생강의 중생은 초강대왕 말미를 타고서

말미야 말미야 말미 받어서 오시는 망자

임오 계미 갑술 병술 중에 생강의 중생은 운개대왕 말미를 타시고

말미야 말미야 말미 받어서 오시는 망자

갑자 을축 경인 정묘 무진 기사 생강의 중생은 옥황대왕 말미를 타시고

말미야 말미야 말미 받어서 오시는 망자

경자 신축 임인 계묘 갑신 을사 생강의 중생은 염라대왕 말미를 타시고

말미야 말미야 말미 받어서 오시는 망자

경자 정축 무인 계묘 경인 신사 생강의 중생은 평생대왕 말미를 타시고

갑오 을미 병신 정묘 무술 기해 생강의 중생은 태산대왕 말미를 타시고

말미야 말미야 말미를 받어서 오시는 망자

경오 정미 무술 계묘 경술 신해 생강의 중생은 안칠대왕 말미를 타고서

임자 계축 갑인 을묘 병술 경신 생강의 도시대왕 말미를 타고서

말미야 말미야 말미 받어서 오시는 망자

무오 기미 경신 신오 경술 기해 생강의 중생은 이른대왕께 말미를 타시고

말미야 말미야 말미 받어서 오시는 망자

저승동지 방방대왕 일직사제 월척자제 강님도랭이 맞이는 중생은 저승 전에 불리며니 오시고 소지대왕으로 말미를 타시고

말미야 말미야 말미 받어서 오시는 망자

여기 오시는 망재분들은 이 굿을 받어서 자실라고 이 문전에가 오실 적에

불쌍하다 가련하다 행우 없이 두긴 싫어 행비유인 안계시니

이 굿을 받어서 오실라고 이 문전에 오실 적에

열흘에 말미를 달라고 하여도 멀고 멀다고 아니 주시고 오일 말미를 달 라고 허여도 그도나 멀다고 아니를 주시네 삼일의 말미를 달라고 허여도 그도나 말미를 아니 주시네

오실 적에도 하루나 말미 가실 적에도 하루나 말미 백일의 말미를 타 가지고서

왔네 왔네 내가 왔네

혼이라도 내가 오고 넋이라도 내가 왔네

말미야 말미야 말미 받어서 오시난 망자

화소 안제는 신개조조요 조조 이름은 운암광이라

꽃은 피어서 웃음을 웃어도 소리 듣기가 어려워라

새는 앉아서 설리 울어도 눈물 보기가 어려워라

맹사십리 해당화야 너 꽃 진다 서리 마라

꽃도 졌다 다시 피우고 잎도 졌다 다시 피는데

인생 한번 죽어지면 아니 가기가 어려워라

말미야 말미야 말미 받아서 오시난 망자

왕아 신아 어허야 에헤으 에에 야

산을 문천리 금강산이 허것다(악사 : 그렇지요)

험하유왈을 금산이난디 공자를 적으시든 양공자 양공자 허시든가

일월봉 허시다든가 삼신살로 허시다든가 그대 허시던 신공대 허시다든가

아공대 경화대야 연화대 신선대로 외손주가 말미타고 줄줄이 모실라고

말미야 천근이로다

천근이야 아헤 에헤 디 헤 아 어허아 천근이오

가자 서라 가자 서라 영전 모시러 가자 서라 원철 모시러 가자 서라

영전 앞가슴에 품고 배에 문장을 편히 얹어 사대 영산에를 가서

공덕산 대들보 안함강으로 저왔으니

놀기 좋다 서산장군 좋은 안주 좋은 술에 만에 박이 한 없시고

오시난 길에 마중을 가자 서라

저 건네 저 건네라 어리 둥실 떴는 배가 넋 실었냐 석 실었냐

넋도 석도 아니 싣고 은개 복개가 실렸더라

열고 보니는 장광새요 장광새를 열고 보니 세 낙수가 실렸더라

염제에 신농씨는 삼백초에 많이 심어 백초에 맛을 보고 천하 만민을 구
원하고

왕의 아들 왕손씨는 왕의 딸 왕비씨냐

왕비 넋이가 되야 오소

회로나 한 번 불러 회로나 두 번 불러 회로나 세 번 불러 건방지다 거기 누기가 오셨드냐

은장에 재취 달라 낙동강에 낮을 빌어 수덕궁이가 욫을 갈라 상백초에 나둔 이래 모두 율려 던져시니 백회가 지시난구나

어여 오실 망재님을 모룩둥이가 던져오니 단목허여 되여 오고

망재님네 우두를 깨랴 뉘기를 따라 극락을 가고 뉘기를 따라 시왕 갈끄나

삼천백두 유지월이 석양월을 따라가

어소에 저문 날에 이러드신 강태공을 따라가

이삼천 리가 저기 좋아 젊어 세상을 따라가세

극락으로 가신 길에 극락문이라 허는 것은 노사시에 천년 길에

시왕세계로 가는 길은 자그마한 아그 동자 은장군에다 물을 실어 수레 수레 상수레를

망재님 가시는 길에 꽃밭에다 물을 주고 망재님도 하옵서라

하필연 현근일에 왕아 신에 에헤어 어

어여어실 망재분들 모두 구진 망재님분들

모두 억울하게 가고 원통하게 가고 서럽게 가고 불쌍하게 가신 망재님들은 모도 다 걸려가는 망재님들

동서남북에 걸려 큰 망재님들은 오는 듯이 가실 적에 동은 갑을 중이요 남은 정경화라 서는 우기래두요 북은 맹경수요 중앙은 한개수로구나

동서남북 없이 쉬어 가실 적에 십이왕 대왕으로 줄줄이 여러 모룽이 걸어가실 적에

첫문 이름은 여막문이요

둘차 문이름은 허보진대

세차 문이름은 지애문이로다

네차 문이름은 시왕천문이로다

다섯차 문이름은 통곡 합창문이로다

여섯차 문이름은 금강문이로다

일곱차 문이름은 옥행문이로다

여덟차 문이름은 죄다 산이 팔짝문이로다

아홉차 문이름은 서구문이로다

열차 문이름은 불설새왕 상고문이라

에헤아 에헤아

거무날에 모든 지옥을 다 면하고 사자와 지옥을 면하시고

십이왕으로 왕림하시느라 매끼노라 천근이로고나

천근이야 아헤에이헤 아 어으 천근이오

어여 더실 망재분들 극락문을 열자 보니 열에 열제왕이 걸려있고

시왕세계를 가자헌들 열에 지옥에다 걸려있고

극락문을 열자보니 삼 사재가 걸렸더라

으헤아

초제왕은 제일에 진광대왕을 여와주고

이제왕은 제이에 초강대왕을 여와주고

삼제왕은 제삼에 손게대왕을 여와주고

사제왕은 제사에 오간대왕을 여와주고

오제왕은 제오에 염라대왕을 여와주고

육제왕은 제육에 변성대왕을 여와주고

칠제왕은 제칠에 태산대왕을 여와주고

팔제왕은 제팔에 팽등대왕을 여와주고

구제왕은 제구에 도시대왕을 여와주고

열제왕은 제십으로 천륜대왕을 여와주라

열에 왕을 여왔으니 열에 지옥을 여와주세

토산지옥을 여와주고 하탄지옥을 여와주고

한백지옥을 여와주고 금수지옥을 여와주고

팔선지옥을 여와주고 독사지옥을 여와주고

차마지옥을 여와주고 주애지옥을 여와주고

철산지옥을 여와주고 금강지옥을 여와리라

지옥을 여왔으니 사재를 여우리라

이승 땅에는 도공애기 저승 땅에는 강진도령

맹덕공 가잔애기 월직사재 일직사재 왕님사재를 들오래라

산에 올라 산신사재 들로 나네 용신사재 허리 중생의 욕살사재 온갖 사
재를 여와주고

불러내던 저 사재야 부재 내던 저 사재야 달 같은 저 사재야

사재를 여왔으니 오구간신을 여와주오

칠년 간신에 팔년 간신 삼년 등가고를 열고 내라

애 녹던 간신내야 혼 녹던 간신내야

간장 녹던 간신내야 심장 녹던 간신내야

오고 간 신을 여왔으니

어여 더신 망재분들 유곡 가고 극락가고 일곱 번에 시왕세계를 다 갑소서

왕아 신애야 에 헤 야 으 아 에 헤 야 으 아

어여더신 망재분들 이 굿을 받어 자실라고

오래다 이수인간들이 있단다고 굿을 받고 모든 혼정을 하실라고

마루 앉어 말로 토론을 하여서 일단 대담을 허건마는

망재분들은 사오가 되고 보니 자손들한테나 모두 이렇게 근심 주고 혼
신 주고 안 주고 저 짝은 주고 이러는 것이 모도 부석이나 부질없이 떠가
실 적에

어여 더신 망재 의복이 남루허여 오시었나

어딜 망재님들은 혼을 퍼서 모두 가고 칠보소에 세수하야 도량도량 망

망 도량

  놀기 좋다 청게수야 쉬기 좋다 만구야

  백사장 쉬보리 밭에 중대 하대 가지 말고 오늘 같이 좋은 날에 시래 집
사 염불 받고 시왕세계로 아주 그냥 잘 드러 가시라고 왕에 천근이로구나

  천근이야 아 헤 어 이 헤 아 흐 아 천근이오

4) 큰 넋

  넋이야 넋이야 넋이로다

  나의 명사에 십리허에 허무러진 저 무덤에 영웅호걸 넋이드냐

  운해 안개 영주산에 선후대기에 넋이드냐

  아니 그 넋이 아니고 저기 넋도 아니요

  그래 그 아니면 뉘가 기냐

  백이 숙제 넋이냐

  아니 그 넋이 아니요 저기 넋도 아니요

  그러 하면은 누 넋이냐

  영도산에 질가에 초패왕의 넋이냐 진패왕의 넋이냐

  아니 그 넋이 아니요 저 넋 또한 아니요

  그러 하면은 누 넋이냐

  어씨가 진시황에 하방주 넋이 되고 불로장생의 그 넋이 동남동녀의 오
백인에 삼신산의 불노초 불사약을 귀해 와라 진시황의 넋이냐

  아니 그 넋이 아니요 저 넋 또한 아니요

  그나 저나 누 넋이냐

  공양미 삼백 석을 불전에다 시주하고 아비 눈을 뜨랴하고 인당수에 빠
져죽은 심소저의 넋이냐

  아니 그 넋이 아니요 저 넋 또한 아니요

그나 저나 누 넋이냐

불쌍하고도 가련하고 인간 세상을 나왔다가 인간세상을 하직하고 망재 댁도 호재 되고 혼백들 망재 되니 모두 다 넋이로다

넋일랑은 차례져서 넋반에다 모셔두고 혼일랑 차리셔서 혼반에다 모셔놓고 신청을 모셔다가 사계하단에 모셔놓세[4]

참혹하신 망재님들은 인간세상을 나왔다가 인간세상을 하직허고

북망산천 고군대성 망재 되고 혼재 되어 가셨던 망재분들은 이승에도 못 오시고 저승 극락도 못 가셔서 질판 갈판 없이 모다 구천을 떠돌다가 이러헌 오늘 같이 좋은 날에 이러한 큰 굿 잔치를 받고 춘궁대길 받으시고 이제는 구천을 떠돌지를 마르시고 왕생극락을 십이왕 대왕을 잘 들어가옵소서

신아 제자 몸을 받아 연에 연공으로 부모님 은덕으로 세상 잠깐 나왔다가 팔십이 진명인 줄 알았더니 유내명이 단명하여 홍안이고 고운 얼굴 세상을 버리시고 망재 설운 마음에 구천에다 사무쳐 놓고 방문 위에 소래 두고 문정에다 눈물짓고 마당에다 맹제하고 감정으로 썩은 눈물 짓는 바다가 되옵시고 북망산천 아주고개 할 길 없이 가시난구나

두리두리 가시다가 주점만 들으시면 이제는 죽음이 적실하네

유정하다 부부 이별 애정하다 자손 이별 다정하다 행제 이별

남녀자손 다시 보기가 어려워라 갈길 없이 죽어가고 인도사재를 따라가니

한 고개 당도하니 귀마대 가옵기는

---

4) 이 후에 징소리에 맞춰 무녀는 춤을 추고 악사가 징을 치면서 무가를 부르는데, 거의 들리지 않아서 채록하지 못 했다.

5) 무반주로 타령조로 부른다.

저기 오는 저 망재들 비왕 이매를 숙이여라

이 분 말쌈하여 명신이를 천방하고 꽝천물을 살펴보니 골골이 폭포수라

비봉하야 덮어있고 오색 좋은 들은 단오에다 흩어있네

우편에는 팔대보살 좌편에는 호병나간 사계하단의 꽃밭으로 인도 환생 하옵소서

세상 정기 만물중에 사람밖에 또 있던가

여보시오 시주님네 요 내 한 말 들어보소

이 세상에 나온 사람 뉘 덕으로 나왔던가

석가여래 공덕으로 칠석님께 밍을 빌고 제석님께 복을 빌어

아버님의 뼈를 빌고 어머님의 살을 빌어 어마니 오장에서 칠세를 준식 하여

우리 인생 태어날 적 빈손으로 나왔다가 빈손으로 가는 것이 공수래 공수로다

삼세 살을 먹어서는 부모님 덕택으로 호술아배서 호시호강을 열어나서

어 십여 살을 먹어진들 철을 몰라 부모은공 몰랐다가

이삼십이 다 지난들 부모은공 갚을손가

희양 바람 도시니 다시 젊기 어려워라

인간 백년을 살고 가도 잠든 날과 병든 날과 근심 걱정 다 지으면 단 사십을 못사는디

우리네 인생들은 그 동안 못살아서 도발 고름을 짓다보면

가는 것은 청춘이요 오는 것은 백발이라

원수 백발 달라들어 인간 칠십 고래희라 없던 망령이 절로 나네

이팔청춘 소년들아 늙은 망녕 우돌 말소

눈 어둡고 귀 어두워 망령이라고 흉을 보고

부석부석 우던 모양 절통코도 분하도다

우리 인생에 아직 나래가 성턴 몸이 저녁 날에 병이 들어 섭섭하고 약

한 몸이 태산같이 묵어지네

　병석에가 들어있어 약탕관을 걸어놓고 지성봉양 극진한들 죽을 사람이 살아날까나

　판수 불러 경 읽은들 경의 덕이나 보았는가

　불쌍하고 처량하기 망재님들

　부르나니 어머니요 찾는 안이 명수로다

　인삼 녹용을 약을 써도 약덕은 전혀 없네

　괴며살을 세포 실어 명산대천을 올라가서 향로 한 쌍 불을 밝혀 소지 삼장 올은 후에 지성으로 공을 들여 죽을 사람이 살어날까나

　우리 나라 진시황이 약이 없어 가셨는가

　대궐아 천황씨가 인황씨가 약이 없어 가셨을까나

　초로 같은 우리 인생들이 어찌 죽음을 면할 손가

　제 일전에 진강대왕

　제 이전에 초강대왕

　제 삼전에 송개대왕

　제 사전에 옥황대왕

　제 오전에 염라대왕

　제 육전에 명성대왕

　제 칠전에 태산대왕

　제 팔전에 팽든대왕

　제 구전에 도시대왕

　제 십전에 천율대왕

　시방전에 부르는 사자가 염내북을 못 지으고 망재님들을 잡으라는 맹이 나랬구나

　태산실을 목에 걸고 쇠망치는 손에 들고 세운 낫은 빌려 차고

팔등같이 굽은 질을 살대같이 달려드네

온전에라 당도하여 성명 삼자를 부르난구나

첫 번을 불러노니 이내 정신이 아등그러지던구나

두 번을 불러노니 곱던 얼굴이 죽어가네

삼시 번을 불러노니 혼백은 가는 듯이

인정 없는 저 사재가 닫은 문을 벅치면서 망재분들 목을 걸어

한 번을 불러노니 열 손 열 발구락 맥이 끊어지고

두 번을 불러노니 한심(숨) 몰고 하직하고

삼 시 번을 불러노니 홋간대가 삼 시 번에 이 세상을 아주 가고 영영 갔네 에에

아차 한 번 가고 보니 생얼 생시면 성주조상에 봉해놓고 나이는 갑장 주고 이름은 물에 걸고 성명은 행제 자손에게 노나 놓고 입었던 속제 적삼 벗어내야 천금 세금을 돌리어서 지붕 우에 초혼 불러 던져놓니 망재 가신 흔적이 완연하네

우리나 인생들은 늙고 젊고 노수하네

아차 한 번 죽어지면 육신장포 일곱 매로 사과로 질끈 묶어 소봉산 대토록에 덩그렇게 올려메네

혼은 떠서 삼경이요 넋은 젖어 이승길 적

마당 간 데 썩 나서서 좌우로 살펴보니 우술이 밥을 먹었다고 밥 석 상을 받쳐놓고 신발이나 준비허고 노자돈을 걸어놓고

아이고 지고 통곡헌들 망재분들 가시는 흔적은 누가 알면 자초한들 누가 알그나

삼 사재 인도자로 어서 가자고 등을 치니

여보시오 사자분들 이왕 여짜 가는 길에 밥 석 상 노나 먹고 신발이나 고쳐 신고 노자돈을 받아감서 쉬엄 쉬엄 쉬어가세

만단자개를 유절한들 저 사재가 들을손가 어서 가자고 등을 치네

삼 사재를 따라나서나니 대문 밖이 저승이로구나

아흐아 높은 데라고 돌아노면 얕아지고 얕는 데라고 돌아노면 높아지난데

우리 인생들이 인간세상을 하직하면

궁절하고 모은 재산과 내가 지키던 성주선영은 팽토지 되어

성북지서 하직하고 동네 일촌 친구 벗님들은 다른 디에 가서 하직하네

동네 남는 분들은 삼일 출상 허실라고 자우로 들어가서 성복지를 차려놓고 축문을 읽던구나

영희 계반 왕준 유택 계림 거래 영절 중추

열두 단군들은 배필을 드리어라 망재 운상이나 곱게 허세

열두 단군들이 완장해서 중포록에다 들여메고 망재 운상허시난디

다른 데에 가서 동네 일촌하직하고 북망산으로 오르시는구나

북망산 올라가서 청태산을 드러가서 오시 하관 한 연후에

불쌍하네 가련하네 장친지고 고요히 잠이 들으셨네

팽토지 만만 진수를 받쳐놓고 술 부어서 진설허고

아이고 지고 통곡한들 먹는 줄을 누가 알며 굶는 줄을 누가 아느냐

혼백이야 친구 불러본즉

여보소 친구 벗님들아 요내 한 말 들어보소

사고에 가던 길에 만만진수 차단진금이 살아 생전의 밥도 일배주만 못하는구나

먹는 줄을 누가 알며 굶는 줄을 누가 아느냐

굼졸하고 모은 재산 헌신 벗듯 벗어놓고 빈손으로 내가 왔다 빈손으로 내가 가네

아비 배는 썩어서 진토가 되고 어미 살은 썩어 물이 되는구나

말은 썩어 영혼 백발 날라가네

불쌍하고 가련하네 망재분들이 서른 석장 떼를 집을 삼고 송죽으로 울을 삼고 뒤견접동 벗이 되고 냉당소풀이가 벗이로구나

고요히 잠이 들었는데 밤은 적적 깊어지고 산은 첩첩하고 물소리만 처량하네

온갖 잡새들은 지주자주 울음을 울던구나

불쌍한 망재분들이 갈피없이 십이왕을 갈피없이 가시난데

십이왕에도 관인 서이가 아니오셨더라

인왕판관이 앉으시고 보조판관이 앉으시고 박판관이 앉으셨네

박판관이 판관을 따라 드리면서 여봐라 봉토잽이를 부르난구나

저기 오는 저 망재들 남녀노소간에 아기 어른 없이 불쌍하고 가련하다

노인 죽어 망년 혼신 젊어죽어 청춘혼신

애기 죽어 사리혼신 총각 죽어 몽달혼신

처녀 죽어 맹도혼신 각시 죽어 사지혼신

저기 오는 저 망재들 낱낱이 아뢰어라

인간살이는 잠깐 살이 저승살이는 평생살이 되야 은방지게 다 알외어라

인간세상에 나가서 모든 잡귀를 지고 오고

인정도 못 쓰고 그러헌 망재분들은 하탄지옥 물찬지옥 가시지옥 독사지옥 감해지옥으로 보나옵고

선심선덕 많이 허고 운명씨에 걸리지 않은 망재분들은 저승왕에다가 인도환생 시켜 호적을 실으어라 하옵시고

봉토잽이를 내보내니 봉토잽이 철패를 치면

저기 오는 저 망재들 거그 와 머리를 숙이여라

거그 잠깐 서있어라 하고 서리 봉토잽이 물목잡고 망재 문초를 받으난디

아무리 물고 또 물었으나 눈물이 앞을 가리어서 이별은 마찬가진데

인간 일을 하고 가신 망재분들 눈물이 앞을 가리어서 좀체 대답을 못하시고 묵묵부답을 하옵스니

남자 망재님을 몬자 불러내서 망재 문초를 받던구나

여봐라 남자 망재분들 인간세상을 나갔다가 짚은 물에 다리 놓고 을천공덕 하였던가 길가에다가 집을 짓고 행인구줄 시켰더니 삼거리에 샘을 파고 급수공덕 하였던가 좋은 땅에 원두 숨어 마인여고를 시켰던가 없는 사람 인정 쓰고 선심 말씀 들었더냐 병든 이를 약을 주고 후안공덕을 하였던가 높은 산에 절을 지어 중에 공덕을 허였던가

아무리 물었으나 좀체 대답을 못하시고 묵묵부답 하고 있으니

남자망재 제쳐놓고 여자 망재 불러내어 망재 문초를 받으나니

여봐라 여자 망재분들 여자로 태어났다가 배고픈 이를 밥을 주고 부엌공덕을 하였던가 헐벗은 이 옷을 주고 하련적선 시켰더냐 친부모의 기별 듣고 시부모를 공경하고 효자 말씀 들었던가 지성으로 가장 셈게 열녀말씀 들었던가 적은 음식을 고리 묵고 행자하묵을 하였던가 동네 남녀 노소들께 인사법률이 극진하고 동네 칭찬을 받았더냐

아무리 묻고 또 물었으나 좀체 대답을 못하시고 묵묵부답을 하옵스니

죄목이 많이 짓고 가는 망재님들은 구천에가 떠돌고

죄목없이 가신 망재님들은 저승왕으로 잘 들어가실 적에

불쌍하신 망재님들 왕으로 왕림못했던 망재분들은 희양탄일 극락탄일 저승탄일 탄일로 십이왕문을 열어줄 터이니 거르끔 없이 잘 들어가옵소서

초제왕은 제일에 진광대왕 맹호는 정태봉씨던가 탄일은 일월 초하룻날 염불은 열여덟에 우맹주는 우자부체 동맹주는 좌오부체 미덕기왕 맹모시왕 태산부군 이십사왕 기셀기왕 무자기 기왕 백만군석을 거느리고 제불 제천 상수설법 도제중생들은 정광열을 면하시고 적도시왕 미타염불 팔번 덕소 수기보배 일시 성불하옵소서

나무아비타불 관세음보살

아미타불 일시 성불하시리라

상전이 백해 되고 백해가 상전이 되도록 너사 나사 사자 말하더니 일생에 이별이 웬 말이냐 뜻 정자 이별 되자 글자 두 자를 내놓은 사람 날과 같이도 원수를 허도다

인제 가면 언제 올거나 내 올 날이도 말이 없네

동방화개 춘풍시에 꽃이 피거든 오실라냐

금강산 상상봉에 올라 팽지가 되거들랑 오실라요

동서남북에 사면바다 육지 되거든 오실라요

자그마한 조약돌이 넓고 넓은 왕석이 되야 정지 맞거던 오실라요

팽풍에다가 기린 장닭 두 활개를 쩍 벌리고 초경이경에 상사하고던 오실란고

오도배 보고던 오실라요 자도배 가거던 오실라요

이 굿 받아 극락가면 다시 오기가 어려워라

십사염불을 하여를 가면 가시는 길이나 밝다허네

아 헤 에허이야 상세로고

탄광역에다가 시주를 하옵고

제에 보살 제에 보살 나무 헤에 허이 아미타불 나무 나무야 아미타불

나무야 나무야 나무 나무 나무로구나

극락으로 가시라고 나무아미타불

시왕으로 가시라고 나무아미타불

이 굿을 받아서 자시는 망재 오구만 재천으로 되야를 가시요

천황씨 넋이나 되야를 가시고 인왕씨 넋이나 되야를 가시요

실농씨 넋이나 되야를 가시고 항우 장자를 되야를 가시요

이 굿을 받아서 자시는 망재 오만 짐생으로 환생하지를 말고

인도 환생이나 되어를 가시오

남자가 되어서 가실라고 허시면 저승왕이나 되야를 가시오

여자가 되야서 가실라고 허시면 저승왕비나 되야를 가시고

꽃이 되야 가실라고 허시면 목당화나 해당화나 연꽃이나 되어가고
오만신선이 되야를 가시오
아 제 제불 제보살 제 제불 제보살
나무헤 아미타불 나무나무 나무로구나
나무아미타불
극락세계는 양항 나무아미타불 미타문불을 들락자남 나무아미타불 극
락으로나 잘가시오
나무아미타불
초제왕에가 상갑이든 개복신이가 상갑이오
나무아미타불
이제왕에게 상갑이면 이가 상갑이오
나무아미타불
삼제왕에게 상갑이면 이고생이가 상갑이오
나무아미타불
사제왕에게 상갑이면 갑자생이가 상갑이오
나무아미타불
오제왕에게 상갑이면 경자생이가 상갑이오
나무아미타불
육재왕에게 상갑오는 구생이가 상갑이오
나무아미타불
칠제왕에게 상갑이면 갑오생이가 상갑이오
나무아미타불
팔제왕에게 상갑이면 임오생이가 상갑이오
나무아미타불
구제왕에게 상갑이면 임자생이가 상갑이오
나무아미타불

열제왕이가 상갑이면 무오생이가 상갑이오

나무아미타불

극락세계로 잘 가소사 나무아미타불

시왕세계로 잘 가소사 나무아미타불

제불 제 보살 나무아미타불

5) 오구풀이

오구님네 본을 받고 오구님네 안철 받세

오구대왕 님에 본은 기 어디가 본이든가

오구나 대왕님의 본은 시왕산 금바구 밑에 오구대왕님네 본이로구나

오구나 대왕님은 맹산대천 오신당에 오구불공하야 명산줄기를 타고 나셨던가

대왕님을 탄생하고 보니 한두 살에 절을 세와 내고 일곱 야닯이 되여서 서책을 품에 안고 소학 대학을 보셨던구나 십오 세가 먹어지니 만조백관을 거느리고 반궁에 높이 올라 이 나라를 다스리게 됐던구나

만조나 백관들은 오구대왕님네 부인을 맞어들이랴 허고

칠대부인에 딸아기가 인물도 출중하고 행실도 단정하야 오구부인이 되여 부인이 되어 달라고 한 번 여납을 들으시니 동대 하시거든구나

두 번 여납을 들으시니 바늘액을 가고시고

시 번 여납을 가오시니 오누래기가 떨어져서

정월이라 십오일날 사주단자를 들으어서 소생을 부르시고

이월이라 한식일날 금오비단으로 송복을 지으시고

삼월이라 삼짓날에 연자초롱이 날아들고

연자시절을 잡으어서 백사장 너른 땅에 산호초롱를 높이치고 은장 녹장도 갖춰놓고 편죽하나 동백낭구 양날의게 증인으로 시와 놓고 꽃개 장닭

짝을 지워 양 날개 묶어놓고 청실홍실을 늘어놓고 은장녹장도 갖춰놓고

오구나 대왕님은 연자실을 잡으여서 납채를 드리난디

금배주를 나누난데

첫차잔은 인사주요 둘차잔은 금배주요 셋차잔은 천일주로 금배를 나누시고

백년가약을 맺으시고 천년고보 천 년을 살랴하고 천 년을 살자 백년가약을 맺으시고 유자사랑을 연명하고 허군 날이면 물 본 기러기라 봉황으로 짝을 지여 백년사랑을 연망하야

오구나 대왕님의 양주께서는 대왕을 따라 출가하고

선대부모를 모시고 태왕을 복종하고

신하들을 거느리고 시녀들을 거느리고

반궁에 높이 올라 항후부인을 봉하시고

오구대왕님은 문무대왕으로 봉하시던구나

항후부인께서는 자리에 앉고 오해가 맥혀 갖고 어엿허신 태기를 얻지 못하시니

시녀들이 이르기를

대왕님네 태자가 늦어가니이다

신궁하자고 이르시니

항후부인께서는 그날부터 온갖 공을 들여놓고 대지 감동하시라고 지극정성 공을 받쳐놓니 택기를 받게 되던구나

첫 달에는 이슬을 받고 두 달에는 터를 잡고 석 달에는 입덧허여

먹던 밥에는 못내 나고 수제에는 녹내로다 아하 물에서는 해금내요 국에서는 궁통내요

안거서는 서기 싫고 서서는 개기 싫어

몸이 쇠약해져 가시난디

오구부인 드리시는 것이 능금 다래 포도 복성

포도야 열매는 시금시금 개살구야

저 살구야 은행을 드시는구나

넉 달에는 행제 잡으시고

다섯 달에는 오복으로 단자 신으시고

여섯 달에는 육색을 갖추시고

일곱 달에 모을 적마다

야닯 달에는 팔만사천 털에 머리가 돋아 오시고

아홉 달에는 불경여물어 허공을 밝혀

열 달이라 태설하여 가만 새워서 순산허실 구실빛이 열렸네

산후 조림 수일에 순산채비를 허시난디

집안단 소지 허고

항후부인께서는 연옷을 갈아입고

일간 시간을 차자 참조허실라고 마당에가 던져놓고 금강문 하탈문 애무나 살무나 개축을 허시든 말든 사람의 조름 속에 어장자를 허셨더라

그 아기를 받을라고 이리저리 살피보니 태자를 보지 못하시고 공주를 탄생허셨더라

태자를 못 순산허셨다고 대왕님께 이루시니 대왕님이 이루기를

공들이고 힘들여서 태자 받을 줄 알았더니 공주라니 원통하다 그러나 공준들 베릴소냐 아동지 자동지 홍사 도듬에 청사 도듬에 유모 정해여서 몸과 마음을 다 받쳐서 일취월장을 잘 길러라

그 아기는 연지를 문을 열고 살을 올려 궁으로 살을 불려 날거나 지면 꺼질거나 일취월장 자랐으나

항후부인께서는 공주 하나 낳고 말 줄 알았더니 그 아기가 살을 바로 묵고 또 애기를 가졌구나

십색을 색여서 순산하고 보니 둘차도 공주더라

둘 낳고 말줄 알았더니 셋차도 공주시오

셋 낳고 말 줄 알았더니 다섯차도[6] 공주더라

다섯 낳고 말 줄 알았더니 여섯차도 공주네

여섯차 공주를 순산하여 놓고

어허 이것이 웬 일이냐 대왕의 나이 내 나이에 십오 육십 은연 맺으어서 선대부모를 모시고 대왕을 보중하고 만성아기 존중하고 부부상 우대를 이룰 줄을 바라더니 사십이 근근도록 태자를 보지 못했으니 만조백관들도 보기 부끄럽고 선대부모를 어이 볼꺼나

신에 근심을 허는 차에 삼문 밖에 어느 시주님이 오셨던가 시주하라고 염불하네

시녀들이 뛰어 나가어서

시주는 풍부하게 헐 터이니 우리 대왕님이 태자가 없어 근심이니 무슨 공을 들이어서 태자를 받을소냐 있다거든 알려주고 가옵소서

시주님이 이르기를

그러시면은 공덕이 부족하니 맹산대천에 영신각에 뒷메 청산을 올라가서 오구대왕님 양주가 석 달 열흘 백일 정성을 받으라고 일으소서

그 말을 일러놓고 일호불견하셨구나

그 말을 들은 시녀들이 항후부인께서 대왕님께 이루시니 대왕님이 이루기를

당신 팔자나 내 팔자나 기막혀서 사십에 근근토록 태자를 보지를 못했는데 사십 평생 무슨 공을 드리어서 태자를 받으리까 남새도 부끄럽소

항후부인께서 새장장 같은 양반도 태자가 없어서 명산대천 신공해서 태자를 받았다고 이릅디다 우리도 공이나 한 번 들어 보사이다

오구나 대왕님이 그 말을 들으시고 만조백관들을 불러여서

일광자를 대령하라

일광자를 대령하니

---

6) 넷째 공주의 출산이 생략되어 있다.

대왕에 생기를 받으시고 오구부인에 복덕일로 날을 받아 시녀들을 불러여서 모욕 채비를 갖쳐 놓고 진물을 마련하여 명산대천으로 대령하라 명령을 하여놓니

만조백관들이 맹산대천을 올라가서 산지 잡아 모시고

대왕님 양주께서 목욕재계를 극진하고 새옷을 갖춰 입고 명산대천으로 오르시고 제물을 마련하여 명산대천을 대령하니 부정을 후체내고 제물을 차려놓고 향불 피워 부정을 후쳐나고 촛불을 돋우니라

시항 위에 밥을 지어 마제밥을 올려놓고 낮으로는 뜰막이요 밤으로는 심막이라 태자를 하나만 태와달라고 맹산대천에 신공하온 지 몇 날이 되았구나

대왕 양주께 다 태몽으로 선몽을 주시난디 초경이야 이경에 삼사오경에 꿈을 꾸니 학이 한 쌍 돋아보이시고 청룡 황룡이 보이시고 기린 누가 돋아보이는구나

대왕님 양주께서 의논하고 해몽할 적에

여보시오 항후부인 이번에는 태자가 분명하요 우리가 집으로 내려가서 선영에 공도 드려보고 운신을 바로 허고 천시를 받읍시다

그런 끝에야 나려 와서 목욕재계를 극진 하고 길 한 동우를 등씬 쌈고 짚단에 고기를 구워 볏단을 도지 삼아 맹산대천에 들어가서 태자를 받아 왔습니다

소태왕 대태왕 지장지왕 우줄지왕 팔만도지왕 지왕님전에다 신물을 드리시고 기대를 허시난디

어느 날이나 되았든가 황후부인께서는 식음을 전폐하고 진발 남발 서둘러서 아무리 드리봐도 받지 않고 물르시네

그렇다는 말을 들으시는 오구나 대왕님은 원하기나 허시라고 부언을 허시난디

아 아무것도 나는 슳고 오동지 섣달에 죽신나물이나 먹고자나

만조백관을 놓아여서 항후부인 원한 대로 귀해다가 갖은 양념을 하여 들여 놓니 항후부인께서는 그 자리에 누웠던 자리가 떨어지고 말기운도 솟아나고 생기도 나고 근력도 돌아드네

말 안에 설설거려 말 밖에 면하고 곱던 얼굴 그미 슬코 십 세에 곱던 몸이 옷깃이 벗어나시난디 태자를 둘 줄을 짐작허고 갖은 채단 다 준비하여서 해복기가 있었던지 순산 채비 서두시난디 산후조리 음석이 입가슴에도 안니 맞어 못자시네

지한동우 앞에다가 볏단도 한쪽으로 모셔놓고 순산하기로만 바라시난디

그렇다는 소식을 들은 오구나 대왕님은 목욕재배 하옵시고 하얀 옷을 갈아입고

여봐라 백관들아 어필묵을 대령하라

태자를 순산하시시면 낳는 시를 기록하고 낳는 해와 날과 달을 전장하고 기대를 허시난디

황후부인께서는 어미 살문 아비 뺏문 금강문에 하탈문에 연자문에 그 간문을 재축허고 어장자를 하셨더라

시녀들이 그 아기를 받어 갖고 이리저리 모셔보니

어허 이것이 웬 일인고 공도 허사더란 말이시오 일곱차도 공주로다

일곱차도 공주를 순산하셨단 말을 들으시고 오구나 대왕님은 그 자리를 벌떡 일어나서 칠성기를 내던지며

여봐라 시녀들아 일곱차 공주는 보기도 싫고 부모의 정도 없으니 베리더기라 이름지어 속았으니 시기데기라 이름을 지어 버리여라 버리여라 쑥대밭에다 버리여라 왕대밭에다 버리여라

오구나 대왕님은 어명을 나리시고 그 길로 심태화도 분명하네 수라상도 받지 않고 식음을 전폐허시더라

그러나 베리더기는 쑥대밭에다 버려놓니 하날에서 학이 한 쌍 내려오고 청룡홍룡이 내려와서 추울새라 아 한 쭉지는 깔아주고 한 쭉지는 홍에

주고 청룡은 골골마담 다니면서 젖줄을 물어다가 베리더기 입에다가 멕이여서 일취월장을 하는구나

베리더기 공주는 애부터 달부터 자루난디

오구나 대왕님은 몸은 점점 쇠약해지 들어가고 병사는 높아가는 것이 한의해서 약을 쓰고 진맥해서 춤질하고 백방으로 서둘렀으나 일정 효흠을 볼 수 없고 병세는 점점 짙어지는구나

날이 가고 달이 가고 해가 가고 어느 날이나 되았던가 중문 밖에 염불 소리가 나는구나

항후부인 버신발로 뛰어나가

여보시오 시주님네 오구나 대왕님은 후사를 생각허시다가 심와화로 병이 나서 살릴 길이 전혀 없사온디 어느 약이 좋다 하고 안다고 허면 일러 주옵소사

이루시니 시주님이 이루기를

대왕님은 인간의 약으로 못살리오

그러면 어느 약으로 살리시냐 이루시니

대왕님의 약은 시왕산 금바구 밑에 천년수가 있고 만년수가 있사온데 그 물을 질러다가 대왕님을 드리시면 금방 직차하오시오 그러나 그곳을 갈라허면 공주 중에 세 공주를 보내소사

그 말을 일르시고 일호불견가셨더라

일공주 이공주야 삼공주 사공주 오공주 육공주를 불러다 놓고

너그 부친께서 너그 일곱 형제를 탄생하고 후사를 생각허시다가 심와화로 병을 얻어서 서둘렀으나 백액이 무효되고 사백이 무효 되고 살릴 약이 없사온디 시왕산 금바구 밑에 느그 부친의 약이 솟아난다 허니 그 누기가 다녀올라느냐

일공주가 이르기를

아이고 어머니 이 나라 공주로서 시왕산이 어데라고 제가 갔다오리까

다른 공주를 보내소사

이공주 너가 다녀올라느냐

성 못간 디를 내가 어찌 가오리까 질을 몰라 못 가것소 산을 몰라 못 가것소

여섯 공주들이 한 입으로 소신듯이 이리 핑계 저리 핑계 허든구나

항후부인은 기가 막혀

에라 천하 불효로다 느그 부친께서 심와화로 병이 나든 것을 이제 알겄구나

항후부인께서 그 근심에 통곡을 허시난디 머리 우에서 스쳐가는 듯이 베리더기 생각이 나던구나 시녀들을 불러여서

베리더기를 어느 곳에다 버렸느냐 버린 곳을 찾어가서 베리더기가 죽었으면 할 수 없건이와 만일 아니 죽고 살았다면 베리더기를 다려오너라

베리더기야 다려오라는 어명을 받고 시녀들은 발을 버성거려서 베리더기 버린 곳을 찾어가네 그곳을 도달허니 베리더기 공주님은 그 골 산신이 되야 삼칠은 이십일일 칠칠은 사십구일 일곱 이레가 넘은 동안에 돌로 초당을 지으시고 갈대 문을 달아여서 베리더기 공주님을 일죽월장을 자루더라

베리더기 공주님 베리더기 공주님

삼 시 번을 불리여도 산신을 따라 글공부를 하니라고 듣지를 못하시던구나

하늘천 따지 검을현 누루황 집우 집주 넓을홍 거칠황

베리더기 공주님은 들었던가

날 찾으리가 없건마는 그 뉘기가 날 찾느냐 내가 이곳에서 이만큼 자라여도 보는 이도 없고 찾는 이도 없더니만 그 뉘기가 날 찾느냐

베리더기 공주님은 이 나라에 오구대왕님네 일곱차 공주로서 태자를 받자 허고 지극 정성 공을 들이여서 공주님을 탄생허여 이곳에다가 버리

라던 어명을 나리시고 대왕님은 그 길로 심와화로 병이 나셨는디 백약이 무효 되고 사백이 무효 되서 살릴 길이 전혀 없어 시왕산의 금바구 밑에 천년수가 있다 허고 만년수가 있다는디 그곳까지 가실 이 전혀 없어 데려 오라는 어명을 받고 왔습네다

베리더기가 기가 막혀

허허 이것이 웬 소리며 이것이 웬 일이냐 나는 하날이 아버지고 땅이 어머닌 줄 내가 알고 학이 유몬 줄을 내가 알고 이곳 산신이 형젠 줄을 알았건만은 나도 어미와 아비가 있고 형제가 있네 즘성의 자식인 줄 알았구나

그러나 내가 이만큼 자랐으니 하늘에서 떨어졌던가 땅에서 솟았더냐 아버님의 뼈를 빌고 어머님의 살을 빌어 어머니의 오장 인공이 있사옵고 탄신공이 있었구나 이제라도 부모님의 인공을 받고 탄성한 공을 갚을란다 어서 가고 바삐 가자

베리더기는 시비들을 따라여서 바로 여출 나오는디

황후부인께서는 베리더기가 온다는 소식을 들으시고 보신발로 뛰어나와 죽림문 밖에 방문 밖에 나오셔서 베리더기의 손을 잡고

어디 보자 네가 떠나서도 이렇게도 장하게도 길렀으면 무엇을 먹고 이렇게도 자랐느냐 장성을 했느냐 염치없고 체모없다 딸이라고 버렸던 너를 찾고 보니 염치가 없고 체모가 없구나

아이고 어머니 그런 말씀 마옵소서 부모가 병이 나셨을 적에 자식이 살리는 것은 당연한 일이 아니시오 제가 다녀올랍니다 시간을 낭비허지 마르시고 어서 동이를 내어주시고 은 뚜껑을 내어주옵소서

베리더기 공주님은 시왕산을 가실라고 나서난디 대문 밖을 썩 나서니 베리더기 공주님은 비호같이 가던구나 벌떼같이 가던구나 번개같이 가던구나

얼마나 가다보니 해는 서산에 기울어지고 밤은 깊어오고 해는 일모에

이르는구나

밤이라고 이리 가고 저리 가는데 터벅 터벅 걸어 들어가고 천솔질로 만
솔질로 들어 팔월 백중 응하여서 질을 짚어 시왕산을 찾어들어가는디 산
천은 괴괴하고 물소리는 처량하고 온갖 잡새들은 지중자중 울음을 울던
구나

얼마나 가다 보니 동방은 밝아오고 먼 산에 해를 비춰오는구나

베리더기 공주님은 발을 재축하여 시왕산을 찾아가시는데 어떠헌 선비
가 썩 나오며 하는 말씀

이 길이라고 허는 곳은 대장부도 못 오넌디 어느 여자가 되야여서 뭐를
허러 오느냐

여보시요 선비님네 우리 아버지께서 이 나라 대왕님이신데 우리 일곱
성제를 탄생하고 후사가 없다보니 심와화로 병이 나시어 인간의 약으로
는 살릴 길이 전혀 없사오서 시왕산을 찾어가니 우리 부친 약이 있다하여
약물 길로 가나니요 안다고 허면 가르쳐 주고 인도를 하여 주옵소사

하옵더니 선비님이 이르기를

시왕산이라고 하는 곳은 백이숙제가 그곳에 가서 굶어죽고 아사하던
그곳이라 내가 일러준 데로 가려무나 갈켜준 데로 가려무나

베리덕 공주님은 하다가도 반가워서 시왕산를 재촉하여 가시난디

얼마나 가다보니 유로 하나가 앞을 가리네

선비님의 말쌈이 이곳을 건너야 시왕산을 간다는데 이곳을 어떻게 건
널거나

그곳에 우뚝서서 두 손을 모아 공을 디려 동서남북에 길을 태우라고 오
용왕을 불러 시왕산에 가는 길을 내달라고 구강재배를 드려놓니 난데없
이 배 한 척이 내달터니만은 사공이 이룬 말쌈이

공주님 공주님 어서 이 배짝으로 오르소사

그 배짝으로 오르고 보니 얼마나 가다보니

공주님 어서 육로땅으로 나리소사

육로땅으로 나리고 보니 사공들은 일호불견 가셨더라

발을 재촉하여 찾어가는디 크나큰 절벽이 앞을 개리네

그 절벽을 오를 수도 없고 치어다보니 천하지봉이요 내려다 보면 지하지봉이로다

그곳에서 우죽져서 산신님을 불르여서 시왕산의 가는 질을 대달라고 구강재배를 드리오니 난데없는 기린보가 나타나여

공주님 공주님 저를 저를 따라오르소사

기린보 도움을 받아 좁은 줄 모르게 절벽 끝에 가 서서 보니 한편을 바라보니 신오당이 걸쳐있네 그곳을 도달허니 삼 인이 앉어서 바돌놀이를 허시는구나

여보시오 선생님들 어데가 시왕산이시오

그곳은 어찌야 찾는냐

우리 부친님께서 이 나라에 오구대왕님이신디 태자 하나를 못 받으셔서 심와화로 병이 나셔 아무리 살릴라고 백방으로 서둘렀으나 일점 효험을 못 보시고 북망산을 부르게 되어있소 시왕산을 찾어가면 우리 부친 약이 있다 허여 약물 길어 왔습네다

그러면 네가 질값 갖고 나왔느냐 산값 갖고 나왔느냐 물값 갖고 나왔느냐

아니올소이다 차득이 가득이 실렸으나 쓸지 몰라 줄지 몰라 아니 갖고 왔습니다

그러면 너가 질값 삼 년을 살고가라 산값 삼 년을 갚고 가라 물값 삼 년 구 년을 살고 가라

그러는구나

여러 시월 성신님들 내가 만약에 이곳에서 구 년을 살고보면 우리 부친님은 뼈가 썩어서 백골이 진토가 될 터인데 무정하고도 야속하요

백방으로 백배 사죄를 드리여도 용서무천이네

베리더기 공주님은 할 수 없이 그 자리에 주저앉아 시 선생의 시중을 들자허고 그 자리서 들어앉았구나

선생님들이 하로 이틀 삼 일 격게보니 베리더기 공주님은 하늘이 내린 효녀가 분명하네 삼 일만에 베리더기 길을 부르난디

니 정성이 하도 지극하야 오늘 약물을 나기기로 의논을 하였느니라 어서 바삐 서둘러라

그 말을 들은 베리더기 공주님은 하다가도 반가와서

어데가 약물이 솟아나고 어디가 약물이 있사오요

한편을 바라봐라

한편을 바라보니 오색찬란하여 하날에서 무주개가 둘리워서 안개 속에 둘러있네

저곳을 바라바라 어서 바삐 서둘러라

베리더기 공주님은 천방지방에 서둘러며 그곳을 도달허니 은빛나는 바구 밑에 금빛나는 바구 밑에 능수야 버들이 긴긴이 굽어신데 하이얀 무주개가 하날에서 둘러있고 그것을 보다뵈니 은빛나는 바구 밑에 물이야 솟아나는구나

그 물을 길어서 산신님께 재배하고 용왕님께 재배하고 그 물을 길어 이고 시 선생 앞에다가 하직인사를 들일라고 도달허니

한 선생님은 환생화를 주옵시고 또 한 선생님은 소생초를 주옵시고 또 선생님은 인생초를 주던구나

이것을 가져다가 느그 부친 가삼 속에다 품어 놓고 물을 세 구지를 떠여 놓고 느그 부친이 소생허게 되면 느그 부친한테 일러라 곱게 믹여 곱게 길러 불면 날거나 쥐면 터질새라 허고 기른 느그 언니 행제들은 불효를 저질렀으니 조선물은 풍진손님 유두손님 수두손님 종두손님 홍역손님으로 귀양을 보내라고 일러놓고

니는 나가여서 지체도 네와 같고 행실도 너와 같고 인물도 너와 같은

데로 백년기약을 맺어달라 하고 일러여서 니는 나가여서 한 태줄에 아들 열을 탄생해서 열차왕에다 봉해주고 너거 부친께다 동서남북 법관들을 불러여서 동서남북에다 방을 붙이여서 불쌍하다 가련하다 젊어 청춘에 죽고 늙은 망년에 가시어든 원혼된 망재가 있을 것이고 억울하게 가고 원 통하게 가고 분하게 가고 서럽게 가고 모두 이런 망재들을 혼을 불러 넋을 불러 모셔놓고 오구문을 열어주고 시왕문을 열어주고 호천문을 열어 주고 오구시루에서 누덕에 철망 금사망에 벗어나게 진옷 단옷 옷을 다 베 끼여서 인도하실 질을 찾어달라고 하여주고 진흙이 되고 진흙이 되고 이 러한 망재들을 다 면해서 십이왕문을 열으여서 어으 오구천문 열어 인 도환생길을 찾어달라고 일르여라

환생화는 느그 부친 다시 환생하고 소생초는 다시 소생하고 인생초는 칠십 평생에도 오구생남하여 이 나라를 거느리라고 일르여라

화를 떠서 베리더기는 그 말을 들으시고 질을 재촉하여 나오난디 얼마 나 오다보니 갈 적에는 진나무 줄비하더니만은 간 곳 없고 유록 하나도 보이더니마는 간 곳 없어 발을 재촉해 나오난디 얼마나 오다 보니 목당도 령아가 목발 없는 지게를 지고 잘 드는 낫을 들고 지게 목발을 토당토당 토도당 뚜드리면서 노래를 부르던구나

불쌍하고도 가련하다 이 나라 대왕님 치고 태자 하나를 못 두어서 심와 화로 병이 나서 수년을 고생하시다가 엇그제께 별세허더니만 오늘에 북 망산으로 오르시는구나 오구대왕님도 불쌍허거니와 베리덕 공주님도 불 쌍허다 아으 시왕산을 갔다던디 산신밥이 되었는가 질신밥이 되었는가 용신밥이 되었는가 오늘 구 일차 되얐는디 부친의 상거가 나가는 줄도 모 르고 아니 오네

베리더기 공주님이 그 말을 듣고

여봐라 목당도령아야 그 노래 한 자리만 더 불러라

고 일러노니

아니올소이다 우리 선생님이 이 산에 이 시간에 하로 한 자리만 부르라고 일렀나니다

베리더기 공주님은 나가는 상거라도 잡자하고 발을 재촉해서 길을 재촉하네

한 모롱이를 도달허니 북소리가 울려오고 두 모롱이를 도달하니 상구소리가 등천하고 삼 시 모랭이 당도하니 곡소리가 낭절하네

발을 재촉하여 길을 재촉하니 오구대왕님 만사진은 오 리 밖에 십 리 밖에 둥둥 떠서 너울너울 춤을 추고 명정공포 앞을 섰네 오구대왕님네 오천목생이 소봉산을 높이 떠서 너울너울이 춤을 추고 서른세 명 유대꾼들은 완장하고 나오난디 만조백관들은 좌우로 따라 있고 여섯 공주들은 굴간제복을 고이 하고 머리 우에는 집도바리를 이고 상도체가 따라있네

베리더기 공주님는 상고체를 부어잡고

여보소 당군들아 이 상거가 대인의 상거걸랑 질 우으로 잠깐 지고 유대꾼들은 질 밑으로 나더서라

성네 여섯들이

이를 당돌 맞고 요란시런 이런 기집 봐라 가는 길이나 가던거지 넘의 대왕님 가시는 길을 시작부터 그러느냐

그 중에서도 나이는 도로 시들고 알아보시든 법관이 계셨는가

여보소 당군들아 시 살 먹은 아기 말도 지천내어 들으랐다고 질 가는 행인 말도 들을 때는 들어야 된다네 우리 잠깐 쉬어가세

관음보살
어 너 어화 넘자 어이가리 넘자 너화 헤
저승길이 멀고 멀다고 하던니만 어깨 너매가 저승이로고나
에헤 어와 넘자 어이가리 넘자 넘화 헤
난 문을 열고서 지게 바리를 쳐놓니 계명산천이 밝아를 오네

에헤 넘 어와 넘자 어이가리 넘자 넘어 헤
서복총달은 천자만장 구만장이요 방중 새별은 팽돌아 섰네
에헤 어화 넘자 어이가리 넘자 넘어 헤
앞산도 첩첩하고 뒷산도나 적막헌디
늙고 젊고 노수간에 불쌍하신 망재혼은 어느 왕으로 실려를 갈그나
에헤 어화 넘자 어이가리 넘자 넘어 헤
맹재공포야 밤을 써라 불쌍하신 망재혼은 뒤슬 따라 가신다
에헤 어화 넘자 어이가리 넘자 넘어 헤
에 어루가 넘자 넘와 넘자 넘어와
갈마기는 어디를 가고 군둘 한둘을 모른다
에헤 넘 어와 넘자 어이가리 넘자 넘어 헤
사공은 어디를 가고 배 떠난 줄을 왜 모른가
에헤 넘 어와 넘자 어이가리 넘자 넘어 헤
자손들도 많더마는 망자 가신 줄 왜 몰랐냐
에헤 넘 어와 넘자 어이가리 넘자 넘어야
관음보살

상구소리를 붙였더니 상구를 놓아놓니 베리더기는 그 놓은 곳으로 우
르르 달려드러 소봉산을 열어내여 흩어놓고 바라보니 끈매가 일곱 매 장
단이로구나 일곱 매 장단을 흐트러 놓고 바라보니 속내도 일곱 매라 베리
더기가 봉당소리

우리 부친께서 이 나라에 오구대왕님이시라더니만 소의가 이 세상을
버려가며 그 뉘가 이 세상을 버려가나 열에 열님네 천 장단에 분명구나
어이
예
은장 절장 절창을 흐트러 놓고 부친의 얼굴을 바라보니 얼굴에는 맹목

살더라 맹목살게를 흐트려 놓고 바래보니 눈은 꺼져 절명하고 입은 함봉인데

베리더기 공주님은 얻어 온 환생화와 소생초와 인생초를 부친의 가삼 속에다 품어놓고 은수제를 갖고서는 질어오는 금바구 밑에 질어온 약물을 한 번 떠여 놓고 두 번 떠여 세 번을 떠여 놓니

오구대왕님이 죽었던 살도 살어나고 끊어졌던 맥도 돋아나고

얼마나 시간이 지나고 보니 목 안에 숨 타는 소리가 열두 대맥이 도는 소리가 났네

오구대왕님은 말문이 솟아나시는디 정신 차리여서 이리저리 둘러보셔더니만 맹전을 바라보시더니

허허 나 죽은 흔적이로구나 날 살릴 이가 없다더니 그 누귀가 날 살렸느냐

만조백관들이 이르기를

시왕산에 약물 질로 가셨든 베리덕 공주님이 이제 와서 대왕님을 환생하셨습니다

오구나 대왕님이

허허 이것이 웬 말이냐 이것이 웬 소리냐 바로 이것이 공덕이로구나 공을 들여 받어 탄생했던 이 공덕이로구나 너와 같은 효녀를 죽으라고 버렸더니 내가 그 죄을 받았던가보구나 어디 보자 베리덕야

베리더기를 바래보시더니

누가 너를 길렀으며 누가 너를 가까이 혀서 이렇게도 이뿌게도 자랐느냐 장하게도 자랐느냐 이제라도 너 소원을 들어줄 터이니 니 소원을 말하여라 천하봉을 주랴느냐 지하봉을 주랴느냐 옥새를 주랴느냐 이 나라를 너를 주랴

아이구 아버지 이 나라도 아버님 저는 필요 없고 옥새도 아버님 저는 필요없고 천하봉 지하봉도 아버님 전 필요 없으니 저에게는 아무것도 필

요없습니다 제 소원을 알울 터이니 아버님께서 제 소원을 들어주옵소서
　어서 아뢰어라

　쑥대밭에서 자랄 때에는 시왕산을 오고 갈 적에는 불쌍하다 가련하는
망재분들이 올 바를 모르고 갈 바를 모르시고 밤으로는 이슬 받어 슬피
울고 붉은 낮으로는 태양 받어서 슬피 울고 갈 바를 못 받고 올 바 갈 바
를 못 찾아서 설게 우는 망재들이 많사오니 이런 소원이나 풀어주옵소서
성네 여섯들을 조선에다 손님으로 귀양을 보내시고 악한 가정을 들어가
면 손님을 천대허면 봉사도 되고 벙어리도 되고 귀머거리도 되고 곰보도
되고 이러한 손님으로 귀양을 보나시고 저를 지체도 내와 같은 행실도 내
와 같은 데로 혼례를 정하여 주옵소사 그러시면 아버님이 못한 일을 제가
하오리오

　불쌍한 망재님들 혼을 모셔다가 진오구 단오구 빼 썩고 살 썩고 간장
녹고 심장 녹고 애 녹던 오구를 물어여서 그런 망재분들 절망 벳게 누덕
벳게 금사망 철사망 다 벳게서 십이왕으로 봉하야 주올랍니다

　대왕님께 다 물으시니 오구나 대왕님은 그 자리에 앉으여서 동해법관
을 불러 동해 법관을 불러 동에다가 방을 붙여 남해법관을 불러 남에다가
방을 붙여 서해법관을 불러 서에다가 방을 붙여 북해법관을 불러여서 북
에다가 방을 붙여 중앙법관을 불러 중앙에다가 방을 붙여 베리더기를 시
킨 대로

　그때로부터 이러헌 오구굿이 나오시고 시왕굿이 나오시고 불쌍허신 망
재님들 신개 장개 혼을 불러 오리정에 넋을 모셔 정실하게 모셔놓고 이러
헌 신호군 진 장에는 진 오구요 모른 장에 모른 오구를 부르여서 누덕 벳
게 철망 벳게 구사망 토사망을 다 벳게서 오구문을 열으여서 시왕으로 보
낸 법이 그때 되여 나오시고

　베리더기는 아들 열을 탄생해서 열째왕으로 봉해 놓고 그 때에부터 야
래법이 나오시고 축원법이 나오시고 시기 해갈하야 천도하였으며 망재님

이 가시는 길을 열어주고 닦아주고 이러했던 것이 그때부터 나오셨던가
보던구나 허였으니

　오늘같이 좋은 날에 만단정성을 드렸으니 정성껏 허헌 덕에 부사덕으
로 십이왕을 잘 열으여서 어느 가문 없이 어느 정중 없이 어느 망재님 없
이 오구문만 열어주면 인도환생 허이여서 간난아기 넋이 되고 자는 애기
혼이 되고 가금대 자금대 연화대요 신선길을 잘 들어가신다 하옵디다
　나무아미타불 관세음보살

　오구시왕님은 베리더기가 살렸건마는
　어여더시던 망재님들은 명이 잘라워 가셨는가 맹줄이나 당거를 주고
복이 적어 가실 망재 복줄이나 당거를 주며 자손이 없이 가실 망재 자손
줄이나 당거를 줍시다
　인삼녹용 못드여서 약이 없어서 가실 망재 약줄이나 당거를 줍시다
　밍줄은 당가서 한 어깨에다가 들쳐 메고 복줄은 당가서 또 한 어깨에다
들쳐 메고
　불쌍하신 망재분들 못다 살고 못다 보고 못다 쓰고 간 재물 복은 자손
들께다 전장을 허시고 불쌍허신 망재분들 염불타고도 극락갑시다
　나무야 나무야 나무로구나 나무 어 타불 에헤헤야 에헤헤
　나무나무야 아미타불
　나무야 나무야 나무야 나무 나무 나무로구나
　진염불을 하고서 극락으로만 가시고 잦은 염불을 하고서 시왕세계를
가시요
　제불제불 제 보살 제불 제불 제 보살
　나무야 어이네 탄강 나무 나무 나무로구나 나무아미타불

　왕아 신아 에헤여 에헤이야

시왕산 시왕산 시설굿이 무슨 화초가 되어던가

초단아 이단아 가지단아 아리아리 봉숭아야 만리장파 오송화야

그 꽃 이름이 무엇이냐

환생화라 하였으니 꽃은 꺾어 머리에 꽂고 잎은 따서 조개 물고 남기 잘라 죽장 집고 그 꽃에 인도 환생해 잘 들어가시라는 환생에 증검이로구나

환생이야 아 헤 어허 이 예 아 어허 환생이오

6) 명두풀이

맹두 맹두 맹두로구나

대맹두도 맹두로다 소맹두도 맹두로구나

맹두님네 본을 받고 맹두님네 안철받세

송덕산 송덕 위에 해도 돋고 달도 돋고 맹두님네 본이로구나

맹두님네 사모님네 무신 남기로 서렸더냐

감자자 나무가 설렸더라

열리라는 감자들은 어찌고 열렸더라 열렸더라

맹덕공 가마귀가 열렸더라 제석공 가마귀가 열렸더라

그 가마귀 이상하여 맹도아씨 거동바라

삼시로 밥을 주어 사십구약을 지났구나

맹도 아버지 장자님아

욕심이 많안 골로 문전걸식 밥 줄 때가 거의 없고 동냥 주는데 거의 없어

아가 아가 맹두아가 그런 짐승을 밥을 주어 기르시면 집안에 재화가 난단다

날리어라 날리어라 그 까마귀를 날리어라

부모 영을 못 거시려 가마귀를 날리난데

한 마리를 날릴 적에 명덕궁으로 날리시고

또 한 마리를 날릴 적에 제석궁으로 날리시고

또 한 마리를 날릴 적에 저 성황에다 날렸더라

하늘에 아들 사월망재 장자님

초경에 한상에 꿈을 꾸니 이상하고도 맹랑하네

마당 가운데 대동강들이 보이시고 지붕문을 바라보니 횟대고도 보이시고 뒷동산천을 바라보니 초막끝이 보이시네 마당 가운데를 바라보니 한 자리 나무가 상등이 갈라져 보이는구나

어허 이 꿈이 이상하다

삼 자제를 불러놓고 이 꿈 해몽을 하여봐라

큰 자제가 한단 말이

아버님이 가게 보실 꿈이요

두차 자제가 한단 말이

오늘부터 도랑 출근 마옵소서

며눌아기가 한단 말이

그 꿈 해몽을 제가 해서 바치리라

애라 요년 요망하다 제 기집이 요망하면 도성 안에 범이 든다드라 어서 바삐 썩나가라

나가라면 나갈라요만은 꿈 해몽이나 하고 갈라요

지붕 위에 백배꽃은 아버님이 별세하면 속지적삼 벗어내어 초혼 부르는 꿈이요 우리 문중에 대동강은 아버지가 별세하면 아버지 자제간들이 통곡할 관이로구나 우리 문중에 섰는 남개 중둥이 갈라져 뵈는 것은 아버지가 별세하면 널 짜라는 흉복이요 뒷동산에 초막집은 아버지가 별세하면 죽자리가 분명하요

장자부인 그 말이 적실 옳다 하고 생금 석 되를 닦아 쥐고 돈 석 양을 손에 들어 저 건네 저 건네 제석산 밑에 문복선생을 찾아가네

여보시오 강봉사 아 우리 장자님 사주 한 장을 둘러보소

상주일 잘잘 흔들더니 일천노야 이간신 삼기진에 사관현 오기윤에 육
갑신 칠천귀에 팔관현 구고시에 십오야라 예순 육갑을 붙여드네

허허 이 점을 못하겠소 장자님은 선덕이 전혀 없어 저승왕에서 내려다
보고 삼산을 내여보니 꿈에 선몽도 되여 있고 사죽에 길도 되여 있소

장자부인이 한단 말이

죽을라 끝에도 살 약이 있더라니 살 약을 끝에도 죽을 약이 있더라고
다시 한 번 던져보소

장자 풀이하여 일러노니

황봉사가 상통천문 하탈지리를 하겨드니

장자님을 살릴라면 어서 바삐 돌아가서 큰 곳집을 헐어내어 없는 사람
을 구완하고 적은 곳집을 헐어내야 쌀 서 말을 씰코 씰어 한 말은 밥을
짓고 한 말은 떡을 하고 한 말은 생의로 받쳐놓고 목욕재계를 극진하고
십 리 장에가 장을 봐 오 리 장에가 장을 봐 장자님 문전 앞에 밥 석 상으
로 받쳐놓고 옷 시 벌도 받쳐 놓고 신 시 컬이도 받쳐놓고 노자돈도 받쳐
놓고 맹재 되야 서른 석 자 화산에 꽃도 뻗쳐놓고 신의 제자들을 데려다
가 거리에 중천 사내골로 지성 드리면 아무 소식이 있으리라

큰 자제는 굴간 제복을 고이 하고 다리 밑에가 은신하고 작은 자제는
굴간 제복을 고이허고 뒷문으로 들어가서 앞문에가 엿을 보네

제자 서이 징놀이 빌더구나

삼 사제가 썩 나서네 장자님 문전 앞에 어리 설실이 당도하네

이리 춥고 배고플 때 밥 석 상만 주고 보면 죽을 목심 살려주제

또 한 친구가 한단 말이

저승을 가자 허니 발 시려와 못 가겠네 신 석 커리만 두면 죽을 목숨
살려주세

또 한 사제가 헌단 말이

저승을 가자하니 의복이 남루하니 옷 시 벌만 주었으면 죽을 목숨 살려

주세

또 한 친구 헌단 말이

저승을 가자 허니 노자 없어 못 가것네 돈 서른 석 냥 주고 보면 죽을 목숨 살려주세

또 한 친구가 헌단 말이

밥도 좋고 옷도 좋고 신도 좋고 돈도 좋지마는 저승을 가자 허니 천고 만고 걸렸더니 산에 고를 풀어주면 죽을 목숨 살려주세

밤 말은 쥐가 듣고 낮 말은 새가 듣는다니 잔말 말고 어서가세

장자님 문전 앞에 어리 설실이 당도하니

신에 선생이 들었던가 어이야 밥 석 상도 있고 옷 세 벌도 있고 신 석 커리도 있고 노자도 있고 사래꽃도 맺아 놨네

살려달라 빌으시니

장자님을 살릴라면 장자님 타고 댕긴 백마 용마 준마 말을 장자님 속옷 벳게 이름 석 자를 써서 입히어서 대신대님을 보내주소

저승왕에다 문에다 받쳐두고 살려달라고 빌었다네

장자님은 개과천신하야 인도환생 다시 하야 정성으로 살아나고

어여 오실 망재분들은 정성이 부족해서 천천 죽어서

맹두대 못다 살아 맹두대 억울하게 죽어서 맹두대

이 고 저 고가 여기 저기로 삼천 고에가 걸렸으니 서리 서리나 풀어주세

어찌 아니가 좋은 손가

어라 만세 어라 대신이야 대활전으로 서리 서리가 나리소사

여보시오 하관님네 요내 한 말을 들어나 보소

걸리었소 걸리여 무슨 고에가 걸렸는가

불쌍하신 망재님 법장고에 걸려가 심장고에도 걸려가 간장 유장에 걸려가 열두 고에가 걸려가 열두 가지에 걸려가 노비 신비에 걸려가 천고 만고가 걸렸드래도 이 고 저 고를 풀어서 인도환생에 저승을 가네

어찌 아니가 좋을손가

어라 만세 어라 대신이여 대활전으로 서리 서리가 나리소사

여기 오신 망재님 중에야 백석 고에도 걸려가고 천석 고에도 걸려가고 백년 고에도 걸려가고 억울하게도 걸려 원통하게도 걸려 서럽게도 걸려 분하게도 걸려

이런 망재님들 이 고를 풀자고 오셨거든 백 천 낭구가 들더라도 서리 서리나 풀어서 인도환생에 은혜를 받어

어찌 아니가 좋을손가

어라 만세 어라 대신이여 대활전으로 서리서리 나리소사

얼시구나 또 걸려 절시구나 또 걸려 불쌍하다 망재님네 객사고에가 딱 걸려 오다가 죽어도 객사 가다가 죽어도 객사 객사 객사에 걸렸네

눈 한 번을 잘못 들어 눈에 눈사래 걸려가 손 한 번을 잘못 들어 손에 손사래 딱 걸려가 몸 한 번을 잘못 들어 몸에 은신이 딱 걸려 발 한 번을 잘못 들어 발에 족살에 딱 걸려

액사 객사에 걸리니 모든 고에 걸렸더라도 태천망고를 풀어서 인도환생에 되어를 가니

어찌 아니가 좋을 손가

어라 만세 어라 대신이여 대활전으로 서리 서리 나리소사

왕아 신아 에 허 어 어여시든 망재분들

백천만 고가 걸려 앞으로 갈라니 뒤를 돌아다 본 게 뒤를 못 돌아보시더니 앞을 간다

천고 만고 끌려가셨던 망재분들은 이 고 저 고 산천고에도 헛된 고를 모도 부를 적에 극락을 가고 시왕을 가고 왕생극락 꽃밭 속에 상수레 연화대로 신선도 찾어가시라는 맹두고야 천근이로구나

천근이야

아 헤 야 어 어 이 헤 아 아 흐 이 오 천근이오

넋이야 넋이로다

넋인 줄을 몰랐더니 오늘 보니 넋이라

혼인 줄을 몰랐더니 오늘 보니 혼이로세

낙양성에 십리화에 저기 뵈는 저 무덤은 영웅호걸에 넋이냐

운해 안개에 영주산에 사무태제에 넋이냐

만해봉에 칠성바다에 백년선간에 넋이냐

아니 그 넋이 아니요 저 넋도 나가 아니요

그러면 뉘 넋인가

상산 땅에 사호선생 백의숙제의 넋이냐 백의숙제에 넋이냐

아니 그 넋이 아니요 저가 석별한 이 넋

그러면 뉘 넋인가

넋이란 받아여서 넋반에다 모셔놓고

혼일랑 받아여서 혼반에다 모셔두고

신체는 모셔다가 상에 하단에 집중하세

왕건 왕건 열왕이와 산에는 삼 사재라

단군은 백내장군 근본은 신에 근본

칠칠일은 칠칠여래라

왕에 아들 왕순씨는 궁예 딸 왕진씨라

천웅씨 천웅씨 살랄러 랄러이이야

낙동강의 낯을 빌려 동덕선이가 웇을 갈라 산사초에 적은 뒤에 모두 죽어 던지시네 백해가 지시더라

어여더신 망재님을 모두 모셔 던져노니 다목헌 되야 가고 망재님을 이길께라 극락으로 잘 갑소서 에헤야

어와 사람들아 요내 한 말을 들어보소

염불씨나 고쳐보세

염불씨를 고친 후에 낫는가 가그러보니 당산그릇에 움이 나네

어와 사람들아 염불 밭을 매고 가세

염불 밭을 맨 연후에 은장구에다 물을 실어 수레수레 상수레로 망재님 가시난 길을 역역히 인도하야 아

초경에 우는 닭은 무슨 닭에 소리더냐

명월 닭에 소리로구나

밤중 새 우는 닭은 무슨 닭에 소리더냐

계신선관에 소리로구나

축시에 우는 닭은 무슨 닭에 소리더냐

두문숭에 소리로구나

닭은 닭은 하매 울어 날은 점점이 새여간디

가기 싫은 황천국을 대신 갈 이가 누구란 말이냐

백계용산을 불렀더냐 제비용산을 불렀더냐

시불아 독갱성에 이 곡 저 곡을 다 지와고 삼신살로 울고 넘고 어엿하신 망재님들 쉬어 가고 매어가네

가자 서라 가자 서라 십계영산을 가자서라

후덕수에 목욕하고 일거수에 세수하야 도량도림이 방랑하니

놀기 좋다 정재수야 쉬기 좋다 만구야

백사장 쉬모리 밭에 중대 하대 가지 말고 상하 의복 받아 입으시고

새복바람에 찬 바람 왕생극락을 잘 갑소세

초제왕의 근석은 갑오 신미 임술 기묘 상가배는 제일전에 진강대왕 백만 군속을 거나리고 재불재천 상수설고 백체 중생들은 일천 평 염불하야 토산지옥을 면하시고 시왕질을 잘 갑소서

이제왕의 근석은 무자 기축 경인 신묘 금석에 사람들은 이제왕에가 금석이요 백만 군속을 거나리고 재불재천을 상수설고 도제중생을 거나리고

일천 평 염불하야 호랑지옥을 면하시고 시왕을 잘 갑소서

　삼제왕에 권석은 임오 계미 갑술 을해 병술년에 사람들은 삼제왕에가 근석이요 백만 군속을 거나리고 제불제천을 상수설고 도제중생을 거나리고 일천 평 염불하야 도제지옥을 면하시고 시왕을 잘 갑소서

　사제왕의 근석은 갑자 을축 병인 정묘 무진 기사의 사람들은 사제왕에가 근석이요 백만 군속을 거나리고 제불제천을 상수설고 도제중생을 거나리고 일천 평 염불하야 근수지옥을 면하시고 시왕으로 잘 갑소사

　오제왕의 근석은 경자 신축 임인 기묘 갑술 을사의 사람들은 오제왕에가 근석이요 백만 군속을 거나리고 제불제천을 상수설고 토제중생을 거나리고 일천 평 염불하야 팔선지옥을 면하시고 시왕으로 잘 갑소사

　육제왕의 근석은 병자 정축 무인 기묘 경진 을사의 사람들은 육제왕에가 근석이요 백만 군속을 거느리고 제불제천을 상수설고 도제중생을 거나리고 일천 평 염불하야 독사지옥을 면하시고 시왕을 잘 갑소사

　칠제왕의 근석은 갑오 을미 병신 정묘 무술 기해의 사람들은 칠제왕에가 근석이요 백만 군속을 거나리고 제불제천을 상수설고 도제중생을 면하시고 일천 평 염불하야 취애지옥을 면하시고 시왕으로 잘 갑소사

　팔제왕의 근석은 병오 정미 무술 기오 경미 신유의 사람들은 팔제왕에가 근석이요 백만 군속을 거나리고 제불제천을 상수설고 도제중생을 면하시고 일천 평 염불하야 조상지옥을 면하시고 시왕으로 잘 갑소사

　구제왕의 근석은 임자 계축 갑인 을묘 병진 정사의 사람들은 구제왕에가 근석이요 백만 군속을 거나리고 제불제천을 상수설고 도제중생을 면하시고 일천 평 염불하야 철산지옥을 면하시고 시왕으로 잘 갑소사

　열제왕의 근석은 무오 기미 경신 신유 임술 계해의 사람들은 열제왕에가 근석이요 백만 군속을 거나리고 재불재천을 상수설고 도제중생을 면하시고 일천 평 염불하야 흑암지옥을 면하시고 시왕으로 잘 갑소사

가자 서라 가자 서라 십계영달 가자 서라

불쌍하신 망재분들 인간세상을 나왔다가 인간세상을 하직하고 아차 한 번 죽어지면 단내 난다고 오지 마라 약내 난다고 오지 마라 천내 난다고 오지 마라 객사에 걸렸다 오지 마라 압사 걸렸다 오지 마라 비맹에 갔다고 오지 마라 비린내 나네 단내 나네 얼사 덜사 오지 마라

윷을 한 번 못 받아 극락으로 못간 망재 쉽게 해갈로 가자 서라

고치같이 매운 물에 철망 벗으로 가자 서라

소금같이 짠온 물에 금사망 토사망 벗고 가 강물에 목욕하세

쑥물에도 목욕하고 곱창 내장에 간장 내장 사대절명에 육천 물 훨훨 씻고 보세

누덕도 벗고 가고 진옷도 벗고 가고 예 철망 누덕을 다 벗고

겉 씻금에다가 속 씻거 속 씻금에다가 겉 씻거 훌훌 벗어버리고 극락가 깨끗이 걷고 가세

맑은 정화수에 목욕하세 월덕수에 목욕하고 정로수에 세수하야 동에 청계수에 목욕해 남에 적게수에 목욕해 북에 흑게수에 중앙에 황게수에 훨훨 씻고 보세

진옷은 벗어서 만장에 걸어놓고 상하 의복 갈아입고

새복 바람에 찬바람 극락으로 가나니라 세왕으로 가나니라

어여 오신 망재분들 빠짐없이 다 벗고 씻고 벗고 오 상하의복들 갈아입고 시왕극락을 잘 갑소서

어여 오신 망재님 원왕사 원왕사 오만신선으로 원왕사

비호같이 가네 불태같이 날라가네 의대같이 가는구나

4. 김명례본 오구풀이[1]

천에 자리야 자리야 자리라

불쌍하신 망재님들 십리 정반 혼을 불러 모셔놓고 오리 정반에 넋을 불러 모셔놓고 오구맞이 시왕맞이를 받어야만 극락을 가신다네 오구맞이를 받으셔야 시왕길을 가신다네

어엿허신 망재님 김씨 망재님 염불 동자 망재님들을 모셔놓고 염불로 모셔놓고 넋을 불러 모셔놓고 진옷 피옷 다 벗어 마상에 걸어두고 상하 의복 갈아입고 청사초롱 불 밝히고 저승 문적은 목에 걸고 저승 등불은 손에다 들고 어둡던 디는 밝아지고 좁던 길은 넓어지고 짚었던 질은 낮아지고 극락세계를 가시난디 오구맞이 시왕맞이를 받어야만 극락을 가신다네

산에 조종은 곤룡산이요 물에 조종은 황하수라 산에 자말이는 산신이요 삼신에 자말이는 이용국에 자말 요왕이요 나무에 자말은 목신이요 흙에 자말은 토신이요 돌에 자말이는 석신이라 성주 차리는 디는 계주가 차례하고 차례는 용왕 차례인디 성주님을 모시고 좌우청장 전후초당을 모시고 뒤로 돌아 철륭대왕 모시고 앞에 돌아 지신대왕 모시고 안전에는 터주대감 모시고 오방신장 대감을 모시고 태중 문전 도시대왕 마당 가운데 소문대왕 한 가운디에는 제석님을 모시고

---

1) 김명례(여, 61세, 1942년생, 순천시 조례동)는 고흥 출신으로, 남편과 함께 고흥을 무대로 활동하고 있다. 김명례의 무가는 2002년 4월 6일에 고흥 굿당에서 「오구굿」과 「혼맞이」를 채록했으나 「혼맞이」는 꽹과리 소리가 너무 커서 알아들을 수 없어서 채록하지 못하고 여기에는 「오구풀이」만 채록해서 실었다. 「오구풀이」도 일부 반주 악기 소리 때문에 채록하지 못한 부분이 있다.

일 년 잡고 열두 달이 되야 과년 열석 달이요 삼백육십 날에 한 달 잡고
서른 날에 번개같이 넘어가도 아무나 근심 없고 탈 없이 잘 넘어갈 줄 알
었드니 억울한 죽음을 당하시고 분한 죽음을 당해 극락을 못 들어가시고
밤이 되면 쥐가 되고 낮이 되면 새가 되여 오고갈 데 없이 불쌍하신 망재
님들 오구맞이 극락맞이 시왕맞이를 디리면서 오구풀이로 오구시왕님을
모셔 다 극락질을 가실 적에

오구시왕님의 본을 받세 오구님의 안철 받어
오구시왕님의 본은 게 어디가 본이든가
수양산 큰 바우 밑이 오구시왕님의 본이로다
오구시왕님은 열에 일곱 살을 잡수시고
오구부인님은 열에 다섯 살을 잡수실 적에
오구시왕님과 오구부인 황실 납채를 드리실 적에
한 장에 이름 두고 두 장에 성 나두고 석 장에는 백년가약을 허고
두 대받이 치왈 밑에 인물 병풍을 둘러치고 청실 홍실 느려놓고
경치 환한 동백나무 좌우에다가 세우시고
은잔으로 금잔으로 혼배잔을 나누시며
오구시왕님이라 하옵시든구나
오구부인님은 황후가 되여서 오구시왕님과 한 몸 되야서 사오 년이 지
나가도 태자가 없어서 온갖 공을 다 디릴 적에 명산대천 영신당과 고묘
중림 석왕사와 석가부체 미륵님 전에다가 빌고 빌며 공을 드리시고 집 안
에 들어있는 날은 성주 조왕 당산철룡 오방신장님 전에다가 아들 낳게로
만 공을 드리실 적에
공든 탑이 무너지며 심든 낭기가 자질거나
오구시왕님과 황후께서는 그달부터 삼신이 굽어드네
한두 달에 이슬을 모시자 사 주일에는 힘이 없어지고 앉어 있으면 누울

자리만 마시고 온갖 냄새를 허시대던구나 밥에서는 뭇내가 나고 국에서
는 날간장내요 물에서는 해금내요 수제서는 녹내 나고 온갖 풋내를 허시
대던구나 석 달이 되고 보니 높은 낭게 과실을 청허다가 얕에 얕은 채소
를 청해다가 시금시금하던 개살구나 맛이 좋다 참살구 포도 다래나 감 성
모까지 다 원하시던구나 다섯 달에 반짐 실어 여섯 달에 남자 여자 구별
하고 일곱 달에 팔만 사천 털궁기가 삼기시고 야답 달에 팔점육이 열어
아홉 달에 골육이 여물던구나 열 달 십색을 예수일 적에 석부정부자하고
이불청음성하고 활부정불식하고 목불색악색하야 거정자를 하시던구나

　　하루는 황후께서 해복 기미가 있으시며

　　아이고 배야 아이고 허리야 발이여

　　연진문이 열어지고 구합문이 열어지고 뺏문 살문 열어 자손 머리 곱게
눌러 순산을 시켜놓고 황후께서 뒤를 돌아다보니 일공주를 낳었구나

　　일공주를 낳여 놓고 오구시왕님 전에 여짜오대

　　태자가 아니라 공주로소이다

　　오구시왕님이 허시든 말씀이

　　아무리 왕이다마는 딸인들 버리리요 그 아기 안어다가 청색 이불에 홍
색 요단에다 아롱진 잔베개에 유모를 정해 잘 길러라

　　황후께서 그 아기를 유모 정해 내어 놓고 이삼 년이 지난 후에 또 삼신
이 굽어들던구나

　　한두 달에 이슬 모아 석 달이면 입덧 나고 태중 넉 달에 은하 삼겨 태중
다섯 달에 반짐 실어 태중 여섯 달에 남자 여자 구별하고 태중 일곱 달에
팔만 사천 털궁기가 삼기시고 태중 야답 달에는 팔점육이 열어 태중 아곱
달에 골격 여물어 태중 열 달에 십색을 예술라 석부정부자하고 이불청음
성하고 활부정불식하고 목불색악색하야 거정자를 하시던구나

　　황후께서 하루 해복 기미가 있으시며

　　아이고 배야 아이고 허리야 다리야

금기통 구왕문 뻿문 살문 열어 자손 허리 둘러 순산을 시켜놓고 뒤를 돌아를 보니 둘차아기도 공주로구나

황후께서 이공주를 낳여놓고 오구시왕님 전에 여짜오대

태자가 아니라 둘차 아기도 공주로소이다

오구시왕님이 허시든 말씀이

그 아기도 청색 이불에 홍색 요단에 아롱진 잔베개에 유모를 정해 잘 길러라

그 아기를 유모 정해 내여놓고 이삼 년이 지난 후에 또 삼신이 굽어드네

열 달을 배 불라 순산을 시켜놓고 보니 세차 아기도 공주시네

그 아기도 유모 정해 잘 길러라

유모 정해 내여놓고 이삼 년이 지난 후에 또 삼신이 굽어들어 열 달을 배 불라서 순산을 시켜놓고 보니 네차 아기도 공주시며 다섯차도 공주요 여섯차도 공주로구나

황후께서 여섯차 육공주를 낳여 놓니 오구시왕님이 허시든 말씀이

허허 여섯차도 공주를 낳였으니 종묘와 사직을 거 누역에다 전할끄나 온갖 심력이 부족허여 여섯차 공주를 낳였으니 백일 정성을 디리여라

황후께서는 누역에 분부라고 공을 아니 디리시며 누역에 의견이라고 공을 아니 디리겠느냐

공을 디릴라고 연하산 상상봉에 높이 올라 공을 디리실라고 동에는 청게수요 남에는 적게수요 서에는 백게수요 북에는 흑게수라 중앙에는 황게수요 그 가운데 상명수 월덕수 솟는 물을 질러다가 상탕에 머리 감고 중탕에 모욕하고 하탕에 수족을 씻쳐 세수 단발 정히 허고 정성을 디리실라고 연하산 상상봉에 높이 올라가서 하느님 전에다가 축수를 하고 일모아 칠성님 전에 사해 요왕님 전에다가

저는 다름이 아니오라 딸 여섯 육공주를 낳여놓고 태자를 타로 왔습니다 많이도 말고 태자 하나만 태워주옵소서

지극 정성으로 공을 디리시다가 황후께서 그 자리에 지쳐 쓰러지던구나

옥황상제께서 연하 하순이를 나리시며 저 부인의 정성이 너무 지극하야 연하로나 사랑이야 여기소서

부인이 소스라쳐 잠을 깨여놓고 보니 남가일몽이라 더욱이나 아들 낳을 꿈인 줄 짐작하고 그날부터 공을 디리난디 명산대천 영신당과 고묘 중림 석왕사와 석가부체님 미륵님 전에다가 공을 디리시고 집 안에 들어 있는 날은 성주 조왕 당산철륭 오방신장님 전에다가 아들 낳게로만 공을 드리시는구나

공든 탑이 무너지며 심든 남기가 자질그나

황후께서는 그날부터 삼신이 굽어드네

삼신에 지앙 할머님네 찾어오시난데 공을 디려 틀림없는 태자 아들 둘 줄만 짐작하실 적에 한두 달에 이슬을 모시고 사죽에는 힘이 없어지고 앉었으면 누울 자리만 바라시고 온갖 냄새를 거시리는구나 밥에서는 뭇내가 나고 국에서는 날간장내 나고 물에서는 해금내가 나고 수제에서 녹내 나고 온갖 풋내를 거시리던구나 석 달이 되고 보니 높은 남게 과실을 청해다가 낮은 남게 채소를 청하네 시금시금하는 개살구나 맛이 좋다 참살구 포도 다래 감 석류까지 다 원하시던구나 다섯 달에 반짐 실어놓고 여섯 달에 남자 여자 구별하고 일곱 달에는 팔만 사천 털궁기가 삼기시고 야답 달에 팔점국이 열어 아홉 달에 골격 여물어 열 달 십색을 데수릴 적에 석부정부자하고 이불청음성하고 활부정불식하고 목불색악색하야 거정자를 하시던구나

황후께서 하루는 해복 기미가 있으시며

아이고 배야 아이고 허리야 다리여

여섯차는 공주를 낳였지마는 일곱차는 연화산 상상봉에 높이 올라가서 공을 디렸으니 틀림없는 태자 낳을 줄만 아르시고

허리야 다리야 배야

연지문 구와문 뻿문 살문 열어 자손 머리 곱게 눌러 순산을 시켜놓고 급한 마음으로 뒤를 돌아다보니 일곱차도 공주로구나

황후께서 하두 기가 막키여 그 자리에 주저앉어 통곡을 하네

허허 연화산 상상봉에 높이 올라가서 공을 디려 낳은 자식이 틀림없는 태잔 줄만 알었드니마는 일곱차도 공주로구나 오구시왕님을 거 무슨 면목으로 알릴거나

그 자리에 주저앉어 통곡을 하시난디 슬피 울음을 우시난디 오구시왕님은 만조백관들을 거느리고 정사에 힘쓰시고 치국안민에 나오시니 백성들은 격양가를 부르시던구나

오구시왕님은 벌써 일곱차도 공주를 낳였다는 소식을 받으시고 오구시왕님이 허시든 말씀이

버리여라 버리여라 버리여라 일곱차도 공주를 낳였으니 부끄로와 살 수가 없고 어른이라 할 수가 없다 그 아기 죽으라고 내버리어라

누역에 분부라고 너를 아니 버리겠느냐

누역에 어명이라 너를 아니 버리겠느냐

베린다고 베리더기 이름 지어 버리어라 버리덕이 이름 지어 버리어라

궁녀는 이 아기 안어다가 그 엄한 오구시왕님의 분부라 아니 버릴 수가 업던구나

황후는 궁녀를 부르던구나

여보아라 궁녀여 오구시왕님의 분부라서 아니 버릴 수가 없던구나 저 아기 안어다가 저 건네라 쑥대밭 속에 죽으라고 내버려두고 동지 섣달 추운 날에 얼어 죽으라고 베옷만 가려 입혀 음지 음지로 내여쳐라 오뉴월이라 한더위에는 더워서 죽으라고 핫옷만 가득 입혀 불과 같이 더울 때에 양지 양지로 내여쳐라

궁녀는 이 말씀을 들으시고 베리더기 공주를 안아 쑥대밭 속에다가 내던져 놓고 집으로 돌아가서 한 달이 넘고 두 달이 넘어 석 달이 다 되얐더니

황후께서 궁녀를 다시 부르던구나

여보와라 궁녀여 이것이 모두가 자석의 운긴가보다 오구시왕님이 알게 되면 큰 일이 날 것이니 오구시왕님 모르시게 저 건네라 쑥대밭 속에 죽으라고 내야버리었던 베리데기 공주가 죽었는가 살았는가 너 좀 다녀오려느냐

궁녀는 이 말씀을 들으시고 천둥지둥 달려가서 쑥대밭 속을 들여다보니 옥황상제께서 학 한 마리가 나려와서 용이 되야서 딸을 추운 날에 한 쭉지는 땅에다가 깔아놓고 한 쭉지로 미역하고 환생초를 물려놓니 그 아기는 죽지 않고 터덕터덕 크시던구나 오뉴월에 한더위에 계수나무 그늘 아래다가 뉘여놓고 한 쭉지로 팔랑팔랑 부치시며 환생초를 물려놓니 그 아기는 방글방글 웃음을 웃던구나

베리데기 공주님은 세월이 여류허여 나이가 십오 세가 되였일 적 용모가 비범하고 형실이 단정하고 의복 진집에 백십사가 가관이요 또한 글이 문장이며 왕희지의 필법이라 보시던 이들은 모두 모아 칭찬을 하시던구나 베리데기 공주님은 칭찬을 받고 있거니와

이 때에 오구시왕과 황후께서는 딸 일곱을 낳어놓고 심에 화로 병이 났네

심에 화로 병이 나서 하릴없이 죽게가 되여놓니 황후께서 허시든 말씀이

허허 어떤 사람은 팔자가 좋아 아들아기 낳여놓고 고대광실 높은 집에 호식호강을 하건마는 나는 전상에 무슨 죄가 그리 많이 있어 딸 일곱을 낳어놓고 오구시왕님이 심에 화로 병이 나서 하릴 없이 죽게가 되였는디 거 누기가 오구대왕님을 살릴그나

방성통곡을 하고 울음을 우네 슬피 울음을 우시난디 하늘에 옥황상제께서 선관에게 이르시든 말씀이 오구시왕님의 병세가 뱅 관계가 있사오니 수양산 큰 바위 밑을 찾어가서 약물을 길러다가 들으시면 나으신다네 어서 속히 서둘러라 이 말씀을 허여놓고 인호불견 간 곳 없네

황후께서는 갈 사람이 전혀 없어 하릴없이 죽게가 되였으니 거 누기가

오구시왕님을 살릴그나 갈 사람이 전혀 없으니 호사호강으로 길렀던 일 공주를 부르던구나

여보아라 일공주여 느그 부친님은 느그 일곱 낳어놓고 심에 화로 병이 나서 하릴없이 죽게가 되얐으니 수양산 큰 바위 밑을 찾어가서 약물을 길러다가 느그 부친님을 살루여라

일공주가 허시든 말씀이

아이고 어마마마 수양산이라 하는 곳은 옛날에 백이숙제가 주려죽던 곳이온디 육로로 천 리 길 되고 산길로 천 리 수로 천 리 삼천 리 험한 길로 임금의 딸로 저가 어찌 가오리까 저는 못 가겠십니다 다른 공주를 보내소사

이공주를 불러

너 좀 다녀오려느냐

이공주가

아이고 어마마마 형님도 못간 험한 곳에 동생 제가 어찌 가오리까 저는 못 가겠십니다 다른 공주를 보내소서

삼공주와 사공주 오공주 나서더니

저도 못 가겠십니다

황후께서 하도 기가 막혀 그 자리에 주저앉어 통곡을 하네

허허 호식호강으로 길러왔더니마는 못 간다는 말이 웬 말이냐 딸 일곱 중에 태자 하나만 있더라도 수양산 큰 바위 밑을 찾어가서 약물을 길러다가 오구시왕님을 살릴 터인디 거 누기가 오구시왕님을 살릴그나

방성통곡을 울음을 우시더니

황후께 거동보소 눈물을 멈추시며 궁녀를 다시 부르든구나

여보아라 궁녀여 할 수 없고 헐 수가 없다 저 건네 쑥대밭 속에 죽으라고 내버리얐든 베리더기 공주를 불러오너라

궁녀는 이 말씀을 들으시고 천둥지둥 달려가서

베리더기 공주님 베리덕 공주님 베리덕 공주님

삼 세 번을 불러놓니 베리더기 공주님은 깜짝 놀라시며

거 누기가 나를 찾소 날 찾을 이 없건마는 거 누기가 나를 찾소

궁녀가 허시든 말씀이

황후께서 찾난이다

베리더기 공주님 다시 놀라네

저는 하늘에서 떨어진 줄만 알고 땅에서 솟은 줄만 알았더니 저에게도
황후가 계시오네

베리더기 공주님 거동바라 천둥지둥 달려와서 황후 앞에 엎드리며 통
곡을 하야

아이고 어마마마 어마마마 어마마마 저는 하늘에서 떨어지고 땅에서
솟은 줄만 알었드니 저에게도 황후가 계시오네

슬피 울음을 우시는디 황후께서 허시든 말씀이

염치 없고 맨목 없다 염치 없고 맨목 없다마는 느그 부친님은 느그 일
곱 낳어놓고 심에 화로 병이 나서 하릴없이 죽게가 되야 수양산 큰 바위
밑을 찾어가서 약물을 길러다가 들으시면 나으신단디 갈 사람이 전혀 없
어 하릴없이 죽게가 되였으니 베리더기 공주야 너 생각은 어떻느냐

베리더기 공주님이 허시든 말씀이

아이고 어마마마 염치 없고 맨목 없단 말에 먼 소래가 우리 부친님이
우리 일곱을 낳을 적에 몇 번이나 상량허여 이런 때를 보자는디 어찌 가
니 못 가니 하오리까 저가 하로 속히 가겠나니다

황후께서 하도 감격하여

허허 내 딸 장하구나 저 출천지효녀는 죽으라고 내여버려두고 불효녀
들만 호식호강으로 길렀구나

베리더기 공주님 거동바라 자편에는 은동이를 들고 우편에는 은또가리
들고 혈혈 단신 가던구나 한 모룽이를 당도를 허니 난 디 없는 산신 귀신

무석궁에 짐승들이 낱낱이 달려들어 길을 지적허건마는 하늘님이 아시든 출천지효녀로서 산신 귀신을 두려허며 무석궁 짐승을 두려하리 낱낱이 물리치고 수천 리 머나먼 길을 번개같이 가던구나

또 한 모롱이를 당도를 하니 난 디 없는 신령님이 썩 나서네 산에 올라 산신 신령이 썩 나서네 물에 들어가면 요왕 신령님이 썩 나서네 질에 들어 질대장군님이 썩 나서네 삼 신령이 썩 나서면서

베리더기 공주야 너 올 줄 내 알았다 이 길이 워느 길이냐 이 길로 갈라거든 산값 삼 년 살고 가그라 또 한 신령님이 썩 나서며 이 길로 갈라거든 물값 삼 년 살고 가라 또 한 신령 썩 나서며 이 길로 갈라거든 질값 삼 년 살고 가그라

베리더기 공주님이 깜짝 놀라시며

여보시요 신령님네 산에 올라 산신 신령님네 물에 들어 요왕 신령님네 질에 들어 질대장군님네 저는 다름이 아니오라 우리 부친님이 우리 일곱을 낳어놓고 심에 화로 병이 나서 하릴없이 죽게가 되야 수양산 큰 바위 밑을 찾어가서 약물을 질러다가 들으시면 회춘하신다 하이기에 일각이여 삼추요 한 시 한 때가 바뿌는디 산값 삼 년이 웬 말이며 물값 삼 년이 웬 말이며 질값 삼 년이 웬 말이요

산신님도 염치없어 물러서고 요왕 신령 염치없어 물러서고 질대장군님 도 염치없어 물러서던구나

베리더기 공주님은 오시던 길은 간 곳이 없고 망망창해 닥쳐왔네 갈 바를 모르시고 우두커니 서 있으니 진퇴가 양난이라 난 디 없는 일엽편주가 바닷가에 썩 나서며

어서 이 배 오르소서

베리더기 공주는 급한 맘에 물어 배에 급히 올라노니 하느님의 풍운조화로 수천 리 머나먼 길을 번개같이 가던구나

한 모롱이를 당도를 하니

어서 이 배 나리소서

베리더기 공주님은 부친님을 살룰라고 급한 맘에 물어 배에 급히 나려 선녀에게 사례하고

무서워라 무서워라 칭암절벽도 무서워라 산은 첩첩 태산이네 갈 바를 모르시고 우두커니 서 있으니 난 디 없는 학 한 마리가 베리더기 공주를 보고 좋아라고 우줄거리고 춤을 치던구나

베리더기 공주님은 길 인도를 허실 줄만 알으시고 학을 따라서 이 산 저 산을 헤매다가 보니 과연 큰 바위 밑에서 물이 솟아나네

먹는 것도 약물이요 보는 것도 약물이요 쓰는 것도 약물이라 은동이를 나려놓고 약물을 가득히 채우시고 그 자리가 자서히 살펴보니 환생초가 피었구나 좋아라고 홍도화 인도화 환생초는 끊어 품에다가 안고 은동이 에 약물은 머리에다 이고 새짐승도 출납헐 수 없는 험한 길로 줄줄이 내 려서니 어찌 출천지효녀가 아닐거냐

오시던 길로 당도를 허니 난 디 없는 일엽편주가 다시 바닷가에 나타나며

어서 이 배 오르소서 오르소서 매우 바쁜 몸 같사오니 어서 이 배 오르 소사

베리더기 공주님은 급한 마음으로 배에 급히 올라놓니 하느님의 풍운 조화로 수천 리 머나먼 길을 번개같이 가던구나 한 모룽이를 당도를 하니

어서 배에 나리소사

배에 급히 나려 오구시왕님을 살릴라고 한 모룽이를 당도를 하니 난 디 없는 소동아이가 썩 나서네 저기 오는 저 소동아이 거동을 살펴보니 자리 없는 낫을 들고 뒤축 없는 신을 신고 목발 없는 지게를 지고 땅 땅 또드랑 땅 뚜드리며 허시든 말씀이

불쌍하네 불쌍하네 오구시왕님이 불쌍허네 딸 일곱을 낳어놓고 심에 화로 병이 나서 하릴없이 죽게 되여 베리었다 베리더기 일곱차 공주는 수 양산 큰 바위 밑으로 약물을 길르러 가셨난디 그 동안을 못 참아서 황천

객이 되었다네

베리더기 공주님이 그 말씀을 듣더니마는 깜짝 놀라시며

저기 오는 저 소동아이여 금방 그 말 한 자리만 더 해바라

소동아이 허시든 말씀이

못 하겠소 못 하겠소 나는 하루 한 자리썩만 하라는 지시를 받었으니
두 번 다시는 못 하겠소

베리더기 공주님이 정신 차려 그 자리를 자서히 살펴보니 소동아이는
간 곳이 없어 그 골 안에 산신인 줄 짐작허고 한 모롱이를 당도를 하니
명전 공포를 높이 띄워놓고 상구소리가 천지가 진동을 허는구나

베리더기 공주님은 아까 오든 소동아이 허는 말씀이 진정인 줄 짐작하
고 열두 상구 유대꾼들을 돌아보니 오구시왕님의 상구가 분명하네

열두 명 유대꾼들 발을 맞차 소리를 맞차 상구소리를 어울리던구나

(상두소리)

관 음 보 살

불쌍하고 가련하네 오구시왕님이 불쌍허네 딸 일곱을 낳어놓고 심에
화로 병이 나서 하릴없이 죽게가 되야 수양산 큰 바위 밑으로 약물을 길
르러 가셨난디 그 동안을 못 참아서 황천객이 되었다네

관 음 보 살

어 와 너 어 와 넘자 어가리 넘자 너와 너

천 년이나 살그나 만 년이나 살그나 죽음이 들어서 놀 수가 없네

어 와 너 어 와 넘자 어가리 넘자 너와 너

산천도 첩첩하고 물소리도 처량헌디 혼은 어디로만 가시는가

어 와 너 어 와 넘자 어가리 넘자 너와 너

철령에 고개는 저 게 너메요 좌우 청산에 웬 고개냐

어 와 너 어 와 넘자 어가리 넘자 너와 너

오구시왕님에 시왕문 열어야만 불쌍하다 망재님들 인간 세상을 나왔다가 인간 구십을 다 못하고 부모한테 아들 노리 어머니한테는 자식노리 형제한테는 형제노리 마누리한테는 남편노리 인간 구십을 다 못하고 바늘같이 약헌 목숨을 사제님께다 바쳤으니 상구소리를 들어봤냐 생예소리를 들어봤냐 이 굿 받어 극락가고 이 굿 받어 시왕 가시면 극락세계로만 잘 들어가소서
　　어 와 너 어 와 넘자 어가리 넘자 너와 너
　　북망산천이 머다 허더니 저 건네 안산이 북망이로구나
　　어 와 너 어 와 넘자 어가리 넘자 너와 너

　　어 너 어 너 어가리 넘자 너와 너
　　인제 가며는 언제 와요 다시 오지는 못하리라
　　어 너 어 너 어가리 넘자 너와 너
　　금강산 상상봉이 평지가 되거든 오실라요
　　어 너 어 너 어가리 넘자 너와 너
　　동서남북 사해바다가 육지가 되거든 오실라요
　　어 너 어 너 어가리 넘자 너와 너
　　조그마한 조약돌이 크나큰 반석 되야 정이 맞거든 오실라요
　　어 너 어 너 어가리 넘자 너와 너
　　꽃도 졌다 다시 피고 잎도 졌다 다시 피고 강남 갔던 제비도 봄을 찾어 오지마는 불쌍하다 망재님 늙고 젊고 한 번 가면 다시 오지는 못하네
　　어 너 어 너 어가리 넘자 너와 너

베리더기 공주님 거동보소
　　저기 오는 저 상구 유대꾼들 저기 오는 그 상구가 오구시왕님의 상구거든 거기 잠깐만 지체하소

열두 상구 유대꾼들은 베리더기 공주님이 약물 질러오신 줄 짐작하고 상구는 질 우에로 모셔놓고 열두 유대꾼들은 질 아래 줄줄이 엎드러지던구나

베리더기 공주님 거동바라 천둥지둥 달려가서 상구체를 부여잡고 통곡을 하네

아이고 아바마마 아바마마 아바마마 이 불효자식 한 발 잠깐 늦었나니다 불효자식 용서하옵소서

상구체를 부여잡고 통곡을 하네 방성통곡 울음을 우시더니 베리더기 공주님 거동바라 자편을 살펴보고 우편을 살피더니 상구짝을 떼여놓는구나 상구짝을 떼여놓고 보니 가운데도 일곱 매요 열심히 홀매진 일곱 매를 끌러두고 갑장을 떼고 보니 오구시왕님은 자는 듯이 누워있네그려 두 눈은 맨목하고 입은 함봉하고 자는 듯이 누웠고나

베리더기 공주님 거동보소 은동이에 약물을 나려놓고 한 구비는 떠서 입안을 씻쳐내고 또 한 구비는 떠서 사지와 절맥을 씻치시고 입 안에다 약물 한 수제를 떠여놓고 노랑도화 홍도화 흰도화 환생초를 내여 덮으시고 한참 동안을 기다리는구나

한참 동안을 기다리여 오구시왕님을 살펴보니 첫차에는 얼굴에서 화색이 도네 두 번만에는 열 발 열 손에 맥이 돌아들던구나 삼 시 번만에는 목 안에서 숨이 타여나시는디 대 매듭이 튀는 소리가 나네

오구시왕님은 자는 듯이 누웠다가 그 자리에 벌떡 일어서며

허허 이것이 꿈이냐 생시냐 곤하고도 곤하구나

정신을 다시 차려 자편을 살펴보니 상구짝이 놓여있고 우편을 살펴보니 관이 놓여있네 오구시왕님이 허시든 말씀이

허허 내가 진정으로 죽었는디 거 누기가 나 살렸냐 나를 살리기가 없건마는 거 누기가 날 살렸냐

일공주를 불러

너가 나를 살렸느냐 이공주야 삼공주야 답답하다 말하여라 나를 살리기가 없건마는 거 누기가 날 살렸냐

보고 듣던 황후께서 허시든 말씀이

죽으라고 내버리었든 베리더기 공주가 수양산 큰 바위 밑을 찾어가서 약물을 질러다가 오구시왕님을 살렸나니다

오구시왕님이 하도 감격허여

허허 베렸다고 베리더기 공주가 나 살렸단 말이 웬 말이냐 베리더기 공주야 너 소원대로 말하여라 소원대로 허여주마 천하를 너를 주려느냐 나라 옥새를 너를 주려느냐 세상 천지를 너를 주려느냐 너 소원대로 말하여라 소원대로 허여주마

베르더기 공주님이 허시든 말씀이

아이고 아바마마 삼강오륜 중에 부자유친이 제일로 크다는디 아무리 태자는 아닐망정 딸자석도 자석인디 부모님 전 약 쓰는디 천하가 무슨 필요 있으시며 나라 옥새가 무슨 필요 있으리까 천하도 저는 싫고 나라 옥새도 저는 싫습니다 저에게 소원이요

오냐 무슨 소원이냐 소원대로 허여주마

저 다른 소원이 아니오라 맨맨마동 골골마동 가문마동 정중마동 억울하게 죽고 분하게 죽고 높은 남게 떨어지고 가다 죽고 오다가 죽고 머리 아퍼 죽고 골 아퍼 죽고 이 아퍼 죽고 염장에 늑막에 저혈압에 고혈압에 신장암에 간장암에 체장암 간갱화로 장가도 못가서 몽달로 시집 못가서 큰애기로 억울하게 죽은 망자 밤이며는 쥐가 되고 낮이 되면 새가 되어 극락세계를 못가는 망재님들 극락세계로 잘 들어가시라고 오구를 풀어서 큰굿을 헐 적에 뼤 썩든 오구요 살 썩든 오구요 간장 녹든 오구요 심장 녹든 오구요 진오구 원오구로 큰굿을 허게 되면 극락을 가시어도 상극락을 들어가고 시왕을 가시어도 상시왕으로 들어가시라는 오구시리나 저에게다 전장을 허여주옵소서

베리더기 공주님은 일곱차 베리더기로 태어나서 수양산 큰 바위 밑에 찾어가서 약물을 질러다가 오구시왕님을 살려놓고 물려받은 것이 오구시리를 물려받어 군군마둥 맨맨마둥 다니면서 오구푸리 시왕푸리 극락푸리 저승푸리 다 해 오구맞이 시왕맞이를 허시난디

사람이 될라거든 성인군자 되여가고
남자가 될라거든 황우장성 되여가고
여자가 될라거든 황후부인 되여가고
소가 되면 황소 되고 말이 되면 용마 되고
새가 되면 앵무 비추 국이 되면 은하수요
꽃이 되면 해당화나 연꽃이나 되여가시라고
급전을 두고 효험을 보실라고 이런 날이 저서 산 밑에다 여워놓고
명 작은 자석들은 명줄도 당가주고
복 작은 자석들은 복줄도 당가주고
재수 없는 자석들은 재수줄도 당가주고
출세 성공에 부족헌 자석들은 출세 성공줄도 당가주고
자손 없는 자석들은 자손줄도 당가주고
극락을 못가고 밤이 되면 천상 바람 낮이 되면 지상 바람
○○○○ 짱짱허고 오구방에다 집을 짓고 잘 넘어가지마는
비운이 날라들면 독 안에 들어도 못 내서 불러내고 불러내고 까불라내고 까불라내고
인간에도 풍파 나고 재물에도 손재 나고
인간에다 ○○○ 불쌍하신 망재님들
오구푸리 허면 밀가리에다가 발을 디더도 큰 발을 딛고 손을 디더도 큰 손을 디더서
흔적을 주고 표적을 주시라는 오구푸리를 하네

우환을 빌었으니 명줄 복줄이나 다 당거보세

당거를 봅시다 당거를 에 헤 봅시다
명줄 복줄이나 당거를 봅시다
명이 짜룬 자손들은 명을 길라고 당거를 봅시다
복이 적은 자손들은 복을 타자고 당거를 봅시다
극락을 못간 망자님은 극락을 가시라고 당거를 봅시다
시왕줄 복줄이나 당거를 봅시다
시왕을 가시요 시왕을 가시요 환생하여서 시왕을 가시요

천상옥경 요대상에 오만신선이 되야를 가시요
운해 안개 영주산에 바둑에 신선이 되야를 가시요
봉래산 제일봉에 계명 신선이 되야를 가시요
인왕산 뒤에 이수 영혼이 되야를 가시요
천황씨와 인왕씨 신롱씨나 되야를 가시요
당산 제불이나 되야를 가시요

제 불 제 보 살
어 어 어
나무여 어 허 허 아미타불
나무 나무여